销售江湖，没有自由行走的花，

只有随风飘零的花瓣和风干的刀俎。

所以……

本书很干净，干净得如手中紧握的刀！

本书很温暖，温暖得如握紧刀柄的手！

商战往事

解决方案销售与售前顾问协同打单实录

吴柏臣 著

电子工业出版社

Publishing House of Electronics Industry

北京·BEIJING

内 容 简 介

本书主要讲述通擎和朝腾为了争夺两个大项目而展开的史诗对决。在故事的开端，通擎在两个项目上都处于劣势，要想赢单，必须超越朝腾。而朝腾把持这两个项目的销售都是王牌悍将，如何超越，这是本书最大的看点和悬念。

在这个故事背景下，如何组织有效的技术交流，如何搞定关键甲方决策者，如何策划演示，如何应标，如何控标，如何反控标、防控标等构成本书精彩对决的火花点。

本书以销售及公关谋略为主线，售前咨询策略为辅线，使得方法上更加立体完善，并融入甲方选型决策和销售操作的场景，讲思想，但更讲落地，特别是本土落地，呈现有关解决方案销售、项目销售那种惊心动魄的操作方法和策略运用的体验。

本书特别适合解决方案销售、项目销售、产品销售，以及售前顾问阅读，也适合项目经理、产品经理、对商战及 IT 职场感兴趣的人阅读。

图书在版编目（CIP）数据

商战往事：解决方案销售与售前顾问协同打单实录 / 吴柏臣著. —北京：电子工业出版社，2015.5（2025.9重印）.

ISBN 978-7-121-25786-5

Ⅰ．①商… Ⅱ．①吴… Ⅲ．①长篇小说－中国－当代 Ⅳ．①I247.5

中国版本图书馆 CIP 数据核字（2015）第 064103 号

责任编辑：孙学瑛
印　　刷：北京捷迅佳彩印刷有限公司
装　　订：北京捷迅佳彩印刷有限公司
出版发行：电子工业出版社
　　　　　北京市海淀区万寿路 173 信箱　邮编 100036
开　　本：700×1000　1/16　印张：21.25　字数：410 千字
版　　次：2015 年 5 月第 1 版
印　　次：2025 年 9 月第 27 次印刷
定　　价：48.00 元

凡所购买电子工业出版社图书有缺损问题，请向购买书店调换。若书店售缺，请与本社发行部联系，联系及邮购电话：（010）88254888，88258888。

质量投诉请发邮件至 zlts@phei.com.cn，盗版侵权举报请发邮件至 dbqq@phei.com.cn。

本书咨询联系方式：（010）51260888-819　faq@phei.com.cn。

序　言

网友 Bookering 说，老雾，你经历丰富，一定要写一本本土解决方案项目销售小说，包括从客户初步接触到投标的全生命周期的销售操作。接着又叮嘱一句，一定要把售前顾问也写进去，销售与售前顾问两种不同销售兵种并驾齐驱，否则会很"虚"。

他知道我最怕"虚"了。

我十五年来一直干这个"勾当"，经历的事儿可谓罄竹难书，有些往事确实需要铭记。写吧！后来我在天涯写连载的时候，万万没想到会有这么多粉丝，更新不到一半，粉丝建立的 QQ 群就已经是国内最大的解决方案销售与售前群了。粉丝群内，有深谙国外销售体系的大咖，有行业售前咨询大拿，有 500 强出身的销售、售前尖兵，更多的是土狼、土豹、土豪，销售售前齐聚一堂！真心感谢这些朋友的点赞和宝贵意见。

他们逐渐成为我写书的最大动力。

写书本是业余时间的"偏活"，也正是这帮小子天天闹，不得不当作一个正事给干了。写到凌晨 1 点是经常的事，付出了巨大的心血和时间。可以这么说，这本书的写作本身就精彩到足够能再写一本销售与售前的生态小说了。

资深粉丝一定知道，本书有一个小名，叫《东讨西伐》。看这标题，没错，是写华东、华西两场项目争夺战。第一场战争，我们（通擎）跟对手（朝腾）销售王牌悍将展开殊死搏斗，而这一战把号称"司之脊梁"——我司最核心事业部的命运都赌上了。

对手志在必得，完全无视我们也是身经百战的选手。在这生死攸关的时刻，我们不会做别人刀俎上的鱼肉，必然奋起反击。

胜则生，败则死！

这里有最激烈的争斗和最刻骨铭心的伤痛。

另一场战争激烈吗？别急，本书里有一个人，有一天他讲了一个故事。

他是这么讲的：

我出生在一个小山村，从小不爱学习也受人欺负。上小学时，会路过一片稻田。有一次，我看到稻田里一个小水洼，这其实就是农民伯伯脚后跟印形成的，水洼在颤动，好奇怪这么小的地方里难道有鱼？于是走近一看，里面竟然是密密麻麻的蝌蚪，活蹦乱跳的，我特意数了一下，有 17 只。

下午放学再次路过的时候，我惦记这事儿，于是好奇地走过去再看一看。

谁知，这一看，竟改变了我的一生。

到底看到了什么呢？

我看到：小水洼快干了，里面仅有 1 只蝌蚪是活的，其余 16 只早已全部死掉。是什么东西杀死了这些小蝌蚪呢，是因为快没水了吗？后来我在县图书馆找到了答案。原来，蝌蚪只要感到生存压力的时候，体内就会释放一种毒素，这种毒素不但放倒竞争者，连自己也不放过，最后只有耐毒性最强者才能生存下来。

方寸之间竟藏杀机，江湖丛林强者不息！

于是就想，以后怎样才能生存下去呢？

看来只能在我的领域成为最强者，别无他法。

他这段朴实的话，不亚于凯撒大帝所言，"我看见的，我必征服。"

后来，他发奋读书，以优异的成绩让旁人刮目相看，再后来，他考上了大学，再后来，他做了 IT 销售，把某些地区做得固若金汤。

这是我们的不幸，因为他恰恰加入了朝腾，成为我们的宿敌。

终于，我们迎来了一次决战。

这一战，改变了我，也改变我的同事，甚至我公司，以及对商战的理解。

这是两场非常有意思、有意义的商战：一场是关于"客户议标性质"的内部评标项目争夺；一场是相对公平的"公开招标性质"的综合评标项目竞标。本书的重点就是描写这两场精彩纷呈的商战，同时这是一本融合解决方案销售思路和售前咨询策略的双链操作小说，两个项目都是以弱战强，在这种格局下：

如何搞定客户、建立信任？

如何影响客户决策？

如何洞察、解析客户需求？

如何运用方案策略？

如何控标？

如何反控标？

这些话题都是在现实销售中遇到的，希望读者喜欢。

本书涉及的甲乙方地理位置、甲乙方公司名称、岗位部门、业务、职责、人名，全部由我自己虚构，如有雷同，纯属巧合。

在一个月黑风高的夜晚，有朋友问，你这书写的都是销售和售前的运作，能否如其他职场小说一样，多加一些风花雪月的东西？

销售江湖，没有自由行走的花，只有随风飘零的花瓣和风干的刀俎。

他还问，自己是小公司的小销售，面对大公司的大销售怎么办？

只要踏入这个江湖，没人在意你是"屌丝"还是"高富帅"，他们只在意你手中的刀，大家都是猎食者。

我想这里也有你要的答案。

所以……

本书很干净，干净得如手中紧握的刀。

本书很温暖，温暖得如握紧刀柄的手。

好了，废话少说。

在那个群雄并起、逐鹿天下的年代，我司面临东西两线作战的困境，我们能突出重围吗？

……

直接翻页吧。

目　录

第一篇

使命召唤，东讨西伐

8月1日—8月4日

他们来了，这个江湖不会再太平

......

那一年，浙江、四川两个项目的争夺战先后爆发

我司拉开了东西两线作战的序幕

这是最残酷的战争

没有之一

第一章 | 死亡之组

> "听到这个消息，我几乎一夜无眠，我将会处于两种不利的处境，必然被动，大项目销售最怕的是什么？是开局被动，前后掣肘，出师未捷身先死。"

> 浙江项目回忆
> 通擎华东大区销售总监　关亦豪

1.1

那年 8 月 1 日，阴云密布，杭州萧山机场候机大厅咖啡馆靠北的角落里，三个年轻人围着一张桌子。

关亦豪转着咖啡杯，低沉地说："这是今年最大的一个标，刚拉开序幕竞争对手就全部扑上，蓄谋已久啊，这种情况我很少遇到，说明竞争相当激烈。你们知道老板是怎么说这次竞标的？"

另两人摇摇头，目光聚集过来。

关亦豪眼角一闪，"老板说，我们现在进入的是死亡之组。"

两人集体沉默，视线慢慢散开。

关亦豪很讲究，一般不会轻易提起死亡这个词，特别是在登机前。

死亡这个词，其实与一家公司有关。

这家公司的名字叫朝腾，它是通擎公司最主要的竞争对手。

几年以后，谁也不会料到，上一幕会成为一本书的开头。

今年暮秋，其中的一个当事人决定给好友兑现一个承诺，写一本关于 IT 江湖的书。这一天，他从武昌黄鹤楼信步走下，来到临江大道，独自凭栏，夕阳西下，往事如烟。这些年来，那些远去的刀光剑影，那些逝去的江湖恩怨，那些悲壮的英雄史诗，如长江的激流涌入他的心头，卷起千堆思绪，荡气回肠、惊心动魄，但这些一刻都没有停留，又都随着这滚滚长江带到天际。

天际是白茫茫的一片。

他喝掉了易拉罐里最后一口啤酒，向西而行，仿佛灵魂早已沉睡，耳边如失聪般地消失了喧嚣，偶尔周遭小店聒噪的音乐被手里的易拉罐转换成一阵颤动从指尖传来，依稀往日的战鼓号角还在激荡自己的血脉。

时间回到那年的 8 月 1 日，故事还得从上一幕的十分钟前说起……

平静的萧山机场候机厅的一家咖啡馆悄然迎来三个年轻人。

中间为首那位三十好几，他面容周正，神情却颇有些抑郁，穿着一件蓝色条纹长袖衬衣，配一条红色领带，他是关亦豪，北京通擎公司华东区销售总监。左边那位稍显年轻，有些文气，戴着一副黑框眼镜，他是吴明龙，是通擎公司浙江省销售，加入通擎不到半年时间。右边那位年纪和吴明龙相仿，脸上线条明朗，却没有让他显得很严肃，他的神情全靠浓眉下的一双眼睛展现出来，或刚毅、或忧愁、或开朗、或玩世不恭，他一手拉着一个精致的黑色拉杆皮箱，一手挽着一件黑色西服，他叫宋汉清，是通擎公司售前咨询总监。看到服务员从旁边经过，宋汉清把行李箱往身边收过来，头稍微一偏，旁边落座的几个年轻女孩如同发现了一个小秘密一样，相视会心一笑。

他们三人昨天结束了浙江华夏移信 BOMS2.0[①]（业务运营管理系统）项目的第一次宣介交流，今天打算班师回京，离登机时间尚早，就找了个咖啡馆歇脚。

关亦豪放下咖啡杯，眼睛看着别处，神色依然抑郁。

一般来说，公司对抗互有输赢，没什么的，那为何通擎与朝腾的对抗就用死亡来联系呢。这是因为，通擎最近发现一个诡异的秘密：

近年来，朝腾的业务布局跟通擎日渐雷同，慢慢地，解决方案线也趋于类似，直到某天发现，两家公司产品重合度几乎百分之百，每个 50 万以上的单子后面都有朝腾鬼魅的身影。刚开始谁也没有在意这些苗头，直到上个月有客户开玩笑说，通擎和朝腾，行业里只要一家就够了啊。这句无心之话传到通擎，高层立即产生震动。

电信圈子竞争激烈，但各有所长，大家相安无事。现在好了，通擎能做的，朝腾都能做，通擎不能做的，朝腾未必。

这是干吗？这是赶尽杀绝的节奏啊！

朝腾最近还叫嚣，朝腾说第二，没人敢说第一！

所以遇到浙江华夏这个大单，通擎老板砸下一句话：什么第一第二，以后就是你死我活！

---

① BOMS2.0，Business Operation Management System2.0 是作者自己拟定的项目名称，用于运营商的全业务运营、支撑、服务及管理。

"死亡之组"这个词在吴明龙脑海里跟朝腾画上了箭头，突然，他好像想起什么，打破了沉默，"对了，这次交流，朝腾那个叫霍武的并没有出现，只安排一个叫什么谢建兵的毛头小伙带队。我就奇怪了，难道他们不重视？"

关亦豪眉头微微一皱，似乎是埋怨吴明龙打断了他的思路，又或者是提到了霍武引起了某种不悦，更可能是反感他的肤浅，"没你想得那么简单，来与不来都不重要，关键是他的思想和策略，你说他是毛头小伙，你又做了几年销售？"

吴明龙一脸尴尬。

关亦豪喝了口咖啡，觉得不能打击他的士气，语气稍缓，"明龙，你辛苦了，蹲点一个多月，也让我们顺利唱了第一场戏。"

吴明龙立即谦虚地笑了笑，"BOMS 是大项目，应该的。"

BOMS 是将近上亿的大项目。这么大的项目你不来蹲点，下次见甲方还真不好意思打招呼，不过也正因为项目大，圈内公司必然闻风而动。

看来，这个江湖不会太平了。

关亦豪敲了敲桌子，"不过，我只放你一天假，一天以后马上回杭州，大战还没有真正开始。"

吴明龙点了点头，"知道呢。"

关亦豪渐渐打开了话匣子，"这次选型和以往不一样，选型的评判点是我们乙方的咨询能力，还有做事的风格态度等等，所以我们一刻都不能放松。"

吴明龙挺直腰板，"肯定不能放松，有什么事情，内线小郑都会跟我保持双向联系的。"

小郑是一名技术骨干，由于甲方选型的时候一般都会带上技术骨干，所以小郑的价值早就被吴明龙发现了。吴明龙混熟的人不多，小郑是屈指可数的其中一个。

"别什么都指望内线，很多时候要靠你自己！"关亦豪有些不悦，"虽然我们这次交流总体上是成功的，但下一步你怎么打算？说说？"

吴明龙胸有成竹地说："我下一步打算挖掘项目的需求，这样我就能够给宋汉清传递更加清晰的客户意图，以汉清的能力，设计的方案肯定能打动甲方，然后我再伺机而动，搞定他们。"

关亦豪摇摇头，"如果你站在售前咨询的角度说这番话，没问题，但你是销售，思路不够全面。你既要挖掘项目的需求，也要捕捉个人的需求。项目需求，交给宋汉清；个人需求，我们找到谋求点，然后一步步走。"

吴明龙和宋汉清点点头。

吴明龙轻松地说："个人需求还不简单？投其所好嘛！"

"个人需求不是投其所好那么简单，而是在人性层面，为了达成更高目标而去弥补缺失与不足的过程产物，我们往往会忽略个人的需求。"说罢，关亦豪从钱包里取出一个金色硬币，在手掌上抛了抛，玩味地说："这是几毛硬币？"

吴明龙说："五毛。"

关亦豪又问："你们知道它背后是什么图案？"

吴明龙说："好像是一朵什么花来着，玫瑰？"

宋汉清凝神片刻，"牡丹？"

"错了，是荷花。"关亦豪伸开手掌说，"为什么大家只要看一眼硬币，就知道多少钱，但却很难知道它的图案构成，这是我们的惯性解析思维。我们看需求也是一样，从项目层面解析容易，从个人层面解析就难了，因为涉及人性，而人性是一种复杂的构成。"

宋汉清说："我做顾问，有时候项目需求也很复杂呢。"

"那是因为两者关联产生的烟雾弹。"关亦豪说，"有人说，个人需求是项目需求的动机，因为人会感受到不足、缺失、痛苦；项目需求是个人需求实现的机会，因为项目的成功会让个人需求得以满足。这句话是正确还是错误？"

"正确。"

"错误。"

"既可能正确又可能错误。"关亦豪眼神中分明显露了某种压力，他用食指和拇指钳住硬币的边缘，缓缓说道："数字5这面代表项目需求，图案荷花代表个人需求。"

说罢，他手势下沉，手指用力一扭，五角硬币高速地旋转。

"真相是，项目需求在内外部运作、竞争中，会源源不断地给个人需求提供机会；而个人需求在这个基础之上，还包括内外部环境变化中源源不断地给项目需求制造动机，一个问题，一个概念，一个挫折，甚至一种情绪，都会改变需求，其过程会变得扑朔迷离……"

硬币刚开始如一枚金色弹珠一样缓缓游荡，碰到旁边的咖啡杯后，才如一枚逐渐绽放的金色花朵发出铿锵声响，稍许片刻，又如一颗飘零的浮萍躺在如镜的咖啡桌上。

关亦豪最后说："需求这种东西，是与某种机会关联在一起的，很难把握，就如同缘分。所以，销售是一件很残酷的事情，尤其是在我们这种方案销售或项目销售领域。"

吴明龙点点头，"我知道了。"

关亦豪继续，"捕捉需求，可不是这么简单，需求可能存在于他工作中、生活中的一切，这就需要你的眼光和机缘了。"

吴明龙点点头，"明白。"

关亦豪晃了晃杯子，"明龙啊，我就怕你在这里等飞机，你的对手却在等机缘，最后你只有打飞机的份了。"

说完三人会意地开怀一笑。

关亦豪喝完最后一口咖啡，"兄弟们，要不，咱们去登机口吧。"

宋汉清手机铃声响起，是公司温志成的电话。

"喂，老温。什么？……马上！……哦，我想想……，你把这次客户诉求写入售前接口表②，然后发给我，行！OK。拜拜！"

宋汉清挂完电话，沉默了片刻，说："不能陪你们回北京了，我得改去成都，温志成那边项目已经启动。"

关亦豪眼一瞪，"成都？"

宋汉清站了起来，"是的，成都！"

1.2

离拜访厉镇明的时间越来越近了。

厉镇明是浙江华夏信息战略规划部部长，也是这次 BOMS 选型的总组长，这次选型关键决策人之一。

霍武交代过，这次拜访，一定要给厉镇明一个良好的印象，还要抓住他的需求点。

谢建兵看着手里的名片盒，感觉心脏在强烈地收缩。他四处看了一下这个会客厅，深吸一口气，然后右手大拇指朝名片盒中间镂空处轻轻一推，一张淡黄亚光的名片呈露出来，名片上面是一排排纹路清晰的文字：

北京朝腾信息股份有限公司

浙江区域销售经理

谢建兵

谢建兵想象厉镇明魁梧的身形走近，看着他铁青而又刚毅的脸，心里默念台词，"厉部长，你好，哦不，您好，我是朝腾谢建兵，这是我的名片。昨天交流完

---

② 售前接口表：在 IT 解决方案或项目销售过程中，该表是一种用于销售与售前传递项目信息（包括：客户选型各个里程碑的项目信息、客户诉求等）的工具，是 IT 售前咨询方法体系重要工具之一。

毕，我想听听您这边的反馈，沟通一下需求……"

这段台词谢建兵念了 N 遍，但每次念得都不一样，也不流畅，他猛然觉得今天似乎不在状态，而且越发紧张，他拍了拍胸脯，又深吸一口气。

谢建兵加入朝腾不到两个月，这个项目是他在朝腾的第一个项目。两周前，他无意中知道浙江华夏有近亿的预算，吓了一跳，因为他在之前的公司做了一年销售，遇到最大的单子才四百来万，使出了浑身解数连一根毛都没有拔到，倒是自己累得被人扒了一层皮似的。现在遇到这么大块肥肉，他比小蜜蜂还勤奋。为了这次约谈，他昨晚特意去武林广场买了一个万宝龙名片盒。说实话，最近拜访的都是一些选型组工作人员，而厉镇明连名片都没换过。

所以今天无论如何也要给厉镇明"汇报"一下工作或者"听取"一下意见，完了最好约个饭局啥的。

谢建兵又给厉镇明办公室去了一个电话，听到忙音，他莫名其妙地轻松起来，此时下午两点，手机屏幕上的电池指示只剩最后一格，待会儿霍武肯定要打电话来问情况，得赶紧换个电池。他打开手机后盖，可是电池卡得太紧了，刚刚剪了指甲的手指怎么使劲都无法把电池抠出来，小样，你这破电池难道比厉镇明还顽固？我就不信弄你不出。谢建兵拿起手机朝沙发上使劲一敲，啪！电池掉出来了，谢建兵麻利地把备用电池装上，然后起身找换下来的电池，却发现沙发上空空如也，地上也没有，电池呢？

旁边一位搞卫生的大姐提醒，是不是掉沙发底下了？

他蹲下一看，果然在沙发底下，从前面却够不着。这电池都气我，出师不利啊，一阵莫名的烦躁涌上心头，他绕到后面，把手伸到沙发底下一阵乱摸，一边摸一边想，这么大的项目公司也不派一个高层来通通气儿，就自己一个小 Sales 在这里上蹿下跳有什么用呢。

一阵悦耳的铃声响起，霍武电话来了，还没有等自己开口，那边先说话了。

"怎么样了，见到了吗？"

谢建兵说："快了！"

霍武说："嗯，我刚给你发了一封邮件，附件是我的方案销售心得，总结起来就是 8 个字，先人后事，织网捞鱼。"

"哦。"谢建兵胳膊往里一探，碰到了电池。

"方案销售是最锻炼人的，思路要清晰，不要胡子眉毛一起抓，要摸准他们的需求。"

谢建兵把电池摸出来一看，却发现是一个精致的纯钢打火机，很有质感。

"最近有什么收获？"霍武说道。

"还是有收获的。"谢建兵一压打火机，一柱细长的火焰腾起。

"不要放过任何机会！要眼观六路，耳听八方，你要多想想我以前教你的方法……"

"好！"谢建兵把身子压得更低，脸贴着地，眼睛一扫，电池就在手掌边。可手指刚触摸到电池就如被点中穴一样僵在那儿。从沙发底下的狭缝中，他看到一双皮鞋哆哆地朝沙发走了过来，那人还接着电话，听那声音，完了，是厉镇明。谢建兵赶紧断了霍武的通话，静静地趴在沙发后面大气不敢出一声。

厉镇明一屁股坐在沙发上，他特有的声音依然清晰，但包含着一种沉重和低落。

"娟儿，你奶奶没事的，我这边在整理项目上的一些事情，我马上去医院一趟。胃炎不是什么大病，一定能治好的。好，那我现在就去……"

蹲在沙发后面的谢建兵暗自打算，只要把腿后挪几步，然后悄然站起来，再从容地向厉镇明打个招呼，定可化"尴尬"为玉帛……

"哈利路亚……"悦耳的彩铃再次响起，又是该死的霍武，蹲在沙发后面的谢建兵如同一个哑剧小丑一样，露出一个无声的绝望叹息。

"谁。"厉镇明吓得一跳，从沙发上腾地站了起来。

"是我，厉总，哦，厉部长。"谢建兵站了起来，极力掩饰自己的慌张，"我刚刚掉了一块电池在沙发下，我在找的时候，您恰好过来了。"

说罢看了看搞卫生的大姐，那大姐连忙说："是的，他是在找电池。"

厉镇明瞅了瞅眼前的这个小伙子，中等消瘦的身材，干净清澈的眼眉，刚刚脱去稚气的笑脸，他警觉地说："你是朝腾公司的？"

谢建兵连忙点头，"是啊，我就是上午给你打电话的小谢，上次不是刚刚交流完了吗？我想听听您这边的反馈，沟通一下需求……"

谢天谢地，谢建兵思路终于回到了正路上。

厉镇明眉头一蹙，"哦，想起来了，可今天没有办法谈了。我等会还有事，我要出去一趟。"

说罢厉镇明就要朝电梯口走去，谢建兵也不知道哪里来的勇气，急忙跑到厉镇明的前面，"厉部长，您不是要去医院吗？我陪您去。"

厉镇明一脸严肃，"不用不用！"

谢建兵硬着头皮憨笑，"没有关系。"

厉镇明摸着额头，交流结束后，中午内部搞了个聚餐，喝了几杯酒，心想下午要开车去医院非常不妥，于是拨打司机小张的电话，小张说赶回单位至少要一个小时。厉镇明按下了电梯，突然想到朝腾这边一个问题，随口说道："我上回听你们宣讲，但似乎没有看到数据中心这个设计思路啊。"

"不能啊，刚好我这里有一本打印好的白皮书，我告诉您在哪一页。"谢建兵从包里掏出方案白皮书，翻到了相关章节，然后立即递了过去。厉镇明接过方案书，此时电梯正好停靠，厉镇明挪步进了电梯，谢建兵也顺势闪了进来。

厉镇明就数据中心这个问题，跟谢建兵随意探讨起来。谢建兵不是售前顾问，对一些技术问题的描述不是很专业，但又是打比方又是举例子，也算基本讲清楚了。厉镇明想不到他还有点头绪，就点了点头。

厉镇明刚才跟司机的电话，谢建兵是听得一清二楚，心说，这是一个献殷勤的好机会。记得霍武曾经教过自己，如果能把客户叫上自己的车，他跟你的关系会瞬间好到 6 分熟，而 6 分是跟客户搭上线的入门水平。

"厉部长，您去哪家医院？"谢建兵热络地说，"我开车送您过去，我其实是杭州土著，路熟悉得很。"

厉镇明翻了翻书，"哦，不用，我打车。"

电梯在第一层停靠，厉镇明把方案白皮书还给谢建兵，谢建兵笑说，"您先拿着，然后在门口等我，我取车，半分钟之内到。"

说罢他转身朝后门奔去，很快他就把那辆白色的雪佛兰停在了大门口，满怀欣喜地跟厉镇明打招呼。厉镇明沿街无奈地左右扫了一眼，脸色凝重地坐了进来，也没跟谢建兵客气，抓了下脑袋说，去 A 医院。

谢建兵开着车一路小跑，几次想跟厉镇明套近乎，但看他心事重重，也就客随主便了，同时心里嘀咕，不是说上车就 6 分熟吗？我怎么找不到感觉呢，霍武忽悠自己？他可是公司两大王牌销售之一啊。

两人很快就到了医院。在病房门口，厉镇明让谢建兵在外面等着，谢建兵知趣地候在门外，里面有一个光头医生正在忙碌。

厉镇明沉重地迈进了病房，病床上母亲已经安睡。医生转身，厉镇明握住了他的手，"王医生，辛苦了。"

王医生扶了扶眼镜，"嗯，我们在门外聊吧。"

谢建兵发现这又是一个献殷勤的好机会，怎么利用这个机会呢？先买点水果吧，礼多人不怪，搞不好就 6 分熟了。想到这里，他低声对厉镇明说，要离开一下，稍后回来。

谢建兵出了医院，觉得要跟霍武汇报一下，于是急忙拨通了他的手机，刚要开口，那边劈头就是一句，"混账，竟敢挂老子电话！"

"不是，霍总，刚才有急事，有一个事情我正想跟你请示一下。我刚刚陪厉镇明去了一趟医院，去看望他生病的母亲。"

"哦？……"电话那头似乎在怀疑自己与客户合拍太快。

谢建兵呵呵一笑："真的！误打误撞，细节回头再解释。"

"哦，那太好了！什么病？"电话那头声音带着一丝欣喜。

谢建兵感觉这口吻不可名状，就硬着头皮说："据说是胃炎，都住院了，所以我跟你请示一下，我想买点水果什么的？"

"这还要请示？去超市，多挑些精致水果，营养品。"霍武又提醒说，"做成果篮，再弄一束花，要康乃馨，看起来要大方！赶紧。"

"好！"

厉镇明两眼放空，神色凝重地望着医院的走廊，此时走廊上尽是悻悻然的人群，他低声沉吟："不会，应该不会。"

王医生宽心地说："从她照的片来看，似乎不太像胃炎，我也只是怀疑，我之所以这样说，是要让你们有一个心理准备，不放心的话可以做一个彻底检查。"

厉镇明说："如果是，然后呢？"

王医生说："如果是这种病的话，就要动手术，然后化疗。"

厉镇明说："啊？这么大年纪了，不妥啊！"

王医生说："这种病都是年纪比较大的人才有，等明天检查后，才出具体方案。"

厉镇明说："这手术有风险吗？"

王医生沉思片刻，"这要看很多因素，风险肯定有的。"

厉镇明突然想起了什么，急忙说："哦，还是先让我母亲出院，因为再过几天是她生日，等过完生日，再来检查，不急着这两天吧。"

厉镇明之所以这样说，有两个顾虑：一是不知道这家医院水平如何，病急乱投医很被动；第二就是，现在医院拿好人胡乱检查，浪费钱不说，还可能造成病人恐慌，后果难料。

王医生说："也可以，你们先回去，这几天好好调理，过完生日，再来医院检查。如果是，就确定手术方案和化疗，这样做预后就更好……"

"厉部长！"

厉镇明回头一看，谢建兵不知什么时候站在身后，满头大汗地憨笑，他左手一个果篮，右手一束花，肩膀上挎着一个鼓囊的黑色帆布电脑包，要不是一身利落的衣着打扮，绝对是一标准的快递小伙。

厉镇明没有心情搭理他，眉头皱了一下，点点头。谢建兵腆着脸一笑，就进了病房，出来的时候说："厉部长，我在楼下大厅等您。"

没多久厉镇明就下来了，又是客随主便，原路返回。一路上，厉镇明一言不发，脸色铁青，谢建兵宽慰地说："没事的，伯母身体好。"

厉镇明昏昏然鼻子轻哼了一下，随即又左右看了看，似乎想起了什么，"小谢，前面右拐一下，我要去一趟灵隐寺……"

谢建兵也不多问，只甜甜地应了一声，雪佛兰转了一个方向，一路蜿蜒到了灵隐寺。

厉镇明沉默了一会，突然问："你从小在杭州长大是吧？"

谢建兵说："是啊，但我后来在北京上学，工作，但跳槽到朝腾就发配杭州了。"

厉镇明说："哦，那你觉得杭州 A 医院如何？"

谢建兵不知道他为什么问这个问题，就模棱两可地说："还可以吧？"

厉镇明又沉默片刻，手搭一个凉棚，看了看眼前的灵隐寺，"小谢，我就在这里下车，一个人散散心，你先走吧，谢了。"

厉镇明下车，谢建兵赶紧走到厉镇明身边，"我不着急，我在这里等您。"

厉镇明摆摆手，缓步朝前，消失在人群中，谢建兵立即拨通霍武的电话，"嗨，老板，顺利完成任务，一个果篮，一束花。"

霍武说："厉部长怎么说？"

谢建兵说："什么都没说，厉部长一直在跟医生聊天，我送花和果篮，人家都没有跟我客气呢，是不是显得不够档次？"

霍武没有理这茬，喃喃地说："哦？他们之间聊什么？"

谢建兵摸了摸脑袋，"我记不清了，哦，对了，那医生说什么手术、化疗，还有一个什么雨后来着？"

霍武说："雨后？预后吧。"

谢建兵奇怪地说："对，预后，是这个发音，你怎么知道？"

霍武沉默了一会，"我怕他们是谈胃癌，小子，你找到一个大需求。"

"啊？"谢建兵惊呼，"我也奇怪呢，您猜怎么着，他让我送他去一趟灵隐寺，应该是给他妈求平安，估计不会是普通的病。"

霍武说："还聊了什么？都跟我说说。"

谢建兵说："他突然问我对杭州 A 医院熟不熟？大意是这样。"

霍武嗯了一下，自言自语，"可能是想打听这家医院的实力口碑？不管怎样，这事你要跟内线小刘报备一下，让他观察老厉的动向，但暂时不要扯到病这件事，怎么说，你懂的。"

谢建兵点点头，"我会跟小刘交代一下。"

霍武舒心地笑了笑，"你要好好以此为切入点。把握住了老厉，就把握住这个项目的小半个江山，剩下的就水到渠成了，你小子是一员福将啊。"

谢建兵笑了笑，"这个……"

霍武沉默片刻，突然厉声问："你刚才笑什么？"

"没有哇"

"你敢说你没笑？"霍武一声轻哼，"你觉得我拿老厉这事来做文章，没人情味是吧。"

"没有呢。"

"你听好了，"霍武大声说，"我在跟你探讨严肃的商业操作，你小子他妈的尽想些婆婆妈妈、捕风捉影的事儿，啊？你还有时间琢磨我？难怪做事不牢靠！"

这句话让谢建兵深感震撼，他脑子搭错了线似的，语无伦次地说，"我，我是说我，那个，努力还不够，怎么可能是福将？"

"好，努力不够是吧，明天中午之前你必须回北京，去做一件事。"

叭嗒，手机挂断，发飙结束，不知为何，霍武的责骂反而让自己羞愧难当，他感觉脸上火辣，像被抽了一巴掌似的。

而且，霍武说得对，自己真的是不牢靠，他突然发现忘记要跟厉镇明交换名片了，也没他的手机号，如何等他。

看来，只能傻等了。

1.3

中国 IT 看北京，北京 IT 看海淀，海淀 IT 看上地。

上地真是一个好地方，交通方便，毗邻高校，人才济济，可谓占尽了天时地利人和，入驻的 IT 企业大大小小有好几千家。这里的建筑大都有一个特点，可能是学着美国硅谷吧，风格各异但都比较低矮，唯独边上一栋大楼蹿起 40 多层，煞是惹人注目，这就是盛辉大厦，通擎公司就入驻于此。

公司的营销及市场部位于大厦的三层，负责整个销售的是姜正山，他四十多岁，身形魁梧，硬朗干练。此时，姜正山一边看着墙上的一幅中国地图，一边整理自己的思路。最近有两个省份让他牵肠挂肚：一个是黑龙江，这里刚刚投了黑龙江华夏移信 BOMS2.0 项目的一个标，目前还生死未卜；另外一个就是浙江，这个省份也开始启动 BOMS2.0 项目了。如果不出意外的话，这两天黑龙江的中标消息会出来，他伸出手轻轻地抚了一下光鲜油亮的黑龙江版图，抽回来一看，手指头上有一层薄薄的灰。他眉头紧蹙，一个月前他和老板亲自拜访了黑龙江华夏的李总，进行了一番看似冠冕堂皇的笃谈，李总的一句话至今让他记忆犹新，你们这方案做得非常好，很有借鉴意义，可我们的思路已经定下来了，你们回去可以再调整一下。可是怎么调整却被李总扯藤牵蔓地岔开了话题。

黑龙江华夏只能看天意了。他轻轻地拍了拍手中的灰尘，眼下只有浙江华夏的 BOMS 项目还可以一战，这也是他一直放心不下的项目，这个项目更加庞大，目前甲方一直还处于梳理阶段，一周前接到浙江华夏移信的第一次宣讲邀请，姜正山就派出关亦豪和宋汉清两员爱将出征，希望他们好好表现一番，给通擎搭一出好戏，这出戏到底怎么样，见到他俩就清楚了。

十多分钟后，响起了敲门声。

"请进。"姜正山从玻璃窗上看到一个身影，是关亦豪。

关亦豪放下行李，"姜总，不好意思，路上有点堵。"

姜正山说："嗯？宋汉清没有跟你一起回？"

关亦豪说："没，他临时去成都了，据说那边有项目。"

"浙江，四川，"姜正山缓缓说，"嗯，看来，我们要面临东西两线作战的格局了。"

关亦豪点点头。

姜正山打开抽屉拿出一盒巧克力，"上次我女儿过生日，没时间陪，就在这里过的，呵呵，剩下了一些巧克力。"

"姜总太客气了，谢谢。"关亦豪说，"我还是先汇报一下浙江的情况吧。"

"嗯，那我听听。"

"刚刚完成第一次宣介交流，我们这次交流的效果非常不错，配合也没有问题。"

姜正山说："嗯，看来很顺利？"

关亦豪诚恳汇报，"这次交流的主要目的就是展现公司的实力和专业性，然后判断商机，确立需求，我认为交流还是非常充分的。"

"对我们印象如何？"

"交流很热烈，时间很长，应该说印象还不错吧。"

"好，"姜正山用手梳了一下头发，"讲讲这个项目的情况，包括浙江华夏决策者有哪些？"

关亦豪梳理一下思路，然后有条不紊地说："浙江华夏移信 BOMS 系统今年年底招标，这是目前浙江华夏移信最庞大的系统，该系统从上到下，囊括了应用软件系统，即 BOMS 应用软件；软件支撑系统，即中间件系统软件；硬件支撑系统，即网络硬件支持平台三大部分。他们对这次选型很重视，特别成立一个临时项目选型组③，主管公司技术和运营保障的副总高永梁亲自挂帅，高总下面有一个独立部门叫信息战略规划部，部长厉镇明是选型总组长，他这个人看似威严，但通情达理，是选型的实际经办人。选型项目组下面又分三个小组，即应用软件组，小组长是运营支撑中心的曾刚，负责应用软件方面的规划和把关；系统软件服务组，小组长是技术支持部的李柄国，负责系统软件把关；硬件及网络支持平台组，小组长是信息中心与维护部陈亮，负责硬件平台规划把关。三个小组长都没有实质性聊过。"

"等下，"姜正山说，"这三个选型小组长是属于高总管？还是厉镇明？"

关亦豪说："行政上属于高总管。"

"明白了。"姜正山说，"这些信息都很有价值，这个项目 7 月底开始启动，年底才尘埃落定，咱们要注意节奏，不可躁进，老话说得好，草鞋没样，越打越像。但随后你们可以搞一个微服私访，加强一下人际关系。"

"会的。"关亦豪说，"不过，现在浙江华夏马上搞'BOMS 综合管控与容灾研讨会'，应该属于我们厂商合作伙伴 GEM 的事，他们正在跟 XLOG 竞争呢。"

这两家公司是美国中间件及系统软件厂商，看来目前他们也铆上了。

姜正山说："跟他们合作还好吧。"

关亦豪说："是的，合作很愉快，有事情随时打招呼。"

姜正山说："好，要赢得这个单子，就必须团结一切力量，提高赢单概率。"

说到赢单概率，关亦豪说："对了，我想问一下，前几天咱们黑龙江华夏移信 BOMS2.0 项目投标结果如何？要是我们中标了，那我们在杭州的底气就足了，这是全国独一无二的案例啊。"

其实这才是关亦豪关心的正题，如果通擎拿下黑龙江华夏 BOMS，相当于给自己的打单资源库添了一件不可小觑的法器，通擎跟朝腾本来就旗鼓相当，谁要多了一件法器，抢滩浙江华夏就多了一份希望，进而冲出死亡之组……

"还没有结果，就这两天吧……"姜正山被一阵电话铃声打断，只好接起，姜正山放下电话，"老板开会，你也跟我去吧，怕老板问话。"

老板办公室在大厦的三十六层，装点得古朴庄严，这里的主人是通擎董事长王弘圻。军人出身的他，此时身穿黑色西装，站在宽敞的落地窗前举目眺望，他双手有力地交叉在胸前，看到自己的身影投射在落地窗外后面的苍穹下，他感觉

③ 即 BOMS 项目选型组，其成员及关系详细见最后附录：故事人物与竞争格局-《浙江华夏 BOMS 项目甲乙方关键人物与竞争格局图》。

自己年轻了很多，油然升起一种君临天下的感觉。

　　已经是晚上 8 点，北京绚烂的晚霞和如织的车流绘成了一幅色彩艳丽的水彩画，仿佛是天空中撕开了一个绚丽的大口子，流光溢彩倾泻而下，汇入流动的光河中。光河一直从中关村缓慢地流到了上地，在上地的一个十字路口，光河被东西两个方向的车流截住，最后慢慢停滞了。王弘圻蓦然觉得，目前通擎也到了一个十字路口，就在上周，公司在黑龙江华夏投了一个 8000 多万的 BOMS2.0 标，黑龙江华夏移信李总一句意味深长的话一直回响在耳边，老王啊，你总得有让人家先过的时候啊！

　　通擎实力强大，服务又好，为什么要让人家先过？这是过家家吗？王弘圻当时平静的外表下内心早已波澜起伏，这种起伏一直延续到现在，他不安地走来走去，身边几个公司元老只能静静地坐在沙发上，一言不发地看着他。

　　王弘圻掏出了一根咖啡色的雪茄，他喜欢雪茄的浓烈和灼热感，这能给他带来某种嗜血的兴奋，也或者是一种拒绝迟暮的兴奋，一种平静外表下涌动的澎湃情感。时光匆匆，公司创业到现在已经十五个年头了，一路风风雨雨，公司越做越大，但步伐却没有这么快了，而最近朝腾的势头却异常凶猛，前线多处告急，王弘圻缓缓地回头看着墙上十五年前创业的时候写下的四个大字：宽大兼包。

　　"宽大兼包"取至唐太宗李世民《帝范》之"宽大其志，足以兼包"八个字。王弘圻曾经誓言一定要在十五年内成为国内最大的通信软件企业，通擎之所以取得今天的成就，其中有一个很大的原因就是重视人才和客户，这也是"宽大兼包"的真实写照，可是如果黑龙江华夏单子丢了，那就意味着这个誓言就要变食言了。

　　姜正山和关亦豪进来。王弘圻转过身，柔和的灯光下，他浓密眉头上方若隐若现的辅犀骨和笔直的鼻梁把整个人衬托得气宇轩昂，他缓慢而沉郁地说："好了，都到齐了，我为什么今天把大家叫来，是因为事关公司前途，黑龙江华夏移信恐怕今明就要放出消息了。前段时间我参加了华夏移信高层论坛，感觉他们对这个项目非常关注，明年会有很多省份考虑上这个系统，这是华夏移信看得见的一块大蛋糕。而今年，摆在我们眼前的是黑龙江华夏和浙江华夏，我觉得会有三种结果，第一，我们两个标都拿下，那我们明年就可以笑傲群雄；第二，我们拿下其中的一个，保守来说，明年我们也会风生水起；第三，一个都没有拿下，我们明年就会死得很难看……"

　　又是一个"死"字。

　　关亦豪下意识地望着窗外，好像要逃避什么。

　　王弘圻看着姜正山，姜正山脸上阴晴不定，此时老板的一席话，字字都敲在姜正山的心坎里，他说不出是难受还是焦虑，忽然觉得自己空落落的，脑子里不由自主地像放电影一样闪现黑龙江投标的场景。那一个个细节至今还清晰地映在脑海里：唱标师傅清朗的声音，评标委员时而游离时而专注的眼神。

嘟嘟嘟嘟，姜正山的手机响了起来，他匆匆地朝门外走去。

王弘圻继续说："关于华夏移信这一块，我就讲这么多。好了，下面我们再来探讨中邦市场，形势稍微乐观，但是进步还是太慢了。这是今年的销售报表，大家看，整个西部地区虽然还有点起色，但还是没有太大的建树，完全不是我公司的形象。一副苟延残喘的样子。负责西部的叫什么名字来着，叫温什么？老姜？老姜呢？"王弘圻回头看了一眼，发现姜正山不在，就接着说，"不管他叫什么名字，就是不能太温柔，该出手时就出手，拿出一点血性来。"

正说着，姜正山回来了。

"对了，老姜，那叫温什么来着？"王弘圻回头看了姜正山一眼。

"什么？"姜正山迷瞪地看着王弘圻，显然他还没有回过神来，然后缓缓说道："黑龙江华夏移信放出消息了。"

"消息出来了？"几个头头脑脑目光聚集在姜正山身上。

姜正山努力做了一个吞咽动作，似乎喉咙有某种异物，良久才说："老板，单子丢了。"

丢了！这两个巨大字符如一记闪电在众人脑海里划过，王弘圻脸色一刹那变得很难看，他慢慢地收回自己的目光，聚在某一个点，似乎要点燃什么，他嘴角微动，吸了口气，眼睛朝姜正山这边扫来。姜正山感觉脸上火热。

1.4

今天早上六点，关亦豪就起床了，睁眼想到的第一件事情竟然是黑龙江丢单。而中标商就是死对头朝腾，他花了一晚上才接受这个事实。

这可不是小事，关亦豪从家出发就一直琢磨，这事对自己的负面影响有两个，其一，朝腾坐拥国内第一枚BOMS2.0案例，对浙江华夏具有一定的震撼力，这枚打单法器现在在朝腾手中，那么被动的就是自己了，销售这事，一步被动，就可能步步被动；其二，公司丢了这个关键项目，打击最大的部门是被老板称之为"司之脊梁"的移信事业部，老板逢人就提，地位可见一斑，现在看来，在浙江华夏BOMS中标结果出来之前，他不会轻易提了，他一慎重，其打单策略未必自己说了算，如果老板对华夏这个项目御驾亲征，或者亲自组织一个所谓的尖刀队，自己必然前后掣肘，放不开手脚，军人出身的老板有这样的典故。

想到这里，他叫吴明龙别休假了，火速回公司。

两人火急火燎地赶到姜正山门前，想敲门却听见里面在开会，训斥声不绝于耳，看来老姜正在气头上，也难怪，丢了这么大的单谁都有气儿。

两人在外面等，三支烟工夫，一干人垂头丧气地走了出来。

推开房门，姜正山黯然独坐在大班桌后面，看着窗外。

关亦豪一声轻咳，"姜总，您没事吧？"

姜正山扭过头，看着他俩，"我没事，只是黑龙江单子一丢，肯定对你们也有些影响。"

关亦豪暗叹一口气。

姜正山摇了摇头，"他们在黑龙江也算是精锐部队，都是身经百战的选手，却生生被朝腾打残了。朝腾华北区销售总监是霍武，对了，他也是你们华东地区的对手，这家伙独自统辖两个大区，而且专做大项目，对成功有极大的欲望，你们这边压力很大啊。"

霍武统辖朝腾两个大区是有典故的，他本来的领地仅仅是华北，后来他手下有一个销售表现得非常好，公司提拔他做华东区总监，可惜没做过三个月就跳槽去了一家外企，一时间找不到合适的人，就找霍武代管，霍武照单全收，还干得风生水起，手下人也服服帖帖，成为朝腾另类，这样他就顺理成章地成为华东华北大区经理。后来他就把心思专门放在了大项目上，看来浙江华夏这个项目，要狭路相逢了。

关亦豪点点头，半晌才说："浙江格局毕竟不同，鹿死谁手未可知。"

姜正山安慰道："事到如今，你千万不要有包袱。"

"我确实有一个包袱。"关亦豪揉了下手指，他试探着说，"老板没有研究浙江华夏项目吧？"

姜正山叹了口气，"老板昨天晚上都气晕了，哪有心情研究其他项目。"

"我的意思是，老板最好不要主动操作我的事情，要以我，或者咱们为中心，原因你是知道的。"关亦豪跟姜总多年交心，就直接把顾虑和盘托出。

老姜是老销售，当然知道关亦豪的意图，因为领导过于主动关怀，不仅掣肘，而且内耗巨大，于是点头，"这个我知道，我会留意这个苗头的，我觉得老板只会更加支持我们，所以你现在不要担心，你只要一心一意地做好你的事情就可以了。"

关亦豪这才有了笑容，"那我就没有包袱了。"

姜正山从抽屉里拿出两份文件，缓缓放在桌子上，"这是老板下的军令状，我已经签过了，你俩也必须签。"

其实，这个军令状才是姜正山所谓的包袱。

两人面面相觑，各拿起一份，关亦豪翻开一页。

姜正山淡然地说："最好别看，军令状的意图就是要大家有一种不达目的誓不罢休的使命感，我们的使命就是胜利，别的事都不重要了。"

两人签好字，递到了姜正山手里。

姜正山最后坚定地说了句，"哀兵必胜！"

钱伟也是昨天晚上才获知朝腾中标黑龙江华夏移信的消息，虽然投标前种种迹象表明朝腾已经稳操胜券了，直到获得中标消息那一刻，他才如释重负。

钱伟是朝腾负责销售的总裁，他年近五十，中等身材，一张国字脸虽不那么线条分明却也还有一丝硬朗之气。他走到大班台前，扫了左右两人一眼，左边这位是霍武，三十五六岁的模样，他身架高大，瘦峻的脸让他看上去显得精明又强悍，一深一浅两条法令纹从鼻子两侧直挂嘴角，他是公司的杰出销售经理，公司的王牌悍将，这次黑龙江项目就是他的手笔，他是昨晚才飞回北京的。右边那位是唐宁，三十一二岁的样子，中等身材，面容清瘦，眉宇间闪烁着刚毅，远远看去显得有些深邃和精明，他是朝腾售前咨询部经理，这次黑龙江项目的售前技术咨询和相关服务就是他负责的，两人都为这次中标立下了汗马功劳。

钱伟翻了翻班台上那本厚厚的投标存档文件，微微一笑，意味深长地说："黑龙江项目终于被我们拿下了，通擎那边老姜恐怕正在训他的销售呢吧！"

霍武唐宁两人哈哈大笑。

霍武说："黑龙江一役，我们都高估了通擎，害得我们投入的资源过多，本来，我还担心他们会打价格战！谁知道他们还挺有骨气！"

唐宁嘿嘿一笑，"就是要跟有骨气的公司打才过瘾嘛！动不动就搞价格战有啥意思。"

钱伟点点头，"所以说，跟什么样的对手过招很重要！有人说黑龙江这标，是我们有高层关系！但我不认为，咱们韩总似乎都没有因为这事专门跑到黑龙江去吧，倒是他们通擎上上下下跑得勤快。"

霍武说："怪只怪他们通擎缺了点火候。"

钱伟说："黑龙江这个 BOMS 项目对朝腾乃至整个 IT 界的意义都十分重大，这是一个样板工程，完全采用新的技术架构和业务规范，如果做好了，将来，或许明年其他省的 BOMS 系统都要朝这个方向走，这是多大的一个市场！"

霍武简单实在，"嗯，有了这个项目，别的不管，但拿浙江华夏就容易了。"

"对，至少有了国内第一个案例。"钱伟又回到大班台后面的沙发上，对唐宁说，"唐宁啊，浙江华夏移信项目怎么样了，前几天不是做了交流吗？也没有人给我汇报一下。"

唐宁说："前面几天是浙江华夏的第一次交流，这次交流总体来说是观望我们几个公司的想法和思路，后续咨询的力度，我估计应该比黑龙江华夏更大。"

接着唐宁把项目交流情况汇报了一遍。

钱伟点点头，"霍武你这边呢？"

霍武说："我已经安排小谢跟踪浙江项目，我从明天开始把工作重心全部放在浙江。"

钱伟若有所思，"小谢？谢建兵还是比较年轻啊。"

"是年轻，但还算机灵，"霍武说，"谢建兵误打误撞地跟厉镇明搭上线了，他竟然探望了厉镇明生病的母亲。"

钱伟急忙说："哦？他母亲生的什么病？"

霍武说："还不好说，胃有毛病，病得还不轻。"

钱伟来了精神，"那你怎么打算？应该多多关怀一下。"

霍武低声说："关怀肯定没有问题，我在想有什么新的举措，谢建兵刚回北京，我叫他多了解这些病。"

钱伟看霍武似乎已有安排，也不便多说，在他的印象中，霍武绝大多数时候是让人放心的，就随口说："你先去操作，等时机成熟，我们一起碰一碰，散会吧。"

霍武和唐宁点头离去。

谢建兵是今天早上 10 点抵达北京的，刚下飞机，霍武的电话就追了过来，让他去多了解肿瘤这个病以"备用"，霍武告诉他这两天自由活动，但要记得给厉部长打电话慰问一下。谢建兵问这次回北京的主要任务是什么？霍武说这就是主要任务，语气完全没有昨天的颐指气使。

谢建兵真是越来越搞不懂老板了，啥也不想了，去图书馆吧。

北京市海淀区白石桥高梁河畔是一片郁郁葱葱的紫竹林，紫竹林旁是一栋栋错落有致的青瓦白墙的恢宏建筑，这里是中国国家图书馆，里面有你八百辈子都看不完的书。当谢建兵踏进图书馆大厅的时候，一股沁入心脾的清凉让他仿佛回到了大学时代。

他走过一排排高大庄严的书架，来到了肿瘤图书区，面对那码得整整齐齐的书籍，一连问了自己几个问题，看得懂吗？消化得了吗？直到在阅览桌上翻开那些厚厚的、图文并茂的医学专著时，才又点燃了自己的使命感，于是他下定决心努力看下去。到了晚上九点闭馆的时候，谢建兵整整做了十多页的阅读记录。就这样他在国图待了 2 个整天，考虑到马上就要回杭州了，他又复印了好几部书。

在图书馆看书的时候，谢建兵没有忘记抽空给厉镇明挂个电话。这次厉镇明很亲切，竟然聊了有六七分钟，谢建兵现学现卖让厉镇明颇为受用，心说这下应该有 6 分熟了吧。

出了图书馆，谢建兵拖着疲惫的身躯走进一家快餐店，要了一个鸡排饭和蔬菜沙拉，看到抹有酱汁的鸡腿和腌制的黄瓜，顿时没了胃口。他无聊地四处张望，还是给霍武打个电话吧。

"小谢，现在才给我打电话，功课做得如何？"那头霍武语气还行。

"做得还行，嘿嘿。"

"还行？比如说？"

"胃癌的症状，手术的整个流程，注意事项，难点和后果，病人的饮食，比如腌制的东西少吃……"谢建兵最后看了眼腌黄瓜。

"小谢，你这些都做得很好。"霍武轻咳一下，"还有一个事情你做得不够，作为一个销售，你要立体地获取信息，不能陷入一件事情，比如，这次浙江华夏马上要搞 BOMS 综合管控及容灾交流，虽然不是我们集成商的事，但这个事情你必须清楚。我也是从 XLOG 公司获得这个消息的。"

最近中间件厂家 GEM、XLOG 的销售在浙江频繁出现，估计是他们推动这个事情的。谢建兵辩解道，"主要是，嘿嘿，厉母生病，我不好从厉部长身上打听太多公事。"

霍武声音立即提到了 3 度，"当然不能从他那里去打听，立体获取信息什么意思？你可以找内线小刘啊？"

谢建兵说："哦，对对对！"

第二章 | 与狼共舞

"当我接到这个单子的时候，我就有一种陪标的预感。这是朝腾的地盘，这里的大项目从来都没有我们的份，说句不好听的话，我当时确实是抱着云游和尚的想法：念个经就走。但宋汉清来了，我决定要试一试。"

四川项目回忆
通擎华西大区销售总监　温志成

2.1

话说宋汉清接到四川温志成电话的那天，确切地说，8月1日中午，温志成在电话中的指示是这么说的：这次四川中邦想通过交流，了解各大集成商的思路及方案特点，需求给的少，而且不明确，属于宣介性质的交流。交流时间就是明天上午9点，所以务必打个飞的过来，晚上一起探讨下需求。

凡是需求简短，又紧急交流的，都不会是好项目。

不过宋汉清百战沙场，也没有遇到几个好项目，都习惯了，只是晚上探讨需求，有点不人道，看来，又得连轴转了。

宋汉清费了九牛二虎之力终于搞到了从杭州飞往成都的机票。

起飞之前，收到了温志成发来的项目售前接口表。

这是什么破接口表，里面除了一个 CRM 项目名称和甲方名称外，其他有用的信息几乎全无，还不如他的口头指示明确呢。

这不仅不是好项目，简直是垃圾项目。

都上飞机了，闲着也是闲着，可以在飞机上完成 PPT 讲稿的基本模块。宋汉清打开一个 CRM 的模板，很多功能特性是现成的，写着写着，还是缺乏一些细节，是不是刚才接口表没看仔细？于是又打开接口表，还是一无所有，光标往下走，很快备注里有一段话映入眼球，这段话写得好生蹊跷：

朝腾地盘，重拳出击算

朝腾，又见朝腾！

此时，宋汉清心如刀割，真不太愿意提起这家公司的名字了。

"重拳出击算"又是什么意思呢？似乎没说完？

算"什么"？宋汉清琢磨起来，算计一番？温志成这家伙虽然爱算计，但"重拳出击"明显是很粗暴的节奏，应该不是算计。

算？算述？这是温志成的口头禅。宋汉清哑然一笑，呵，这符合温志成的天性，他可能有一些其他想法，发现不成熟？想把这段话删除，但是时间紧急，没删干净就保存了。

宋汉清抬头闭眼，默默念叨："朝腾地盘，重拳出击算述……"

看来老温是多么的无奈、烦躁和毫无把握……

靠！

毫无把握的项目，你把我骗来，老温啊，我一秒钟几十万上下，我跟你去踢球？

夜幕下的成都华灯闪耀，一块青云比平时压低了很多，卷起了阵阵微风。

又是一个温婉妩媚的夜晚，像一个出闺的少妇，成都的夜晚在温志成脑海里总是这样的，特别是从这个中式 KTV 的窗户来看外面夜景的时候。

温志成又点了一根烟，看了一眼肖山茂。肖山茂正在窗户旁打电话，肥胖的身躯时不时地扭动一下，看样子聊得正欢，估计一时半会儿不会收手。

肖山茂是四川中邦 IT 支撑中心的主任，是这次项目选型的技术负责人。IT中心是去年才成立的一个新部门，专管技术维护和 IT 项目工程的治理。肖山茂非常努力，几经扑腾，把整个部门打理得风生水起。他对电信业务也非常熟悉，获得公司主管技术与运营的副总裁牛力的青睐，恰逢中邦新项目启动，考虑到这个项目业务种类繁多，技术也非常深，牛总就把这个重担放在肖山茂的身上。如果按照中邦以往的做法，理应让企信部主任徐长虹来做更合适，不过这样也好，肖山茂是温志成在四川中邦唯一关系亲密的人。

一周前，温志成接到肖山茂的电话，说四川中邦要启动一个上千万的 CRM 项目，温志成开始不信，因为他接触到的运营商级别的 CRM 很少上千万。肖山茂说，这个项目还涉及与其他系统的软件及流程集成，温志成想想也可能，加上他们动不动就采用昂贵的小型机，价格肯定高。要是在甘肃，温志成遇到这么大的项目一定乐开了花，可这项目却偏偏在四川，那真是两个菩萨烧一炷香，没自己的份。在四川，温志成感觉自己连外来的菩萨都不算，更多的时候，他觉得自己是念几句经就随时开溜的云游和尚。

因为在四川，最近三年超过 100 万的投标没中一个，有的都是一些数据维护、综合布线的小活，有一个完整软件名称的项目就是 OA，价格不到 30 万，每次来到四川，温志成都有一种屈辱感。

之所以混到这步田地，是因为"西北狼"把持这个阵地。

西北狼，不是狼。

西北狼，是一个人的绰号。

这个人的名字叫吕让，他是朝腾的王牌悍将。

在西北的电信圈子里，甚至在西南，随便问个做电信的 Sales，吕让这个名字几乎无人不知，就连刚入职的销售新人也可能知道。这个名字如果不出现在他们的入职培训教科书里，就多半会出现在他们的饭桌谈资里。这个圈子里，绝大部分销售与他都有瓜葛，而瓜葛最深的，却是温志成，实际上，他俩之间用恩怨来形容才合适。

他俩的恩怨可以一直追溯到大学时代，温志成早年考入北京一所著名大学，主攻电子工程专业，吕让不但是他同班同学而且还住同一个宿舍。

温志成热情开朗，一直都是班长，而吕让性格忧郁内敛，就混在自己的一个小圈子里，一直是学习委员。两人都是班主任钱伟最得意的门生，班里大小事情，钱伟只要跟他俩打个招呼就基本不用操心。

虽然在班主任面前，两人相处默契，但平日里却没有太多的话。

大二那年夏天，温志成组织了一趟十三陵水库的游玩，吕让和他那个小圈子竟然不去，他们在宿舍打牌，把整个宿舍搞得乌烟瘴气。温志成回来后跟吕让差点打起来，从这以后，他们之间的关系一度到了冰点，但温志成却拿吕让没办法，一是吕让成绩优秀，是老师的得意门生，二是吕让有种特殊才能，实践能力极强，老师布置的各类电路实验，他总是最先完成，接上一台示波器，很快就调出了老师需要的正弦波、三角波和方波，而这个时候温志成的电路板上二极管都没有插好呢。吕让在系里的电子设计大赛获得两次一等奖，直接让本班获得优秀班级称号，温志成顺带成为优秀班长。那时的温志成有一个梦想，就是多评几个优秀和先进，获得留京指标。

不过这件事情发生后，两人从此形同陌路。

但大三下学期的考试让温志成改变了看法。《数字信号处理》的题目难度很大，一共两张试卷，离考试结束只有半个多小时了，温志成才勉强做完一张，他刚一抬头，监考老师的眼睛就盯了过来。他看了看坐在前排的吕让，只见他双手交叉放在脑后，钢笔搁在一边，看样子他已经在复检了。

温志成鼓起勇气，撕下半页草稿纸，写下了一段话：

你好，我希望你能够帮我，请你放弃前嫌。如果你做完的话，麻烦你把第二张试卷的答案抄给我！谢谢。

温志成把这半页草稿纸揉成团，趁老师没注意扔给了吕让。

过了半分钟，吕让举起了手，喊道，老师，你过来一下。

温志成心里一惊，心里绝望地暗骂了一声。

老师过来问什么事？吕让说，我想再要一张草稿纸。老师转身朝讲台走去，吕让抓准机会，行云流水般地把第二张试卷递给了温志成。

事后，温志成请吕让吃饭，两人冰释前嫌，但吕让并没有因此跟温志成走得近，依然我行我素，倒是温志成改变了许多，他再也不介意吕让这个人怎么样，总之以朋友方式相处。毕业后，温志成在恩师钱伟的帮助下搞到留京指标，去了一家国营通信企业做销售，而吕让竟然放弃了留京指标，去了一家南方的民营通信公司做技术。毕业后两人再也没有联系过，后来温志成又意外地接到了恩师钱伟的电话，让他加入朝腾，此时的钱伟摇身一变成了朝腾的副总裁。温志成考虑目前状态不错，还想磨炼两年再说。后来，公司业绩下滑，就有了跳槽的想法，于是想到了钱伟，但从同学那里获知，吕让已经跳槽到朝腾。不知为何，温志成下意识地放弃了去朝腾的想法。

随后温志成去了另一家公司通擎，他这才知道通擎与朝腾是竞争对手。温志成的新职位是软件项目销售，负责新疆的项目，他干得风生水起，深得领导的好评，可是就在3年前他正要大展宏图的时候，远在四川的电话业务管理系统④的投标失败意外地改变了他的命运，据说这个标是因为通擎的标书出错而输给朝腾的，通擎老总王弘圻恼羞成怒，于是把四川销售马涛开掉，让温志成接管四川的市场。入川后，温志成才知道多年不见的吕让赫然成了朝腾四川的销售，还收编了马涛。

第2年，两人各自升为华西区销售总监，从此展开了漫长而激烈的搏杀，硝烟散尽，西部的格局逐渐形成。通擎的地盘是甘肃、新疆；而朝腾的地盘是四川、重庆、陕西、山西。通信行业软件项目是一分耕耘带来一分收获，有了收获，也必然增进一份关系，一般来说，在自己的地盘上是赢多输少，在别人的地盘上是赢少输多。在四川，应了周杰伦的那句话，我的地盘我做主，吕让拿下电话业务管理系统后，四川就成为吕让的地盘，在四川超过100万的项目几乎都被吕让拿下。

包间门推开，宋汉清风尘仆仆地进来，昏暗的灯光下，第一眼就看到窝在沙发上抽闷烟的温志成，他火气就上来了，过去就是一脚，"在这里聊需求？"

肖山茂扭头看了一下，又自顾继续讲着电话。

宋汉清这才知道包间里还有其他人。

---

④ 电话业务管理系统，这个是作者自己拟定的系统名称。

"你终于来了。"温志成用夹着烟的手，揉了下惺忪的眼，努力地看他，严肃巴拉地说，"待会儿好好跟肖哥探讨一下需求，今天晚上看来要加会儿班了。"

宋汉清小声咧咧两句，"你这边的事情，我安排一个工程师就行了啊，还像模像样的，有希望吗？"

温志成嘶地一笑，烟灰掉在地上，他手指一甩，"上千万的项目，只要咱俩联手就没问题。"

又忽悠老子，宋汉清正欲发作，肖山茂走了过来，他拉长调子说："温总，咋愁眉苦脸的？"

温志成来不及刷新表情，"我？哪有啊，肖哥，您电话打得忒长了，我都犯困了。"

说罢，温志成伸了个懒腰。

肖山茂笑说："打起精神，咱晚上不是还有一个节目吗？"

"那当然了，不过我们应该吃点东西，给我兄弟接风。"温志成朝外喊了一嗓子，然后拍了一下宋汉清的肩膀，"肖哥，这个我兄弟宋汉清，还记得吗？负责售前。"

宋汉清递上自己的名片，"你好，肖哥，叫我小宋，刚下飞机。"

"有些印象，"肖山茂笑接过名片，"哇，已经是总监了，好年轻的总监啊。"

"见笑了。"宋汉清自暴自弃，"总监这玩意，一板砖能砸仨。"

温志成说："小宋，这是正当年。"

肖山茂一声长叹，"哥哥我是老太太过年，一年不如一年啊。"

"那今天晚上我要检验一下。"温志成一本正经地说。

肖山茂哈哈大笑，此时服务员上了一些饮料果品，温志成用胳膊肘碰了下宋汉清，细声说："既来之，则安之。"

宋汉清没有理他，直接灌了一杯橙汁，酸的东西让他双眼放亮。

温志成看氛围也上来了，就每人分了一支烟，大咧咧地说："今天晚上是工作娱乐两不误，先工作，再娱乐。汉清，肖哥不是外人，你有什么问题尽管问。"

宋汉清麻利地掏出打火机，噌的一声，凑到肖山茂的嘴边。

肖山茂笑得像弥勒佛。

宋汉清吐了口烟，此时已经进入状态，"其他公司交流过了吗？……比如朝腾。"

宋汉清决定直接面对这家公司名字。

"朝腾"二字一出口，整个房间顿时安静了。

肖山茂嘴角火光闪动，吱吱吸了一口，"交流完了，就等你们了。"

宋汉清说："交流得如何？"

肖山茂轻抓了下脑袋，"也就一些概念，很多东西都不记得了。"

不知道是顾忌大家的面子，还是肖山茂本来就对朝腾不感冒，总之，他说得有些轻描淡写。

"嗯，"宋汉清稍微理了一下思路，"我想了解几个问题，明天哪些人会来呢？时间大概多长？我重点要突出哪些方面？"

肖山茂说："明天，有负责技术和运营管理方面的牛总，IT 支撑中心的我和手下几个工程师，企信部的徐长虹主任，市场部的李甘新主任，另外业务部门的代表都会过来。上午你们讲解方案，十点开始，十一点左右完成，至于重点嘛，说不上，咳，不过，这 CRM 是一个老大难的问题，打算让 CRM 系统跟其他计费、资源管理、呼叫中心协同，大体的东西都有，却一直没有一个清晰的思路来组织这些内容。"

宋汉清哦了一声，所谓 CRM 与其他系统的协同就是企业应用集成 EAI[⑤]（Enterprise Application Integration），心想集成服务平台这种 EAI 项目是业界的一个难题，它形成的原因是多方面的，首先是规划，甲方在做系统规划的时候立足点一般是局部思考，为了做某一个具体的项目而规划，很少站在更高层面，比如公司整体 IT 战略架构上来思考，这样导致了孤立的系统比比皆是，现在业务发展了，问题就暴露了，于是想到了做 EAI。另外一个原因是技术，过去 EAI 之所以难做是因为技术方面的落后，IT 顾问很难提出一套解决方案，而且实施非常复杂，即便是做了也达不到要求。现在技术上日益成熟，管理上要求更加集中，所以做 EAI 就有了基础，万事开头难，最难还是需求，先了解需求再说。

宋汉清问道："你们 CRM 的需求描述得很简单，具体你们是怎么考虑的？"

肖山茂挠了挠头，"哎呀，这个需求怎么说呢，实际上项目比较急，需求还不够细，比如技术方面，怎么去实现？架构什么样？如何保证性能？连通性如何？业务方面，比如一个订单受理，从呼叫中心请求过来，到了 CRM 系统怎么处理？又怎么到资源开通？怎么实现……"

经过一阵探讨，肖山茂后面阐述就比较零散了。

看来肖山茂脑海里的概念也不够成熟，还有很多可以耕耘的地方，至于怎么耕耘就要好好想想了。

大凡有深度售前咨询经验的人就知道，如果客户初期有强烈的目标愿望而却

---

⑤ 企业应用集成：就是一种将不同平台、不同应用、不同系统进行关联、整合在一起的技术和方法，简单说，就是把信息孤岛连接在一起的桥梁，上层的应用如 CRM 才更好地与其他系统交互。

又处于模糊需求的时候，实际上最好不要刨根问底，刨根问底只会得到不成熟的见解，这种不成熟见解在反复确认中会转变成定见，后续影响他就比较难了。

此时，宋汉清有相对成熟的见解，只需要找个机会引导到自己的思路上来即可，效果也更好，也更利于自己，而这个引导决定放在明天的交流会上。

"呵呵，受益匪浅，谢谢肖哥。"宋汉清觉得似乎得到了关键的东西，看温志成已经不知去向，就打开笔记本整理这些需求。

就在此时，姜正山的电话来了。

"喂，姜总，你好！"

过了一会儿，才传来姜总有些疲惫的声音，"汉清，我们黑龙江的标丢给朝腾了。"

"啊？"宋汉清站了起来，转身出门。走廊外，温志成带着两个女孩嘻嘻哈哈朝包间赶来。

昏暗的灯光下，宋汉清一边讲电话，一边沿着走廊徐徐漫步，从姜总略带悲凉的语调中，宋汉清感觉到这是一个灾难性事件。

姜正山最后说，我们太需要一场赢得朝腾的胜利来证明自己，这是我们的使命。

这句话让他甚为悲痛，这种悲痛一下子激发了某种力量，把刚才的烦躁、松懈、埋怨击得粉碎，一种久违的临战感突然袭来，是要跟朝腾真刀真枪地干一场了。

宋汉清做了一个深呼吸，不应该在这里浪费时间了，他妈的，完成 PPT 方案再说，于是返回包间，跟大家打了个招呼，就独自打车走了。

2.2

宋汉清住进宾馆，费了一番工夫，终于把 PPT 方案内容完善了。

此时已过 11 点，明天还要演讲，要做准备了。他先洗了一个热水澡，然后是刮胡子，他把整个脸都打满了泡沫，浴室里的大镜子覆盖了一层薄薄的水雾，根本看不清自己的脸。

刀片游走在宋汉清的脸颊和下巴上，他思绪又回到了明天的交流，虽然今晚获得了一些需求，但能保证明天的交流就一定有效吗？特别是在朝腾的地盘上。

不料下巴传来一阵火辣的痛，他赶紧用口杯接了一杯凉水，泼在镜子上。镜子里的自己一下就变得清晰起来，糟糕，下巴有一道殷红的口子，还好伤口不大。

宋汉清摸了摸伤口，心里嘀咕一句，以后做什么事情都要有一个参考。

参考！

突然，宋汉清心头一亮！现在四川中邦的 CRM 系统不就缺少一个参考吗？所谓参考，就是选型的规范或标杆参照。由于没有统一的参考，大家会按各自的思路提出方案，谁想主导方案，谁就制定这个"参考"，但制定"参考"并不是关键，参考还可能被抄袭，因为朝腾曾经有这个劣迹，那么现在的关键是如何控制这个"参考"。

此时温志成回到了宾馆，他一进门，就躺在床上，伸了一个懒腰。宋汉清嘿嘿一笑，戏谑地说："不错嘛！还能走回来！"

温志成一副无辜的样子，"你又不帮我？"

说罢，两人一先一后笑了起来。

温志成突然笑不动了，"这是一场硬仗！我们优势并不太多！"

在四川中邦做项目，关系尤其重要！朝腾跟四川中邦高层关系根深蒂固，通擎要突破这一层，难度可想而知。宋汉清说："那你打算怎么办？"

温志成没有理会他，而是自个念叨，"如果我们的方案是配方药的话，那销售服务就是护理，那朝腾与四川中邦的关系只是一个表象，它会形成一个壁垒，阻挡我们深入病症，我们的药只是涂在病人的皮肤上而已。我们明明知道这个壁垒，但却无法绕过，首先在心理上就输掉了一半，做一件事情担心这担心那的，随着时间的推移，朝腾项目越做越多，关系也慢慢越深，中邦恐怕想甩朝腾都难啊，我们还有个屁机会。"

宋汉清自嘲地说："看来病入膏肓了。"

"我们的药需要深入症结啊，让他们知道我们才是真正解决问题的人，然后我自有办法。"温志成沉默片刻，"如果还不行，我就给他一个惊喜价格算逑！"

看来这就是温志成所谓的重拳了，宋汉清联想到接口表的那一段话，"惊喜价格，你的意思是？价格战？"

温志成呵呵一笑，"对于四川，我比你熟，什么策略都用过了，有时候越简单的方法越有效，不要低估了杀伤力。当然我还是正常进攻，但是也做好这方面打算，总之，我需要一个好方案，能真正打破这个壁垒，深入症结。"

宋汉清说："什么叫好方案？第一，好方案评价的标准在客户手中，你我说了不算；第二，就算我们的方案好，在朝腾的地盘，他的手段你忘了吗？"

去年，通擎提交了一个很有特色的方案，但到了最后，朝腾拿出一个几乎一样的方案。当时温志成怀疑这个方案很可能被甲方某个人转交到了朝腾，朝腾依葫芦画了个瓢，这样投标距离拉不开，朝腾凭借商务关系的红利再一次中标。

温志成渐渐安静了。

"你刚才打的那个比喻比较好，方案是配方药，销售是护理，但我们要解决 3 个问题。"宋汉清说，"第一，通过这次交流深层次捕获需求，并掌控需求；第二，让他觉得我们才是专业，进而赢得客户信任，确立以我们为标杆的思路；第三，让他不太容易泄露我们方案，或即便泄露我们的方案，也让朝腾无法短时间解读我的意图。"

温志成说："怎么做呢？"

宋汉清站了起来，每当遇到复杂问题的时候，他就喜欢走动，走了几个来回，直到思路理顺，就说："我想到一个办法，这个办法应该适合这个复杂 CRM 系统。如果是成型的套装软件，我们赢的希望不大。而这次 CRM 项目涉及与其他系统的复杂应用集成，由于应用集成导致需求难以预览，功能还会重构，所以不好选型。其实中邦现在还没有一种参考或标准来评价它，只能对比，货比三家，这样甲方也会迷失。我今天分析了肖哥讲的话，目前他的思路还比较模糊，而且是他跟朝腾及其他公司交流后还很模糊，所以我觉得还是有机会，只要规划一个好的药引子。"

温志成急不可待，"什么药引子？"

宋汉清说："中邦做这个项目，有两点是肯定的，一、他们非常想做一个健全的 CRM；二、他们想跟资源管理、计费系统、呼叫中心等做一个整合。我可以快速地归纳这个 CRM 的全局业务场景[6]，这个全局业务场景就是药引子，因为它与需求有关。"

温志成说："如何操作？"

宋汉清说："有了全局业务场景，我可以以此建立、推演和验证各种问题和需求，可以说场景不存在，需求不存在。然后我制订策略，策略兵分两路，第一层策略是咨询策略，采取'先框架后实体'的策略，明天第一次交流，以业务场景着手，通过场景，让甲方明白整体的 IT 蓝图框架，然后通过枚举真实业务流程回归于 IT 场景。做这个的目的，让他深刻认识和领悟到这个系统的机制原理，当人在了解原理的时候，一般立场是中立的，在中立的情形下，我跟他们探讨问题和关键痛点，特别是徐长虹，他是技术出身，又懂得业务，他对问题的敏感度是最高的，吸引住他非常重要。

"通过这个操作，达到的目标是：一、我得到真正的需求细节，而且能控制需

---

[6] 业务场景：在本书或售前语境中，意指项目所关联及涵盖的业务布局或业务单元的 IT 场景，并以此实现信息流、业务流、物流的流转，而 IT 需求就衍生于此。

求的深度。二、通过足够专业的见解打动甲方，就能赢得信任，由于我们掌握了业务场景，也挖掘到细粒度需求，我自然能给出让甲方所认为的参考，包括详细需求和解决方案，但我给出的部分东西是粗粒度的，会有所保留。方案包括 CRM和 EAI 集成两个部分，前者是一个主体方案，后者是前者衍生的一个非常重要的子集。CRM 我们优势不大，而 EAI 集成，这个是我们的强项，所以我要把这一块做强，而且是暗中做强，一旦做强后，就牵涉到 CRM 的整体功能，等朝腾他们发觉后，估计有点晚，再掉转船头，就达不到我们的细致和深度了。"

温志成似懂非懂地说："等等，能否简单点？"

宋汉清说："简而言之：以 EAI 应用集成为触发点，通过控制业务场景，推演和控制需求，同时让甲方感觉我们很专业，建立以我们方案蓝图为参考的选型决策。明天你在现场就明白了。"

温志成点点头，"可是，从第一次交流到投标，至少有两次交流，咱们的方案这次不会到朝腾手上，但下次就很可能到朝腾手中啊，我怕又是竹篮打水一场空。"

"我正好要讲到这点，朝腾抄袭是一个概率问题，也不要太害怕，但确实要做最坏打算。"宋汉清说，"刚才讲的是咨询策略，我还有交付交流策略，这个策略达成我的第三个目标：让甲方不太容易泄露我们方案，或即便泄露我们的方案，也让朝腾无法解读我的意图。我第一次交付交流，给的方案 Word 或 PPT 文档在某些地方相对粗粒度，但讲解 PPT 却是细粒度，由于方案文档相对粗，就算竞争对手得到了也无大碍，他未必看得透。到了第二次交流，咨询策略保持不变，交付交流策略就看情况，如果甲方要把方案要点融入规范或标书，那么交付的 Word方案保持细粒度，PPT 最好不给，或给粗粒度 PPT，但交流绝对细粒度，进一步提升客户对我们的信任，这样到了最后一次投标交流，我们再毫无保留地全力突出。总之，你要全程防护是不可能的，只能拖延对手获取的时间，比如拖延到投标阶段。要是到了投标阶段，他还能拿到我们的方案并能忽悠住甲方，说明，要么我们自己有内鬼，要么朝腾确实是很厉害，那我们丢了无话可说。"

宋汉清讲到最后显然很激动，一种豪情油然而生。

温志成点点头，"嗯，很好。"

宋汉清继续补充："就算靠这个方法还不足以取胜，但能获得更多甲方选型人员的支持和信任是没有问题。你也知道，赢得甲方比赢得竞争对手更重要，只要我们赢得了更多甲方决策者，我们后面还有其他计策，这个计策实施还要在后续的方案灵活变通，所以你现在想也没用。"

温志成走到窗前，略思片刻，"如果是一般的，哪怕是强一点的对手都不怕，但毕竟我们的对手是吕让。"

宋汉清说："是的，整个操作过程，你最好有一个绝对信任的人。"

如果要说信任，温志成手里只有肖山茂这一张牌了。之所以信任，一是两人很投缘，肖山茂也帮了他很多忙，温志成懂得回报。二是与朝腾的销售风格有一些关系，朝腾销售跟四川中邦的高层关系走得近了，相对来说与中层的关系就走得不那么近，加上他对肖山茂下了这么多工夫，两人自然而然地就走到一起，但肖山茂的领导是牛力，他能否顶着压力来帮自己不好说了。

宋汉清看他还在权衡就说："我看过一个生物学方面的纪录片，有一种软体动物，从寒武纪一直进化到现在，背上的壳越来越坚硬，但他的猎食者还是能进化出巧妙的杀手锏。生物学家研究发现，亿万年来，天下没有一种防御是完美的。同样对这个项目而言，敌人再强也是一个防御者，而我们再弱也是捕食者！我这次跟他死磕了，总会有方法。"

温志成点点头，反正横竖都是死，就按他的思路走，"嗯，好兄弟！我说嘛，这种项目就应该让你出马，小子还对兵法很熟啊！你这唱的是哪一出啊？"

宋汉清呵呵一笑，"用兵不拘泥于兵法，不能照搬，不过，孙子说过'胜兵先胜而后求战'，这倒是的。"

温志成哈哈一笑，戏谑道："咳，这售前策略跟我销售策略是一样的，我管这叫：先做前戏，后有高潮。"

宋汉清也戏谑地说："那前戏，咱们可要做足喽。"

温志成说："是啊，你知道人最怕什么？"

宋汉清说："最怕什么？"

温志成说："人最怕前戏自己做了，高潮别人享受了。"

说罢，两人如孩童般开怀大笑。

成都一个小饭馆的包间里时不时地爆发出一阵欢笑。

马涛把一杯酒灌进肚子，油亮的胖脸泛着红光，他看了旁边的小平头一眼，浮笑道："感谢李航，为我们朝腾打出了伟大的一炮，光荣的一炮，正确的一炮。"

李航是朝腾售前，他受宠若惊地站了起来，举杯轻抿一口，"我喝不了酒！听说明天通擎交流，我要好好养足精神，搞不好这两天还会有动静。"

马涛冷笑一声，仗酒直言，"在四川中邦，几乎所有大项目都是我们朝腾做的。我们对他们的业务非常熟悉，这次 CRM 有他通擎什么事？别说是通擎了，在四川，就算那些原厂商也得看我们眼色行事，有什么好担心的，朋友来了有好酒，若是那豺狼来了，迎接他的是猎枪，怕什么！干！"

马涛 3 年前因丢标被通擎解雇，从此就对通擎耿耿于怀，后来加入吕让的鏖下，马涛似乎滋生了一种嗜仇的情结，凡是有挖苦通擎的地方，他绝不嘴短，凡有能赢得通擎的手段，他绝不手软，而事实上也是，在吕让的带领下，通擎几乎被打得苟延残喘，所以马涛对通擎的人也就剩下冷嘲热讽了。最近马涛有一种感觉，在冷嘲热讽中，连手段都不用就能抢下单子，真的很无聊，无聊多了，人就会寂寞。在以前的通擎，他感受的是浮躁，在朝腾，他感受到热火朝天，最后又逐渐感受到了寂寞的滋味，他看了看旁边沉默的吕让，有那么一刻，他朦胧中似乎有了一种顿悟。

吕让，三十多岁，一张泛着青光的脸轮廓分明，消瘦却有点肌肉感，显得有几分英气，一米七多点的身材让他显得单薄，而他却更好地释放了亲和力。他淡淡地听马涛吹牛，轻轻地把烟灰敲在烟灰缸上，似乎马涛的吹嘘远不如香烟给他的享受。圈内了解吕让的人就知道，他还有一个特点，就是平时话比较少，但跟他在一起却很融洽。外人见到他，怎么也不会想到这个谦和文雅的人就是"西北狼"吕让，反而会对他的手下，人称流氓销售的马涛肃然起敬。

吕让做事干练沉稳、隐忍果敢，用朝腾副总钱伟的话来说，他属于万里挑一的经营型销售，当然这里有恩师对弟子的褒奖成分，但吕让确实是非常难得的销售，掌管华西各省市场。在这个版图上，业绩最好的是四川、重庆、陕西、山西等省，他一旦吃下这几个省，就开始精耕细作，把这个版图上的关系夯得踏踏实实、固若金汤。

马涛的个性肯定是不习惯寂寞的，他继续说："在我们的地盘，通擎也就吃一点我们剩下不要的项目，比如搞一个 OA 啦，要不就接一点数据库维护等等的小活。"

李航忍不住打断，"既然我们在这几个地区这么强大，为什么不把这些小活都揽下来呢？让他们喝西北风岂不更好！"

马涛把烟头往烟灰缸上一摁，"错！我们就是让通擎求生不得求死不得，陪着咱们玩儿。如果不让他玩了，别的公司还会进来的，别的公司咱们不了解，不好操作，但通擎我是太了解了，好操作啊。再说了，不让他们喝点粥，他们狗急跳墙，我们也不好受啊，你没有听说过零价竞争吗？小李啊，毕竟你是做售前的，有些情况不了解。"

李航听他一番阔论立即豁然开朗。

"通擎成都办这拨人，不是中邦养活的，"马涛刻薄地说，"而是我们朝腾。"

李航会意一笑。

马涛给吕让满上一杯啤酒。

吕让摆摆手，意思是算了。

马涛喝完最后一口啤酒，看了看吕让，"吕哥，时候不早了，咱们撤吧。"

吕让点点头。

回到宾馆已经很晚，吕让这两天感冒，引起鼻咽炎。他把一粒药片放入口中，拿起杯子啜一口热水，把药片送进肚子，同时感到一股热流从胃升起，立即用大拇指捂住右边的鼻孔，猛吸了一口凉气，抬头晃了晃脑袋，一抹嘴，顿时感觉好了很多。

马涛小声说："吕哥，还有一件事情，刚才一直没有说，肖山茂也是牛总手下的红人，现在温志成跟肖山茂走得非常近，发展下去，对我们不利啊。"

吕让又喝了一口热水，轻咳几下，"肖山茂只是一个干活的小角色，话语权还不一定有徐长虹大。年初徐长虹主持了新电信产品的规划工作，CRM多多少少有产品套餐策略吧，等第一次交流完毕后，肖山茂能否主持这个工作还是个问题，牛总前段时间还犹豫过，本来CRM这种项目就是老徐的业务。"

一席话听得马涛眉头一舒，"你跟牛总商量过？"

吕让反手捏了捏自己颈椎，摇了摇头。马涛看不出他是活动筋骨，还是摇头否定，不过这里面是有乾坤的，于是好奇地问："你的意思是说肖山茂不管这事了？"

"具体看牛总安排了。"吕让轻咳了几声，"明天是通擎的交流时间，我还是那句老话，任何时刻都不要掉以轻心，我再强调一遍。"

马涛脸色微变，自知今天酒话有些过头，就摆足了积极姿态，"我这两天跟内线联系一下，摸摸通擎的底，看看他们的效果。"

吕让点点头，"好，早点休息吧！"

马涛退出房间。

2.3

8月2日上午10点，四川中邦201会议室。

温志成和甲方一起坐在下面，宋汉清拿着笔记本电脑走向讲台。

交流马上就要开始了。

这次四川中邦甲方阵容[7]也很庞大，坐在最中间的是主管技术与运营的总裁牛力，他40多岁，头发稀疏，天庭饱满，不怒自威，他有这个项目的最终拍板权。左边是企信部主任徐长虹，他30多岁，肤色白净，双眼有神，留一个寸头，看上

---

[7] 四川中邦甲方阵容，其成员及关系详细见最后附录：故事人物与竞争格局-《四川中邦CRM项目甲乙方关键人物与竞争格局图》。

去淡然而老成，他曾经参与了很多电信产品的规划，对这个项目的作用可想而知。右边是李甘新，也留着寸头，一双眯缝眼，看上去似笑非笑，他是市场部的主任，也是 CRM 部分功能的使用者。再往右是 IT 支撑中心主任肖山茂，他是这个系统的选型负责人，和技术建议者，算上各个部门的一些骨干，选型团队大概有 10 人左右。

会议室的门被推开，一个身材曼妙、清丽优雅的女孩走了进来，象牙白的脸蛋上一双漂亮的眼睛略微不安地扫视整个会场，看到温志成，立即浮现一个柔和的笑容，走过去，坐到他旁边。

这女孩不禁让宋汉清多看了几眼。女孩跟温志成细语聊了两句，然后又笑盈盈地掏出名片递给了旁边的徐长虹。哦，难道是自己公司的？宋汉清正要验证这个判断的时候，女孩也看到了讲台上的宋汉清，两人四目相对，宋汉清用一个只有自己能感觉到的浅笑回应了一下。

肖山茂看了一眼牛力，又看了一眼大家，手一抬，"开始吧。"

宋汉清按下笔记本的屏幕切换键，大家不约而同地望着屏幕。屏幕上白茫茫一片，空空如也，什么都没有。

正疑惑间，全场的音响响起了宋汉清的声音。

"各位领导，及专家，大家好！我叫宋汉清，非常感谢大家来听我的汇报，据说这次给我的演讲时间有一个小时，按照我的演讲速度，我一小时可以讲将近 15000 个汉字，大家听完如果能记得百分之四十的内容就阿弥陀佛了，怎么办呢？"

宋汉清扫了遍全场。

"好办，我让大家记得 8 个字就可以了，怎么样？轻松一点。"

好！不知谁回应了一声。

"谢谢，这 8 个字就是'业务融合，流程驱动'。"

8 个硕大的字出现在屏幕中央。

"下面，我将用 15000 个字来诠释这 8 个字，我们正式开始。"

无形中，甲方已经全神贯注，宋汉清也进入了状态，但不知道为什么，他好像还有第二双眼睛似的，在关注这个女孩的一举一动，他甚至还看到，女孩的笔掉在地上，她有些犹豫要不要去捡，她想用脚去勾，但瞥了一眼温志成，最后还是放弃了。

不过宋汉清很快克服了杂念，切换到了交流的议程，显示如下：

通擎公司介绍

通擎在中邦能力蓝图概述

第一部分　CRM 项目建设汇报

中邦电讯 CRM 诉求与行业展望

中邦 CRM 建设误区与项目指导

通擎 CRM 方案理念及解决之道

CRM 总体架构规划

CRM 功能蓝图

CRM 主要功能特性详解

典型案例分享

第二部分　EAI 平台建设汇报

CRM EAI 应用集成设计在运营商的应用展望

EAI 集成环境分析

电信服务集成技术概述

CRM EAI 技术线路及实现思路

CRM EAI 应用集成的方式

典型案例及分析

这个议程是宋汉清精心准备的，目的是传达通擎的设计理念和功能特性，并让四川中邦有一个感性的认识。这个议程由两部分组成：第一部分是功能篇，第二部分是集成篇。

对于第一部分，宋汉清不会过多表达，只引导大家，特别是让牛总和徐长虹认同自己的方案理念及关键功能特性就可以了，而"业务融合，流程驱动"理念是让 CRM 和 EAI 进行无缝整合的关键。

宋汉清很快就讲完了第一部分内容。他定了定神，接着开始讲第二部分：EAI 服务集成，考虑到目前中邦对 EAI 还没有统一的思路，同时每个人对这个话题的理解不一样，所以决定采用深入浅出的办法循序渐进地讲解。

"好了，咱们来看下面一个重要议题：EAI 服务集成平台建设！我相信今天在座的诸位，是来自各个业务处室或不同的技术部门，有些朋友可能是数据中心的，有些朋友是搞计费的，有些是搞大客户的，有些朋友经营分析的，今天来听我的讲座，这本身就是一个 EAI，Enterprise Application Integration，企业应用集成，为什么呢？"

听到这个问题，有些人在思考，有些人很茫然，有些人眼前一亮含笑点头，更多的人是期望揭开谜底。

宋汉清继续启发，"大家想一下，咱们工作在不同的部门，今天来开会，是不是要进行有效的沟通？沟通就是数据交换，光交换还不够啊，你应该有选择性地交换，有选择性地交换还不行，还得有流程，为什么肖主任来做主持，就是要控制流程嘛，如果没有主持，大家今天就可以随兴聊了，搞不好就聊到股票去了，呵呵。"

说到这里大家顿时豁然开朗，兴趣也大大增加。

宋汉清继续引导，"流程控制好了，是不是就完成 EAI 了呢？"

有些人摇摇头。

宋汉清说："太对了，还不是，EAI 建立良好的沟通、良好的流程还不够，还得有一个平台来管控和表达我们交流的内容，所以评价一个 EAI 好不好，很重要的一点就是看这个平台好不好，平台就如一个人的脸面一样重要。"

肖山茂点点头。

"有了前面这些认知，下面讲解 EAI 就容易理解了。"后面宋汉清围绕着议程言简意赅地表述完成，接着说："下面到了一个最重要的环节。"

宋汉清走到白板前，拿起一支油笔，"我现在想了解一下需求，了解之前，我想确认一下这次项目的全局业务场景。"

宋汉清用油笔把这次项目所涉及的业务单元、关联系统等连接在一起，经过甲方人员确认后，形成了 CRM 与 EAI 的全局业务场景。

全局业务场景一出，宋汉清知道，此时可以毫无悬念地执行昨晚的策略。

由于这个业务场景是粗粒度的，大家接受起来就非常容易。首先围绕订单受理这一流程展开，因为这是一个关键流程，涉及多个业务系统。可以很轻松地把各个步骤深入浅出地交代。宋汉清之所以选择这个流程作为启发点，有三个目的，一、通过该流程来奠定整体业务蓝图；二、可以挖掘、收敛客户的问题及需求；三、判断四川中邦的 EAI 技术水平，如果甲方水平高，接下来的交流就应该深入，如果水平欠佳，接下来的交流就应该浅显。

"首先，呼叫中心的客服代表接到客户的服务请求，随后客服代表通过 CRM 来查询客户信息、或录入客户信息，可以方便地将客户请求作为一个销售机会关联一个客户号或某个账号上，随即产生一个订单……"宋汉清把订单在不同系统的应用从不同角度讲述了一遍，由于这是活生生的业务，大家非常感兴趣。

宋汉清从业务操作角度一直驱动到技术细节，通过边演讲边探询的互动方式进行，让大家接受起来非常容易，又挖掘了他们的需求。在这种启发性的互动中，客户不由自主地暴露了自己的真实想法。到了最后，几个骨干干脆走到讲台上，用油笔以板书的形式跟宋汉清进行详细的交流。

徐长虹来到宋汉清的跟前，递过一张名片，"你今天讲的这些内容很有启发，看来做这个项目意义非常大，将来我们整合其他系统，这个也是基础啊。"

"是的。"宋汉清开玩笑地试探，"徐主任，我想问您，今天的主题八个字记住了吗？"

"记住了。"徐长虹脱口而出，"业务融合，流程驱动。"

宋汉清呵呵一笑，立即跟他交换了一个名片。

徐主任指着白板，"这样的类似场景，你们做了哪些案例呢？"

"做了不少了，广东中邦，福建和湖北都有我们的案例。"宋汉清随意展开。

徐长虹点点头，"我们要好好收集这些，啊，这些，这些个……"

徐主任一时想不到一个合适的词，宋汉清接过话茬，"要点。"

徐长虹嗯了一声，"这些要点，能否把这次交流的电子文件给我呢。"

宋汉清昨天晚上对电子文件做了粗粒度处理，就肯定地说："当然可以，我发你邮件。"

肖山茂走了过来，"也给我发一份，不错，不错，很有启发，我们要好好消化一下，再做第二轮交流。"

宋汉清说："好的。"

温志成看氛围不错，就借机也把牛力迎过来加入讨论，温志成也打算表现一下，他和肖山茂一唱一和，谈笑风生，场面非常热烈。

宋汉清抽身来到女孩面前，他低头看了一眼她桌子底下，地上的笔早已不见了。

"你好。"女孩笑着站起来。

"你好。"

"你刚才低头，是不好意思吗？"女孩笑盈盈地说。

"不是，我是在找东西。"宋汉清笑道。

"嗯，应变能力不错，温总刚才还说你是个好售前。"

"他瞎说的。"宋汉清说。

没多久，温志成从宋汉清身旁走过，顺口说了句，"汉清，这是牧小芸，新同事，我下午还有些事处理，中午你们自行安排。"

说罢，就和甲方一行人走了出去，很快会议室里就剩下宋汉清和牧小芸两个人了。

宋汉清说："你是新来的？以前没见过你。"

牧小芸点点头，"是的，我以前在其他公司做面向企业的销售，刚跳槽到咱们通擎没多久。"

"哦，这样啊。"

"我发现以前小项目搞定一个人就可以了，现在发现电信领域有很多事情要做，真的很复杂，所以我要重新开始。"

"都差不多，很快就会上路，习惯就好了。"

"不过，你讲得非常不错哦，连我这样的人都听懂了。"

"嘿嘿，售前演讲并不是让人听得懂就好，是该让他懂的他就懂，不该让他懂的就不让他懂。"

牧小芸若有所思，"哦，挺有道理的，不过要达到这个要求很难啊。"

宋汉清说："这个倒不难，其实售前还有一句话，'让客户这样懂，而不让他那样懂'，这才是难呢！"

牧小芸点点头，"嗯，我知道了，要让客户以我的方式去理解，这个确实不容易。"

两人走出中邦大楼。宋汉清觉得口干舌燥，刚才 1 个多小时不停的演讲，嗓子如着了火一样。正好发现街道旁有一个小超市，无奈小超市临门街道比马路甬道要高出 1 米多，他看到超市前几个玩耍的小孩，掏出钱，对他们说："小朋友，去买两瓶矿泉水。"

其中一个熊孩子嬉皮笑脸地用四川话说："能不能多买一瓶可乐咯？"

"我靠，这娃头脑不错嘛，长大了是个好售前，要得，你要愿意娃哈哈都可以，速度要快。"

很快，熊孩子就屁颠屁颠地把两瓶水和一瓶可乐买了回来。

两人边喝边聊，聊到一半，牧小芸说："小朋友把零钱给你了吗？"

宋汉清猛然想起，"忘记要了。"

两人回头一看。那熊孩子正憨憨地喝着可乐，还朝这边傻笑。

牧小芸说："这娃长大了不会做售前，他一定会做销售！"

宋汉清脸露忧伤，"我突然有一种预感，他最终可能会做客户！"

第三章 | 曲线救国

"我第一张好牌刚上手就被打掉了，怎么办？就打张小牌看看路况吧，或许能曲线救国，做人要有点理想，万一实现了呢？"

四川项目回忆

通擎华西大区销售总监　温志成

3.1

交流结束后，肖山茂要对这个项目进行初步分析，从交流的 IT 公司中挖掘他们的方案亮点和有价值的建议，然后再整理一个详细报告给领导，当然了，这些亮点尽可能偏向通擎。

肖山茂把报告打印出来后，通读了一遍，酝酿了一番说辞，就来到了会议室，徐长虹、李甘新早已落座。

不一会儿，牛力疾步推门而入，顺手扯了一把椅子坐下，抬头看着屏幕。牛力稀疏的头发让他显得天庭饱满，紧闭的嘴唇又让他显得严峻，他扫了大家一眼，"你们谁讲？"

"牛总，是我。"肖山茂把报告书递给了牛力，然后敲了一下键盘，"刚刚结束了第一次交流，这几家公司在我们以往的项目中接触过，对我们的情况也比较熟悉。CRM 项目是今年的重头戏，由于这个项目的需求还有很多需要落实的地方，所以这次交流，也主要看这些集成商的理解能力和咨询能力，最近通擎……"

听到这里，牛力诧异地嗯了一声，略带责备地说："需求还没有落实？项目都申报个把月了，要是影响了选型，岂不是乱弹琴？还有什么需求没有落实，啊？"

肖山茂本想从这个角度把通擎的思路顺理成章地带出来，而这个思路是大家认可的，突然被牛力这么一打断，思路一下跑得无影无踪，他一时语塞。

徐长虹看肖山茂回答不上，就说："是这样的，CRM 这个项目有点特殊，过去我们提出的需求都是框架性的，但缺乏方向性，就是说具体的细节还没有，项目申请上去了，不影响选型，反正还有第二次交流嘛，他们回去做方案后，需求就细化了。"

肖山茂感激地看了一眼徐长虹。

牛力眉头微皱,"你们脑子里只有框架性需求,怎么测量方向性的问题呢?不要又出现售前阶段是南,售后阶段是北的问题。"

这话是有典故的。多年前,中邦签订了一个项目,在售前阶段把需求从别的项目随便拷贝过来。到了售后,正式需求一提出来,双方就开始扯皮,最后把两家公司弄得筋疲力尽。

徐长虹拿捏着口吻,"不会,这次通擎交流的时候,我们已经把问题分析得比较清楚了,他们有些思路值得借鉴。"

牛力看了看肖山茂。肖山茂赶紧点点头,"嗯,长虹说得没错。"

牛力又看了看李甘新,"你的意见呢?"

李甘新笑眯眯地说:"我暂时没有意见,等第二轮方案交流,我们再仔细斟酌一下不迟。"

牛总双手放在桌面上,这是他做决定的习惯动作,他说:"嗯,突然想到一个事,我想让徐长虹来把关整个项目的选型,徐长虹对需求的敏感度更高,经验也丰富,就让徐长虹来抓需求,研讨方案。肖山茂你负责项目选型的事务协调,李甘新你也可以提出你这边的需求。啊!我的意思是流程还是和以前一样,思路稍微调整一下,大家看有什么意见?"

尽管牛力语气很客气,但意思再清楚不过了。肖山茂面容一僵,他嘴巴咀嚼了一下,然后做了一个吞咽动作。就在半个月前,牛总对自己说,山茂啊,最近CRM启动了,你去召集软件集成商搞一次交流,最后还叮嘱务必做好报告,这不就是让我来操办这件事吗?现在怎么又变卦了?也或者牛总当时只是让自己协调一下,压根就没有把这个责任放在自己身上?

徐长虹也没想到牛力会改变思路,望了一眼李甘新,他还是笑眯眯的。徐长虹表态说:"都是分内的事情,大家齐心协力都没有问题。"

牛力翻了翻肖山茂的报告书,"这份报告书很翔实,不错,山茂啊,以后报告书打印出来之前,事先给每个人都抄送一份。"

肖山茂愉快地说:"好的,没有问题,事情急,就忘记了,下次都抄送给大家。"

牛力说:"好,接下来工作怎么安排?"

肖山茂有些拘谨,"研究一下方案,再做第二轮交流……"

牛总轻咳了一声。肖山茂这才意识到自己的工作被"变动"了,赶紧闭嘴。

徐长虹好像突然想起什么似的,说:"哦,我先仔细消化他们的方案,了解集成商的软件建设思路,确认这种思路对我们的帮助,然后综合自己的想法提出需求和建设目标,这样就不会被集成商牵着鼻子走,再举行下一次交流,做下对比,然后形成自己的招标要求,招标就简单了。"

牛力深以为然，"磨刀不误砍柴工，想清楚了就去做。那第二轮正式交流定在什么时候？"

徐长虹说："大概 4 周后了，就定 9 月份吧。"

牛力盘算：8 月第一次交流，9 月第二次交流，国庆节前可以投标，就一锤定音，"好！"

温志成三五两口扒完一碗砂锅饭，就打车回宾馆，晚上他要跟肖山茂聊聊后续的工作。一直等到晚上 8 点，肖山茂才来，四目一对，温志成感觉他有些异样。

果然，肖山茂抓了抓肥厚的后脑勺，一屁股坐在椅子上，一脸愁苦。

"怎么了？"

肖山茂叹了口气，"今天中午开了个会，我以后不负责具体的选型事务了。"

温志成吃惊地看着他，"啥？不负责了？"

肖山茂一五一十地把上午的决定讲了一遍，最后补充说："项目我还继续跟，但后面徐长虹负责了。"

温志成愤怒地骂了一声，"吕让这个王八蛋。"

肖山茂说："你怀疑吕让搞的鬼？不会，不会，他还没有这个能量，也用不着，估计就是牛总自己的想法，因为这个项目本来也是徐长虹的。"

温志成只是想嫁祸，就说："这才像他的手法呢，朦胧中透着狠。"

肖山茂闷闷地摇摇头，"不太像是吕让干的，是牛总，牛总做事拍脑袋，算了，不管是谁，你也可以准备一下后事了。"

温志成一下子失去了跟他扯谈的兴趣。

肖山茂安慰说："我认为这事情喜忧参半。"

"何以见得？"

肖山茂说："我说喜忧参半是有原因的，首先说忧，我不牵头，对你肯定有打击，对吕让来说是个利好消息。再说喜，徐主任有时候比我还管用，他是意见领袖，有些脾气，今天他还说通擎做得不错的，选型这件事情对他很重要，要是上了一个烂系统，他将来就麻烦了，而且他后台也比我硬。正因为这些，他对系统或方案的好坏是非常看重的。"

温志成说："我没那么多精力去重新做关系啊，我对我手下那个女 Sales 也不放心啊。"

肖山茂说："办法总比困难多！要想赢得这个单子，你要充当一线销售了。"

温志成不置可否，愣在那里，看来只能做回一线销售了，就问："那接下来有哪些工作要做呢？"

肖山茂说:"接下来开始第二轮交流会,时间大概在 4 周以后了,交流完第二轮后,我们就把招标文件写好,第三轮就发标书了,国庆节左右招标。"

温志成觉得肖山茂对自己很真诚,就决定把前天与宋汉清密谋的事情告诉他,"肖哥,这次我们想了另外一个思路,想与你探讨一下?"

肖山茂说:"哦,请讲!"

"其实,这个思路已经在执行了……"温志成于是把"胜兵先胜而后求战"的细节一步一步地讲给他听。

肖山茂欣然说道:"我说呢,这宋汉清这方案讲得蛮好,特别是对我们需求的梳理,我觉得你们上次似乎赢得了老徐的心,也让老牛没有挑出毛病。"

温志成面露难色,"现在是徐长虹主导了,而你被放下了,这个策略还有效吗?"

肖山茂说:"有效啊,继续执行,宋汉清说得好,最终就是赢得信任,赢得支持。"

温志成说:"那要告诉徐长虹吗?"

肖山茂说:"告不告诉都无所谓了,因为徐长虹接手已经是第二阶段了,宋汉清那个时候的交付思路已经说得很清楚了,交付的方案 Word 保持细粒度,PPT 最好不给,或给粗粒度 PPT,实话跟你说吧,到了那个时候,我们不管 PPT 了,我们拿到 Word 方案就做招标文件了,哈哈。"

肖山茂对内部的事情门清。

温志成立场就坚定了,"那我就不告诉。"

3.2

通擎四川办事处在莲花北路一个灰白色十层高的写字楼内,尽管通擎为了面子问题,租了八层最吉利的一间办公室 808,地方不大,但相对于里面空留的座位,还是很宽敞的。温志成提着电脑包跨过办公区,对牧小芸说,"进我办公室。"

温志成所谓的办公室只是用一个稍微高点的玻璃围成的 U 型办公区,他推开了窗户,看到街道对面,不知道什么时候悬挂了一幅巨大猩红色广告牌,煞是惹眼,上书 6 个大字:牛大叔狗肉馆,鬼使神差地,他竟然念出了声。

温志成回头打量了办事处一眼,猛然想到了一个词:虎落平阳被犬欺。看来今年要在成都做点事情了。

牧小芸过来了,"温总,你找我?"

温志成拿着水杯，走到饮水机前，敲了下桶，"问你一个问题，如果是你，你如何拿下四川中邦这个项目？"

牧小芸决定好好表现一下，"四川中邦被朝腾把持了 3 年，关系肯定非同一般，但关系都是人建立的，所以我只要把人的工作做好就可以。首先，我们从四川中邦最薄弱的地方着手，那就是肖山茂，通过他来了解整个中邦关键决策者对这个项目的决策信息，满足他们每个人的需求，比如徐长虹、李甘新，一直到牛总，各个击破！"

牧小芸自以为一番高论会得到温志成的肯定，并随时准备一个谦虚的笑容。

温志成接了一杯冰水，浅喝一口，摇摇头，"你既然都知道这里被朝腾把持了 3 年，就应该知道他们有的是内线。你的一举一动都在他们的掌控之中，关系又没有他们硬，你这样所谓的各个击破，用处大吗？你可知道，徐长虹接替肖山茂主导选型了，这是刚刚得到的消息。"

一盆冷水泼来，牧小芸声音小了很多，"啊，那怎么办？"

温志成坐回自己的椅子，放下水杯，"我们在四川的竞争对手就一个：朝腾，而朝腾在四川是没有天敌的，吕让是谁不多说了，他跟牛总关系很密切，吕让手下还有一个人称'流氓销售'的马涛。"

斯文和气的吕让和流氓作风的马涛在一起，这真是一个变态的组合，温志成既想笑更想骂。

"流氓销售？这年头还有流氓销售？"牧小芸忍不住说话了。

温志成讪笑了一下，"马涛以前是我们通擎的，3 年前跳到了朝腾，我们知根知底。"

"上回我记得你说吕让是你同学，这马涛又是你以前同事，那真是，"她看了看温志成，但还是小心翼翼地说出来，"冤孽啊！"

"这个圈子就是跳来跳去，串门似的，正常，聊正事吧。"温志成越发沉重，"中邦的任何决策都不能脱离牛总，吕让守住牛总就一夫当关，万夫莫开，加上马涛这个散兵游勇，够我们好受的了。"

牧小芸点点头。

"所以，你要想各个击破很难。"温志成从名片夹里抽取出一张名片递给她，"这人是牛总的秘书钟天，他本身对项目价值不大，但毕竟是牛总的一个关口，你可以用各种办法去接触他，暂时不要牵涉到 CRM 这个项目，纯粹的关系建立，纯粹的个人情谊。"

牧小芸接过名片，"为什么是个男的？他具体做什么工作？"

温志成哼了一声，"他工作有几个部分，帮助领导处理日常事务及催办，比如下级部门反映的情况，调查落实，所以这钟天也是牛总的眼线。他干的不是端茶送水的活，那当然是男的了。"

牧小芸哦了一声，"那我接触他，目的是什么呢？"

温志成说："在不远的将来，搞清楚对手的动向，顺带还可以跟牛总搭上线。"

牧小芸说："那也太不靠谱了。"

温志成从容笑道："不靠谱？哼！我这两天决定了，我跟宋汉清打的是正面战场，我要亲自做一线销售，而你的任务就是一个，搞定钟天，时候到了自然有你的价值，说不定还能曲线救国。"

其实曲线救国才是温志成的意图。

牧小芸这才豁然开朗，"那太好了！好轻松！嘿嘿。"

"轻松？"温志成抬头看着天花板，"天天待在空调房里当然轻松，收拾一下，带上见客户必备的资料，我们马上去一趟中邦，找机会拜访下钟天，顺道熟悉一下中邦业务，然后，给我一个详细的汇报。"

牧小芸自信地点点头，"行，我肯定完成任务！"

温志成拿出打印好的拜访计划表格，递给她，"你简单填写一个拜访计划。"

牧小芸填到一半，说："拜访钟天的由头，写什么好呢？"

"这个由头完全是我们虚拟的。"温志成说，"拜访原因，就是回访一下 OA 软件使用情况，比如：好不好用，什么功能用得多，什么功能用得少之类的，他公司的 OA 是我们开发的，这个由头很自然，记住了，你是曲线救国。"

接着温志成把中邦 OA 的应用情况讲了一遍，算是培训。

四十分钟后，一辆出租车停在了四川中邦的大楼前，温志成说："公司到现在为止还没有给四川办事处这边配车，如果能成这个单子，估计公司会批一辆，所以呀，你要努力了，以后就有车坐了。"

牧小芸信心满满，"我会努力的。"

温志成走后，牧小芸一个人在中邦办公大楼里游荡，她决定不乘电梯，要拾阶而上，这样可以领略中邦的文化氛围。

中邦的办公大楼每一层都有一个开放的会客厅，角落置放一台饮水机，四周有若干布艺沙发，沙发上偶尔坐着几个人，他们有些是刚出校门的青涩大学生，毕恭毕敬地坐在那里，这些人不要担心，他们大多数是菜鸟；有些是灰白头发的中年大叔，耳朵上挂个耳机，猎人般的眼神时不时地扫射，温志成说这类人不要怕，他们大多数是属于腰里挂着个死耗子，冒充打猎的。也有一些三十岁左右的年轻人，他们举手投足有一些沉稳，沉稳中有一丝油滑，但这都不是关键，关键是这些人很容易让人误以为是中邦的工作人员，温志成说这些人是最要担心的，因为他们是最鬼头的销售。对这些传说中的鬼头销售，牧小芸多了一份好奇，不由多看了他们一眼，谁知道这些鬼头销售对她更是充满了好奇，只不过眼神中似乎有些不同寻常的念头。

牧小芸受不了这些眼神，她转身拾阶又上了一层。这一层格局和下面一样，不同的是这里的沙发全是皮的，连地板砖也提升了一个档次。惹眼的是，会客厅中间一个红衣黑裤的漂亮苗条女士正旁若无人地大声讲着电话，还时不时爆发几句国骂。而后，过来一人，猥琐地叫了声，小丽啊，她立即面若桃花，声音带着沙哑，叫了声梅主任，屁股一扭就凑了上去，或许扭动幅度太大，胳膊腕上的包不轻不重地打在了梅主任的臀部，哟，打着你了，梅主任。梅主任笑嘻嘻地说，没事，这里热，要不屋里聊吧。

这一幕，牧小芸看得脸红耳赤，她虚弱地差点扶了墙。

她透了口气，发现沙发上还坐着一个三十岁左右的年轻人，梳着寸头，面色冷峻地看了她一眼，又漫不经心地看着报纸，眼神带着一丝不屑，似乎在说，没见过场面的小女孩。

她稳了稳神，走到中间的沙发坐了下来，她从包里拿出拜访计划，熟记了一遍，然后掏出名片，一看，钟天在 615，而这层楼正是第六层。

牧小芸掏出小镜子整理了一下发型，就提着包，朝走廊走去，左边是双号，右边是单号。她走了很长一段路才来到 615，这门关得严丝合缝，她敲了敲门，"有人吗？钟经理在吗？"

"请进！"是一个女人的声音。

她推门进来，房间比她想象的要大，中间是两张并在一起的大班桌，右侧是中年妇女，梳着个包菜头，有些微胖，她皱着眉头看了牧小芸一眼，"你谁啊？"

牧小芸镇定地笑了笑，"我找钟天，钟秘书！"

包菜头冷冰冰地说："约了吗？约好了再来吧！"

牧小芸哦了一声，也不知道说什么为好，只好退了出来，关上门，然后朝里做了一个鬼脸，在心里默念了个三字经：你妈的，然后掏出电话，照着钟天名片上的号码，拨打过去。

"您是钟秘书吗？"

"什么事？"

牧小芸笑呵呵地说："是这样的，我是通擎的牧小芸，我想做一个咱们企业OA 的使用情况回访，不知道您有时间吗？"

"没时间。"

牧小芸脑袋一大，"哦，那您什么时候方便呢？"

"我跟你说了我没时间！"

咔哒，对方挂了电话。

有雨天边亮，无雨顶上光，成都的天气总是变幻莫测。马涛拦下了一辆出租车，告诉师傅，去春熙路必胜客。

这次去春熙路，是见内线张小志。张小志是中邦干活的骨干工程师，中邦选型有让一些骨干参与的传统，因为他们的建议有时候有价值，所以大多数情况下，他都会是项目选型组成员，正因为这一点，他也早被马涛发展成内线了。

本来这见面的事情还不至于这么着急，但是考虑到市场风云万变，加上吕让还要到其他城市去巡视，马涛决定提前出马为妙，今天的任务就是：从张小志口中打探这次几家公司交流的效果和评价，特别是某些领导背后的想法，比如徐长虹、肖山茂等等，当然了，顺带还要拿点东西。

他俩默契了多年，平时在单位见面装着不太熟的样子，可是一到了外面就熟络得不得了，春熙路必胜客是两人经常联络的地方。

还没有到饭点，人比较少，马涛把手机放在桌子上，点了一杯苹果汁，然后悠闲地听着音乐，不一会儿，手机屏幕闪了一闪，接着噼里啪啦地震个不停，他正要接起，对面就坐下了一个人，来人正是张小志。

马涛急忙起身戏谑地说："呵，张工驾到，有失远迎啊。"

张小志故作鄙薄，"老来这一套！有没有点新鲜的！"

两人一边寒暄一边点了各自爱吃的东西，服务员很快就把超级至尊比萨，几款果饮、若干鸡翅、水果沙拉一一送来。

马涛抹了抹嘴，"交流完后，你们对朝腾的评价如何？"

张小志切了一块比萨放在马涛的碟子上，"还不涉及评价你们！再说了这些评价也不是我们来写，不过肯定有一番议论。"

马涛道了一声谢，一副漫不经心地样子，"议论？有哪些议论？"

张小志说："CRM 这个系统，大家都各有千秋，不过你们这次没有突出特色！怎么说呢？对你们印象不深！就是这个意思。"

马涛眼珠一转，心想不会吧，上次李航交流得非常顺利呀，几乎没有遇到任何障碍，不解地问："我们的 CRM 系统没有特色？那徐主任、肖主任是怎么看的？"

张小志说："不仅你公司的没有特色，其实每个公司都差不多！不过你放心，我想领导对你们的产品有信心，因为大家都觉得你们对我们比较熟悉。"

马涛释然了一些，就问："那通擎的方案如何？"

张小志说："各有各的说法，我的看法跟他们不一样！"

马涛说："要不说你老哥好呢，你是怎么看的？"

张小志说："首先，通擎的 CRM 一般。"

马涛忍不住嘿嘿一笑。

张小志说："但是，他们那售前会说话，拿支油笔画得满地都是，愣是把徐主任和老肖忽悠住了！"

马涛哦了一声，"那他们都觉得通擎好？"

张小志说："看上去讨论得很热烈！"

马涛骂了一声，"这就奇了怪了！难道有什么秘密武器？"

张小志不以为然，"也就那样吧。"

马涛说："不要被他们忽悠了！我们李航实在，不搞那些花花肠子！"

张小志双眼放光，鬼黠地说："或许是他公司来了一个美女销售吧，大家都好像打了鸡血一样！我都差点被迷住啦！"

马涛笑骂了一声，"我说呢，你们也太衰了，都没有见过女人？"

张小志很认真，"我说的是真的！"

马涛不想纠缠这个问题，他瞥了一眼张小志，提醒道："你真是帮大忙了，以后，你要多多帮助我们李航，而对于通擎，要多多打击。"

张小志一笑，狡黠地说："帮李航是没有问题，但要我打击通擎，老兄有点难为我了，我现在这个位置多方掣肘，要我做得罪人的事不做。做我们这一行的人，你永远不知道你得罪的是谁，莫名其妙哦，你要相信你自己的产品嘛。"

马涛脸皮一热，"是是是，我就喜欢你做人有原则，要不咱们能合作这么久吗？"

张小志或许觉得这话伤了他面子，顺势说："当然了，如果他公司在方案上有什么错误，我一定会毫不客气地指出来！"

马涛呵呵一笑说："那就好。"

张小志喝了一口饮料，"再告诉你一个事情，估计后续的 CRM 选型牵头人是徐长虹了，肖山茂现在处于协助的角色。我觉得这对你们是一件好事。"

马涛装着如获得一个重大消息一样，睁大眼睛，"哦？换人了？"

张小志点点头，"我也是听说的。"

马涛心说，吕哥诚不欺我也，果然是徐长虹，心里顿时轻松了不少，"谢谢你这个消息，徐长虹这人怎样？"

张小志说："个性还算耿直，人很聪明，技术也过得去，对了，他有一个爱好，爱摄影。每年在公司内部都能拿奖，我们公司还是有很多高手的。"

马涛眼珠一转，印象中他似乎有这么个爱好，以前去拜访他的时候，听他自己无意间提起过，这或许也是一个可以做功课的地方，急忙说："他用什么相机，佳能，尼康？"

张小志诡谲地说："好像都有，双修！"

马涛若有所思。

张小志说："你最好到我们公司的二楼去看一下，有一个摄影展区，里面有很多他的作品，另外，老徐这个人怎么说呢，追求完美，可能是摄影人的天性吧。"

马涛打望了一眼过往的服务员，嬉笑地说："我也追求完美啊。"

张小志从包里掏出一个 U 盘递给他，"几家公司的东西都在里面，其实没什么可看的。"

马涛接过，"哎，估计也是，我也就了解下情况。"

马涛外出之际，吕让也没闲着，他走出酒店，开着他那辆帕萨特往天府喜来登饭店赶去。他今天决定见两个人，一个是做硬件的中盛泰康公司销售冯强，一个是做中间件的 XLOG 公司销售李小明，目的是提前操作一下价格。本来打算是见牛力，但他最后认为现在不是找牛力的好时候，在合适的时候做合适的事情是吕让一个重要原则。况且在第一次交流的时候刚见过面，也没有太多的事态，此时不是最佳时间，就如同他在大学学习硬件编程要遵循时序一样，只有在芯片能接受你请求的时候你来操作才是最和谐、最有效的，否则你还得加上一个延时函数。多年来中邦各个部门的运作、领导处事风格、办事流程等等，对吕让来说就是一张再熟悉不过的时序图，有时候他甚至认为自己就是这张时序图的一部分。

不过眼下给北京一家装修公司的朋友打个电话倒是应该的。牛力在北京昌平弄了一套毛坯别墅，装修却是一个头痛的问题，吕让就把这方面的朋友介绍了给他，朋友是装修高手，出的装修方案很快就打动了牛力的心。

帕萨特在一个十字路口停了下来，吕让瞥了一眼红灯，不紧不慢地掏出一个精致的小本子，扫了一眼上面的工程进度，然后拨通了朋友的电话。

"装修得怎样了？"

"吕哥，墙体和大框架、水、电、线都早就搞完了，然后门窗、木工、找平等这些基层都也处理完了，现在进入细节处理，完事儿后，就是成品安装了。"

"嗯，能否快点。"

"慢工出细活，不能太急。"

"行，你可以多投入一些人，弄完了告诉我一声。"

"嗯，好的，好的。"

"好，不多聊了。"

吕让挂完电话，朝前一看，红灯刚好变绿。

十分钟后，吕让到了喜来登饭店，他在大堂内找了一张沙发坐下，巨大的落地玻璃窗外的烈日炎炎，与大堂内清凉舒适相比，完全是冰火两重天。大堂内的人清闲从容，风度翩翩，大堂外的人心急火燎，酷热难忍。外面有几个穿着 T 恤衫的青年儿往里探了探头，怯生生地跻身进来，无奈受不了侍者那锥子般的眼神，于是装着要找人的样子，左右看了一下又走了出去。

或许人生就是这样，人的划分也可以说是资源的划分，资源多的人是强者，资源少的人是弱者，资源是一种很怪的东西，你越是交换它，它会变得越多，前提是你要懂得交换的真谛。突然有一天，人们发现了这个秘密，就开始了交换，同时资源就像一个无形的手，看不见但感受得到，真正得到它还要有分辨的智慧，当然，更重要的是，你要敢于尝试，敢于放弃偏见。多年来，吕让在四川一直辛勤耕耘，积累了相当多的资源，自然也引起了各大厂家销售的垂涎，因为大家都知道，吕让的资源就如同堵在项目门口的一座山，与其绕过去，还不如花点代价坐个缆车上去，这样会更加快捷。

大堂外，一个虎背熊腰的年轻人走了进来，他穿着一件蓝色短袖衬衣，胸口处被汗水浸湿了一片，他四下打量，似乎在找什么人。

他就是冯强，吕让伸起右手，冯强还是无动于衷地往前走。看来他还感受不到这只手，吕让击了一下巴掌。

冯强笑容可掬地走了过来，他一边寒暄一边从电脑包里取出一份装订好的报价书。报价书做得专业，还煞有介事地盖了一个红戳儿，看来这小伙做事情倒也挺认真。

冯强挤着笑容说："吕总，一共是两个配置，两份报价，都是这次大概会涉及的硬件，高配置 220 万，低配置 180 万。"

吕让眉头一皱，"报价高了点，这样我们软件就挣不了钱。"

冯强憨笑说："吕总，这不是给您还留了 3 个点吗？"

吕让总觉得他这个憨笑有点不合时宜，可毕竟眼前这小孩还是个雏儿！他嗯了一声，"这个以后再说，价格还是要争取再降点。"

冯强说："国外设备，价格稍微贵点，我回去申请一下，其实国产设备会便宜点。"

吕让信口回道："暂时不要考虑国产的，中邦的口味就是这些国外大厂家。"

冯强一边回味吕让的话，一边打量他，感觉他一副大病初愈的样子，这人靠谱儿吗？冯强心里嘀咕。他这次来的目的很简单，就是通过吕让把自己的硬件带进中邦，为了操作这件事情，内部商议了好几次，决定让 3 个点给吕让，让他帮忙走点货。当然了，这走货的人也要验验成色，这年头，是个 Sales 就能忽悠，于是冯强试探性地问："吕总啊，听人说，中邦正在做新的需求书，能否也把咱这些产品指标都做进去，这年头，同一个牌子都竞争激烈呢。"

冯强说这些话的时候，尽量保持镇定，生怕被吕让发现自己是在试探他，但是看到吕让那刀锋一样的眼睛，脸上好像少了一块肉似的，禁不住抽搐了一下，他自知失态，连忙赔笑，"小弟刚入这一行，听他们懂行的人都这样操作的，嘿嘿。"

吕让看出了冯强的异样，不过看在他那份盖了公章的报价上，他并没有生气，而是缓缓说道："把你的硬件做到规范书⑧里去？你这不是偷肉做年饭吗？"

冯强一愣，傻傻地说："啥叫偷肉做年饭？"

吕让说："你来四川几年了？"

冯强撒谎说："来了整整两年。"

其实冯强来四川才一年，要不然他不会这么不了解吕让。

"难怪。"吕让咳了一下，"在中邦，要我帮你费那劲写个指标进去，这和偷肉做年饭有什么两样？"

想不到吕让如此有信心，冯强激动地连忙点点头，"嗯嗯，您说得对，我懂了，就是脱裤子放屁，多此一举！"

吕让看了他一眼。

"嘿，吕哥！"

一个高亢的声音响起，吕让抬头一看，是李小明。李小明走了过来，他看了一眼冯强，"这位是？"

吕让翁声说："冯强。"

冯强知道眼前这位也肯定是吕让的熟人，继续待在这里多有不便，于是知趣地站了起来，"行，你们聊，我中午还事情，就先告辞了，以后再请教两位，吕总，再见！"

冯强走后，李小明说："吕哥，听说你感冒了，我们找个地方，吃点火锅，很快就好！"

吕让说："你这边价格做好了没有？"

李小明说："就按你的意思办了。"

---

⑧ 规范书，一般成熟的甲方单位会为了自己的信息化项目提前做好建设需求、目标概要及相关标准规范，落实到纸面文件的就是规范书，而将来的招标文件会引用规范书里的需求和标准等。在本场合，乙方把指标写进规范书，相当于提高未来被采购的保险系数。

GEM 四川分公司离中邦不远，他们在四川的成绩并不骄傲，但面子上的事情从来不示弱，公司租了整整一层，装修跟北京总部几乎一模一样，只是规模上小了几个档次，前台标准的普通话和专业的用语让人感觉很 GEM，但 IT 人还是能嗅到其中潜在的味道：礼貌中透着一种矜持，温暖中带着某些隔阂。

温志成一边在前台签上自己的名字，一边对手机喊："张龙，你小子快点出来，我在你公司了。"

张龙是 GEM 四川分公司负责运营商市场的软件销售，两人相识是在 3 年前，合作一直是谈得多，成得少。这里的原因有很多，其一，中邦对 GEM 的认可度不算太高；其二，吕让兴风作浪，因为使用 XLOG 产品更加有利可图，在某些程度上也影响了中邦的决策。基于这些原因，张龙当然希望抱一抱朝腾这棵树，所以一有项目他肯定向吕让伸出橄榄枝，如果实在不行才转向通擎或其他公司。温志成最恨他这种风吹两边倒的作风了，这两天张龙疯狂联系自己，这小子肯定在吕让这边碰壁了。

"哟呵！温总！"张龙打着响指就过来了，他今天穿着还是很正式，大脑袋留着前长后短的奇怪发型看上去有些发廊小弟的味道，不过他的说话方式有意思，说话的同时爱用肢体语言。

两人来到会客室，温志成双手随意地放在桌子上，笑了笑，"最近如何？"

张龙说："太忙，上周刚刚给华夏移信卖了套软件，也就 50 万的样子，不过我这个季度也就这样了，希望中邦这边能有所收获啊。"

他说数字的时候就会打响指。

温志成说："这次想中标吗？"

张龙拍了下自己的大腿，"废话！"

温志成身子前倾，"那好，我有一个建议和一个请求！你听吗？"

张龙说："你说！"

温志成说："这次交流，中邦很认可我们的方案，为了促成这次合作，我们推基于 GEM 软件平台的 CRM，同时，建议你后面的所有行动以我通擎为主，你们暂时不要直接给中邦报价，这个建议能否接受？"

张龙手指一敲，"没有问题，我巴不得你来操作！"

温志成看着张龙的眼睛，"第二个，一个小小的请求，吕让最近跟你聊过些什么，关于项目上的事情，能告诉我吗？我知道你是擅长套消息的。"

"吕让？就给他打了个电话，发了份配置报价给他。对了，上周，我请他喝过茶，除了告诉我有这么个项目名称外，其他的什么都没有说。"

张龙没有任何手势。

温志成听到这里，抿着嘴，这小子太不诚实，也想不追究了，就没好气地问：“那他提到我没有？”

张龙双手一摊，摇摇头。

嗯，这倒像吕让的风格，温志成呵呵一笑，“行，咱们吃饭，我请客！”

张龙摆摆手，“别客气，我们在楼下随便吃点！”

“你知道我请你吃什么吗？”温志成眯着眼。

“什么？”张龙惊恐地耸了下肩。

“我请你吃牛大叔狗肉！”

“哇！那可以噻！”张龙肩膀掉了下来。

“那确实！”

两人笑得狗头狗脑。

3.3

这天傍晚，宋汉清在外面随便吃了个简餐就回到宾馆。他用遥控器打开电视，几个频道换来换去没什么意思，空调开着虽然凉快，但没过多久就感觉有些沉闷。他拉开窗帘，一股燥热空气夹着麻辣烫的味道扑面而来，就在这个时候，他电话响起。

“喂，你好。”

“宋汉清，你在哪里呢？”电话那头乱糟糟的，但还是辨出了牧小芸的声音。

“我在宾馆。”

“我今天郁闷死了，我们去吃夜宵吧，还有工作的事情商量一下呢。”

宋汉清喜上眉梢，如果这个时候找个朋友聊聊天，那是最好不过了。

这是一个风格混搭的茶餐厅，位于巷子的深处。宋汉清要了一杯饮料望着窗外，橘黄色的街灯透过梧桐树叶，斑驳的光影照在街道上，几个伙计正归整一箱箱水果杂货。一辆面包车呼啸而过，伙计们躲避不及，地上的积水溅起来打在他们身上，惹得伙计们破口大骂。玻璃窗过滤了城市的嘈杂，酒吧里正在播放的是电影《十二罗汉》意大利歌曲《约会》，给这无声的画面恰如其分地配上了音乐，有一种默片时代的粗粝和伤感。

他看了看手机上的时间，牧小芸还没有到，就随手翻起了一张报纸，封面是一幅霸气的房产广告，一块巨大的荒野布满了整个版面，下面是一句很有深度的广告词：

为什么我的眼里常含泪水？

……

因为我对这土地爱得深沉！

黑色的嘲讽打破了宋汉清来之不易的宁静，他干脆地把报纸揉成团，随手一掷，纸团飞入不远处的纸篓。

"嗨！"

宋汉清转头一看，来人正是牧小芸，她上身穿一件韩版藏蓝色的吊带衫，下身穿着米黄色低腰裤，看上去很时尚。

宋汉清脸上的阴郁一扫而光，"今天你怎么了？打扮得这么时尚！"

牧小芸郁闷地说："还说呢！今天我特意打扮的，想见一个客户，可惜，人家不见！只好约见你了！"

宋汉清开怀一笑，"谁啊，真是不识抬举！不过让我捡了一个大便宜，哈哈。"

"牛总的秘书钟天，摆谱！搞得我心情很郁闷，我真怀疑是不是以后都会这么郁闷。"

她把今天的拜访讲了一遍。

宋汉清安慰地说："没事，拒绝很正常，不过我却认为，下一次，或者下下次就成功了。"

"你别安慰我了，还有一个事情也窝心，徐长虹替换肖山茂主持选型了。"牧小芸接着又把这事前前后后说了一遍。

"哦！变化还真快。"宋汉清暗忖，也罢，只要理论上还可以执行"胜兵先胜"的思路就可以，反正徐长虹是必须要搞定的人。

牧小芸抱怨，"为什么四川的单子这么难拿？我还指望干出一番成绩呢。"

宋汉清没有接这个话茬，"来，咱们吃点什么！"

说罢给侍者做了一个手势，侍者急忙走了过来。

"那我就不客气了，嘿嘿，不过我不会宰你的。"牧小芸兴致勃勃地从侍者手中接过了酒水单，要了一碟饼干，还有热狗、匹萨之类的，外加两杯菊花啤酒。

两人边吃边聊。

牧小芸叹了口气，"我觉得还是你们售前好，不背任务，签不签单没关系。"

宋汉清没有说话，眼睛空空地看着别处。

牧小芸说："怎么了？"

"没什么？"

两人吃着东西。

宋汉清沉默片刻，眼睛闪了闪，"四川这种状况，其实……与我有关。"

"与你有关？"牧小芸眼睛瞪得大大的。

宋汉清紧闭着嘴，脸色沉郁，点点头，"这要从 3 年前说起。"

"还有一段往事？"

"3 年前，四川中邦启动电话业务管理系统与计费的标，马涛那时还是我们的销售。"宋汉清喝了一口酒，"这个标，初期我们很有优势。谁知道在投标的现场，客户发现我们标书里面的产品配置和报价书上的产品配置相互矛盾，应答书跟方案书有不少地方不一致，我们解释起来前后矛盾，最后单子丢掉了。公司当即开除了马涛，罪过是对标书没有丝毫检视。其实，标书是检视过的，只不过检视的是最新电子版本，而我去装订打印标书的时候，可能从文件服务器里无意调取了有缺失的过渡版本，最终导致标书出错。"

"哦，相当于你打印了另外一个老版本，"牧小芸额头掠过一丝沉重，"这个秘密温志成知道吗？"

"不知道他是否知道，我印象中没有告诉别人，因为我当时太需要这份工作。"

"那你为什么要告诉我？"牧小芸眼睛放亮。

"因为……"宋汉清没有想到她会问这个问题，就用手指点了点她，笑了笑。

"哦？嘿嘿！"牧小芸也伸出一个手指指着他。

宋汉清喝了口酒，"所以我每次来四川都不会很开心。"

"那你以后来四川会开心吗？"

宋汉清看着她，"以后会开心的。"

牧小芸端起酒杯，"来！为开心干一杯。"

两人一饮而尽。

宋汉清放下杯子，"做销售爱好都很多，你有什么爱好？"

牧小芸说："我？看电影，看话剧，看书，听歌，就这些，你呢？"

"我？"宋汉清想了半天，"仰望星空算不算？"

"算！"

宋汉清笑了笑，摇摇头，又给自己倒了一杯酒。

第二篇

诸侯会盟，钱江潮落

8月7日—8月31日

西线战事刚刚平静，东线又起波澜

……

等我们奔赴浙江时，各大诸侯已经兵临城下了

我们一路厮杀

当潮水退去的时候

迎接我们的将是下一波狂浪

第四章 | 黄金人

> "这是搞定人的黄金时期。在方案销售中，我一直有这么一种感触，我必须在黄金时间内搞定一个人，这个人的职务不会很高，但也绝不能太低，他是参与这个项目最费心的决策人之一，这个人我称之为黄金人。他对项目有很大的帮助。"

> 浙江项目回忆
> 通擎华东大区销售总监　关亦豪

4.1

8月7日夜幕降临时分，杭州上空黑云压城。当吴明龙驱车进入萧山机场的时候，渐渐下起了小雨。最近几天厂商要来浙江华夏搞 BOMS 综合管控与容灾交流，消息放出，各路诸侯已经兵临城下，就连集成商也会来凑热闹。

晚上关亦豪也会飞抵杭州，当然他不是来凑热闹的，他说这次务必搞定个别甲方，如此看来要合谋一次了。

关亦豪还没这么快到，吴明龙在机场肯德基餐厅胡乱吃了点东西，然后要了一大杯可乐，从肩包里取出一本《销售圣经》像模像样地看了起来。

一直到晚上十点多，关亦豪才下飞机。吴明龙给他点了一份大套餐。关亦豪吃到一半的时候，冷不丁冒出一句："还记得我们的使命吗？"

"记得。"吴明龙脑海里闪现出那张军令状，"赢得这场胜利，不达目的誓不罢休。"

关亦豪说："那想好了没有，这次先接触谁？"

吴明龙合起了书，推了下眼镜，"曾刚，我觉得是曾刚。"

关亦豪头也没抬，"原因？"

吴明龙说："你看啊，高永梁，是项目最后定夺者，约见的可能性很小，即便是见到，他都会让我去找其他人聊，我暂时还没有找到能让他见我的理由。厉镇明嘛，最近忙着组织综合管控和容灾交流，根本无暇顾及别的。而其他 3 个人我们迟早要拜访，但唯有曾刚是负责软件业务，是选型的核心人物，所以找他非常合适。"

关亦豪瞟了一眼他胸前的那本书，"明龙啊，读书是销售的一个好习惯，如果能结合实践就更好了，走，上车再聊。"

"好。"

"其实，我本来最想搞定的是厉镇明。"关亦豪说，"这段时间甲方与我们没有太多的选型交互，这是一个搞定人的黄金时期。你看啊，厉镇明职位是信息战略规划部部长，兼任选型总组长，这次选型的经办人，技术建议者，职级不高不低，上能跟高总打通关节，下能获取选型需求，如果为我所用，可以开展很多有利于我们的工作。这是我的初步判断。"

吴明龙说："比曾刚还有用？"

关亦豪掏出一根烟，"厉镇明是这个项目选型的黄金人。"

吴明龙点点头。

雨越下越大，吴明龙驾着马六行驶在机场高速路上，雨夜的道路变得更加漆黑，密集的雨点迎面砸在前面的玻璃上，吴明龙警觉地开着车，嘴里诅咒着这种鬼天气。

关亦豪抽了口烟，"不过，我同意先接触曾刚。曾刚也非常重要，关键是很符合当前形势的，跟曾刚约得如何了？"

吴明龙说："我今天上午给曾刚打过电话，说约明天晚上喝茶，他让我明天上午再联系一下他，看是否有时间，这个应该还是靠谱的。"

远处一击闪电，把车窗外的景致镀上了一层诡异的暗青色。马六的车轮高速地压过马路，嗞的一声疾驰而去。马路边上一只肥胖的蛤蟆，前肢笨拙地抚去额头的泥水，朝外一个起跳，落地的时候没有站稳，摔了一个蛙啃泥。蛤蟆收腿，喉咙起伏两下，老实巴交地眨了眨眼，然后一步一步爬出马路，消失在草丛中。

翌日，经过一夜暴雨洗涤，杭州又焕发出勃勃生机，整个天空覆盖一层薄纱一样的乳白云彩，把杭州装点得澄明透亮。此时两岸咖啡店里的大厅一隅，一个白裙少女伸出一双灵巧的手在白色的钢琴上轻盈跳动，一曲久石让的《菊次郎的夏天》在咖啡厅弥漫开来，如云彩般透亮澄明。

巨大的落地玻璃窗下是一排红色沙发围成的雅座，在进门右手最后一个位置上，一个年逾35岁的男子端坐在沙发上。这名男子身穿一件白色短袖衬衣，脸色有些黝黑，峻健的脸颊颇有北野武的模样，而神情却糅合了一些市侩气息。两张红色沙发之间是一张黑色茶几，上面摆着一副正在下的象棋弈局，几粒棋子散落一边，再旁边是几样果品饮料，对面的沙发空空如也，人已不知去向。

这名男子不是别人，就是曾刚，他双手抱肩，专注看着这盘象棋。红黑两方各有损伤，自己只剩下半边车马炮了，好在自己有车马卒过江，但对方士相皆全，而自己炮却被对方两车给牵制，现在看上去可以走的棋就是调回车变攻为守了。

他暗忖，表面上我白吃他一马一炮，谁知道却丢了半壁江山，局势不好啊。他用果叉叉了一片西瓜送入口中，扭头四顾，突然，隐约听到了什么，他拿过电脑包，从里面取出一个黑色的手机，清脆的铃声顿时大了很多。

"喂，啊，你好，对，我现在在外面谈点事，嗯，嗯……"

一个穿着黑色 POLO T 恤的高大身形阔步走来，一屁股坐在他对面的沙发上，有些幸灾乐祸地看了看棋局，从桌上的纸巾盒抽了一张纸擦试了下手。

来人是霍武。

霍武是三天前到的杭州，他打算接触一下几个关键决策者，考虑到谢建兵跟厉镇明接触得挺好，加上厉镇明现在忙于厂商交流，就自然先约曾刚。约了三次，拒了两次，直到最后一次，霍武在华夏移信的楼下"偶遇"到他，霍武话题活络，终于约到，答应中午一起用个便餐，顺带聊了下项目的事。吃完饭后，两人聊得愉快，就一起下了一会棋。

霍武惬意地看着曾刚，笑了一笑。

曾刚拍了下脑袋，继续聊着电话，"今晚恐怕不行了，我下午接孩子，晚上必须辅导作业，明晚啊？对了，明晚我已经有安排了，回头聊，好的，再见！嗯。"

霍武等他挂了电话，就说："曾主任，很忙呐。"

曾刚叹了口气，"嗨。"

霍武笑说："我猜一下，是通擎那帮人？"

曾刚看了看棋，不置可否，意味深长地说："霍总啊，你真是老谋深算啊，这棋我输了，不下了。"

说完曾刚朝沙发上一躺。

霍武苦笑道："我老谋深算？哈哈，我真是比窦娥还冤呢，您太伤我的心了，继续来。"

曾刚看了下表，站了起来，"哎呀，一下子这么晚了，下午还有事，得走了。"

霍武也站了起来，"您着急走？这项目的事，我还没请教完呢。"

曾刚说："没关系，你明后天来我办公室一趟？下班前可能有点时间，不急。"

霍武高兴地点点头，"好嘞！"

"什么？"

关亦豪敲字的手凝固在笔记本键盘上，他回头看着站在房间门口的吴明龙，满脸狐疑的表情也凝固了，良久才说："曾刚说他没有时间？"

吴明龙拿着手机进来，"是的，我刚给曾刚打了个电话，他说晚上要接孩子，不会是托词吧？"

关亦豪继续敲他的键盘，用鼠标点了一下邮件发送，然后合上了笔记本。

吴明龙打开了宾馆房间的窗户，外面的空气夹杂着一丝轻微的植物芳香徐徐飘进，说："要继续打吗？"

关亦豪摇了摇头，"没用！"

吴明龙不知道这句话是说自己没用呢，还是继续打没用，就试探性地说："那怎么办？"

关亦豪站起来，点了根烟，眼里闪着一丝忧虑，"他是什么语气？"

"什么语气？"吴明龙回想了一下，"感觉他慢条斯理的，他说他在外面谈点事，今晚没时间，要接孩子。我说那明天呢，他说明天有安排了，回头再聊。"

关亦豪嗯了一声，"或许真的很忙，或许有人提前约好了，也或者他觉得跟我们没有什么好谈的，各种原因吧！"

吴明龙似乎什么地方被刺痛了一样，"我印象中，曾刚不算难缠啊！"

关亦豪烦躁地看了他一眼，吐了口烟，"是难缠吗？你根本就没有缠，做销售要坚韧一点，你知道吗？你性格中暴露了很多犹豫或软弱的东西。"

两人没有再继续说话，吴明龙退了一步，微哈着腰靠在窗边，突然冒了句，"要不我直接联系高永梁，高总？"

关亦豪叼着烟看了他一眼，没有说话，嘴角一扯，香烟挪到了嘴角右边，他闭目按摩了一下左眼窝，"你想好理由，打个电话，试试吧。"

吴明龙右手摸出电话，左手握拳轻轻敲打着嘴唇，调匀了气息，把手机贴脸，转身脸朝窗外。寂静的宾馆，关亦豪隐约听到电话的拨号声。

吴明龙清了下喉咙，"喂，高总，您好，我通擎的小吴。对，是这样，上回交流，您中途有事离开了，我想把资料带过去，顺带跟您做一个汇报，然后听下您的意见。不知道您什么时间方便？"

吴明龙转过头来，脸带微笑。

"哦，找厉部长呐？嗯，好的，这样吧，我也给您发一个邮件，嗯，好，再见。"

挂完电话，吴明龙收起了笑容，"态度挺好，就是没有时间，让我们找老厉，要不我们找……"话说到这里吴明龙突然打住了，他不希望自己在关亦豪面前像一个无头苍蝇。

关亦豪咳嗽一声，"不急，你跟小郑联系一下，看晚上是否有空，吃个饭，唱个歌什么的，先摸清楚情况再说。"

"好的，我现在就给他打一个电话。"

这是一个轻松的电话，吴明龙把手机贴着自己的耳朵，匆匆地朝门外走。

良久，吴明龙推门进来，"小郑今天也没时间，不过，后天他们组跟陈亮部门约打桌球，要不我们加入小郑他们跟陈亮打一场比赛？这倒是接触陈亮的好机会，问题就在于搞定陈亮的价值有多大？"

"价值？陈亮负责硬件和网络系统平台选型，相对于曾刚来说价值要小点，但将来投标他要参与评分的，肯定有价值，都是迟早要争取的人。"关亦豪显然对打桌球有了兴趣，或许这还真是个契机，"什么地方玩桌球？"

吴明龙说："在华夏大楼里头，他们配楼2层有一个大型活动中心，什么棋牌室、健身房、台球室、羽毛球馆都有。我跟小郑玩过两次。"

"哦，我想起来了。"关亦豪眼睛一亮，"我给宋汉清打一个电话，让他过来。"

吴明龙一听到宋汉清就明白了，兴奋地说："好啊。"

在通擎，会打台球的人不少，但对于美式8球，高手不多，关亦豪可以算一个，而能与之成为对手的就是宋汉清了。

浙江华夏配楼2层的活动中心，桌球赛正在如火如荼地举行。

吴明龙带着关亦豪和宋汉清走进活动中心。如果不是亲眼所见，关亦豪绝对想不到这个活动中心竟然这么大，仅一个台球室就容纳10张桌子，他小声说："这个甲方太有钱了，我们得加油了。"

宋汉清笑说："我们来这不是打球，是打劫。"

宋汉清接到关亦豪电话的时候，刚从成都回京，正好可以腾出手来做别的，这个桌球邀约自然是欣然前往了。当然，他不仅是来打桌球，这里还有其他地方需要支持，浙江项目容不得他半点疏忽。

吴明龙看到小郑，叫了一声，"郑总！"

小郑迎了上来，几人简单交谈一下。关亦豪和宋汉清先观摩了他们的击球技巧，然后走到旁边的一张空球桌。关亦豪取了一根球杆瞄了一下，对宋汉清说："这样吧，咱玩一局再说。"

关亦豪和宋汉清你来我往，吴明龙和小郑在旁助威，观战的人渐渐多了起来。

不到3分钟，台上就只有两个球了，一个9号花球，一个8号黑球。宋汉清必须把两个打进才能赢，9号很远，进右底袋角度很刁，他压低姿势，鼻子轻轻碰杆，深呼吸了口气，再薄一点，右手往身边再摆了一点点，嘴里念念有词，虽远必诛！

白球一闪，9号球横着一滚，不见踪影。这个情形，让吴明龙想起了《拯救大兵瑞恩》里面那个狙击手。

白球再次返回时，不幸离8号黑球太近，而8号离袋口又太远，角度也很刁，宋汉清拿准角度，用力一拖，8 号球在洞口打了颤，滚在一边。

该关亦豪出手了，对他来说，此时 8 号是一个远距离角度球，可谓不薄不厚，不过有挑战的是，白球靠库，不好搭手架。

"大家快来看！真正的高手在民间！"小郑喊了一声。

大家一听，围观的人更多。一个瘦长的年轻人也走过来，他脸色白净，消瘦的脸颊上有几个暗红色的小疙瘩，笑起来的时候，从远处看脸颊两边好像有个刀疤印，但这种笑容让他有一种大男孩的亲和力，他就是陈亮，他挤到前面，"什么情况？"

此时关亦豪右腿朝前一步，微微弯曲，左腿绷直，身体前压，拉杆，出杆，力度很轻。白球悠哉前行，好不容易撞到了 8 号黑球。8 号黑球慢悠悠地迈着步子，一声不吭地来到了袋口，进还是不进，大家屏住了呼吸。小郑跑到袋口，吹着气，黑球还是义无反顾的，如一粒黑色水滴消耗了最后一点能量，嘀嗒，从绿叶的尖端掉了下去。

全场爆发一阵欢呼和掌声。

"哦！我知道了，你是通擎的。"陈亮带着一丝钦佩跟关亦豪打了招呼。

关亦豪高兴地握住了陈亮的手，再次做了个介绍。

陈亮突然来了兴致，"你们球技不错，要不，我们来一个二对二？我这里也有高手。"

关亦豪爽利地说："好啊。"

大伙儿立即拉开了架势。

吴明龙看势头挺好，就把小郑叫到桌球室的一隅，两人靠着墙聊天。

小郑说："这次，你准备在杭州待多久？"

吴明龙揉了下脖子，"看情况吧，你们最近有什么举动？"

小郑说："别的事倒没有，马上要搞 BOMS 系统的综合管控及容灾交流了，都是厂商的事情。"

吴明龙哦了一声，"厂商终于掐上了？"

小郑说："很烦，估计后面几天，销售来得更勤。"

吴明龙说："各路诸侯都来了。"

话音刚落，桌球室门口又进来两人，一个是曾刚，另一个是高个子，仔细一看，他就是霍武。他俩款步前行，低头聊着天，曾刚并没有领霍武去观看热闹的桌球比赛，而是和他走到里头的窗边，指着对面的大楼聊着什么，即便是从背影判断，两人的关系绝不是初次见面模样。

或许是一阵喝彩吸引了曾刚和霍武，两人又信步来到他们比赛的桌台边。此时轮到关亦豪击球，他正要拉来架势，看曾刚过来，举手打了一个招呼，热情叫了一声，曾主任。

曾刚点点头，"嗯，没事，你们继续。"

霍武意味深长地看着关亦豪，浅浅笑了一下。

关亦豪压低身子一记高杆球，白球闪电般地把 7 号球送到底袋，7 号球在袋口跳了两跳，再跌入袋中。

此举惹得掌声再次响起。霍武鼻子哼哼一笑，摊开双手，正要鼓掌，曾刚轻碰了一下他的肩膀，他扭头一看，曾刚已经朝外走去。霍武皮笑肉不笑地对着关亦豪轻轻一合双手，抽身跟上了曾刚。

关亦豪拿起油巧，修磨了一下杆头，朝后看了一眼，霍武和曾刚已经走到了门口，他做了一个深呼吸，瞥了一眼宋汉清，然后左手大力拍了拍绿色的台尼，拉开了架势。

4.2

在厉镇明的运作下，BOMS 综合管控及容灾备份交流终于拉开序幕。

这是厂商的机会。

上午首先来交流的公司是 XLOG，该公司的销售卫长贵对这次交流有喜有忧。

喜的有一个：在这次交流之前，邀请了李柄国去北京总部考察，好吃好玩供着，只因为他是负责中间件及基础平台选型的关键人物，所以这次不但搞定了李柄国而且收编了他，时下太需要一个中坚力量来支持自己了。

忧的却有两个：第一个忧是，这次交流竟然是厉镇明主持。想想也无奈，交流总是他来发起，由一个没有被搞定的人来主持，总会有些变数；第二个忧是，看了《综合管控及容灾备份》需求，尤其是这个"控"字，这基本上是贴合 GEM 的方案思路，很好地展现了他公司产品大而全的优势，而 XLOG 没有对应的产品，他觉得有些麻烦了。

针对这个状况，也不是没办法，你 GEM 不是牛叉吗？那我就用李柄国来对付你，方案好不好都是人说了算的，有你好瞧的。至于我产品不全，也没关系，他扭头一看屏幕。

此时屏幕中间显示了两个主题：

浙江华夏移信 BOMS 性能及综合管控解决方案

浙江华夏移信 BOMS 容灾备份解决方案

为了覆盖这些需求，于是拆成两个主题，第一个主题是综合管控，这个帽子对 XLOG 有点大，于是在前面加了一个关键字"性能"，这样勉强能应付。第二个主题，XLOG 没有对应产品，只得采用第三方美国 SECU 公司的容灾备份方案了，虽然有拼凑的嫌疑，但方案绝对业界良心。

此时包括高永梁、厉镇明和李柄国在内的项目选型组 10 多号人已经到齐，他们个个虎视眈眈，眼神冷峻。这哪是技术交流，分明是即将开战的两支军队。卫长贵看了看自己的阵营，就俩人，一个自己，一个是负责售前的王彬。

窗外两只麻雀扑棱棱地打着翅膀嬉闹，完全不知道会议室的剑拔弩张。

厉镇明跟高永梁低语一番，然后朗声说道："开始吧。"

王彬习惯性吹了一下话筒，"噗"的一声，如击战鼓，响彻整个会场，窗外两只麻雀受了惊吓，唳棱棱地飞走了，众人也为之一振，会场显得更加死寂，平添了一丝肃杀气氛。

虽然两个主题看上去有些心虚，但王彬洪亮的声音很快压住了场面，甲方并没有觉得异常。他驾轻就熟，讲得还有滋有味，大家也就进入了状态，就这样，一场演讲顺利地结束了，卫长贵紧绷的神情也稍微松懈。

"我现在可以问一个问题吗？"演讲一结束，就有人提问题。

"可以，欢迎！"王彬把目光投向他，心里立即有了警觉。

"就是想知道，SECU 和 XLOG 是两个不同的厂家，他们的产品怎么跟你们产品整合？如果整合不好，效果肯定要打折扣。"

这个问题一下点醒了厉部长和高总，他们立即打起了精神。

看来该来的终究会来，王彬心说，好在这个问题早有预料。

"这个问题非常好，我们的合作伙伴黑龙江华夏移信也问了这个问题。其实非常简单，XLOG 的产品主要工作在业务逻辑层面，而 SECU 的产品主要工作在业务逻辑之下，比如数据信息层面。XLOG 专门针对 SECU 开发了大量的接口，自然能保证上层业务逻辑和流程的完整性，而这些对于我们使用者和用户来说，几乎没有任何影响，我们不仅做了黑龙江华夏案例，还有众多的其他行业案例，非常成功。"

王彬知道这个问题如果仅仅是从技术角度回答难免没有说服力，于是，这里用了一个售前技巧，把黑龙江华夏移信也牵扯过来，一是，我们有实际应用；二是，黑龙江华夏移信就是我们拿下的，实力不容小觑。

"哦？黑龙江华夏移信也是由你们来做？"高永梁倒是对黑龙江华夏移信来了兴趣，于是确认一下。

王彬显得格外爽朗，也很有底气，他笑说："是的，这个项目非常庞大，我们也给他们提出很多建设性的想法。估计做完这一期，还有后续的项目。"

高永梁点点头。

随后，甲方代表各自问了自己关心的问题，王彬都回答得还好。走出会议室的一刹那，卫长贵才真正松了口气，这次交流貌似顺利。不过，王彬心有顾虑，"就不知道下午 GEM 的交流如何？"

卫长贵淡淡地看着前方，笑而不语，心说，还有李柄国"把关"呢。

你方唱罢我登场。

下午 2 点半，会议室又坐满了人，这次轮到 GEM 交流。

马上就要到技术宣讲的时候了，表面镇定的 GEM 销售李庭内心也是不安。

其实浙江华夏这次综合管控及容灾交流的始作俑者正是他，为了推动这次交流，李庭是下了一番功夫的。

之所以推动这次交流，也是形势所迫，原因有三点：一是对手 XLOG 产品最近入主黑龙江华夏，大有后来居上的势头；二是 XLOG 价格便宜，可以打性价比这张牌；三是前些日子无法接触李柄国，这太不正常，让自己很恐慌。

这三个因素不干预的话，按照正常的商业逻辑，哪怕自己的产品比对手强大，也会很被动，扭转被动最好的手段是让对手被动。所以，前段时间李庭加紧了进攻的步伐，他想到了 XLOG 致命的弱点就是没有整体管控和容灾的解决方案，而这块是 GEM 强项，分析发现这个方案对 BOMS 也是很有价值的。于是，李庭通过熟人引荐找到厉镇明，分享了 BOMS 整体管控思想，厉镇明觉得这个事情非常重要，就发起了这样一次技术交流。

此时，站在讲台上的是公司售前朱志强，他凝神看着笔记本，无视下面凝重的临战气氛。下午的听众比上午要少，不过主要的选型成员都来了，他们有的正襟危坐，有的随意翻着方案和讲义，有的打着哈欠，有的愣神望着一个地方发呆，还有几个工程师更是侃大山似地聊着容灾的方案细节，还对每种产品评头论足，一个工程师特意大声说 XLOG 产品的优点和方案的亮点。

李柄国也没闲着，他正在构思一些不利于 GEM 方案的种种因素，比如可操作性、兼容性，甚至价格等各方面的问题。

一束阳光从敞开的窗户斜射进来，悬浮在光晕中的粉尘轻轻飘荡，空气越发显得凝重。

厉镇明在接听电话，高永梁就侧身对李柄国说："柄国，我马上就有事情了，只能听五分钟，要不，你主持一下，叫开始吧。"

李柄国窃喜，只能听五分钟，五分钟能听到什么！五分钟后我就可以毫不顾忌地发难了。他"啪"的一声把讲义一合，光晕中的粉尘如狂风急卷。

"开始吧！"李柄国的声音充斥着一种尖利，大家打起精神望着屏幕。

朱志强点头致谢。

"诸位好，我是 GEM 公司产品售前顾问，朱志强。下午呢，演讲的时间也比较短，我就直接来剖析一下我们今天的核心议题：BOMS 综合管控及容灾，不过，从 GEM 的角度来看，这个议题覆盖得不够充分，我们可以把它叫作'BOMS 整体服务管控、治理与容灾备份'。"

李柄国歪着脑袋，一只手轻轻地挠了挠脖子，皱着眉头。

朱志强一手握着话筒，一手拿着光笔，挪步绕到讲台前，"刚才我听到这里有朋友说容灾的重要性。没错，容灾固然重要，但容灾只是某种特定场景的解决方案，实际上，我们有更多的场景需要关注，比如：病毒泛滥、性能降低或单点故障导致业务不连续性的问题，这些问题只要发生一件都可以让系统瘫痪或崩溃。"

朱志强快速跳过几张作用不大的胶片，屏幕上呈现一幅明朝的地图，大家奇怪地看着地图，不知道他葫芦里卖的是什么药。

"明朝，皇帝为了江山稳固，定都北京，同时还把南京作为陪都。北京有一套完善的行政管理制度，南京同样也保留一份完善的行政管理制度。一旦北京被攻陷，南京的行政制度可以立即启用，维护帝国的管理和运行。

北京相当于系统的生产中心，而南京相当于异地灾备中心，实际上老祖宗早就知道安全的重要性。这个容灾系统实际上已经相当完善了，不但满足了数据级、系统级要求，还接近了业务级的水准。"

朱志强一番深入浅出的演说，一下子就吸引住了大家，高永梁点点头。

"有一套这么完善的系统，可明朝还是灭亡了，这是为什么呢？我们来分析一下当时的情形。当时可以说是内忧外患，京城内鼠疫肆虐，外面还有李自成起义，关外还有清兵骚扰，同时整个帝国中枢管理也很混乱。这就好比一个 IT 系统，有病毒，还有捣乱者，还有入侵者，系统管理也不善，难以支持高负荷的运转。试问，如果仅仅解决一个问题能改善整个系统状况吗？"

高永梁抿嘴满意地点点头，厉镇明和曾刚也欣然一笑。

朱志强说："显然不是，我们需要一套整体解决方案，而 Squash 就是这样的解决方案。"

接着朱志强简明扼要地叙述了 Squash 产品线框架及思路，讲到这里，他停下来看着大家，"好了，有一套整体的解决方案还不够，还要收敛到管理，管理才是重中之重，我们有一个模块 Squash Manager 就是专门做这样一个工作的，它可以实现各类事件的事前、事中、事后的问题管理和监控，真正做到应用的保驾护航，并为整体性能和安全审计提供深度的洞察力……"

会场一声咳嗽，李柄国突然打断说："我比较关心备份怎么做的，能保证业务的连续性吗？"

大家纷纷看着李柄国，会场极其安静。

"这个问题很好，首先要保证系统层的连通性，网络和 Session 无单点故障，其次我们的 Coworks 模块可以和其他中间件集群在应用层上一起互动，比如这个节点是'运行状态'，另外一个是'待命状态'……"

"对不起，我听不懂什么是'运行状态、待命状态'？能否通俗易懂地讲解一下？"李柄国以开玩笑的方式为难他，"就比如按你说的，这明朝的京城，前面有吴三桂引清兵入关，后面有闯王攻打，还发生鼠疫了，你怎么办啊？"

这种刁难很高明，因为主动打比方容易，但是被动打比方就不容易了。

李庭为朱志强捏了一把汗。

朱志强点点头，从容地笑了一笑，"很高兴您能问这个问题，我试着来回答。"

李柄国挺直了身体。

朱志强接着说："这个时候的京城就相当于'运行状态'，因为它还在支撑整个帝国的运行，一旦政府的命令不能正常执行，那么人心也就散了，可以说业务受到了灾难性的损害。而陪都南京这个时候状态是好的，正好处于'待命状态'。其实这个时候皇帝应该放一个世子过江啊，相当于把 Session（会话）切换到南京，这样还可以保证政府的正常运行，而江南一带还是比较富裕的，且兵多将广，只要大家都团结到世子这边，另立皇帝，几万清兵何足为惧啊，待日后时机成熟，收复江北还是容易啊。这个 BOMS 系统也是一样的道理，如果将来华夏移信这边有灾难性的事件发生，通过我们 Squash 的整体解决方案，可以把业务切换到您建设的灾备中心，让大家高枕无忧，何况，Squash Manager 可以提供性能和安全监控机制，让大家对灾难防患于未然。可惜那崇祯，如此有志向的皇帝，却没有想好这样的事情，硬是把大明江山断送在他手里。"

说完后，朱志强凝望着窗外照射进来的那一束阳光，悬浮在光晕中的粉尘已经慢慢开始飘散，会议室一下子安静起来。

"唉？怎么大家都不说话了？"一个女工程师冷冒了一句。

"很好，这套解决方案非常不错，很有深度，更重要的是很有内涵，我要仔细考虑这个事情，很好。"

高永梁吸了一口气，竟然带头鼓起掌来，很快掌声就响成了一片。

印象中高总还没给乙方鼓过掌，真的，从来没有看见过他鼓掌，高永梁看了看表，对朱志强说："哎呀，光顾听你的方案了，不知不觉听了十多分钟，我得走了，不好意思，你们继续。"

"谢谢高总。"朱志强笑了笑，"刚才讲的都是我们产品功能里面很小的一部分，我们这产品还有很多特色。"

高永梁点点头，然后交代坐在旁边的厉镇明，就离开了会议室。

第二天李柄国被高永梁叫去办公室。他推门一看，厉镇明也在。他俩正在聊 BOMS 综合管控和容灾，看到李柄国过来，高永梁招呼，"嗯，来了，坐！"

李柄国一屁股坐了下来，露出一张勤勉的笑容，悉心听他们的谈话。

高永梁看了一眼李柄国，缓缓说道："柄国，我想听听你的意见，这次综合管控与容灾系统，你有什么看法？"

"嗯，我认为……"

李柄国不经意正好看到高总桌上的一份蓝色彩页，很明显这是 GEM 的 Squash 白皮书，看来他们的售前打动高总了，XLOG 凶多吉少。他决定尽量避免谈公司和产品，就谈自己的观点，他顿了顿，"这么说吧，这几天我觉得这些性能啊，安全啊，都是非常重要的，关键是操作要简单，学习成本不要太高就好。"

高永梁凝视他一会儿，疑惑地说："你的意思是说 GEM 的综合管控与容灾备份这套方案将来操作复杂？怕咱们掌握不了？"

既然聊到这个份上了，李柄国就心平气和地说："现在还不好定论！"

高永梁缓缓说道："这个还不简单，让他们搭一个环境，演示一下！这就好下结论了啊，我个人倒觉得他们考虑比较周全，也严谨。"

李柄国头脑转得飞快，如果继续让 GEM 演示，那他们肯定借机搞定这个事情，那 XLOG 岂不是刚好丢了机会？不行，得打消高总的念头。他眼珠一转，计上心来，"这个没有必要，没有现场的环境，效果出不来，还不如我们花点时间琢磨他这套方案。"

高永梁看了看厉镇明，"镇明，你觉得呢？"

厉镇明此时不会刻意去驳了李柄国的面子，"嗯，我认为可以，柄国，你就费心了。"

李柄国笃定地说："好。"

李柄国回到自己的办公室，还没缓过劲，卫长贵的电话就追来了。

"怎么样了？上次交流有什么消息？"

李柄国没有立即说话，而是绕到自己的座位上，略微停顿一下才说："情况不太妙啊。"

"怎么了？"卫长贵丝毫不掩饰自己的紧张。

李柄国长吁一口气说："GEM 那次讲得太好了，高总和厉镇明似乎更看中他们的方案，但具体还没有定论，你们还有机会的。"

"还有什么机会啊？"

"别着急，决策因素很多，这事我已经找机会帮你拖住了。"

"哎呀，这要等到什么时候？"

"现在才 8 月份，别急。"

"好吧，那就拜托你了。"

李柄国放下电话，心里也是空落落的。

4.3

"你们觉得，霍武搞定曾刚了吗？"

吴明龙夹起一块牛肉片放在烤筛上，薄薄的牛肉片在上面打着卷，发出吱吱的声音。

"对呀，我也想问这个问题。"宋汉清说。

关亦豪喝了口酒，提起筷子，却发现只剩下一块不够塞牙缝的肉遗漏在角落里，一下子没了食欲，"厂商的交流结束了吧？"

"小郑说交流结束了。"吴明龙揣摩关亦豪要打黄金人的主意了。

关亦豪点了根烟，"定一个实在的目标吧，在我离开杭州之前必须跟厉镇明搭上线，搭稳！"

果然猜中，吴明龙若有所思地点点头。

关亦豪吐了口烟，他想得更加远，如果曾刚被人搞定，理论上来说，公关就得朝高处走了，他说："厉镇明是跟高永梁一个阵营的，搞定厉镇明，才容易接触高永梁，换句话说，接近了相士，见帅就容易，更安全、高效地见帅。"

关亦豪强调"安全、高效"，大伙能立即脑补到厉镇明的作用和价值。

吴明龙点点头，"是啊，怎么搭上厉镇明呢？"

"如果私下接触的话，容易被拒。"关亦豪眨巴下眼睛，"汉清，你跟我一起搞个正式的拜访吧，你做售前嘛，我希望你用专业见解去打动厉镇明，或许能快速建立信任，然后我再找机会跟他交交心，就容易多了。"

吴明龙附和说："可以让宋汉清去谈需求？"

关亦豪说："聊需求，只能留下一个你比较关心他的印象，最多算二流顾问，我觉得能恰如其分地指出他们的隐性的问题，并能让他感触，或接受，那就是一流的顾问了。"

宋汉清说："指出他们隐性问题这个不算难，但还让他们感触或接受，这个有点难了。"

关亦豪说："那怎么办？"

宋汉清冷静地说："除非我们能拿到他们的项目资料，比如需求、业务规划和系统规划之类的，我试图渗透进去……"

吴明龙说："这个陈亮应该能搞到。"

陈亮这人相处不错，热心，爱帮忙。关亦豪看了一眼吴明龙，"他们应该有老的规范，我明天找陈亮要要看！这两天密切接触，我相信他会帮我这个忙，就这么定。"

第二天早晨，确切地说是上午，宋汉清就被讨债鬼一样的关亦豪从被窝里拽了出来。

"看邮件，看邮件！"

关亦豪兴奋地把笔记本端到宋汉清的面前，里面赫然有一封陈亮的邮件，标题为：浙江华夏移信 BOMS 系统边界概要。

打开粗粗一看，内容不多，但对系统的建设边界和要点给出了大致的方向，虽然不是规范，但足够能解读客户的业务场景和粗粒度业务流程，于是就静心阅读。

看到宋汉清进入工作状态，关亦豪就跟吴明龙商量后续的事情。

"有了。"宋汉清突然说，"这个系统边界的数据采集有些混乱，部分服务绕开BOMS 直接操作网元，将来数据一致性和数据质量会是一个问题，我现在想到一个有价值的思路。"

关亦豪连忙转头过来，"好，请讲！"

宋汉清说："华夏也面临很多运营商竞争对手，他们要时刻推出很多有价值的服务，这些服务肯定要通过促销、免费体验才能好卖，体验好了，再收费。这些服务的操作有一个危害。"

关亦豪说："什么危害？"

宋汉清说："这些服务具有临时性特征，有些操作不经过 BOMS，将来会有害处。第一个害处就是，业务运营水平降低，投诉增加，风险增加。第二个害处是，因为数据不一致，那他将来数据仓库的数据质量就得不到保障，将来经营分析肯定难以达标。厉镇明、高永梁，或许更上级的领导肯定会用到经营分析。"

关亦豪眼睛一亮，"你有解决思路？"

宋汉清点点头，"针对刚才讲的内容，从客户业务现状，症结与痛点，解决方案特性，到愿景目标我都有一个回路了，只是一个有些单薄，花点时间还可以找更多。"

关亦豪掏出电话，"嗯，这都是干货啊，但干货不用太多，把这一个问题说明白就 OK 了，有了你这个思路，我后面就方便操作人际关系了，人际关系的建立迫在眉睫，特别是高层。嗯，我现在就跟厉镇明打一个电话，看下午能否拜访。"

宋汉清想想，那也是，好的思路不在多，在于价值，售前只要撬开一扇门，销售就可以进去了，虽然这个比喻有点像小偷，但是目前这种格局估计难找到更好的方法了。

此时关亦豪已经在跟厉镇明通着电话。宋汉清点了根烟，有些不安地自言自语，"今天下午就搞拜访，是不是有些仓促？"

吴明龙傻呵呵地笑了笑，"放心，老厉不一定有时间。"

话音刚落，关亦豪把手机往床上一扔，"汉清，厉镇明下午有空。"

第二天下午 2 点半，一辆马六停在浙江华夏大楼的街道边，关亦豪和宋汉清两人走了下来，关亦豪调整了下领带，两人步履稳健地朝大楼的前台走去。

关亦豪从前台手里接过拜访登记簿，扫描了一下拜访信息，并往前翻了两页，其中有三条记录写得如医生开的处方，估计连鬼都认不出，但笔迹明显是同一个人。关亦豪一笑，也如鬼画符似地签下自己的信息，关亦豪仁字怎么看都像俩字。宋汉清明白了他的意图，淡淡地笑了一下。

在等电梯的时候，关亦豪说："霍武的字别人不认得，但他留的手机号出卖了他，我以前投标的时候，专门留意签到表上的签名和手机号。我刚才看了下，霍武这两天全泡在华夏。"

宋汉清感慨地说："这霍武很用心啊。"

关亦豪说："这还不止，从签到的情况看，每家公司都有人来拜访，看来这些王八蛋就从来没有离开过！"

两人来到厉镇明的门前，关亦豪抬手叩了几下，"厉部长在吗？"

门开了，厉镇明淡淡地看了他们一眼，"进来吧。"

厉镇明的办公室不算宽阔，除了一张宽大的办公桌和后面的文件柜以外，没有其他引人注目的地方，再有就是办公桌上码放着两堆刊物杂志文件。

"我这有点乱。"厉镇明指了下沙发，示意他们先坐。

"不乱不乱，事情多嘛！"关亦豪借这话题寒暄一番。

厉镇明拂去了桌子上的一层土，"前段时间确实非常忙，都很少在办公室，也还是项目上那点事。"

关亦豪追上这个话题，"是综合管控与容灾备份吗？"

厉镇明打开了抽屉，似乎在找什么东西，"对的，我们想尽量考虑全面些。"

关亦豪附和道："是要考虑全面。"

厉镇明没有搭话，他抬起头转而开始翻桌上的其中一堆文件了。

关亦豪觉得不能浪费时间了，他乘厉镇明稍微停顿，就热络地说，"啊厉部长，我们这次来呢，也是为了 BOMS 的全面考虑，宋汉清有一个很好的建议，我觉得很有价值，想跟您分享一下，也就几分钟时间。"

厉镇明似乎没有听关亦豪说话，他一手轻轻抬起文件堆的一角，一手拉扯着一个快递大小的信封。可能是扯得太快，桌子上的大茶杯被打翻，杯盖在桌子上跳了一跳，然后摔了下来，关亦豪下意识地用手一捞，可惜还是慢了一步，杯盖掉在地上摔成四瓣。

关亦豪赶紧把碎片捡起，征得同意后，扔进了外面的垃圾桶。

厉镇明有些过意不去，对关亦豪说，"对了，你刚才说什么了？"

关亦豪说："关于系统应用，宋汉清有一个很好的建议，想跟您分享一下。"

厉镇明微微抬头思考了一下，也没有太兴奋，他继续打开信封，往里瞅了一眼，淡然地说："哦，说说吧。"

宋汉清本想拿一个例子来做话题引导，但看他太忙只好直奔主题了，"一般来说，华夏移信将来会遇到这种情况：比如咱们有很多优质服务要推出市场，就需要前期推广，给用户一些免费的赠送或低价套餐，搞不好这些服务会绕过 BOMS 系统直接操作网元，由此而产生了很多数据。但这些用户一旦变成正式用户以后，又会回归于 BOMS，这样的话，就会出现数据不一致的情形，从而给我们的运营支撑部门带来巨大的工作压力。"

厉镇明点点头，伸手又抬起了另外一堆文件，可能又顾及这个举动有些不妥，就客气地说："没事，你说，我都听着呢。"

宋汉清笑了下，"针对这类问题，可以从三个维度来杜绝。一、建立一个以 BOMS 为核心的全局的业务操作流程，从管理的角度进行收敛；二、建立数据的同步规范，让业务人员都遵守规范；三、采用网元与 BOMS 双向数据交换机制，同时完善 BOMS 主数据，建立统一的数据字典……"

厉镇明又从里面挑出一个信封。

宋汉清开了弓没有回头箭了，"这样，我们保证了 BOMS 数据的统一性、一致性、完整性，那么 BOMS 系统就成功了一半。至于上层的业务逻辑的绑定就相对简单了，更重要的是数据资产清晰，大大降低了重复劳动，这样基于企业数据仓库的经营分析系统也简单得多了。到时候，您就可以坐在办公室来分析华夏的整个业务了。"

厉镇明把信封里面的文件一股脑儿倒了出来，随口说道："我知道，理是这个理，将来做经营分析的时候还会遇到更多的问题，到时候还可以统一考虑，当然了，你的问题我也会跟曾刚他们反映。"

宋汉清暗忖，看来今天厉镇明心里还念着别的事情，不使用技巧是不行了，于是说："厉部长，您是在找什么东西？"

厉镇明抓了抓脑袋，"哎呀，重要的东西，我都是放在抽屉里的，前段时间太忙，就搁在桌子上了，现在又突然找不到了。"

宋汉清说："什么东西，方便的话，我们帮您找找，人多力量大嘛。"

厉镇明客气地说："就是资料，算了，搞不好哪天就找到了，还是说正事吧。"

宋汉清点了下题："您这个找资料的过程，跟 BOMS 数据问题是很类似的。"

厉镇明想了一下，笑说："没觉得一样啊。"

宋汉清说："这个资料可能还在您办公室里，可能当时很着急，随意一放，加上每天都有不少资料进来，最后要找就难了。BOMS 也是一样，因为要推广，赠送了很多套餐，开通了不少网元的服务，BOMS 里却没有及时生成数据，如果同样的客户要订其他套餐，搞不好会重新开户。"

厉镇明想了一下，用有些反驳的口吻说："这个我理解，宋经理啊，很多推广及其他服务我们一直是这样操作的，假如将来系统交给你们做，你们就要负责数据的一致性问题，这不是我们要考虑的事情。"

看到老厉的反驳，关亦豪有些不安。

宋汉清先顺着他的话题，"对，我们肯定要对一致性负责，其实，我今天也想分享一下我个人找东西的心得，我找到一个朴素的规律。"

厉镇明眨了下眼睛。

宋汉清说："我有很多次从家里出门的时候，就到处找钥匙，肯定是前一次进门后把钥匙扔在某个位置了，不是找不到，而是找起来费时。后来，我首先找两个地方，比以前快了很多倍，第一个地方是客厅的玄关柜；第二是进门时候脱掉的衣裤口袋，最后就是前两者的周边。再后来，我就准备了一个盒子，专门放一些零碎的东西，包括钥匙，就简单了。"

厉镇明点点头。

宋汉清接着说："如果回到我们 BOMS 话题上，你以前的推广还可以去操作，特殊服务还可以去开通，但是，我会找到相关的规律来规范临时的行为，这些规律体现在流程上和数据上，后面肯定大大增强了数据的一致性，就这么简单。"

说到最后，宋汉清加重了语气，说得斩钉截铁，手掌朝空一劈。

厉镇明听到宋汉清说得这么笃定，往后一躺，看了看关亦豪，点点头，随即伏案在本子上写下几个字，"嗯，是的呢。"

此时办公桌上电话响起，厉镇明接通了电话，简单聊了几句就挂了，他叹了口气，"我过会有一个重要的事情，要不，这事回头再碰？"

"好。"关亦豪和宋汉清赶紧站了起来，双方握手告别。

厉镇明等他俩走后，又急急忙忙地乱翻了一阵，无果。他沉思了一会儿，蹲下身子看了看桌子底下，在桌腿与墙壁的缝隙，似乎有几张纸片。他捡起来一看，终于找到了，这是母亲上次的化验单，他长吁了一口气，苦笑了一下。

回到座位上，他又看了看笔记本上刚才写下的几个字：数据一致性！摸了下眉头。

两人走进电梯，宋汉清勾着头，有些闷闷不乐。

关亦豪安慰道："没事，兄弟，我觉得你讲得很好，老厉明显不在状态。"

宋汉清心有不甘，"我觉得准备不够充分，其实，我看他这么忙，最好的方式是先行告退，择日再访。"

关亦豪说："也不行，下一次又不知道会出什么状况，突发事件太多了。"

宋汉清抓了下额头，"你觉得搭上老厉这根线了吗？这个拜访，就这个效果了。"

关亦豪说："我觉得问题不太大，还要有持续的沟通，我还要做其他工作。"

回到一楼大厅，关亦豪手机响了。

"喂，啊，厉部长，您好！哦，好的。"关亦豪把电话递给宋汉清，"找你的。"

宋汉清将信将疑地接过电话，走到了一个僻静处，不一会儿就发出爽朗的笑声。

看到宋汉清在电话中有说有笑，关亦豪手一甩，打了一个响指，等他通完话，急忙过去，"找你啥事？"

宋汉清说："厉部长让我给他写一个邮件，把思路捋一遍，看来他还是很重视的。"

"我说嘛，厉部长应该是被打动了，发完邮件给我抄送一份，后面我好找机会吃个饭，嘿嘿。"说罢，关亦豪甩手扔了一根烟过来，宋汉清单手接住。

"不好意思，先生，这里不让抽烟！"保洁小姐说。

"抱歉！"关亦豪扭头对宋汉清说，"咱们去后面，那边有一个小园林。"

大楼后面果然有一个小园林，里面种植了各种各样的树木和花草，小桥流水，曲径通幽，难得华夏移信还有这样的好去处。突然关亦豪停住了脚步，小声说：

"对面那家伙是朝腾的吧？叫谢什么来着？大树底下的那个。"

宋汉清扒开树叶一看，戏谑地说："哇，有植物处，必有动物，怎么办？"

关亦豪呵呵一笑，"走，他奶奶的，我们去调戏他一番。"

两人来到谢建兵面前。

"这位兄弟怎么称呼？来，抽烟！"

关亦豪递了一根烟，装着和蔼可亲的样子。

谢建兵正在看书，这些都是上次在北京国图复印的书籍，他一看有人跟他打招呼，就合起书放入包内，打量他俩，虽不知道眼前两人名字，但知道是通擎的人。

关亦豪说："哟，很用功啊，看啥书呢？"

宋汉清眼尖，"好像是医疗方面的，解剖学？"

关亦豪吓了一跳，"不会吧。"

此时谢建兵电话响起……

时间闪回到五分钟前。

华夏移信八层办公区安静的走廊突然响起了一声清脆的开门声，接着是一个男人爽朗的笑声。

"成！高总，您先忙，我也就是送一份资料给您，主要怕您把我们给忘啦，哈哈！唉，再见，留步！"

接着，霍武退出高永梁的办公室。

咔嚓！他把门带上。

刚才高总的神态如一幅照片一样定格在霍武的脑海。这个拜访只有短短的五分钟，尽管霍武准备了多个话题，但都没有深入聊下去，他只好拿出一本公司整体宣传白皮书递给高总，算是找到了一个告别的台阶，这其实也是他在高层拜访不畅时的一种金蝉脱壳的体面方式。

高总当时接过白皮书，翻了下说，嗯，做了不少项目！朝腾，有经验。虽然这些话说得很得体，但仍能感受到这语境里有那么一丝敷衍和客气，毕竟高总非常忙，能见自己已非常不易，这容易理解。

按照霍武预先准备的话术，肯定要把最近黑龙江华夏成功案例提一提，但他没有，因为他发觉高总明显有别的公事缠身，估计说也说不透，或许他要等一个更恰当的时机……

霍武一手提着电脑包，回望整个走廊，仿佛和五分钟前一样安静，他利落地甩开手，大步直奔电梯。

在电梯口前，他忽然想起了谢建兵，于是走到窗前朝园林方向望去，此时小谢似乎在跟人聊天，仔细一看，不对，是通擎关亦豪那帮孙子。他暗骂了一句，拨通了谢建兵的手机。

"小谢，不要说话，是我，他们可能在套你话。你朝那王八蛋举起你的中指！然后走！"

谢建兵没有说话，点点头，慢慢伸开手掌，笨拙地弯曲其中四个手指，看上去极不灵活。

关亦豪嘿嘿一笑，看了宋汉清一眼，"哟，玩非常六加一呢！"

谢建兵腼腆地笑了笑，上前握住关亦豪的手，"不好意思了，我叫谢建兵，我现在有事了，改日再请教两位！"

关亦豪点点头，"我叫关亦豪，回聊啊。"

谢建兵笑了一下，提起包大步走开。

关亦豪意犹未尽地看着谢建兵离去，从口袋里掏出一直在震动的手机，看了一眼，接通电话，走到一边。

挂完电话，关亦豪走过来，一脸肃穆，他对宋汉清说："是 GEM 公司李庭的电话。他说 8 月 25 日有一个电信解决方案大会，媒体想在电信解决方案大会搞一个圆桌论坛，邀请各个电信解决方案公司的代表参加，GEM 安排他们的咨询总监李悠，我就推荐你，因为这次面临的全部是运营商的人，我估计浙江华夏移信的人肯定去，到时候你们俩好好给客户洗洗脑，你要跟李悠好好配合一下。"

宋汉清说："我怎么跟他配合？李悠神龙见首不见尾，我最近都不知道他人在哪里。"

关亦豪说："后天北京有一个 XLOG 磐石用户大会，他会去，你们去那里接头。"

"最近大会怎么这么多，一来来俩，还一环扣一环，搞得跟地下工作者一样。"宋汉清顿时有了兴趣，"行，我处理完厉镇明这边的邮件，然后回北京找李悠。"

关亦豪此时信心满满，"嗯，就这么着！"

三小时后，一辆大巴停靠在萧山机场出发厅门口，霍武和谢建兵两人走下车。霍武戴着一副墨镜拎着包走在前面，谢建兵拖着一个拉杆箱跟在后面。

霍武来到航班信息电子公告牌前，摘下了墨镜。谢建兵凑上前，要过霍武手中的包，小心地垫放在自己的拉杆箱上，随口说道，"对了，老板，今天高总是什么态度啊？"

"没态度，还不是时候，不急。"霍武又戴上墨镜，跟谢建兵打了个手势，"走。"

谢建兵立即跟在旁边。

霍武说："上次我发你的销售方法，你看了没有？"

"看了，就八个关键字，'先人后事，织网捞鱼'，展开一看，写得也不多啊。"可能是自知说话欠妥，他又追加了一句马屁，"但都是精华，这我知道。"

霍武突然顿足一停，"你谈过恋爱吗？"

谢建兵立即收步，可能是人流中有些惯性，他差点没有站稳，他扶着箱子，"谈过恋爱。"这句话惹得旁边几个时尚的姑娘嘿嘿一笑。

霍武说："搞那么多条条框框有个鸟用，有了感情，什么都没有用，知道吗？"

谢建兵装着豁然开朗的样子，细细琢磨，"嗯，有道理。"

霍武又郑重地说："你跟厉镇明关系如何了？"

谢建兵得意地说："厉部长跟我至少6分熟了，沟通都比较融洽了。"

"那好。"霍武思考片刻，掏出手机，调出一个联系人信息，然后给谢建兵发了一个短信，说："这是公司周琴的电话，很能干的女孩子。这两天她会带你去一家医院，做什么，你到时候就明白了。我们后面的重点是厉镇明，要先搞定他，然后我们把通擎痛扁一顿。"

谢建兵连忙点点头，看来老板是动真格的了，但有一点不明，去医院？去医院做什么？他驻足思索……

"干啥呢？麻利点儿，赶不上二路公共汽车了都！"

霍武嘴角一咧，露出一排锋利牙齿，活像电影《黑客帝国》里面的大反角史密斯。

"唉，是的，老大！嘿嘿。"

谢建兵一路小跑，跟了上去。

第五章 ｜囚徒困境

> "距离黄金人又近了一步，但我几乎忘记了一个'商战寓言'：你的猎物，一定也是对手的猎物。"

浙江项目回忆

通擎华东大区销售总监　关亦豪

5.1

侍郎豆腐、九品醉鱼、响炒肉片、杭椒松菌、三味笋汤，外加一壶龙井。

每上一样菜，服务员报一样菜名。这几味妙品是关亦豪征询了厉镇明意见后，现场打造的晚餐解决方案，其理念是：好吃、大方又精巧。

自从上次宋汉清把项目建设思路邮件发给厉镇明后，关亦豪就顺势约了厉镇明一个饭局，销售就是这样，顺势而为的事情往往比较顺利，厉镇明答应了这个饭局。

此时，厉镇明的心思并不在几样妙品上，他饶有兴致地讲起了华夏业务的经营情况，从看菜单到吃饭，这十多分钟里，厉镇明几乎都在讲近几年浙江华夏的业务发展。

关亦豪心想，应该是刚才自己无意识的那句寒暄，"在华东区，恐怕要数浙江华夏业务做得最好了吧"触发了厉镇明的某种感慨，变得很健谈，而这种健谈是不是也验证了他对通擎的好感？嗯，如此甚好，看来上次宋汉清对老厉画龙点睛地提出数据一致性的见解起些作用。关亦豪这次饭局的目的只有两个，一是拉近关系，二是打听消息。前者是潜移默化的事，后者就要采取行动了。

关亦豪看他很有聊头，就给他满上一杯茶，试着步入正题，"厉部长啊，难得您拨冗出席我这小小的饭局，我很荣幸啊。"

厉镇明摇摇头，"别客气，你们有些思路对我们还是有价值的。"

关亦豪立即端起茶杯，"我以茶代酒，敬您一杯！"

厉镇明浅尝一口。

关亦豪干脆就势打开话匣子，故意放低姿态，"想不到厉部长也是豪爽的人，平时我看您都很严肃呢，老早就想请您吃个饭，可谓相知恨晚啊。"

厉镇明笑说："我哪里严肃了，说白了，前段时间就是太忙，我也想多渠道接触你们集成商，集思广益，都是为了选型，这也是工作。"

关亦豪点头称是，看来老厉很大气，至少不装，然后看他对九品醉鱼和杭椒松菌光顾颇多，就把这两盘菜换置于他的面前。厉镇明客气回应。

关亦豪又给他添了杯茶，"看来厉部长还是心系项目，其实，我们也是为了把这个项目做好，我想知道这个项目预算大概会是多少？项目选型会分几个里程碑？大概会是什么时候？"

厉镇明放下筷子，"预算呢，说句不好听的话，都已经传出去了，你们也可能听到了，我只能说个大概，九千多万。选型的里程碑嘛，我的理解是，第一步，第一期的宣讲交流，已经做完，摸了一次底。接着是 BOMS 综合管控与容灾交流，这个也刚刚结束，收集了一些需求，现在我们打算制订我们的需求和技术规范；着手第二步：在国庆节后搞第二期更正式技术交流；第三步，搞一次考察，考察你们的应用功能和实施能力，做好评估；第四步，年底前招标。"

关亦豪也放下了筷子，悉心聆听，然后确认一下，"现在就是第二步的前期，新技术规范的制订？"

厉镇明说："没错。"

关亦豪顺着话题说："那这个规范谁来做呢？"

做规范对于乙方来说是一个敏感话题，如果乙方能有机会去编写甲方规范，无疑会增加中标概率，关亦豪自然不会放过这个操作机会，于是决定先打探一下底细。

厉镇明说："目前安排曾刚、李柄国和陈亮牵头，80%以上的工作量是曾刚这边，他们各自组织自己的骨干编写整理，这个工作马上启动。"

关亦豪再确认一下，"您这边不负责？"

厉镇明言简意赅地说："没错，我不写具体规范，但会召集他们汇报研讨，然后最终稿从我这里发布，上报。将来投标，招标文件的技术需求部分也会从规范里调出。"

关亦豪又试着问："如果选型中出现技术问题，他们都会直接给您汇报吧？"

厉镇明说："是的，简而言之，我有问题，我找他，他有问题反映到我这里，然后我来协调，是否要找集成商？还是厂商？我会统一权衡。"

看来厉部长不涉及规范的具体编写，只是一个影响者，也就是说搞定厉镇明还不一定获得这个规范的编写操作机会，看来有实权的是曾刚。当然了，这样绝不意味着厉镇明在项目中没有曾刚的作用大，好不容易搭上厉镇明这根线更不能丢，还必须继续深挖。

考虑到过于敏感，关亦豪就用曲线表达，"哎呀，还是你们流程清晰啊，过去，我遇到一个运营商，汇报机制很乱，底下的人有问题就直接捅上面去了，扯了一堆皮。"

厉镇明说："可能有这种情况：比如曾刚在路上遇到高总，两人交换意见，但意见必须提交到我这里，所以最后还是统一口径。"

"哦！还是你们考虑周全，"关亦豪轻松多了，看来他们汇报流程不混乱，同时又给他添加了茶水，"厉部长，上次宋汉清给您的邮件，您觉得如何？"

厉镇明喝了一口茶，"还不错，有些价值点还可以，我已经反馈给曾刚他们了，到时候我们会碰一碰。"

关亦豪呵呵一笑，话题一转，"那就费心了，对了，8月25日，北京电信解决方案大会，您参加吗？届时我想邀请您去我公司指导工作？"

说罢关亦豪笃定地看着厉镇明。

厉镇明搔了下头皮，"我可能去，到时候看情况吧。但曾刚、柄国和陈亮他们都应该去，探探风，感知一下解决方案。"

此时，服务员端着一盘菜，外加了两小碟不同蘸酱，"大汉缚鸡，请慢用！"

大汉缚鸡这盘菜，左右各不相同，左盘有些熏黄焦脆，右盘白嫩滑亮，香气四溢，煞是好看。

关亦豪手势一沉，"来，厉部长，一鸡两做，然后蘸酱，六种吃法。"

厉镇明有些迷惑，"二二得四，也是四种吃法啊，何来六种？"

关亦豪呵呵一笑，"还可以不蘸酱吃，这也是一种解决方案，满足不同需求。"

厉镇明夹起一块，放入口中，"嗯，好！"

8月14日，早上九点，中国大饭店一层会议厅人头攒动，大厅入口水牌上赫然写道：磐石计划 XLOG 第一届用户大会。

参会者手拿邀请函在签到口排着几条迂回的队伍，他们正在等待入场。签到席上十来位工作人员有条不紊地忙碌着，麻利地收取名片，发放资料和胸牌。宋汉清接到这些资料的时候，已经晚了快十多分钟，他拨了一个电话，匆匆朝主会场方向走去。

能容纳 2000 多号人的主会场座无虚席，闪亮的大屏幕正在播放广告短片。

不远处一高瘦光头拿着手机站了起来，朝后摆摆手。他是李悠，GEM 运营商售前咨询总监，他公司最贫的人！这家伙年过四十，光头，技术不错，满口京片子，号称售前行业里相声说得最好的人，也是行业粉丝最多的一个人。粉丝都自称为鱿鱼丝。由于两人有很多项目上的合作，宋汉清以前经常跟李悠去用户那里做交流，一来二往，相处比较投缘，不过这次，宋汉清是要跟他商量电信解决方案大会圆桌论坛的议程。

此时美国大片式的广告播完，会场上灯光交相辉映，音乐再次响起，主持人简单做了一个开场白，就说道："下面我们以热烈的掌声欢迎 XLOG CEO 维托·克劳迪给大家致辞！"

激扬的音乐和热烈的掌声几乎同时响起，一个身穿灰色西装的外国人不紧不慢走上宽阔的演讲台，他看上去年近五十，黑色的头发稍卷，笑起来活像教父的扮演者阿尔·帕西努。

"Hoo-ha！"

猛然这么一喊，宋汉清才发现连声音也像。

"女士们、先生们，早上好，我叫维托·克劳迪。18 年前，我和我的老朋友斯特劳斯在加州创立了 XLOG，全世界第一个中间件公司诞生了。到现在为止我们有 7 大系列产品，这就是大家所熟知的罗马七山：Palatium、Aventine、Caelian、Esquiline、Capitoline、Quirinal、Viminal。

"目前 XLOG 已经是年收入超过 100 亿美元的软件公司，75%的全球 500 强企业都用我们的软件和服务，还有不计其数的政府、教育和公共事业部门或机构。大家知道有多少人在用我们的软件做开发吗？我告诉你们，在全世界，我们的粉丝已经超过了贝克汉姆和辣妹的粉丝总和。而且贝克汉姆所在的俱乐部的采购部门就要通过我们 Palatium 和 Aventine 搭建的平台进行大规模的采购。他每一场球赛的每一张门票都通过 Caelian 和 Esquiline 进行处理。他大部分收入或花费都通过 Capitoline 和 Quirinal 进行交易。当然，他的绯闻也通过 Quirinal 报道给全世界。"

最后这句话惹得全场报以热烈的掌声。维托·克劳迪那帕西努式的笑容又浮现在脸上，等掌声一落又继续演说。

宋汉清对身旁的李悠说："你看他们搞得如此热闹，你们没有动作啊！"

李悠忧国忧民地说："我们的人养尊处优惯了，也就整天搞个新闻发布会，记者见面会什么的。"

宋汉清叹息："再这样搞，你们不怕他们后来居上？"

"这倒不会，"李悠说，"磐石是 Phalanx 的音译，你知道 Phalanx 是什么吗？是古罗马方阵的意思。要我说啊，这 XLOG 整得有点儿像帝国主义，帝国主义都是纸老虎，一看就知道他不了解中国国情，调子扯得过高，一定摔得很惨！我给你分析一下，你看看他的产品线，号称七大产品，什么罗马七山，中间件根本要不了这么多，有应用服务器、消息中间件、交易中间件、一套 ESB^⑨产品就可以了，统一开发平台和工具，安全机制各自提供保障。我名字都想好了，叫四姑娘山，唉，你去过四姑娘山吗？"

"没去过。"

"四姑娘山如四把宝剑直指蓝天，铁定盖过罗马七山。"

宋汉清说："四姑娘山，名字是不是土了点儿？"

李悠说："土？说你没文化吧，你还不信，四姑娘山是汉语名字，您得入乡随俗，叫藏语，这藏语的名字可就气派了，叫斯拉格。将来要投入国际市场，洋鬼子一听斯拉格，还以为哥斯拉来了，铁定吓得丫屁滚尿流。"

哈哈哈哈，宋汉清忍不住笑出声来。

李悠叹了口气，又恢复了他忧国忧民的情绪，"杭州那边什么情况？"

宋汉清说："第一轮宣讲结束，甲方前段时间搞了一个 BOMS 综合管控和容灾交流，后面的工作，估计是收集需求，理清规范。我刚刚还给厉镇明提出了一些关于规划的建议呢。"

李悠说："哦，不错啊。"

宋汉清说："我就担心朝腾有了黑龙江的 BOMS2.0 的案例，我们可能随时被斩杀！这个项目我们丢不起。"

"黑龙江项目，估计甲方都没有搞清楚要害就签单了。"李悠恨铁不成钢地说。

"是啊。"宋汉清点点头，"所以我想跟你讨论电信解决方案大会圆桌论坛的议程。"

李悠从笔记本包里拿出几页纸，"这次圆桌论坛议程，我添加了些内容，增加了我 GEM 产品优势，以及在 BOMS 领域的关键应用价值。同时，我在圆桌论坛上强调 GEM 跟通擎的战略合作，分析一些案例和思想，你顺着我的思路，分享你通擎的理念和价值，立起你通擎的旗杆就可以了。不足之处，我们互相帮衬。"

宋汉清接过纸张，里面李悠写好了讨论脚本，原来他早就准备好了，心中大悦，"太好了，等的就是你这些话。谢谢你了，悠子。"

李悠说："嗨，甭客气，有了脚本，剩下的事比话剧还简单。"

"话剧"这个词让宋汉清一下子想到了牧小芸，这丫头就爱看话剧，他掏出手机拨了过去，"小芸，怎么样，你们最近？"

牧小芸的声音有些久违，"你好长时间没有联系我了，怎么了，突然关心我了？"

---

⑨ ESB 企业服务总线，是企业应用集成的技术和方法。

宋汉清笑说:"是啊,我想请你看一场话剧。"

牧小芸说:"谁主演的?"

宋汉清说:"当然是我了。"

牧小芸不屑地说:"不信。"

宋汉清老实交代:"呵呵,说正经的,8 月 25 日,北京举办电信解决方案大会,我有一个圆桌论坛,你过来助兴啊。"

牧小芸说:"哦,好啊,哈哈。"

宋汉清高兴地说:"你来回的费用,算我的。"

李悠轻轻地摇了摇头。

西湖边上一家海鲜餐厅的雅致包间里,浙江华夏移信的选型小组正在聚餐。服务员知道他们是有钱的主儿,上菜添茶那是相当勤快,不一会儿,桌子上就堆满了锅碗碟盆。

BOMS 综合管控与容灾的交流圆满结束后,厉镇明就决定聚一次餐。当然了,这次聚餐的目的是要推动后续的 BOMS 新规范的编制。

厉镇明举杯说:"感谢大家最近富有成效的工作,让我们更进一步搞清了系统的建设思路,辛苦了,来,我敬大家一杯。"

大家齐声附和,高举酒杯,饭桌上立即洋溢着一种欢愉的气氛。

厉镇明接着说:"我们以前费了很大的劲整理了 BOMS 规范,打下了基础,但是我们还需要引进一些新的思路。下面的工作,我们内部先按照规范书的格式重新整理具体需求,以及愿景目标,这个过程时间会比较充裕。8 月 25 日,北京还有电信解决方案大会,你们有空就去一趟,还可以感受更新的思路。另外,曾刚,上次我给你发了一个邮件,列出了一些思路,你都看过了吧?"

当然了,厉镇明并没有在给曾刚的邮件中说这些思路是来于自通擎的。

"我看过了,会考虑进来的。"曾刚接着厉镇明的口吻说,"大项目选型,就如同高考一样,层层筛选,考生难,我们监考的也难,呵呵。"

李柄国眼珠一转正要说话,手机却来了短信,是卫长贵发来的:"最近有空吗,聚一下?"李柄国没有理会,他用一丝埋怨的口气说:"要我说啊,这监考可不比考试容易,左右为难啊,难就难在我们还要帮他们出考试大纲,这里牵涉的层面太多了,哎不说了,来来来,全在酒里。"

李柄国一口把酒闷了下去,大家也随即干杯。

选型组小刘说:"牵涉的东西多吗?不就是需求吗?"

李柄国鄙夷地看了他一眼,"需是需,求是求,知我者谓我心忧,不知我者谓我何求，看来你小子懂个球，哈哈哈哈。"

大伙儿哄然一笑。

就在大伙儿打打闹闹的时候，厉镇明的手机铃声响起，是妻子打来的，接通后，一丝沉重拢聚心头。他转身出去，回来的时候，他拍了一下额头，"不好意思，我家里有点事，特急，不能陪大家了，我提前回去，小张，送我一程。"

曾刚站了起来："别走啊，还没有尽兴呢！您走了，我们群龙无首了啊，呵呵。"

大伙跟着起哄。

厉镇明沉重地说："我妈胃不舒服，我得立即回去，可能要送医院。"

包间立即安静了，直到小张随厉镇明出了包间，大家这才窃窃私语。小刘也好像想起了什么似的，若有所思地拿起手机翻阅最近的一些短信记录。

不知道是刚才走得急，还是杭州 A 医院急诊大厅里的空调有些不足，厉镇明感觉有些闷热。他解开一粒扣子，忧心忡忡地看了一眼躺在椅子上的母亲。母亲脸色灰白，一只手轻轻地捂住肚子，依靠在妻子的肩膀上，妻子用手绢擦去她嘴角的一些食物残渣，就在刚才拿号的时候，母亲又有些轻微的呕吐。

厉镇明仔细地翻阅了母亲病历本，不由自主地想起了前段时间王医生的那些话，于是下定决心这次一定要做一个检查。他知道一旦确诊，后面的重点是手术和化疗，这些对母亲的身体来说都是一个巨大的挑战，唯一降低这种挑战难度的方法，就是找到负责任的医院和技艺精湛的医生，可是哪家医院又能胜任呢？

过了好一会，广播才叫到母亲的号，厉镇明和妻子搀扶着母亲来到急诊室。急诊室的坐诊医生是一个卷发中年妇女，医生简单地问了下情况，就低头在病历本上急速地写下一排排文字："你们先去划个价！"

厉镇明看了看那些如同阿拉伯文一样的字，和气地说："怎么这么快就……请问这是什么病？"

医生指了指电脑，安慰地说："我们这里都有记录，这么晚了，我这里没有办法做检查。"

厉镇明忧心忡忡地说："我妈这病严重吗？"

医生看了厉母一眼，说："不算严重。"

厉镇明沉重地走出急诊室。

医生又叫住了厉镇明，"对了，这几天注意饮食，少食多餐，吃一些高蛋白的食品和一些新鲜的水果，我看上次医生写得很详细。"

注射室及前面的半个大厅，十几张椅子座无虚席，每排靠背椅子边上都有一个注射支架，上面挂满高高低低的吊瓶，白色的输液管弯弯曲曲地插在病人手上，有些病人可能是呼吸道感染，还带着白色的雾化面罩，整个场面显得有些科幻和怪异，然而这些病人显然对这个场景司空见惯，他们抬头安静地看着对面的液晶电视，上面正在播放赵本山的《卖拐》，无论赵本山怎样抖着包袱，除了一个小男孩时不时地爆发一阵欢笑以外，其余的人都冷若冰霜地望着。

护士给厉母挂上点滴后，她的情绪逐渐安静了些，厉镇明这才放下心来，他拉着妻子的手来到走廊尽头。

厉镇明回头望了一眼护士忙碌的景象，叹了口气，"我决定了，还是做一次检查，但是不是在这家医院治疗，我真没底，上次医生说这很可能是胃里有肿瘤，这事你千万不要让妈知道。"

妻子吃惊地说："不会吧？"

厉镇明说："如果是的话，这治疗的第一步是动手术，要开刀对胃进行切割，怕妈受不了。我估计从检查到确诊，需要几天时间，我在这几天调查下看能否找到更理想的医院。最近，北京有一个电信大会，我想去北京出个差，顺带了解下情况。但我不在的话，有些事情不知道你能否处理得了。"

妻子说："这有什么处理不了的，你就放心吧。"

厉镇明沉重地点点头："那好。"

5.2

一辆出租车徐徐停在北京 B 医院的对面，谢建兵下车，他抖落了一下衣服，抬头一望，一栋白色大楼巍峨地矗立在马路对面，大门口熙熙攘攘全是人。小谢来到医院门口，他看了看手机，时间尚早，先等会吧。

谢建兵今天办的事很重要，就是跟公司市场部周琴见一个医生。

最近一周，谢建兵终于知道霍武的谜底了。他意图很简单，他估计厉母得的是肿瘤，就安排周琴和自己在北京寻找一家最好的医院，最好的医生，最好的服务。谢建兵当时还问，厉母什么病没有确诊，提前操作是不是有些浪费精力？霍武对一些关键问题的回答总是很简洁，他说，凡事做好提前量，凡事做好竹篮打水一场空的准备。谢建兵冒着被骂的危险问了句，毕竟是性命攸关的事，这是不是太冒险了？霍武这句更简洁，见到医生，你自然会明白的。

无事见医生，老板真有病！

呵呵，这点倒像霍武的性格，什么都敢做，谢建兵突然又想到，该不会是跟霍武夸口说自己跟厉镇明有 6 分熟，于是他让自己来操作这没影的事儿？嗨，下次说话一定要悠着点。

这周琴果然不简单，三教九流都认识，托人打听个事儿跟玩儿似的，据说今天要见的这个医生是从国外学成归来，很有临床和实战经验，希望这次能给霍武一个满意的答案。

正当谢建兵望着熙熙攘攘的人群发呆时，周琴过来了，后面还有一个穿白大褂的男医生，医生白白净净很年轻，周琴也没有做介绍，只是顺口说咱们进去。

男医生手一抬，指着另一条小径说，"走这边，这边人少，我们直接去他办公室。"

看来这男医生只是一个介绍人，谢建兵和周琴跟在男医生的左右，说说笑笑地边聊边走。

就在进电梯的时候，谢建兵手机响了，是小刘打来的，有动静了？

"喂？刘总，好啊！"

小刘声音有些小，他说："你上次叮嘱我的事，就是厉母的病，看样子又犯了。"

谢建兵声音也变小了几度，"哦，确认吗？"

小刘说："应该是的，昨天晚上，我们一起喝酒……"

电梯打开，外面是安静的走廊，几个护士来回走着，谢建兵嗯了一声，"谢谢，我知道了，我现在有事，随时保持联系，我稍后给你电话。"

朝腾所在写字楼一层右首有一家咖啡馆，棕灰色调装饰入乡随俗似的跟大楼内饰很协调，也许是咖啡馆这种寄居的本性使然，消费着写字楼的消费者，开张半年，你就很难找到一张空闲的桌子。好在上午霍武定了一个靠窗的安静位置，下午才有钱伟惬意地端坐在这里。

霍武端着两大杯咖啡走了过来。

钱伟开门见山，"浙江之行，成果如何？"

霍武也直截了当，"理清了一条公关路线，下面是曾刚，他负责应用软件；中间是厉镇明，他负责整个选型牵线；上层是高永梁，最后拍板者。目前有结论的是曾刚，我跟他交往很好，偏向我们问题不大。"

钱伟说："一共有五个决策者啊，还有其他两人呢，应该都接触一下啊。"

霍武笑说："你说底下的陈亮和李柄国？他们跟曾刚是同一个层次的，但不太关键，所以暂时先不接触。因为我讲究操作，每个都去操作一下浪费时间不说，他们要看到了很腻味，再说也不是时候。"

钱伟喝了口咖啡，话题一转，"你今天重点是跟我谈厉镇明？"

这是霍武今天沟通的核心，他觉得搞定厉镇明的事，没有公司的资源是没有办法推动的，所以他向钱伟要资源，或者说支援。

霍武说："是的，关于厉母的胃病，医生谈到化疗这些，我猜测很可能是肿瘤胃癌之类的。"

钱伟说："针对于他母亲的病，谈谈你的想法，切入点？"

霍武说："我都想好了，就看你是否支持了，无论普通胃病，还是肿瘤，都有两种方案，第一，多关怀，多慰问。第二，落到实处，帮他找到理想的医院和大夫。"

钱伟想都没想，"支持第一种，反对第二种。"

霍武笑了笑，"第一种意义不大，我选第二种。"

钱伟笃定地说："第二种？要是厉母真的是肿瘤，你帮人家选大夫，你治好了好办，别的，你想过后果吗？"

霍武早预料他会这么说，他抹了抹嘴，"想过，但我们要从另外一个角度想，其实自从上次小谢跑到这个消息以来，我就开始着手准备这个事情，到现在为止……"

钱伟说："这么说，你找到候选的医生了？"

霍武说："找到有，不过还要继续找，直到找到最优秀的！"

钱伟放下咖啡杯，"霍武啊，我们一起共事多年，也了解你，但这件事情似乎……"

霍武说："我是这样分析的，在BOMS2.0市场，我们赢得中国第一个成功案例，如果我们再赢得浙江华夏移信，那我们要拿下后面其他省份就容易多了。所以，理论上通擎，也包括其他公司绝对不希望我们有两个BOMS2.0成功案例，通擎会拼老命来拿浙江华夏项目。现在厉母得了这种病，谁都会做文章。"

"做文章没关系，"钱伟说，"我们做一个小文章就可以，慰问和关怀一下就可以了，不必冒风险做大文章啊。"

霍武说："问题是，这里有一个囚徒困境，你可以听听。有两个囚徒被抓，法官说，如果两人沉默，两人各判1年；一个沉默一个背叛告发，沉默者判10年，背叛者释放；两人都相互背叛，两人各判8年；结果会如何呢？"

霍武故意停顿了一下，钱伟轻松地保持缄默。

霍武眉头一皱，"两个囚徒会选择背叛，各判8年，他们明明知道背叛风险大，但是还是选择背叛，这是最优选择，是科学！也是命运。所以，如果能获得厉镇明的支持，哪怕风险大点，很多人都是愿意尝试的，狗急了还跳墙呢！"

"科学？你谈纳什均衡？"钱伟笑了起来，他摇摇头喝了口咖啡，一本正经地说，"就跟你谈纳什均衡，这里还有一个前提：信息，只有我们掌握了厉母的信息，其他几家公司不知道，所以对我们来说，最优选择就是慰问关怀一下就可以了，甚至费用方面，我们都可以商量。"

霍武摇摇头，拿起手机拨了一个号，"你下来一下，现在！"

两分钟后，谢建兵走了过来，看到他俩互不理睬，他缩了缩肩，双手互搓了搓手臂，"这空调开的，好冷啊！"

钱伟说："小谢，厉母生病这消息，有多少人知道？你坐下说。"

谢建兵没有坐，他看了看霍武，又看了看钱伟，说："是这样的，今天早上，小刘，我们的内线，跟我说昨天晚上华夏移信选型组成员在外面聚餐，中途厉镇明接到家里电话，告知他母亲又犯病了，估计很严重，小张亲自开车把厉镇明送到浙江 A 医院。选型小组的人应该都知道这个事情了。"

钱伟又说："听说你这段时间都在准备这个事情？"

谢建兵说："是的，做了很多功课，还找了医院和医生，其中还有几个合适的人选。"

钱伟说："你们提前做这工作有意义吗？"

谢建兵说："有意义啊，有了这些基础和事实，至少我跟厉部长聊起来很自然，很有得谈。"

钱伟沉默了一会，突然开怀一笑，"嗯，知道了。小谢，我知道你付出了很多，不错。"

霍武对谢建兵摆摆手，"你先上去吧。"

谢建兵离开后，霍武对钱伟说："你认为中国自古有为病者讳的传统，所以大家肯定心照不宣，乙方都不知道？"

钱伟说："这倒不是，销售如战场，消息扩散是必然的，只是快慢的问题。"

霍武喝了一口咖啡，"是啊，做一线销售的时候，就算甲方谁跟谁上了床，也怕包不住火。好了，现在囚徒困境成立，我可以执行我的方案了。"

钱伟沉默了一会，"两回事，霍武啊，我们这样考虑，我们还有很多优势，第一，我们有黑龙江华夏移信案例，确立了行业标杆，是实力的象征。第二，我们有强大的解决方案，是信心的基础。第三，小谢做了厉镇明的一些关怀，厉镇明目前为止在感情上还是偏向我们的，也是人脉的基础。第四，也是最重要的，我们有你这样优秀的销售，还有唐宁这样的售前。这么好的资源，足够让我们赢得单子！"

霍武觉得说理说不过钱伟，就说："我就说一点，行业里很多销售其实都不理性，什么都敢承诺，什么都敢给，什么都敢做，就是蛮干，如果对手就这件事帮了厉部长，咱们怎么办？"

钱伟不以为然，"那他们去蛮干好了。"

"这么说，你不同意我的第二种方案？"霍武说，"其实第二种方案我都很理性了。"

钱伟提高了声音，"我不能同意。"

两人再次交换了看法，钱伟还是摇头，他站了起来，郑重地说："这事我不能同意，公司也不能同意，太冒险，我还有别的事，回头联系。"

此刻，霍武有一句话直冲喉咙，就在最后关头，他端起咖啡，狠狠地喝了一大口，连同这句话一起咽了下去，最后那句话变成了内心深处的独白：老钱啊，你真的老了。有些所谓的大智慧，包上一层精明的外衣以后，反而是一种小聪明了。

霍武把手机往桌子上一甩，闭眼顺势躺在椅子上，阳光在他眼皮下幻化成火红的一片。

"老板，老板！老板！"

霍武睁开眼睛，看到不知何时坐在对面的谢建兵，他没好气地说："我老吗？"

"老板，我是说，"谢建兵一怔，接口气说下去，"跟钱总谈得怎么样了？"

霍武拿起手机看了下时间，缓缓说道："这事不要管了，往后放一放。给你一个新任务，你争取今晚回杭州，明天见一下厉镇明，你最好是在医院去见他，做得意外一点，这样效果更好，然后把我引荐给他。知道怎么引荐我吗？"

谢建兵想了一下，笑了笑，"这次如果聊得好，我就说，厉部长，看来您对这个项目也非常操心。您看这样吧，我们霍总也对这个非常关心，他也有很多心得体会，您看什么时候方便见个面？"

霍武漫不经心地说："其实，引荐成功的百分之九十五在于前期的工作是否到位和沟通的融洽度，后面的百分之五就在于是否找准合适的机会说出一番客气的话，好了，你赶快去吧，多带信息回来。"

谢建兵激动地点点头，"好。"

霍武喃喃地说："其实，最好的消息是，厉母就是普通的肠胃炎。"

谢建兵点头，"明白！"

杭州的秋夜如一块巨大的海绵一样吸收白天的喧嚣，空气变得少有地干爽，整个城市似乎突然放慢了脚步，呈现出特有的一种宁静。但此时黄龙体育馆旁边的海鲜大排档却是另外一番风景，这里人头攒动，灯火通明，喧嚣热闹，早已把杭州应有的矜持抛到九霄云外。

谢建兵和小刘不约而同地举起酒杯，哈哈一笑，然后各自喝了一大口。

谢建兵明显感觉鼻子有些堵塞，这是他醉酒的先兆，他敲了敲脑袋。

小刘戏谑地说："怎么了？倒时差？"

"没事。"谢建兵说："最近项目上的事情，真是辛苦你了。我明天想去医院看看老厉的母亲，不知道是哪个病房，也肯定不太可能直接跟老厉打听，你能否帮我打听一下？"

小刘抓了抓脑袋，"没问题，我跟司机小张是很熟的哥们，听他说，厉母没有住院，就是做了检查。"

谢建兵哦了一声，看来计划赶不上变化啊，就说："那明天老厉还去医院吗？"

小刘想了想，说："小张说，老厉明天可能会去拿结果。"

谢建兵说："什么时候去呢？我想在医院见他一面。"

小刘说："这样吧，我明天帮你问问，他一去，我打电话给你。"

谢建兵说："谢谢了。对了，要问得自然，方法你懂的。"

小刘说："没问题！"

谢建兵说："爽快，今天晚上一醉方休如何？"

小刘说："那不行呢，我女朋友会说我呢！"

谢建兵说："那何不干脆叫你女朋友也过来？"

小刘说："我那女朋友啊，喜欢安静！你女朋友呢？"

谢建兵仰望星空，叹了口气，"我女朋友在北京，而且分手多时了，现在孤家寡人一个。"

小刘举杯说："嗯，那往事就不要再提，干杯！"

"干杯！"

十点后，小谢叫了一辆的士把小刘送回家，然后赶紧给霍武通了一个电话。

"老板，给你汇报一下情况，我原以为老厉的母亲会住院，那样我看望她就顺理成章。现在得到的情况是，老厉的母亲并没有住院，仅仅是做检查就回家了，但明天老厉会去医院拿结果，如果我这个时候在医院见老厉，是不是有些唐突啊？"

电话那头没有吭声，过了一会，响起了霍武的鼻息声，接着是缓和的、略微粗粝的声音，"嗯，你现在跟老厉见面还感觉唐突？说明你跟他还有距离啊，这叫作，人没做好，做事就跟做贼一样，心虚吧？"

谢建兵一阵难过，他说："老板，我只是给您汇报一下，我拿好主意了，放心吧。"

霍武说："嗯，我要的是结果，想清楚了，就做好！"

挂了电话，谢建兵突然感觉耳朵里轰轰作响，火辣的胃在使劲收缩，他打了一个饱嗝，一种强烈的苦涩冲击着他的舌根。

清晨的阳光拨开浓密的云团照射在雷峰塔顶，西湖的飞鸟出巢觅食，杭州又开始忙碌的一天了。

谢建兵在路边吃了半屉小笼包，就驾着他那辆白色的雪佛兰上路了。雪佛兰一路蜿蜒，在 A 医院门口对面稍做停留，他鬼头鬼脑地看了看医院门口如织的人流，然后方向盘一转，停在不远处的肯德基旁边。

现在不是饭点，肯德基人不多，谢建兵找了一个靠窗的位置。他时不时地看看 A 医院的门口，又时不时地看看自己的手机，生怕错过了小刘的电话或短信。

昨晚，谢建兵想到了一个与厉镇明会面的点子，方法很简单，厉镇明拿到结果，肯定要到肿瘤科去咨询大夫，到时候自己也挂一个号，就说自己脑袋疼，然后在候诊厅守株待兔就可以了，反正就是一个"意外的碰面"嘛。

谢建兵给自己点了一杯可乐，没多久就接到了小刘的电话。

"喂！刘总。"谢建兵屏住呼吸。

"你现在在哪里啊？有消息了！"

"我现在就在医院门口斜对面。"谢建兵心突突地跳。

"那好，老厉刚才出发了，看那意思应该是去医院。"

"啊，好啊。"

谢建兵回想上次从华夏移信到 A 医院大概 20 分钟车程，老厉应该很快就到，谢建兵一气喝完可乐，转身出门。

谢建兵排队给自己挂了个号，然后乘坐电梯来到了肿瘤科这一层，这一层几个科室，病人也是人满为患，候诊厅的十来张椅子几乎坐满了人，谢建兵好不容易找到一个位置，掏出一个早已准备好的口罩戴上，这才腾出精力四处打望。

候诊厅的电梯每时每刻都在响，每响一下，都有人进进出出，而旁边的步行梯更是人流如织。

一个穿着白色粗布上衣的肥胖老大爷拄着拐步履蹒跚地走了过来，他颤颤巍巍地打量椅子上的人群，稀疏的胡子一翘一翘，谢建兵腾出座位，老大爷慢慢地坐下，长长地喘了口气。

谢建兵靠在窗边，不经意看到了电子屏幕上候诊排号信息，上面是各个科室的候诊患者，每轮到一个，都会广播一次。他猛然惊醒，如果被厉镇明看到自己挂这个号，是不是太刻意了。谢建兵突然觉得昨晚的点子太荒谬了，他瞬间明白，之所以荒谬就是情景变了，自己还机械地执行霍武原来的指示，以至于落到这种尴尬的田地，一种莫名的心虚一下子涌上了脑海。就在这时，一个熟悉的身影在候诊厅晃了一下，就朝肿瘤科方向走去。

厉镇明，是他。

谢建兵刚朝前踏出了一步，就停住了，他脑海里迸发一股子心虚浇灭了他打招呼的勇气。他懊恼地一转身，窗外的一抹绿色让他有些眼花。他突然感觉自己是在做贼，霍武说的没错，人没做好，做事就跟做贼一样。他抬头远眺，西湖边上的雷峰塔如一柄古剑直插云霄。

不，我不是做贼，我是做雷锋，做雷锋。要是出丑了，就老实承认，谢建兵鼓足勇气，摘下口罩，朝肿瘤科方向而去，刚过拐角，要死，厉镇明迎面过来。

"厉部长！"谢建兵感觉心跳加速，声音发干。

"嗯？……小谢，你怎么在这里？"

谢建兵说："我来看医生！我最近感觉心律不齐……想上洗手间，楼下又人满为患，所以就上来了。"

谢建兵这个谎倒是撒得心安理得。

厉镇明瞧了一下走廊，"哦，今天人真多。"

谢建兵说："这一层算少的了，嗯，厉部长，您今天怎么来医院啊？"

"我妈做了一个检查，今天来看一下。"厉镇明眉头一皱，"医生说，让我先去楼下打印结果单，再送医生看。可是他也没有说怎么打印。"

谢建兵灵机一动，不如我带他去，正好可以避开广播，连忙说："我知道，来，厉部长，我带你去。楼下有自助取单机，你用取单凭证或化验单去扫描一下，就自动打印出来。"

前段时间，谢建兵在北京天天跑医院，也算见多识广了，却想不到这些知识在这里用上了。

厉部长说："你不是要上洗手间吗？"

谢建兵走在前面，"我刚已经上过了。"

两人直接来到楼下，用取单凭证朝取单机一扫描，结果单就自动打印出来了。由于单子很多，涉及几个检查项目，有些检查项目结果还要在另外的大楼去查询，厉镇明在谢建兵的带领下忙碌了好一阵子才算完成。

厉镇明拿着这些结果单去找医生，谢建兵就在肿瘤科外面等，他抬眼看了看叫号的屏幕，早已过了自己的号，这才安心透了口气。

过了好些时候，厉镇明出来了，看上去有些沉重，谢建兵也没敢问。

厉镇明看了他一眼，摇摇头，"发现肿瘤，还有一个结果明后天出来，到时就知道了。现在关键是看他的恶性程度，恐怕还要动手术啊。"

谢建兵吃惊地说："啊，那怎么办？"

厉镇明说："没事，我有心理准备了，走吧。"

谢建兵说："哦，对了……"他本来想建议北京有一家医院能治疗这个病，但一想到霍武没有明确的指示，就打住了。

厉镇明看他有话，就说："你刚才想说什么？"

谢建兵觉得还是说出来，他说："我看能不能帮您什么。或许能帮您寻找一家更好的医院。"

厉镇明摆摆手，"哦，不必，不必！我自己想办法。以后工作上的事，你们朝腾倒是可以咨询咨询。"

谢建兵看话头已经上路，就借道过来，"那好啊，您看这样吧，我们霍总也对这个项目非常关心，他也有很多心得体会，您看什么时候方便见个面？"

谢建兵说完后，就后悔鄙视恨了，自己怎么能在这个场合下提这种要求呢？

厉镇明想了一下，最近实在太忙了，家里家外一堆事，就说："有机会的，不过，我最近恐怕没有时间，没有心情啊，请你理解，等段时间吧。"

不知不觉间，两人下到一楼，谢建兵热络地说："厉部长，中午我请你吧，这地方我比较熟。"

厉部长说："我请你。"

谢建兵这下真的有点心律不齐。

5.3

当霍武把最后一封邮件处理完时，已经是上午 10 点了。他把笔记本一合，关上门，点上一根烟，甩手把打火机扔在沙发上，然后长长地吸了一口，捏了一下颈部。一只肩膀斜靠在窗边的文件柜上，抬头缓缓吐了一串白色的烟圈，烟圈慢悠悠地上升。

下一步怎么办，霍武做了个深呼吸，烟圈被鼻子呼出的气流搅乱。

钱伟最后还是不同意自己对厉镇明的策略，看来老钱真的老了，变得中庸了，不太喜欢冒险，丧失了销售的锐气。当然老钱说的也没错，现在手上确实有些牌可以打，但是这么多公司竞争，一圈牌打下来，有些牌根本用不上。

手机响起，是张书明的电话。

"喂！张总！"

"霍武，我们到你公司了，快出来一下！"

"嗯，你要前台带你去会议室，我过会到。"

昨天 XLOG 张书明说要来拜访朝腾，说是为了浙江华夏移信的项目以及电信解决方案大会圆桌论坛的事儿，估计他遇到了挫折，不遇挫折张书明是不会兴师动众的，他这点毛病在黑龙江华夏就犯过了。

霍武在办公室里慢悠悠地来回走了两圈，然后把烟朝烟灰缸轻轻一拖，转身出门。

会议室坐了不少人，张书明把杭州团队都带来了，卫长贵和王彬都已就座。而自己这边唐宁和周琴也悉数到场。

张书明朝霍武点了点头。

霍武随便扯了一张牛皮椅子坐下，卫长贵正在做开场白，不外乎是形势严峻、联手发力云云。霍武此时心里想的是怎么拿下厉镇明，哪有心情听卫长贵夸夸其谈。

霍武从周琴手中接过一份东西，打开一看，是电信解决方案大会的策划案，从展台布置，到分会场内容，还有圆桌论坛都做了详尽规划，看来朝腾在这次会议中投入不菲。他咬了咬牙关，心绪游离开来，不经意看到同样神游在外的张书明，就起身绕到他旁边耳语了一句。张书明点点头，然后两人来到了霍武的办公室。

张书明进屋也不客气，一屁股坐在沙发上，叹了一口气，"最近真烦。"

霍武说："呵呵，我最近也挺烦的。"

张书明说："我比你烦。"

霍武说："我比你烦。"

张书明眼一瞪，"我真的比你烦。"

张书明是真烦，上次卫长贵从杭州回来，把交流情况一汇报，他就觉得这次交流肯定失利了。这段时间没有睡过安稳觉，因为他分析，如果华夏上下都知道 GEM 的 Squash 才是解决之道的话，就算李柄国再有承诺，也无力回天，所以决定提前想办法。

张书明说："霍武，我不把你当外人，我最近杭州技术交流不利，让 GEM 夺了先，我们输在了售前上，后面的工作不好做啊，我现在就指望你们集成商帮我们一把了。"

果然遇到挫折了。霍武揉着手指，然后拳头一捏，输在 GEM 售前？霍武首先想的不是帮不帮的问题，而是格局问题：GEM 肯定是联合通擎的，如果 GEM 有优势，这种优势将来势必会转移到通擎，虽然到时候朝腾也可以跟 GEM 的产品合作，但相比之下，他们的人却暂时不是理想的合作对象。霍武眉头一皱，如此格局下，如何来帮 XLOG 一把呢，去甲方说说好话？这是惹火烧身的事，肯定行不通的。

霍武把电信解决方案大会的策划案扔在桌子上，双手插入裤袋，背靠着文件柜，没有说话。

张书明黯然地说："这次恐怕是浙江华夏移信集体倒戈啊，他们都向着 GEM，我们怎么办呢？"张书明着重强调了一下"我们"，似乎提醒霍武，大家在同一条船上。

霍武用一种隔岸观火的神态看了他一眼，伸出双手交叉于胸前，在房间里走了两步，然后又重新拿起桌上的策划案，翻了翻，眉头一展，计上心来，"不是还有电信解决方案大会吗？"

张书明说："打大会的主意？我早就想到了，在电信解决方案大会上我们挑选了几个专题，有 2 个都是 BOMS 系统的开发和应用，就是为华夏移信准备的呢，但被 GEM 提前这么一搅和，恐怕大家对我们已经不感兴趣，就怕投入了二十多万赞助费，赔了夫人又折兵啊。"

霍武说："你愿意再多花点钱吗？"

张书明说："这话怎讲？"

霍武不急不躁，"你不是杭州技术交流不利吗？哪里跌倒就从哪里爬起来！我有一计。"说罢把策划案给张书明一看。

张书明看不出所以然，就着急地说："别兜圈子了，快说。"

"大会有一个圆桌论坛，都是事先定好了的议程，这些话题都是扯淡，没有什么杀伤力，要是拿一个具体项目来谈，比如黑龙江华夏的 BOMS 建设，你看。"

张书明豁然明白，"你的意思是说，我们两家公司在圆桌论坛上，以黑龙江华夏的 BOMS 建设为契机，找 GEM 的缺陷，对他们刁难和挖苦……"

霍武摆摆手，"打住，这样就过分了，不够仁道，下面有听众呢。"

张书明有些畏首畏尾，"是啊，这样不好操作啊，可行性不强，毕竟中国人讲究脸面的。"

霍武不紧不慢地接着说："如果把黑龙江华夏邢主任叫过来，参与这个圆桌论坛，那情况是不是就不同了呢？现在的人有两个毛病，一是有听话听音；二是爱看现场说法，我觉得可以做点文章。"

张书明双目一亮。

霍武接着说："当然，这样还不够，我们还要用一些资源，我们周琴是做外联的好手，对这会议的流程都很熟悉，如果这样操作，那效果是不是就不同了呢……总之，能有七分把握就可以去操作了，世界上没有百分百的好事。"

不一会儿，张书明脸上就浮现一副不易察觉的微笑，"好！你一介武夫，却心细如发，听君一席话胜读十年书啊，咱们既打了案例牌，又打了 GEM 的脸，还不露痕迹，你这唱的是三十六计的哪一出呢？"

霍武不以为然地说："我一不搞阳春白雪，二不搞引经据典，纯粹自我开发。"

张书明突然觉得他很可爱，"据说这次浙江华夏移信很多人都会过来，有好戏看了。"

霍武又说："我还没有讲完，这次要顺带把通擎也打击一下。打击 GEM，我帮你，打击通擎，你帮我。"

张书明白这才是霍武的重点，他收起了笑容，"把 GEM 搞一顿，我不怕，问题是我不想得罪通擎，毕竟通擎也是我的潜在合作伙伴啊，将来还需要他们帮我出单子啊。"

霍武脸立即就黑了，"不要担心，还有我们，一个人成功的背后一定由别人的失败来埋单。张总，你不会有妇人之仁吧？"

张书明心想若要不得罪通擎，只要控制住王彬就可以了，想到这里心里泰然了些，"这倒不会！就是担心，打击面一大，容易露痕迹啊。"

霍武眼睛放光地一笑，"露痕迹？这种事情比投标现场为难通擎的举措文明多了，看来你很久没有做一线销售了。这样，中午就别回公司了，我们一起吃饭，周琴也在，下午就策划这个事情，时间不等人，做事要干脆！你下不了决心，就回想一下竞争对手怎么搞我们。这里涉及费用问题，包括邢主任的差旅及红包等等，不知道张总这边能否破费，我不想跟钱总商量这事儿了。"

张书明没有吭声，脑海里正在权衡。

霍武说："你在乎费用？"

做大事不拘小钱，既然话说到这个份上，张书明也铁了心，"嗯，成！"刚说完话，继而他才明白，霍武这小子玩的是借刀杀人啊。也罢，其实，上次 XLOG 能赢得黑龙江华夏一杯羹，不也是借霍武之力吗？想到这里他又泰然了几分，也狠毒了几分，他站了起来握住霍武的手，"争取这次打一场漂亮的歼灭战！"

霍武用一种醉翁之意不在酒的意味接着说："嗯，歼灭战还谈不上，我们也不期望太高，我们只是制造一些舆论而已，回头我们可以利用一下，以后咱们还有很多地方需要联合。"

张书明心头一起一落差点没有跟上节奏，但又似乎很快明白了霍武的用意，大喜道："嗯，看来你还有远谋？"

霍武说："还不知道效果，谈远了都是扯淡，难得张总这么慷慨，咱们这次行动的冠名权就给你了。"

张书明直截了当，"既然大会在 8 月 25 日举行，就干脆叫 825 计划吧。"

霍武呵呵一笑，"好，825 以后，咱们要把这种默契延续下去，咱们楼下吃饭。"

张书明意犹未尽地说："你的烦，还没有跟我说呢。"

霍武淡然打着哈哈，"我的烦恼，跟你一比，都不算什么了，走，楼下吃饭，把他们都叫上。"

"好，走。"

关亦豪一回北京，就被姜正山叫去开碰头会，顺带也把宋汉清叫过来。关亦豪重点剖析了浙江华夏几个决策者的职责和个性，接着从打桌球，曲线搞定陈亮开始讲起，然后以"数据一致性"为由头获得厉镇明的基本信任，一直聊到和厉镇明的饭局，获得相关项目信息等等。

姜正山对这个节奏基本满意，就说："那你后续如何打算？"

"厉镇明说了，这段时间他们正在着手做规范，我在想怎么帮甲方做规范，操作一把，让规范利于我们。"关亦豪说到这里，脸露难色，"现在的情况是，厉镇明并不编写具体规范，而曾刚及其骨干才是真正的规范编写者，李柄国陈亮稍微参与，编写完后，会汇总到厉镇明这边，厉镇明有什么想法，也会反馈给曾刚他们。而我目前只刚跟厉镇明搭上线，不好贸然提要求。"

"是啊。"姜正山说："厉镇明也好，曾刚也好，你搞定了没有呢？没搞定，我觉得这个事情你很难推动。"

宋汉清也说："必须搞定一个，最好搞定曾刚！"

关亦豪心想，从情理层面来说，搞定曾刚更容易着手操作规范，但现在约他都困难，这家伙似乎还跟霍武走得近，自己近不了身。从现实层面来说，厉镇明已经搭上线，属于近水楼台，可以先得月，凭直觉更方便搞定他，但搞定他却不能直接操作规范，对比来对比去，只能搞定人再说，于是下定决心，"这几天我争取一下厉镇明吧，明天有一个方案大会，听说他来北京，我正好可以见他。"

姜正山看他有了答案就说："到时候宋汉清配合一下。"

宋汉清说："好。"

姜正山接着说："另外明天的解决方案大会，公司可是花费了不少时间和金钱，上午有圆桌论坛，汉清准备如何了？"

宋汉清正要说话，手机一阵振动，是一个短信提醒，心想，肯定是牧小芸的。前天两人通了电话，温志成答应让她来参加解决方案大会，中午这会应该到公司了。他心头掠过一丝喜悦，朗声说道："早就准备好了。"

姜正山看他讲得这么自信，脸上多了一丝快慰，看了看表，就开始做了会议总结。

　　宋汉清乘机翻查短信，果然是牧小芸发来的，"小子，往后看看。"宋汉清转身回头，只见会议室玻璃墙隐约有一个模糊的苗条身影。由于玻璃墙面下半层是磨砂玻璃，看不清楚外面是谁，只有上半层透明玻璃显示出半个额头的侧面，摇摇晃晃，看样子似乎在跟人聊天，随后影子一个转身，越发清晰地显示在玻璃上，最上面显露出半张脸，四目对望，两人眯眼一笑。

第六章 | 825 计划

> "终于,我获得了一个机会,到手才发现这是一个烫手山芋。放弃,还是拿起,这是一个问题。可以预料这个决定一定有很多人会反对我,但最后我鼓起了勇气,虽千万人吾往矣!"
>
> 浙江项目回忆
>
> 通擎华东大区销售总监 关亦豪

6.1

8 月 25 日,天刚蒙蒙亮,唐宁翻身起来,看了看表,已经是 6:02 了,他下了床,趿拉着一双人字拖来到了卫生间。

因为要参加今天上午的圆桌论坛,所以起得格外早,一是可以先熟悉环境,二是早来早准备。今天这个圆桌论坛早已不是以往那种扯淡的形式了,而是朝腾与通擎的对抗,关键还要执行 825 计划。这是一个特殊的任务,这个任务对唐宁来说,就是通过有把握的话术和操控把通擎进行某种冷处理,换个说法就是"暗杀",当然要温柔,更要兵不血刃!

兵不血刃才是重点。

唐宁洗漱完毕,吃了几片面包,喝了半杯牛奶,顺带看了看今天圆桌论坛议程的最新安排,然后挪步向前,打开组合衣柜,横杆上挂满了各式衣服,他挑选了一件灰色的短袖衬衣和黑色裤子。抽屉里盘着几卷领带,像一卷卷子弹一样,他取出暗蓝色那款,贴胸口一比。

手机里传来一段《闻香识女人》里的探戈音乐:只差一步。

床上的妻子似乎被突然的声响惊动了似的,扭动了一下身躯,又气息均匀地睡了过去。唐宁接起电话,是霍武打来的,告诉他先到 Speaker Room 碰一下面。

唐宁一丝不苟地穿戴整齐,然后梳理一番打过摩丝的头发,镜子前面的他看上去俨然像个杀手。他把议程安排资料折好装进一个白色信封,放入裤袋,用手指敲打了一下,转身出门。

北京的天空聚集了几层灰色的薄云,参差不齐叠在一起,看上去,如一个倒悬在天上的入海口,苍茫萧瑟,太阳偶然破云而出,瞬间把朝阳中央商务区的摩天大楼染上金黄的一层，接着又迅速隐入云间，整个城市又恢复了固有的铅灰色。

电信解决方案大会安排在索菲特酒店 7 楼，大会厅是主会场，大会厅的外围是分会场和一些企业展区。宋汉清先带着牧小芸在外围转了一圈，然后有说有笑地进了主会场。主会场比想象的要宽阔得多，中间巨大的屏幕正在播放着一些商家的广告，四条猩红的巨大垂幅悬挂到半空，把整个会场衬托得庄严肃穆。想到今天上午就要召开圆桌论坛，宋汉清有一丝难以压抑的激动，他对牧小芸说，"嗯，你看，这么多人！"

牧小芸看着黑压压的人群，"很壮观，我期待你的话剧。"

宋汉清呵呵一笑，"好，今天结束后，我带你去一个酒吧，庆祝一下。"

牧小芸雀跃地说："好啊，我还没有感受北京的酒吧味道呢。"

不多时，宋汉清接到公关公司会务组电话，他对牧小芸说："刚才会务商来电话，是商量圆桌论坛的事儿，不急，我们先找一个靠前的位置。"

牧小芸说："好的，待会过来找我。"

两人找到了靠前的座位，宋汉清这才与牧小芸告别，他起身朝大会厅正门走去，就在离门还有几步之遥的距离，看见霍武嚼着口香糖走了进来，他似乎看到宋汉清，又或者什么也没看，转身信步朝后排的过道方向而去。

宋汉清不由加快了脚步，他经过企业展台，看到一个房间，上面有一个金色铭牌，写着：Speaker Room。宋汉清一敲门，门就从里面打开了。开门的是一个身着黑色正装的会务经理，她很干练地朝宋汉清点点头，"就等您了。"

房间坐着的都是圆桌论坛的参会者，唐宁、王彬、李悠，还有一个有些发福的中年男子，他看上去有些面熟，双眼一对，宋汉清这才想起，他是黑龙江华夏移信的邢主任，立即热情地上前打招呼，"邢主任，您好！"

邢主任浅笑一下，点点头。

宋汉清挨着李悠坐下，对面埋头敲笔记本电脑的唐宁抬起头来，正好看到宋汉清，估计是嘴巴里嚼着口香糖，不方便打招呼，他点了点头。

会务经理做了一番程序介绍，然后说："为了把这个圆桌论坛搞得更有声势，更接近用户需求，特意邀请用户代表黑龙江华夏邢主任一起参与，新的议程多了一些用户的内容。这是一个临时安排，不知道大家有什么意见或建议？"

这能有什么意见，谁不欢迎甲方呢？不过宋汉清隐约感觉这里有些猫腻似的，他瞥了一眼对面的唐宁。唐宁鼻子哼了哼，面无表情，似乎他觉得这个安排还有些可恶。老议程是李悠提交的，现在肯定是被修改了，不过增加一个甲方也很好，他憨憨地笑说："我觉得这样挺好，这样更接地气儿。"

主会场外的电梯打开，关亦豪和陈亮出现在人群中。在陈亮办理入场签到之际，关亦豪拨出了厉镇明的号码，电话还是没有接，这是今天第二个电话了，于是就问陈亮，"厉部长不接电话，你确认他来北京了？"

陈亮说："我记得他还提前两天出发的，应该是来北京，我也不好问，反正不在杭州。"

"行！没关系，咱们先进场！"

此时的会场渐渐人多，关亦豪带着陈亮找到了吴明龙。吴明龙弓着腰站起来双手捧着陈亮的手。陈亮笑得爽朗自在，他眼镜片上的反光一闪一闪。

这一切都被不远处的卫长贵看得一清二楚，他右手大拇指来回地摩擦着下巴，眉头紧锁，鼻翼两边也泛起了褶皱，突然，他好奇地猛然一回头，目光扫向坐在后面七八米外的霍武。他的这个动作惊动了他身边玩手机的李柄国，李柄国调整了下坐姿又继续玩他的手机。

霍武随意地躺在椅子上，从这个姿态可以判断他正翘着二郎腿，他不苟言笑地看了一会主席台，扭头跟旁边的曾刚说着什么。此时音乐响起，主持人开场报幕，会场掌声一片，全场灯光乍亮。卫长贵再回头时，灯光下的曾刚露出了北野武式的笑容，这一点跟霍武那港片黑帮匪式笑容倒是相得益彰。

又不是颁奖晚会，笑得一抽一搐的，你要是真能在圆桌论坛上扳倒 GEM，我真要张书明给你一个最佳导演奖，卫长贵心里嘀咕一句，也敷衍地拍了下掌。

与此同时，参加圆桌论坛的五个人已经悉数进场，宋汉清坐回牧小芸身边。

牧小芸看宋汉清一脸沉郁，"怎么了？"

宋汉清朝后扫了一眼，又沉思片刻，吁了一口气，"没什么！"

牧小芸眯眼一笑，从包里掏出一盒打开的饼干，"加油！"

宋汉清转头看着牧小芸，牧小芸眨了眨眼，抬手将了下头发。宋汉清接过饼干。

此时又是一阵掌声，一个领导模样的人缓缓登台，从主持人的手中接过话筒，开始演讲。

而他一结束就是圆桌论坛了。

6.2

没多久，领导就在一阵掌声中走下了讲台。会场渐渐变暗，光柱重新聚焦在主持人身上，他说："我相信大家刚才听到了一个关键词就是'变革与创新'，这是我们运营商永恒的主题，恰好，下面有一个圆桌论坛，正好也要讨论变革与创新的话题。下面有请黑龙江华夏移信 CIO 邢君齐主任；朝腾售前顾问总监唐宁；XLOG 中国区解决方案经理王彬；通擎售前总监宋汉清；GEM 电信业务售前咨询总监李悠。"

此时灯光渐亮，音乐响起，左边不知何时已经摆放好了六张沙发，沙发围成半个圆弧。与会人员悉数上台，大家彼此握手，好似多年没有见面的老朋友一样，依次坐下后，宋汉清朝台下一看，或许是台上光线太强，显得台下一片灰暗，他费了好大的劲才看清牧小芸。牧小芸朝他摆摆手，做了一个胜利的手势。

"下面有请我们的论坛主持……"

一个西装革履、体型敦实，大约三十多岁的论坛主持人阔步过来。此人一上来就来了一个开场白贯口，他大大方方地坐在邢主任身边。宋汉清侧头一看，只见此人脸庞大，嘴巴小，眼睛也小，笑眯眯地跟大家打了个照面，一双小眼就快剩下一条缝了，他转头朝观众说："……我说再多也没用，还是让他们做一个自我介绍吧，按逆时针方向，李悠先开始吧。"

大家依次做了一个简单的自我介绍，最后轮到邢主任，他嗡嗡说道："我是来自黑龙江华夏移信的邢君齐，负责信息规划和治理工作，谢谢大家。"

论坛主持身体前倾，扫了一眼手里的小台本，恭敬地说："邢主任，您是这里唯一的用户。最近黑龙江华夏移信正在实施国内第一个 BOMS2.0 项目，我们都知道这个项目有两新，一是业务新，二是技术新，您能否给在场的观众讲一下，这个业务新，新在哪里？技术新，新在哪里？"

邢主任清咳一声后，用略带沙哑的声音和诚恳的语调说："关于业务新，说实话，这是迫于市场的压力，最近几年网络环境不再单纯。首先是网络环境的融合，然后是业务方面的融合，比如：一些社交网络工具的出现，最后导致了运营的融合。我们过去的竞争者角色在慢慢改变，现在成了竞争者与合作者的双重身份，所有的这些都导致了我们对运营管理的重新审视。

"黑龙江华夏信息化确实一直走在兄弟公司的前列，我们率先在国内推出了第一代 BOMS 系统，主要集中在计费结算、营业账务、客户服务等系统上。我们第二代 BOMS2.0 系统除了有第一代的功能以外，理念已经悄悄变化了，我们甚至吸收了内容提供商的优点和模式，首先我们从客户的角度出发，提供了很多个性化产品，这样对我们的信息资源有了更高的要求，我们提出了整合信息的理念，就是这个理念导致了建立主数据管理系统的想法。有了主数据管理系统，我们才真正做到信息资产管理的科学性，我们想象一下，有了信息资产，我们可以生产更多服务以被客户享用和开通，这样做好处有两点：第一，管理好了我们的信息资产；第二，可以随时开发我们的资产，利用我们的资产。关于技术新，我想还是请我们的合作伙伴朝腾公司的唐宁来回答。"

论坛主持知道机会来了，抢白道："嗯，谢谢邢主任的观点，我总结一下他的发言，变革导致了信息资产管理理念的提出，既创造了收益，又管理好了资源，这里有一个背景我想给各位朋友交代一下。"

论坛主持说到这里，故意停顿片刻，在场的所有观众竖起了耳朵。他朗声说道："黑龙江华夏移信的 BOMS2.0 系统是上个月的投标项目，可谓举世瞩目。而中标的公司呢，正好是朝腾，下面有请朝腾唐宁先生来回答这次系统的技术新在什么地方？"

这个问题其实暗藏一个重大的潜台词：通擎为什么没中标呢？宋汉清猛然惊醒。

论坛主持问完话后，露出了一副讨好的样子。唐宁知道，这是问候通擎的第一刀，这一刀并没有直接捅向通擎，而是擦身而过，但足够让通擎成惊弓之鸟，并伤其锐气，所谓兵不血刃。

唐宁决定接上邢主任的话茬，"我觉得刚刚邢主任讲得非常好，就是，我们首先要看运营商战略的变迁以及对业务的影响。我们知道，目前整个运营商都面临转型，这个过程就是通信服务提供商向信息服务提供商转换，过去的 BOMS 系统仅仅是解决客户服务和运营管理的基本问题，现在 BOMS 系统已经延伸到了客户各个方面；过去的 BOMS 系统仅仅是为了提高管理效率和管理水平。现在的 BOMS 系统是一种更先进的新兴生产方式，也是运营商必不可少的核心竞争力，而我们朝腾就是把这种竞争力做强。"

宋汉清不安地看了一眼旁边的李悠，这他妈的完全没有按以前的议程进行啊。

唐宁继续说道："也正是这些理念的指引，我们的 BOMS 系统架构在 XLOG Palatium 应用服务器平台之上、采用 Aventine 作为信息总线来连接各个子系统，而上层的系统是我们朝腾公司的 BOMS2.0，该产品可大大提高服务质量和服务效率，其产品理念也完全符合华夏移信 BOMS 的需求，该系统采用 Web Services 技术，是目前国内最成熟的产品，是 SOA 架构（面向服务架构）的典范。"唐宁说到了这里，话题一转，"这次黑龙江华夏之所以选择朝腾来实施这个系统，也是基于我们在技术上和产品理念的综合考量。这也是我对技术新的理念诠释，真正做到理念和技术的完美统一，我记得邢主任曾经说，这是一个里程碑式的解决方案。"

这一席话外柔内刚，借力打力，从业务、技术、产品三个选型角度撒网，收网处还不忘记把黑龙江华夏和 XLOG 统一起来，这番阔论如吸星大法把主持人的力道放大了数倍却并不着急使出来。话说完后，王彬和邢主任频频点头，颇为受用的样子，邢主任补充道："这将形成行业圭臬。"

宋汉清感觉一股夹枪带棒的强大气浪迎头逼来，最后凝固成了一柄利剑悄然悬挂在宋汉清的头顶，这种引而不发、剑悬于头的威慑，让他如坐针毡。唐宁说的这些基本也是实情，是啊，朝腾中标黑龙江华夏，现在朝腾、XLOG、黑龙江甲方业主三方坐镇，有理论，有事实，只要是 BOMS 话题，三者足够影响舆论。

论坛主持决定乘胜追击，他对王彬说："刚才有提到 XLOG Palatium 这个产品，那王彬，我想问你，你们在这个项目中，起到一个什么作用？"

王彬说："刚才邢主任、唐总讲的都是业务战略层面。我主要从 IT 战略角度来看我们的技术架构，随着业务整合与拆分、交互的日益频繁，对我们的 IT 战略提出了新的要求，要求 IT 战略必须无缝匹配到业务战略，并随之改变。这样要求我们能够提供端到端的业务整合解决方案。另一方面，IT 系统，他的架构是分层的，所以必须构造松耦合系统，它的一个好处是整合更加灵活，另外的好处就是服务重用。目前国内外很多厂家都提出了积木的概念，说将来的信息化就是搭积木一样，包括我们的友商 GEM，不过我们 XLOG 的观点呢，就不仅仅是搭积木这么简单，我们还认为信息化解决方案应该是魔方，他不仅仅是一种 IT 服务手段，更是一种催化剂或生产工具，是企业不可或缺的核心竞争力，这也是我司先进的地方。今天我们的主题是通信行业解决方案，我们还是回到通信这个话题，就借这个机会，我们让大家来理解为什么 IT 信息化是生产工具和企业核心竞争力，我们来看黑龙江华夏 BOMS 系统，这个系统涉及上千个流程。"

王彬侃侃而谈，把 XLOG 的产品优势捋了一遍，论坛主持和唐宁还带头鼓起掌来。

宋汉清也迎合鼓掌，他当下希望的就是论坛主持避免再谈黑龙江华夏项目，毕竟他想当然地认为论坛主持并不知道通擎和朝腾为黑龙江华夏血拼的事。宋汉清还心存这么一点点侥幸。

论坛主持确实没有再谈黑龙江华夏，他看了看唐宁，又看了看王彬，突然灵光一现，吃惊地说："嘿，等下等下，我是不是可以这样理解，听行业里说，解决方案有门派或阵营之说，这朝腾和 XLOG 是一个阵营？而通擎跟 GEM 又是另外一个阵营？这个问题，我觉得通擎的宋汉清来回答最合适，有请宋汉清！"

这个问题表面看毫不起眼，在平时，宋汉清完全可以谈笑风生，但此情此景，却不是这么回事了。

实际上，这个问题是一把双刃剑。

此时如果宋汉清回答存在阵营之说，理由是每个阵营都有特色，但是朝腾阵营目前已经拿下黑龙江华夏，意味着承认通擎的阵营处于弱势，主持人只要稍微追问一下就暴露弱点了，所以这样回答肯定有风险。

如果宋汉清回答不存在阵营之说，那相当于 BOMS 是遵从规范的，朝腾和通擎都是同一规范，同一理念。既然同一规范，你通擎也没中标，给下面观众留下一种自家方案不够好的感觉。

此时，论坛主持刀已出鞘，眼看就要劈断宋汉清头顶那根悬挂利剑的绳子。

短时间之内，宋汉清无法把这个问题想清楚，更不要说回答了，他把话筒放到嘴边，就在千钧一发之际，不行，得使用一个技巧，"不好意思，主持人，您刚才的提问我没有听清楚，能否再重复一遍？"

宋汉清说完话，就跟旁边的李悠简单耳语了一句，然后对论坛主持轻松一笑。

论坛主持笑眯眯的面容立即被一个严肃的表情刷新了，他说："……啊，我刚才是说，嗯，"论坛主持手动了一下，他很想低头看一下手心里的台本，但这会露出预谋的破绽，他最终忍住了，"我是说，听行业里的人讲，解决方案有门派或阵营之说，这朝腾和 XLOG 算不算一个阵营，而通擎跟 GEM 又算另外一个阵营？您是如何看待这个问题？"

论坛主持一剑劈断了悬绳，利剑直坠而下，宋汉清不由自主地朝前挪动了一下位置，他轻咳一声，"这个问题很有创意，实际上，要我说，在我的圈子里，我似乎没有听到这样的说法，就算是有阵营也是一个松散型阵营，比如我既跟 GEM 合作，可能又跟 XLOG 合作，甚至还可能跟朝腾合作……"

好家伙，这小子竟然回避了这个问题，论坛主持有些不甘心。

刚开始耳语的时候，李悠并没有完全明白宋汉清的意图，听他说完，李悠这才明白了他的想法，于是补充道："这么说吧，就算有阵营之说，这是一个很广义的概念，行业里做运营商的还有其他很多公司，比如：吉正信元、东创汇信、君月科技、立嘉信等等，可谓是百花齐放……"

论坛主持看到话题经过宋汉清一转，李悠一扩，就已经稀释了杀伤力，再纠缠下去已是徒劳，于是摆出一副综艺节目的搞笑嘴脸，见缝插针，"哎呀，这个论坛果然是百花齐放，李悠总结得很好，我也想看看唐宁对这个话题有什么分享。有请唐宁！"

唐宁拿起话筒，打起了圆场，"大家说得都很好，阵营说也好，门派说也好，有也好，无也好，其实，要我说，都不重要，没意义。我认为重中之重是，能针对用户的具体需求提供有竞争力的解决方案，进而形成规范能为各大门派所用，这才是王道！不关注用户永远是徒劳，特别是 BOMS 这样复杂的系统。"

这话说得有些武林盟主的味道，论坛主持带头鼓掌，全场掌声一片，唐宁又把利剑悬挂在宋汉清的头顶。

主持人乘着这股东风把更多参与机会都聚焦在唐宁和王彬身上，多次赢得了掌声，而宋汉清、李悠这边只有几个零星的确认性问题。

宋汉清很快就知道自己被冷落了，冷落就是忽略，突然他觉得这可能是对自己的最重的一击。

实际上，这柄利剑不知何时已经坠落了……

论坛在一阵掌声中结束了，卫长贵有些失望地鼓了下掌，回头朝后一望，霍武和曾刚已不知所去。他也匆匆出了大会厅，在一个安静的角落里发现了霍武。霍武独自一人端着咖啡浅浅地喝了一口，望着窗外。

卫长贵东张西望地走过去，轻咳一声，"霍总，这个论坛，我感觉没有杀伤力啊。"

霍武睨了他一眼，"怎么叫有杀伤力？你说说。"

卫长贵说："要说他们方案不足啊，狠狠地打击他们，包括 GEM，应该是让邢主任和唐宁交叉来说，这样的话，今天就是对手的世界末日啊。"

卫长贵说狠话的时候，眼睛鼻子差点凑在一起，像吃了一口芥末似的。

霍武眉头先是一舒，接着咧嘴一笑，半天才感觉有一丝冷讽的笑声从喉咙深处传来。最后霍武双手往胸前一抱，饶有兴致地看着卫长贵，莫名其妙地问了句，"你们张总来了吗？"

卫长贵摸不着头脑，愣了一下，"什么？"

霍武又喝了口咖啡，"你回头多问问他。"

此时曾刚从旁边过来，卫长贵换了一副笑容，打了一声招呼，曾刚点点头，对霍武说："嗯，今天听完这个论坛，我对项目有了新的感悟，很好。"

霍武说："嗯，届时，我安排一个时间，您跟我们唐宁聊聊？"

曾刚说："行！"

霍武看了看表，"嗯，下一个主题马上要开始了，要不我们先进去！"

说罢，两人快步朝主会场走去，卫长贵怅然四顾。

圆桌论坛一结束，关亦豪就拉着吴明龙乘电梯来到了一楼大厅。关亦豪用手指胡乱梳理了下头发，"我觉得这个论坛有问题，是被操作过的，很显然是朝腾，你觉得呢？"

吴明龙点点头，"是的，我也觉得，老感觉主持人有哪个地方不对，比如一上来就说黑龙江华夏项目，接着就捧朝腾，似乎还在找我们软肋。"

关亦豪二话不说，立即拨通了宋汉清的电话。

两分钟后，宋汉清来到了一楼，后面还跟着一个陌生女孩，关亦豪看了一眼女孩，又看了一眼宋汉清。

宋汉清说："咱们公司四川销售牧小芸，也是来参加大会的。"

关亦豪对牧小芸说："这个圆桌论坛，你听出什么了没有？"

牧小芸看了一眼宋汉清，"我觉得挺好的啊，很热烈，有气氛，只是觉得朝腾有些自大而已，好像主持人偏爱朝腾。"

关亦豪又对宋汉清说："你觉得呢？"

宋汉清说："有两点，一、邢主任的到来，最后才通知我们，我觉得有问题；二、主持没有按议程走，是独立增加的内容，有些偏向朝腾，我觉得朝腾搞了鬼。"

关亦豪说："百分之九十是朝腾搞鬼，看上去形势一片大好，其实暗藏杀机。"

大家沉默。

关亦豪继续说："这个论坛传达了一个信号，朝腾有全国第一个 BOMS2.0 案例，朝腾赢得这个案例是靠技术实力，他们的技术实力比通擎要强，真正满足客户的需求，就这么简单，加上客户现身说法，听上去算那么回事，这叫造势！我们处于下风了。"

吴明龙幽幽说道："难怪，陈亮问我们有哪些 BOMS2.0 案例，还好这个问题不是厉镇明问的，幸亏他没有来。"

厉镇明这三个字在关亦豪脑袋里迅速一闪，差点惊出了一身冷汗，厉镇明来北京却不参加大会，难道他被霍武搞定了？不行，必须知道厉镇明的行踪。

宋汉清神色低落，"我现在必须上去了，展会那边可能还有事，回头聊。"

说罢宋汉清和牧小芸转身离开。

关亦豪似乎没有听见，而是双眼放空，脑海里就想着厉镇明三个字，他转身对吴明龙说："厉镇明来北京又不参加会议，你觉得他来做什么？"

吴明龙一时语塞，含糊说道："肯定不是来玩！"

关亦豪联想到最近的几个电话厉镇明都没有接，而陈亮又说他来北京了，他到底去哪儿了呢，关亦豪抓了下头，"明龙，你打电话问问小郑，摸摸情况。"

吴明龙在电话里跟小郑进行了一番确认，回答说："他说这两天都没有留意，回头帮我问问。"

关亦豪来回走了两步，点点头，"行吧……咱们先上去！别冷落了陈亮。"

下午宋汉清从分会场出来，牧小芸朝他招招手。宋汉清转过身来，牧小芸这才发现他是在打电话，神情有些压抑，最后强作欢笑地挂完了电话，然后疲惫地拍了下额头。

牧小芸说："你没事吧？"

宋汉清叉着腰，似乎费了很大的劲才张开了嘴，"没！"

"还在想上午的事？"

宋汉清说："刚才是姜总的电话，他问我是不是我没有准备好，为何没有发挥水平。"

牧小芸急切地说："你告诉他实话啊，就说有人操作。"

宋汉清看着牧小芸，笑了一下，"都过去了。咱不是说要去酒吧吗？我带你去。"

牧小芸说："你难过就别喝了，今天你还要开车呢。"

宋汉清说："找鲁小强！"

半个多小时后，宋汉清和牧小芸来到了人大边上的一个酒吧。点了一瓶洋酒，宋汉清刚开始还很斯文，谁知道后面就放浪形骸地喝了起来。牧小芸要了一杯碳酸饮料。

后来两人互相讲着网络上的小笑话，聊得漫无边际，似乎忘记了失败的痛楚。也不知过了多久，宋汉清嘴巴就不利索了，他感觉头重脚轻，似乎整个灵魂要贴在地上才舒服，不一会就趴下了。牧小芸来不及多想，把鲁小强叫来，然后两人把宋汉清扶到了君越的后座上。

牧小芸内疚地说："我本来劝说他少喝点的，想不到他越喝越厉害。"

鲁小强发动了汽车，"很少看他喝成这样，对了，我没有见过你啊，你是谁啊？"

牧小芸用女人特有的暧昧，笑说："你问我是谁？"

鲁小强嘿嘿一笑，"我知道了。"

牧小芸愠怒地说："你知道什么啊，就说知道了。"

鲁小强呵呵笑了一下。

把宋汉清送回家后，鲁小强说："行了，我就不打扰了，他没事，我走了哈！"

鲁小强憨憨一笑，就闪身出门了。

牧小芸呆呆地站在宋汉清的家中，这是一个三居室，客厅摆了几样简单的家具，一张布艺沙发，一个精致的茶几，一台液晶电视放置在一个时尚的电视柜上。

牧小芸打开了书房的灯，房间里最显眼的是三个书柜，凌乱地码了大半面墙。她用一根手指划过各种书脊，从左走到右，又从右走到左，快速地浏览这些书名。很难想象一个理科生究竟是什么原因要看这些书，看上去单纯而又直率、顽皮却不失沉稳的宋汉清，他内心世界会是一个什么样的人呢？是乘物以游心的庄子？蓬头垢面的系统分析师？骑着扫把的哈里波特？还是古罗马的角斗士？这是一本老得发黄的书，一定是这个家伙经常看的，里面竟然夹着一张宋汉清跟一个女孩的合影。照片里面的两人手扶一棵小树，汉清头发短短的，笑得很傻，女孩长发飘飘，笑得很灿烂。小子不错嘛，还知道金屋藏个娇，牧小芸浅笑了一下，又翻了一页⑩。

闸门拉起，一名黑盔武士和一名银盔武士走进了角斗场，观众席爆发了雷鸣般的欢呼。今天是个盛大的日子，这座城市要举行一场角斗表演。

闸门旁边的地窖打开了，一只老虎耸身蹿出，欢呼变成了惊叫，号角吹响，表演开始了。

猛虎耸身急跑，腾空跃起，直朝黑盔武士扑来，后者身形一矮，老虎呼啸掠过他的头顶，结结实实砸在沙地上，沙石飞溅二十多尺。精彩！壮观！观众呐喊喧天！

黑盔武士置若罔闻，他突然朝银盔武士冲去，一剑直问其胸口，后者手盾一挡，嘭！手盾被生生刺穿！难道对方用的不是木剑吗？来不及细想，黑盔武士又是一刺，这一剑直刺喉咙，银盔武士侧身一躲，剑又刺空，目光一瞥，才发现这是一柄纯钢利剑，剑锋嘤嘤作响。银盔武士趁对方还没换身形之际，转身用胳膊猛击其腰部，怎奈对方盔甲护身，毫发无损，黑盔武士顺势用手盾猛击银盔武士的头部，后者躲避不及被击中，栽倒在地，滚到一边，幸好头盔护身，还无大碍，不过处境却变得危险了，前面是咄咄逼人的黑盔武士，后面是嗷嗷大叫的猛虎。

未等银盔武士清醒，黑盔武士箭步冲来，剑如闪电直刺其脑门，几乎同时，猛虎也已冲到他的背后，银盔武士迅即侧跳，蹭！回头一看，只见黑盔武士那柄利剑直插猛虎大口。又是一阵激烈欢呼，银盔武士趁机反扑，一剑直劈黑盔武士的颈部，那黑盔武士用手盾轻轻一挡，银盔武士的剑断成两截，他这才想起自己的剑是一柄木剑而已。

黑盔武士拔出利剑，旋身跳起一人多高，银盔武士抬头一看，黑盔武士如乌云般遮住了太阳，那利剑带着点点血光飘散在碧蓝青天之中，迅即，以万钧雷霆之势，急射而下，击中银盔武士的肩膀，他哇地吐了一口鲜血！

"哇！"

牧小芸把书一合，急忙跑进宋汉清的卧室，整个屋子都是酒味，只见他吐了一地。牧小芸忙把他扶起，拍了拍他的后背，"你怎么了？"

宋汉清一阵激烈的咳嗽，他跟跄地走进客厅。牧小芸怕他有什么闪失，也跟

---

⑩ 角斗场这一幕去留有争议，后来作者建议保留，一是"天涯读者"觉得圆桌论坛的 PK 是非常经典的场景；二是作者当时的意图是把这段文字献给群里的粉丝读者。做销售、做售前要有激情，要有豪情。

了出去，却见他取下一个纸杯子在饮水机上接了一杯水。

宋汉清喝了一口，看着牧小芸，咧嘴傻傻一笑，"小芸？"

6.3

晚上九点，关亦豪开着帕萨特经过北太平庄的时候，他听到车内一阵细微的手机铃声，这显然不是自己的手机，他扭头看了眼旁边正打着鼾的吴明龙，用胳膊碰了一下他，"接电话。"

吴明龙一个激灵，急忙从手包里掏出电话放在耳边，"是小郑，估计有厉镇明的消息。"

关亦豪眼角一闪，干脆把车停在了三环边上。此时吴明龙已经跟电话那头聊上了，"啊，厉镇明母亲生病了？哦，你是说他母亲生病，不太可能来北京？"

关亦豪一把抢过电话，"郑工啊，我亦豪，您有厉部长的消息了？"

"关总，情况是这样，厉部长他母亲生病了，这两天没看见人，所以我觉得不太可能去北京。"

"哦，什么时候病的？"

"有一段时间了吧，具体不清楚。"

"好的，谢谢，您知道是什么病吗？"

"具体不太好打听了，胃病？不清楚，不好打听这些。"

"嗯，好的，谢谢。"

关亦豪咕哝道："他母亲生病了？要是那样的话，就没有来北京了。"

吴明龙摇摇头，提醒说："可陈亮说他来北京了啊！到底相信谁的？"

关亦豪手指敲打着方向盘，良久，他说："没来北京，这倒没什么，如果来了北京，我们都不去招待，肯定是没尽到地主之谊啊。"

说罢，关亦豪又拨通了厉镇明的手机，响了六声，还是没有接，他立即编辑了一个短信："厉部长，您今天参加方案大会了吗？如果在北京，我们见一面，聊表地主之谊，通擎关亦豪。"

发完短信，关亦豪疲惫地揉了下颈椎，接着两人聊下一步怎么操作，由于厉镇明现在的动态还摸不准，聊了半天也聊不到实处。就在俩人抓耳挠腮之际，关亦豪手机嘀嘀响了两声，一看，是厉镇明的短信。

"我在北京，实在太忙，没有参加会议，有时间再聚，谢谢你的好意。"

"在北京"，"忙"，"再聚"，"谢谢"。两人逐字逐句分析，分析到最后，两人意见产生了分歧，吴明龙说："看来，只能等回杭州了，人家可能真的很忙，如果这样去找人家可能很冒失。"

"他既然人在北京，外地出差办事，照理来说，是最方便搞关系了。"关亦豪喃喃地说，"难道是陪他妈妈来北京看病？可小郑说是胃病，不应该兴师动众啊。"

吴明龙突然双眼一瞪，"是不是还有这种情况，厉镇明被霍武搞定了呢？他来北京本来打算参加会议，但见了霍武，改忙别的了。上次曾刚不也是这样被霍武搞定的吗？这种事情在销售圈还少吗？"

其实这念头关亦豪也刚好想到，如果是这样后果不堪设想，他点点头，拍了下方向盘，硬着头皮又拨通了厉镇明的电话。

电话每响一声，关亦豪的心就往上提一下，一、二、三、四、五、六、七……

"啊？"电话那头终于开腔了。

"厉部长，今天跟您打了几个电话了，我说啊，您都在北京了，我要是不尽地主之谊啊，我都过意不去啊。"

"你客气了，太忙了，回头有时间再聚吧。"电话那头声音有些苍老。

"不是啊，我的意思是，您一个人在北京很不方便，我对北京熟得很呐……"

既然聊上了，关亦豪是绝对不放过这个机会的，哪怕是死缠烂打也在所不惜了。吴明龙打起了精神，侧着头听，聊着聊着，关亦豪的表情慢慢开始放松，最后爽朗地说："嗯，好！哎哟喂，没事儿……"

听到这些个字眼，吴明龙轻松了，这是关亦豪聊得好的迹象。

果然不出所料，关亦豪哈哈大笑两声，看了下表，"麦当劳呢，成，我现在就过去，嘿嘿，好嘞，好嘞，我二十分钟就能到，嗯，拜拜！"

关亦豪挂了电话，拍了下大腿，"搞定！老厉说，可以现在去见一面。"没等吴明龙说话，他又加了句，"明龙，你打车回家，明天回公司碰面。"

十五分钟后，关亦豪来到了东城区的一家麦当劳餐厅。在东隅靠窗的座位上，他看到了厉镇明，从他餐桌上所剩无几的食品可以判断他刚刚吃过晚餐。

"厉部长！"关亦豪手一抬。

"亦豪。"厉部长看到他起身示意，"怎么这么快！"

关亦豪满脸堆笑，"我对北京熟啊。"

"嗯，你先坐，我去趟洗手间。"厉镇明起身走开。关亦豪也正打算点些东西一起吃，可看到对面厉镇明的座位上有一个半透明的塑料袋子依在靠背椅上，又转而一想，还是先帮他看着东西吧。

可这一看，关亦豪的视线凝固了。那是什么？塑料袋子里的左上角有一个模糊的红底白色的十字，似乎是……关亦豪挺直了身躯，凑近一看，似乎是一个病历本，从厚度可以揣测里面还夹着一些资料，猛然想起小郑电话说厉母生病的事儿，难道是？他揉了下眼睛，定睛一看，袋子底部似乎还有一些字，但被桌子的阴影遮住了，无法看清楚，他正欲再前倾一点。

"请问，您这还要吗？"

关亦豪回头一看，是保洁员。他看了一下餐桌，拿不定主意了。

"都收拾吧。"是厉镇明的声音，他回来了。

关亦豪笑着对保洁说："行，都收拾吧。"

收拾干净后，关亦豪热络地说："厉部长，您看，咱们再吃点什么？"

厉镇明觉得干聊天也不是很好，就随口说道："那就来杯红茶吧。"

"行，您稍等！"

关亦豪在柜台排着队，心里暗忖，原来老厉来北京是来寻医的，难怪他不参加方案大会。这病可不是小病啊，如果我能帮一下他的话，关系必然更进一步。可自己在医疗这个领域却没什么人脉，唯一就看公司有什么资源了。而公司层面就听大老板王弘圻偶尔谈起过他认识几个医院的大领导，可信度无从考察，好吧，就算公司有医院的人脉，具体怎么操作，操作到什么层面都无从谈起，就算能操作，疾病这事厉镇明不说，自己又如何开这个口呢？这都是问题啊。他扭头看了一下厉镇明，也罢，先不管了，见机行事，探明情况再说。

关亦豪买了两杯茶，再要了些薯条、沙拉、鸡翅若干招呼着厉镇明，两人边吃边聊，关亦豪递给厉镇明一个糖包，"厉部长啊，您这次来北京人生地不熟，这几天我正好没事，我开车带您去转转，您要是办什么事的话，也方便。"

厉镇明把糖包放在一边，"我不加糖了。我这里也有老同学，去什么地方也方便。"

"关键我有空呀，不要客气。"关亦豪浅笑一下，其实他上句话的意图就是想让厉部长透露一下他来北京到底来办什么事，看他不讲，就关切地问："厉部长这次来京也是为了项目选型的事儿？"

厉镇明说："不是，就是自己的一点事。"

既然他这么说，关亦豪就不好问了，喝了口茶，就把话题引到了这次解决方案大会上，这个话题厉镇明刚开始是比较感兴趣，不过很快，谈话就淡了下来。厉镇明扭头看了看窗外，"你看，外面是不是在下雨？"

关亦豪手搭在额头上，"嗯，是下雨了，这段时间北京雨水足。"

雨越下越大，关亦豪开车送厉镇明回宾馆，路过一个水果店铺，关亦豪说：

"厉部长，您稍等一下，我马上回来。"

关亦豪拿了张报纸遮头，冒雨一路小跑。前面一个栅栏挡住了去路，关亦豪侧身跨过，谁知道后腿抬得不够高，栅栏的尖刺挂住了他的裤子，他踮起前脚才算勉强跨过，然后径直走到了水果店。

不一会儿，车门"嘭"的一声打开，一股清新的空气，夹着水果的淡淡香味飘了进来。关亦豪把水果袋子放在后面，启动了汽车。

"你这是？"厉镇明诧异地问。

"看您有些上火，买了点水果。"关亦豪笑了下，"我身手也没有以前矫健了，要是上大学那会儿，我能直接跳过去。"

厉镇明浅笑了一下，接着两人聊着大学时候的话题，一路唏嘘，不知不觉就到了宾馆。

"行了，到地方了，亦豪，谢谢了，这水果还是你留着吧。"

关亦豪抓起他的手然后把袋子往手心一放，笑说："咱两个大男人，就不讲客气了。明天呢，您去什么地方，我来接您，您住的地方我也知道，离我家也近，分分钟赶到。"

厉镇明宽慰一笑，"外面雨大，你早点回去吧。"

关亦豪手一伸，"像我们这种人，都是四海为家，不急，来，我送您进去。"

厉镇明走了两步，又转身看了关亦豪两秒钟，"外面雨大，要不咱们在大厅里再聊会？"

"行啊！"关亦豪求之不得。

两人走到大厅的会客区，厉镇明把袋子放在沙发上，对关亦豪做了一个请的手势，轻叹口气，"其实，我这次来北京是私事，我母亲啊，胃长了个肿瘤，是恶性的。"

"啊！"关亦豪往后一仰，拖着长音，眉头一锁凝固了嘴型，惊恐又关切地看着厉镇明。

"我这两天跑了两家医院，我同学也帮我打听，现在的问题是治疗的方式并不难，难的是我母亲年事已高，如何动这手术，把肿瘤切掉，这个风险很大。我看到台湾的一家网站，说有一种手术能以最小的创口来开刀，而且也是国外的，名词一大堆，也没有看懂。如果国内有这种手术，就好了……"

关亦豪点着头，捏着手指，眉头紧锁，视线渐渐模糊。原来是肿瘤，恶性肿瘤的治愈率不高啊。这段时间，关亦豪都在寻求厉镇明的需求，直到最后才发现原来是这个，这可是不太好满足的需求。医治一个老人的肿瘤，要么成，要么败，其运作方式来不及细想，但这事儿凭直觉恐怕不好操作啊，这简直就是烫手的山芋啊。一直以来，关亦豪认为满足客户的需求，需要谋略、智慧和手腕，现在发现还需要勇气。

"嗨！"厉镇明叹了口气，鼻子不轻不重地哼哼。

关亦豪来不及多想，当即打破僵局，"这事有着落了吗？"

厉镇明摇摇头。

"厉部长，不要难过，伯母的病应该不算重，这样，我想想办法，您稍等我几分钟，我打一个电话。"

关亦豪拿起电话朝大厅角落走去，过了大约十分钟，关亦豪神色轻松地走了过来，"厉部长，我发动了我很熟的朋友同事帮您问问，他认识很多大医院的领导。这样吧，明天下午之前，我给您消息，行吗？"

厉镇明笑说："不必麻烦，亦豪，你开车迎来送往，我要不说实话，过意不去，但是绝没有麻烦你的意思，我自己能办妥的。"

关亦豪大度一笑，"举手之劳，这事儿明天见分晓，还是那句老话，有一个好的解决方案为什么不用呢？至少可以选择一下。"

厉镇明双手拍了下膝盖，站了起来，笃定地说："行了，时间不早了，我也该休息了，你也早点回去吧。"

关亦豪一直把他送到电梯口，再挥手告别，他回到车里，一阵疲惫袭来，揉了一下太阳穴。刚才拨打的电话不是别人，正是姜正山，时间紧急两人思路没有理顺，但觉得还是有办法的，明天首先要做的事，就是跟大老板王弘圻商议：确认到底有否过硬的医疗资源，确认到底怎么帮忙。

而要跟王弘圻商议是一件很难的事，首先自己要有一个明确的思路，否则，面圣这种事儿，多半是以满头狗血结束，对自己的形象更是不利，王弘圻可不好忽悠啊。

关亦豪一声叹息，刚点上一支烟，姜正山来了电话，他第一句话就是，"算了，算了，我又想了一下，这种事情我自己都说不服，找王弘圻商量，估计会骂我们惹事，没头脑。"

关亦豪说："可我都对厉镇明开了这口。"

姜正山说："好办，可以给他建议一下，让他自己拿主意，然后带他多转转就行了，尽地主之谊就可，总之冷处理吧。"

嗯，这山芋要冷着吃了，这倒是一个权宜之计。关亦豪挂了电话，摇摇头。医学，这可是个很生疏的话题啊，都多少年没碰这个话题了。

嗯，不对！就在前不久，遇到那谁，谢建兵不就捧着一本医学书在浙江华夏后花园看吗？鬼鬼祟祟的。谢建兵为什么看这类书？这个问题轰然而至，难道他早知道厉母这病？或者说，厉部长这几天在北京寻医会不会也是朝腾搭的桥？想到朝腾，就想到霍武，关亦豪倒吸了口凉气，一口烟把他呛醒。不行，我必须先搭桥，再也不能丢了厉镇明这条线了。

不管刚才的联想有多少概率，哪怕只有万分之一，也必须当真。

看来这山芋必须吃，还必须趁热吃。

有句话怎么说来着，车到山前必有路。

不！

虽千万人吾往矣！

第七章 │让他不能抗拒地支持你?

"经过几次交锋后,甲方开始修订规范。江湖上看似风平浪静,但警报依然没有解除,我们正在等待下一个长鸣。届时,我们考虑的是:丧钟为谁而鸣!"

浙江项目回忆

通擎华东大区销售总监　关亦豪

7.1

8 月 26 日早上 9 点,通擎总裁办公室空调开得很冷,坐在沙发椅上的王弘圻冷眼看着前方。穿着短袖衬衣的关亦豪浑然不觉胳膊上渐渐凸起的鸡皮疙瘩,他还在继续讲述电信解决方案大会及圆桌论坛的经过。

昨天晚上,关亦豪经过深思熟虑,要说服王弘圻并让他有所动作,必须让他痛苦,而让王弘圻痛苦的事,就是刚刚落幕的圆桌论坛。

关亦豪分析了圆桌论坛的种种迹象,从主持人到用户嘉宾,从提问到回答,然后把这些都归结为朝腾的操作,而背后的策划人,关亦豪很自然地暗示是霍武和唐宁,要不怎么能忽悠到黑龙江华夏的邢主任呢,圆桌论坛为朝腾进军浙江华夏制造了强大的舆论攻势,形势十分危急。接着,关亦豪顺势回到浙江华夏项目,指出厉镇明是目前选型的关键人,然后接着和盘托出自己这一段时间是如何接触厉镇明的,如何获得他信任的等等,霍武也同样锁定了厉镇明。而现在的关键是厉母抱病,老厉寻医,而霍武同样获得了这个消息,似乎有运作迹象。在这节骨眼上,机不可失,时不再来,如果通擎能帮上一把,则老厉可取,老厉可取,则高总可近,高总可近,则项目可盼!

关亦豪尽可能地讲得有理有据,虽然里面有些推测的内容。

听完关亦豪的讲话,王弘圻神色并没有想像那样凝重,而是带着一丝不易察觉的笑意看了一眼关亦豪旁边的姜正山,这种笑意隐含着一种无奈和悲凉,毕竟黑龙江华夏的丢单事件还历历在目,如果继续重蹈覆辙,后果不堪设想。

他习惯性地用手指抹了一下眉头,"这霍武是一个人才嘛!借刀杀人,还一箭三雕,在客户的眼皮底下,打击了通擎,打击了 GEM,还顺带帮了 XLOG 的大忙,想不到韩胤这个老匹夫手下还有如此高手。"

这一席话把关亦豪说得不尴不尬。其实最尴尬的还是姜正山，今天早上一上班，关亦豪非要跟老板说这事，拦都拦不住，他埋怨地看了关亦豪一眼，这下好了。

王弘圻慢慢恢复了他那固有的严肃表情，继续说道："朝腾不但拥有霍武这样足智多谋的销售，而且还有唐宁这样出类拔萃的售前顾问，这战还怎么打？"

关亦豪鼓起勇气，"我们也不是完全没有办法，浙江项目，还没有到盖棺定论的时候，关键看下一步棋怎么走。这次厉母肿瘤的事件，我们认为这是一个公关的机会，我们帮他找到治疗这病的专家，把这关系建立起来，花点代价也是值得的，浙江单子我们一定要拿下来。"

王弘圻紧锁的眉头压得很低，似乎哪个地方刺痛了他，是的，浙江单子丢不起了，他轻叹口气，对姜正山说："老姜，你怎么看？"

这个问题对姜正山来说也是万难的，他把心中顾虑说出来，"我就怕好心办坏事，这病要动手术，不成功怎么办？"

关亦豪鼓起了勇气，"动手术都是必需的，怎么都逃不掉的。"

王弘圻看着他俩，他俩看着王弘圻。

"看我干吗？我又不是医生。"王弘圻语气无奈，他略思片刻，自言自语地又说，"我医院这边熟人也不多啊。"

关亦豪扭头看了一眼姜正山，不会吧，不是说大老板这边有资源吗？王弘圻稳了稳神，然后打了一个电话，半分钟后，副总李严松进来了。王弘圻用下巴指了指关亦豪，示意让关亦豪告之详情，然后独自走到落地窗前。关亦豪把过程来龙去脉又讲了一遍。

李严松搓了搓手，"明白了，但你这事有些难办啊，你不能帮客户拿主意。"

关亦豪说："我只是推荐。"

李严松一副饱汉子不知饿汉子饥的表情，"推荐？嗯，推荐也不妥……"

王弘圻转身打断说："严松啊，我问你，就这病，你医院这边有些关系吗？权威的。"

李严松说："有一些。"

王弘圻回到座位上，"现在朝腾已经拿下黑龙江华夏，如果再获得浙江华夏，很可能导致一家公司独大，我们要打赢它就要付出更大的代价。眼下的情形是，反正我们处于下风，我们除了誓死力争，还有别的办法吗？"

关亦豪看王总松口，就说："关键是我在厉镇明面前都透露了这个意思，如果公司能支持我，我认为至少能扳回这一局，这是一个小亿的项目。"

李严松说："这个钱，难道我们出？就算我们出了这钱，厉镇明在项目上做不了主怎么办？"

关亦豪说："首先，这个钱不一定我们来出，以我对厉镇明的了解，他没这个想法，我们可以帮忙。当然，我们也不能做铁公鸡，顺水人情做一下只有好处没有坏处。与客户交往如太极，是一种自然推拉的过程，我会平衡的。至于厉镇明能否做主就更不用担心了，如果能做主就更好，不能做主，可以帮忙，就算这个项目他不起任何作用，下一个小点的项目他作用就大了，目前他是最值得经营的客户之一了。"

关亦豪说得头头是道，听完大家平和多了。

王弘圻对李严松说，"你联系一下，看看情况再讲，磨蹭！"

老大来火了，李严松掏出手机，拨通了一个号码。

"喂，老苏吗？哈哈哈哈，是很久没有见了。我这里有一个事，想找你帮忙……哦，可以这样啊。"李严松走到墙角。

李严松挂完电话，王弘圻急忙问："可以操作？"

李严松说："苏建国，现在是北京 C 医院的副院长，他手下有国外回来的医生，有不错的临床经验，也掌握了最先进的手术方式，大大降低了风险和痛苦。另外，他们有权威的病理科专家，会帮忙鉴定和做好预后的，所以先建议会诊，然后重点是，争取让病理专家说服厉部长！这样的话，病人家属也会放心一些，阿豪的责任也小。既然这样就推荐吧。"

"唉，这相当于他们有一个术前顾问。"关亦豪喜上眉梢，"这样就太好了。"

王弘圻对李严松说："你跟小关一起去医院一趟，希望你们把这件事情做好，选择的专家要让厉部长放心，一定要厉部长自己跟病理专家接触，让他自己做出正确的选择。同时，不要把这事情搞得满城风雨，要做得漂亮、干净、利落。"

王弘圻后面几句话说得像黑帮老大，他顿了一下，目光悠远，"什么叫好关系？好关系就是要让他不能抗拒地支持你。"

霍武今天特意穿了一件质地上好的西装，和钱伟一起带着曾刚颇为隆重地在办公区转了一圈，三人其乐融融地聊着公司的发展和业务方向。结束后，霍武把曾刚领进自己的办公室，然后叫下属弄了一台笔记本电脑给曾刚，霍武出门端着一盘切好的瓜果和一杯茶水，放到曾刚面前，说："曾主任，您在这里先上一下网，我处理一些邮件和乱七八糟的事情，然后我们再聊，好吧！"

曾刚爽朗地说："好，咱各忙各的。"

霍武乐呵呵地说："好，您就把这里当成自己的办公室，自己的家。"

两人一笑，各自忙开。

　　霍武迅速处理了几个邮件，又突击地打了几个电话，就起身出了办公室。在公司的走廊里，他慢慢地踱着步子，双手交叉于胸前，手指轻快地敲打着胳膊，低着头，牙关微咬，发出只有自己才能感觉到的哒哒声。

　　他稍微总结了最近浙江华夏项目的得失，曾刚与自己的关系应该上了一个台阶，该操作下一步计划了，下一步计划是争取规范的编写权。他停住了脚步，头微微一抬，目光坚定地看着远方。嗯，首先，试探曾刚 BOMS2.0 规范是如何考虑的，接着争取让唐宁来协助曾刚完成规范，这事在圆桌论坛前就跟唐宁简单讨论过，目标是：立意可以中立，理念要对朝腾有利，功能要与朝腾产品对接，适当隐蔽朝腾痕迹。唐宁经验丰富，表示毫无问题，而曾刚这边，以现在的公关态势和以往的经验可以判断，这个操作也没有问题。

　　霍武对自己的预感还是很自信的，同时这个过程双方交往自然密切，可以趁机把曾刚的关系再进一步巩固。如此这般，通擎要打曾刚的主意只能是投鼠忌器了，当然，以自己对通擎的了解，他们不会善罢甘休，他们会转而去抱厉镇明的大腿。

　　厉镇明！这个选型总组长和技术决策者。

　　他往前走了一步，不由自主地做了个深呼吸。他以最坏的结果来揣测，万一通擎搞定了厉镇明，在行政上压制曾刚似乎不够分量，因为曾刚毕竟负责将来的软件业务，曾刚有自己的决定权，但厉镇明可以推动高永梁，那事就有变化了。嗯，不能让通擎比自己先搞定厉镇明。他眼皮一落，他隐约觉得上次钱伟对厉镇明的公关策略还是过于保守，如果当时按照自己的计划执行，先不说成败，至少对手没有机会和时间靠近厉镇明，厉镇明的影子刚一闪现，他立即就想到了谢建兵，也不知他上次跟厉镇明约谈的饭局如何了，如果能跟厉镇明有一个饭局，就好定夺了。

　　这饭局可不能等太多时间，他拨通了谢建兵的电话，"小谢，在哪里？"

　　"我还在杭州，今天打算找小刘。"

　　"厉镇明这两天联系如何了？我上次要你约个饭局，你办得如何？"

　　"饭局的事，厉部长说没有问题，很爽快，需要找个时间，我昨天跟他打了几个电话，没有接，估计很忙。"

　　霍武快走几步来到一个角落，小声说道："我今天陪曾刚回杭州，你务必约上厉镇明，然后咱俩一起请厉镇明吃饭，我必须要摸一下老厉的脾气，才能决定如何做工作，速度要快！越快越好！好吧？"

　　"好！"谢建兵声音洪亮。

　　霍武停顿了一会，突然又问："厉镇明在杭州？还是在哪儿？"

谢建兵说："应该在杭州吧，母病不远游，上次我们一起吃饭，我还问他去不去北京的解决方案大会，他说安排其他人去就可以了……"

霍武看了下表，时间不多，就匆匆说："他妈的！还母病不远游！你就没有想过他去北京上海求医？反正这事就全权交给你了，我这边太忙了，行，有事情及时联系。"

厉镇明这事先这样，得推动曾刚了。霍武回办公室，给曾刚添加了茶水，"曾主任，国庆打算哪里去玩？"

曾刚说："这么远的事没有想过。"

霍武拉了一把椅子坐下，淡然地说，"咱们去钓鱼吧，此时正值九十月份，天气清爽异常，海鲜品质极佳，这个时候是去三亚是最好的时机。我有一个朋友跟他老板合伙在那里搞了个度假村，现在做得很火……"

曾刚眉头一展，粗黑的手指擦了下鼻子，"三亚有几年没有去过了。"

他这个小动作前天中午也有过。当时霍武开车从首都机场接他去宾馆的路上，两人闲聊，谈到大家的爱好，曾刚表现了从未有过的兴奋，从棋牌、旅行和垂钓，每样都有自己的见解，特别是钓鱼，他兴奋地甩着手指，当霍武夸奖他很有雅兴的时候，曾刚这才谦虚地用手指蹭下了鼻翼。而当霍武把话题转到解决方案的时候，对业务和技术都精通的曾刚却显得不是那么热心了，粗放地聊了一小会，又转移到别的话题。霍武对客户分为四类，第一类是先荤后素；第二类是先素后荤；第三类是只荤不素；最后是只素不荤。经过仔细观察，直到昨天晚上，霍武可以确定曾刚基本上属于先素后荤的一类。是的，不能老跟曾刚聊素的，素的东西够多了，再吃素，曾刚脸要白了，该上荤菜了，否则，后续让唐宁"协助"编写规范的计划很可能走不稳健。霍武十几年来尽做看人下菜碟的勾当，这种事情岂能出错，霍武对垂钓没什么研究，但也只有这个点子比较荤且合他口味，虽然这道荤菜是凉菜，但是有了这个过渡，后面再上一道热乎乎的海鲜，那就再自然不过了。

"那正好，呵呵。"霍武继续说："不过，我海钓不是很在行，到时候你教我一下。"

曾刚说："我有一本资料，专门讲海钓，是圈内朋友整理的，回头你可以看一下。"

霍武兴奋地说："好哇，顺带可以切磋切磋。"

曾刚抓了下头，"就怕最近事情太多，去不了，厉镇明安排国庆前要写好规范呢。"

霍武本来就想找话题引到规范上去，现在曾刚自己就提出来了，正好，不过他不急，他还要挖掘一下内幕，就说："对了，厉部长对选型这事是怎么安排的？"

"老厉的思路是这样的。"曾刚说，"第一步，第一次宣讲交流摸底，接着是BOMS综合管控与容灾交流，收集需求，这个已经做完；接着，整理修订新规范，着手第二步：在国庆节后搞第二次技术交流，做好方案评估；第三步，考察，评估你们的应用功能和实施能力；第四步，年底前招标。如果是我的话，规范先行，并行操作，按老厉的方式，做什么都很赶。"

霍武笃定地说："这么说来，没什么大不了的。我们这里有专家，可以协助你做规范啊，我不瞒你说，国家级的规范我们都参与编写，就昨天圆桌论坛，黑龙江华夏BOMS2.0的规范也有我们参与。"

"谁啊？"

"唐宁！"

"哦，他啊，印象深刻，现在还记忆犹新！他圆桌论坛讲得太好了，这是我听过最好的讲座。"

"那当然了，我们是朝腾啊，开玩笑！要不叫他过来，你们聊聊？"

"当然可以！"

霍武一个电话把唐宁叫了过来，唐宁上前握住曾刚的手，热络地说："曾主任好，咱们又见面了。"

霍武摆摆手，"唉，这就不对了，怎么能叫曾主任呢？叫曾哥嘛，来唐宁，我们一起叫。"

他俩并排毕恭毕敬地站在曾刚的面前，然后来了一个整齐的鞠躬，"曾哥好！"

曾刚大笑，"搞得像黑社会！"

"曾哥不满意，我们再鞠一躬。"霍武趁热打铁，两人又是一鞠躬，大声念道："曾哥好！"

大家哈哈一笑，气氛一上来，立即拉把椅子围成一圈，霍武就开门见山了，他声音小了一度，"咱们曾哥这边要做BOMS的新规范，要不，曾哥您谈谈想法？"

曾刚轻咳一下，"我们原来的老规范呢，肯定不能满足新的需求，特别是跟你们交流以后，融入了很多新想法，肯定要把想法融入新的规范里，现在的情况是，我们一上来就修修改改，各自为政，感觉不踏实。"

霍武看了看唐宁，"嗯，很好，唐宁，你有什么建议？"

唐宁说："是这样的，我们首先不要各自为政，也不要着急考虑细节。首先考虑的是整个业务蓝图，确定系统边界，然后根据系统边界来拆分业务蓝图，形成各个子系统的功能集合，再描述里面的技术细节，这样自然找到需求了。这还没完，等描述了需求以后，还要回到业务蓝图，形成一个闭环的周期。时间允许，可以再走一个周期。"

一席话让曾刚思路豁然开朗，他点点头看了一眼霍武，"嗯，专业！我们现在就是埋头干活，要么一下子深入细节，要么丢失细节。"

霍武微微一笑，看这事有谱，就说："这些专业问题，就交给唐宁了，好，曾哥，你们聊，我去给你们端茶倒水。"

霍武走出房间，轻轻合上门，把手一松，喀嚓一声，收编曾刚和操作规范这两件事基本定格。

在饮水间，钱伟悄然过来，看了看霍武，又看了看紧闭的房门，轻声问了句，怎样？霍武神色淡然地点点头。

钱伟一颗石头终于落地，"那下一步棋怎么走？"

霍武说："下一步棋是跟 XLOG 合作造势，同时接触厉镇明。"

钱伟知道上次厉镇明这事搞得霍武不愉快，就捡轻的讲："造势？如何造？"

霍武说："我打算乘解决方案大会这股春风，让曾刚回浙江造造势，让浙江华夏上下都知道，是我们朝腾实施了黑龙江华夏 BOMS2.0 的项目，形成正面舆论攻势，为上层公关奠定坚实的基础。"

钱伟说："那得尽快啊，今天就可以跟曾刚打招呼！"

霍武手一抬，"不，已经给曾刚提出了协助规范编写的要求，不好同时提两个要求，我晚一点提，再说了，这舆论就如点火，众人拾柴火焰高。我也考虑到曾刚一个人形成不了舆论态势，所以还和圆桌论坛一样，继续跟 XLOG 合作，一起燎原。"

钱伟说："嗯，那你跟 XLOG 谈过？"

霍武说："跟他们张书明谈过，他说已经把浙江华夏的李柄国争取过来。这次卫长贵也会送李柄国回杭州，我们到时候面谈，看如何配合。"

钱伟目光炯炯，"不管怎样，既然咱们投入了资源搞定了曾刚，就必须最大化发挥他的作用。"

霍武淡然地说："我觉得还是以最优的方式发挥他的作用为好，靠他不能吃到老。"

7.2

8 月 26 日这天，谢建兵吃过午饭，回到浙江办事处时已经 3 点半了。谢建兵掏出手机调出厉镇明的号码，他脑海里想着词，也不知道为什么，看到这个号码突然有点发怵。以往，在他的拨打号码痛苦排行榜上，霍武的号码是排第一，现在厉镇明恐怕要跃居榜首了，因为这两天厉镇明突然不接自己的电话，他有一种莫名的压力，这不太正常，他感觉这里面夹杂着一些不好的征兆。眼看时间一分钟一分钟地过去，他决定不再犹豫了，他清了下喉咙，把手机紧贴耳机，按下了拨号键。

嘟—，一声长音，嘟—，嘟—，嘟—，嘟……"小谢你找我？"

"喂？"

"小谢吗？"是厉镇明的声音。

"啊，厉部长，是我，您好，您在哪里啊，我去拜访您？"

"什么事情啊？"

"就是上次我跟您说的，我们霍经理想跟您碰个面，晚上没事的话，咱们一起吃个饭？"

"哦，哦，我现在在北京呢，明天就回杭州了，到时候再联系，先挂了。"

在北京，厉镇明在北京？挂完电话，谢建兵立即有了一个直觉，这次霍武估计要重登拨打号码痛苦排行榜榜首了，而且要立即接受这个痛苦，否则后果会更糟糕。

谢建兵徘徊了一下，拨出了霍武的号码。

"您拨打的电话已关机……"

谢建兵这才想起，霍武已经登机了。

傍晚六点，霍武才跟谢建兵碰头，而此时谢建兵在宾馆附近的一家餐厅等候多时了。两人随意要了一些菜食，边吃边聊，谢建兵把最近的工作汇报了一遍，他从浙江华夏选型的进度和步骤说起，"目前，浙江华夏选型暂时告一段落，他们要整理修订规范，然后在国庆左右搞第二次交流，接着是考察，然后再招标。"

霍武点点头，这个说法跟曾刚告诉他的基本一致，但突然好像想到了什么，就随口问道："这消息，你是从谁的口中打听到的？"

"内线小刘。"谢建兵呵呵一笑。

霍武脸色一冷，"为什么不是从厉部长口中得知的？"

谢建兵说："这不一样吗？"

"很不一样。"霍武冷冷地说，"至少说明你跟厉镇明还没有走到一起，我的意思是，你要很自然地从他这里获得信息，否则搞不成事。"

谢建兵辩解说："我知道，但厉部长这段时间很忙，都联系不上，对了，我今天给他电话，他说去了北京。"

"北京？做什么？"霍武噎住了，半天没有说话，表情显露出少有的担忧。

谢建兵安慰地说："他什么也没说，就急忙挂了电话，但对我还是很信任的。"

良久，霍武的担忧转变成愤怒，"你不是说母病不远游吗？"

听到这句话，谢建兵节操碎了一地。霍武这句话并没有说得声色俱厉，但脸上显然有一丝黑线，不过很快，这条黑线就散开了。

霍武很快就吃完了饭，谢建兵试图加快进度，霍武说不急，他让服务员满上了一壶茶，顺带把北京搞定曾刚的事也告诉了他，最后慢悠悠地说："这次，我听听你的想法，我在杭州最多停留4天。"

谢建兵放下筷子，表明了决心，"厉部长明天回杭州，后天我们争取见他一面。"

"后天是8月28日。"霍武把茶杯一放，盘算道，"嗯，别约吃饭，万一别人拒绝，就又往后拖了，时不待我，我先接触一下他，有了简单判断后再定夺。你明天给厉部长打一个电话，只要他在办公室，就说我在办公大楼附近，想拜会一下，时间很短。"

谢建兵说："没问题。"

"见到厉镇明，咱们就聊正式话题。"霍武显然有了准备。

这次谢建兵不辱使命，8月28日上午，两人如约敲开了厉镇明的门。厉镇明看上去有些消瘦，却精神抖擞，他打完一个电话，对他俩说了句对不起，接着又利索地拨了一个电话，粗略讲了几句就挂掉了，看来，他果然很忙。

霍武和谢建兵立即笑呵呵地站了起来，双方一阵握手寒暄，谢建兵热络又亲密地说："厉部长，这位是我们大区经理霍武，本来打算回北京，听说您回杭州了，就无论如何也要多留几天，也没别的，就想当面请教您。"

霍武马上接上话茬，"厉部长啊，以前都是小谢跟您这边联系，我想这里面肯定有很多工作要做，小谢一人忙不过来，我看我很有必要早点与您这边接触，将来有什么事情，也可以直接联系我。厉部长，咱们换个名片吧。"

双方交换了名片，厉部长看着霍武的名片半晌没吭声，或者是心里还想着别的事儿，也或者他还没有进入这个话题的状态，他把名片搁在桌上，"来，坐坐坐！别客气。"

霍武决定开始点题，至少能制造些兴奋点，这个题迟早要点，就缓缓说道："其实，我拜访您呢，还有一个事情，最近我们正在实施黑龙江华夏BOMS2.0项目，积累了一些经验，我想这些经验，咱们浙江华夏肯定能用得着，所以我就提前跟您这边打好招呼。假如您哪天遇到问题，可能我们在黑龙江也遇到过，到时候可以立即咨询我们,也或者看您这边哪天方便,我安排顾问来您这做一个交流。"

这个黑龙江项目话题是造势的一部分,这把火必然会烧到厉镇明这里,所以预热一下再说。

"哦,这黑龙江华夏项目是第一个 BOMS2.0 项目?"厉镇明似乎对这个话题敏感。

霍武想把话题扩得更远一点,就颇为自豪地说:"是的,整个项目都是由我们来做的。目前就有好几百个流程纳入建设,将来会更多。"

厉镇明揉了下耳朵,没想太远,就说:"嗯,我们情况跟黑龙江肯定有些不同,不过很好,我会关注,但是最近我们也很忙,等有机会聊聊吧。"

霍武咧嘴一笑,心想是否要继续展开这个话题,办公桌上的电话又响起,厉镇明接起了电话。

"我是,谁?没空,啊,给我送份资料?你送给前台就可以了。"

霍武暗忖,这肯定是有销售想打拜访的擦边球,估计这招用多了也不太灵光了。厉镇明抬手看了下表。霍武估计他有别的事了,就决定封闭话题,知趣地站了起来,"厉部长,看来您很多事情,要么,您先忙,等有机会我们再聊。"

厉镇明点点头,"今天确实很忙,等会儿还外出。"

谢建兵趁热打铁,"厉部长,您去哪?我送您一程。"

厉镇明摆摆手,"不必了,改日再聊吧。"

两人出来,一直到一楼大厅,霍武一句话都没说,隐约有些怅然若失,来到了华夏楼前的小广场,霍武脚步越来越慢,"我觉得我们应该帮助厉母治病。"

谢建兵一愣:"钱总说慰问一下就可以了。"

霍武说:"可是我们连慰问都没有!"

谢建兵说:"我慰问过啊,厉部长第二次去医院拿检验报告的时候,我私下里还试探了一下,我说我可以帮他找一家医院。他说不用,当天中午他还请我吃饭,我觉得我跟他关系还算融洽的。"

霍武鼻子一哼,"你这样试探一点用都没有,要做工作,做工作,知道吗?"

"武哥!早啊!"

霍武懊恼地寻声看去,只见一个长身玉立的年轻人从容走了过来,他穿着一件白色衬衣,胸前暗红色领带随风飘扬,年轻人脸长且瘦,近来一看,虽面带土色,但眉长目秀,轮廓有分英气。霍武皱着眉头看了看,觉得脸熟,却又对不上号。

"武哥,我是李夕啊。"

霍武眉头一松,想起来了,他是做软件的销售,以前在安徽有过交往,"哦,你小子不是在安徽吗?怎么跑浙江了?"

李夕说:"刚换公司,我现在做浙江运营商。"

霍武鄙视地一笑,"刚才是你给厉镇明打电话吧?说递一份资料,想接近老厉?"

李夕不屑地说:"这种招数已经用烂,不是我李某的手法。"

霍武呵呵一笑,"这么说,你还有点本事?"

李夕浅浅一笑,并不搭话,指着华夏大楼旁边一栋小楼说,"这里风大,如果不忙的话,我请二位喝杯咖啡如何?"

霍武说:"这里还有咖啡馆?我怎么不知道?"

"进去就知道了。"

小楼里果然有间咖啡馆,虽然布置得有些简朴,但高挑空阔的空间显得很大气。李夕一进门,一名服务员迎了上来,笑语盈盈地说,夕哥早,这边请。三人往前走,路过的服务员莫不点头,道一声,夕哥早。

李夕看了一眼靠窗的雅座,服务员自然领会,带他仨过去就座,霍武四下扫了一眼,人气不旺,就说:"看来你是常客啊,人有些少。"

李夕说:"是的,咖啡馆是以前浙江华夏做基建副主任离职创办的。他认为这里每天都有很多销售来访,以为人气会很好,谁知道没几个销售在这里跟客户谈事儿,不过,这里对我来说,却是最好的阵地。"说罢,他转身从旁边的一个报架取出一份报纸递给霍武,"这是浙江华夏内部刊物,省公司,包括地市公司,有不少搞技术,搞规划的人都在投稿。看这玩意,让我更容易了解他们内部组织结构和思想,拿单是不是容易点?"

李夕点到即停,心思跳跃却敏锐,霍武隐约觉得这家伙不简单。李夕给服务员打了一个响指,接着说:"放心,我们不是竞争对手,我们云方公司不做BOMS,专做业务流程。"然后取出名片夹,三人交换了下名片。

服务员送上各自要的咖啡,三人边喝边聊,李夕喝一口咖啡,浅浅一笑,"如果没有猜错的话,二位今天是拜访厉镇明吧?"

霍武眼皮一抬,不以为然地说:"你猜对了,那是因为我刚才提了厉镇明。"

李夕继续说:"但我觉得你今天拜访厉镇明多半是无效的,我今天也想见他,但最后算了。"

霍武不露声色地看了他一眼,不以为然地一笑,谢建兵喝了一口咖啡。

"武哥!厉镇明也是我的公关对象。"李夕说,"透露一个消息给你,厉母最近身体染病,老厉暂时无暇顾及项目,如果想搞定老厉,这个消息对你有用,当然了,也可不必做这个工作。根据我对老厉的了解,你后续还可以用方案胜出,因为厉镇明对项目是很负责的，他不像曾刚他们还有别的核心工作，厉镇明的工作就是规划和选型。如果你们的方案打动他也能搞定他，但宜早不宜迟。"

霍武笑而不语，谢建兵说："你既然知道，你为什么不搞定他？"

李夕说："这个消息对我没用，因为我的单子小，还没正式立项……"

霍武对他的单子不感兴趣，他偏头看了看窗外。

华夏大楼在广场上投下一个巨大的阴影，三三两两的行人在广场上行走。突然厉镇明从华夏大楼正门走出，他拎着一个棕黄色的大包，看上去行色匆匆。他走到广场中央，接了一个电话，然后朝什么地方走去，可惜窗棂挡住了视线，霍武起身来到咖啡馆外的走廊，印象中这边有一个窗户，正好可以看厉镇明的去向。果然，从这里看见厉镇明沿着街道快步前行，在街道尽头一个隐蔽处有一辆轿车，车上下来一人，这人不是别人，竟然是关亦豪，只见他一把接过厉镇明的大包，麻利地放入后排座位，然后两人上车扬长而去。

霍武抬手看了下表，正好 11 点。他眼睛泛着毒火，牙关紧咬，感觉自己大脑深处某个地方嘤嘤作响。厉镇明这么忙却是见关亦豪，两人见面无废话却行动统一，这绝非初始交往模样，看来，关亦豪勾搭上厉镇明了，估计还挺深，厉镇明被关亦豪搞定的后果，用脚趾头也能想到，我靠！霍武狠狠一跺脚，钢窗楞楞作响。他如一头困兽一样来回走动，徘徊一阵后，转身来到了洗手间，朝水龙头一拍，水流喷射而出，他接了几捧水洗了一把脸，甩着头，鼻子短促地喷着粗气，镜子中的自己眼睛泛着光，胸口起伏，他湿漉漉的双手伸向干手器，干手器没有半点动静，他一挥拳，咔嚓一声，还是无动于衷，他狠狠地从旁边的手纸器抽了两张手纸，使劲地揉擦，直到纸团变成一个柔软的球，才扔进了垃圾桶，转身出门。

几秒钟后，里面的卫生间传出一阵皮带系扣声，接着是一阵脚步声，只见谢建兵漫不经心地走了出来，他净了下手，正要出门，干手器突然一阵轰响，吓他一跳。

谢建兵回到座位上，此时，霍武正跟李夕正在安静地聊着业内的事。

在回宾馆的路上，霍武和谢建兵都坐在出租车的后排，霍武一句话都没说，点了根烟，自顾抽了起来，抽到一半，他说："我刚看到厉镇明跟关亦豪在一起。"

"啊？什么？"谢建兵愣住了。

霍武没有重复，而是淡淡地说："我在咖啡馆看到关亦豪开车送厉镇明，走得这么急，你说这会是去干嘛？"

谢建兵抓了下脑袋，心里有一种莫名的紧张，感觉这个问题要是回答不好可能随时会翻车似的，他喉咙一阵升降，模棱两可地说："他做了我们要做的事？"

霍武脸上没有任何表情，他把烟头弹出窗外，接着嘴角发出嘶的一声，"你觉得李夕这人怎样？"

一辆同方向的公交车从旁边擦身而过，谢建兵感觉有一种压迫感，他说："我觉得，李夕这个人很有思想。"

霍武平静地说："嗯，我也觉得是，晚上我再去找找他。"

公交车很快超越了出租车，公交车的屁股上有一幅巨大招聘广告：好工作，上智联招聘！

是夜，夜凉如水！

晚上刮起了风，似乎天空也比平时高了许多，李夕夹起几片上好的牛舌放在烤筛上，不一会儿，便发出嗞嗞的声音。

霍武端起一扎啤酒，"来，李夕，喝杯酒！"

李夕举杯，两人各饮一口。

李夕夹起一粒花生，"武哥，这么匆忙找我到底何事？"

霍武放下酒杯，"我想让你过来跟我干，先做浙江项目。"

李夕笑说，"武哥是开玩笑吧，你兵多将广，粮草充足，怎么会缺人？"

霍武说："我缺人才！"

"人才？"李夕笑说，"在销售这个行当，无人脉不算人才啊，你也不问问我有没人脉？"

霍武说："给你一个平台的话，我相信你能建立人脉，你过来，开一个价。"

李夕沉思片刻，"方便的话？能否讲讲你浙江项目情况？"

"抽烟吗？"

李夕摆摆手，霍武自顾点上一支，然后他把整个浙江项目甲方格局、对手情况、选型过程、公关进度及成果，以及厉镇明公关失误都一一做了分享。

李夕说："这么说，厉镇明被通擎搞定了。"

霍武说："如果是，我们胜算如何？"

李夕放下筷子，"如果你说的是事实，那么通擎略微占优，但这个优势不明显，另外，华夏这么大的项目，绝不是一个曾刚、一个厉镇明所能定夺的，最后高永梁的态度非常重要。再说了，后续还有第二轮方案交流和考察两个关口没有过，现在谈胜算早了点。"

霍武把烟头在烟灰缸里抹了一下，"行，我现在想看看你的态度，如果你想过来，就尽快！将来你可以做浙江区域经理，浙江华夏和浙江中邦都给你，我在杭州再停留两天，你有两天时间考虑。"

李夕说:"最后一个问题,上午那小伙,我看着挺不错的,你打算让他走?"

霍武说:"全看你,你让他走,我就让他走,你觉得有用,就留,或者我把他调开。"

李夕说:"那我过来!"

霍武说:"痛快!"

7.3

第二天早上八点,霍武准时来到宾馆的二层餐厅吃自助。他对吃没有太多讲究,但馒头、鸡蛋、腐乳、米粥这几样是他的最爱,他喜欢用馒头蘸着腐乳的味道,也或者是他习惯边手拿着馒头边思考问题的感觉。此时他吃着馒头凝望某处,身边一个白影路过,霍武开口了,"过来一起吃,商量个事儿。"

"嗯,好的。"

三分钟后,谢建兵端着一个半满的盘子坐在霍武对面,他递给了霍武一个小碟子,上面是一条刚炸好的鱼排,"霍总,昨晚睡得好吗?"

"还可以,"霍武说,"给你讲个事情,昨天跟李夕聊了聊,我决定让他过来做浙江华夏的项目。"

"嗯,好啊。"谢建兵清了下喉咙,喝了一小口粥。

霍武说:"我觉得李夕有想法,做事看得远,经验也丰富。"

谢建兵点点头,笑了一下,他试图用筷子去夹一粒花生米,而那该死的油脆花生总是从筷子的末端滑脱,他放下筷子,"那李夕什么时候过来呢?"

"快了,他回北京,会来找我,然后我们还会具体聊一聊。小谢,我想把你的工作……"霍武眉头一皱,似乎在寻找一个合适的词,"变换一下,你继续做浙江华夏业务,协助李夕争取把项目拿下来,你跟他汇报,你看有什么问题吗?"

谢建兵能有什么问题,昨天得知厉镇明跟丢的事,他心里就发毛了。当霍武又提李夕的时候,他甚至想到了最坏的结果。目前看来还不算太坏,不知怎的,他心里突然对霍武有了一丝感激之情。他抓了下脑袋,脸色有些红,"行,我觉得没有问题,反正都是工作。"

"你要好好干了。"

"嗯!"

霍武不再说话,他不急不忙地拿起最后一个馒头。一阵急促的手机铃声响起,霍武用餐巾纸擦了下手,掏出手机一看,是卫长贵,看来他已回杭州,该跟他商量正事了。

"喂，长贵，来我宾馆吧。"

霍武三五两口吃完，自顾扬长而去。

可能是昨天晚上跟李夕吃了烧烤的缘故，也或许是自己失去了厉镇明这条线，霍武感觉有些火大，喉咙生痛，他在宾馆里烧了壶水，泡了杯龙井。一杯茶还没有喝完，卫长贵就来了。

霍武躺在椅子上，"先喝杯茶，那里有杯子，自己倒。"

卫长贵给自己泡了杯茶，"听张书明说，你有一个合作操作思路？"

霍武点点头，决定先试探一下，"你跟李柄国到什么程度了？"

卫长贵狡黠一笑，"到了为 XLOG 摇旗呐喊的程度。"

"吹牛！"霍武跷起二郎腿，"你说实话，他能顶着压力支持你们吗？"

卫长贵脸色一正，"这个我可以保证。"

霍武点点头，又说："你知道通擎有哪些支持者？"

卫长贵不屑地说："陈亮！他负责硬件，但 BOMS 是软件项目，他是没有话语权的。"

霍武摇了摇头，却又不好提厉镇明的事，最近几天格局急剧变化让他有些隐痛，他不得不谨慎，"我先说我们联合的方针吧，八个字，一手联盟，一手造势。"

卫长贵说："怎么联盟？"

霍武说："你手上有李柄国，我手上有曾刚。你让李柄国支持我的方案；我让曾刚支持你的产品。这个联盟平时不显山露水，战时一定要锋芒毕露。"

"好！"卫长贵觉得这个点子好，就说，"那怎么造势呢？"

霍武说："造势这件事情，先形成自下而上的舆论，再形成自上而下的舆论。"

卫长贵说："什么意思？"

霍武说："自下而上的舆论就是，要曾刚和李柄国放出话，诸如朝腾方案很好，朝腾黑龙江案例不错等，在甲方工程师内部传开，有了坚实基础后，随便在他们内部选型会议上放出风声，也能影响高层，再找合适的时机给高总吹吹枕边风，而自上而下就是，我终究有一天会接触高永梁的，我会想办法让他去传达我们的想法。"

"霍总思路果然清晰，我就放心了。"卫长贵眼珠一转，"嗯，另外请教一事，我想让李柄国把 XLOG 的功能特性内容写进规范里，想听听你的建议。"

霍武决定先拖一拖，"虽然上次圆桌论坛竖立了你们的实力，但如果要做综合管控和容灾，GEM 还是强于你们，既然这是厉镇明起的头，他肯定关注这个事儿，这个事一闹大，捅到高总那里，不但你一败涂地，甚至还威胁我们的联盟。还是听我的，联盟为大，只要联盟在，我朝腾先胜出，我们找机会，自然有办法。"

卫长贵有些不安，"厉镇明又不写规范，他怎么会知道？"

霍武说："厉镇明是不写规范，但是他会最后审查。"

卫长贵还有些犹豫，霍武从容笑道："联盟的原则，一荣俱荣，一损俱损，当时打黑龙江项目的时候，你老板张书明自己定下来的规矩。放心吧，后面一定有机会的。"

卫长贵摸着下巴意犹未尽地回顾刚才霍武的思路，渐渐转忧为喜，他恭维地给他添了一杯茶，"霍总，您这就是传说中的做局？"

霍武淡然地看了他一眼，朝身后椅子轻轻一仰，闭上了眼睛。这近一个月的疲惫应战，华夏最下面选型成员的格局基本定局，或者成半胶着状态，后续的公关方向就是高永梁了。

嗯，这是关键。

关亦豪把水杯放在桌子上，把最后两粒胶囊扔入口中，然后端起杯子，咕嘟咕嘟，一气喝了个干净。他摸了下依然滚烫的额头，掏出手机调出吴明龙的号码，想了想，又放下了。

前几天厉镇明把母亲接到北京，关亦豪鞍前马后，跑上跑下，一顿劳累，竟然把自己搞病了，还好只是感冒而已。

今天下午是厉母动手术的关键时刻，关亦豪看了下时间，又过去半小时了，还没有吴明龙的消息。他越发不安，趴睡在桌子上，双手捧着额头，心里无数遍地祈祷，手术一定要成功！厉母一定要安然无恙！一定一定，拜托拜托。

不知道是发烧，还是手掌对眼球压迫的缘故，他感觉，黑夜中一只白色的蝴蝶在翩翩起舞，不远不近，不高不低，无声无息……这一刻，脑海里好像什么都没有。

手机铃声乍响，他身躯一震，是吴明龙打来的，赶紧接通，"怎么样？"

"手术很顺利，成功了。"电话那头吴明龙兴奋地喊着。

"确认？"

"确认！"

关亦豪把手机一扔，双手握拳向空中一挥，一种久违的兴奋感袭来，他甚至感觉堵塞的鼻腔一下子通畅了，他美美地吸了口气，太好了。他转身朝姜正山办公室走去，推门就说："手术成功！"

"那太好了！"姜正山立即站了起来。

关亦豪说："毕竟没有发现扩散，应该说，最艰难的一关过了。"

姜正山点点头，不过他很快就冷静下来，"后面咱们要继续把这事操持好。"

关亦豪说："是的，李副总对医生都有交代了，他也去了两回。还有，咱们找了家专业护理公司，请到了最好的陪护，小张我见过，很有耐心，很专业，这几天吴明龙会一直在医院盯着。"

姜正山说："对了，你怎么没去呢？"

关亦豪惭愧地摇摇头，"我这两天感冒了啊，这不是怕给病人家属找不自在嘛，就没去了。等我好了，肯定去。"

"嗯！好。"姜正山简单交换了下意见，就把话题引到了项目上，"甲方马上要修订规范了，咱们还有机会参与一下吗？"

"机会渺茫，"关亦豪说："甲方编制规范的安排没有任何变化，依然是以曾刚为主，厉镇明只负责审查，加上厉母手术前后这段时期，估计无暇顾及。而我们跟曾刚的关系到现在为止都没建立好，我打他电话，想见个面，他拒绝了，感觉他态度不好。他倒是跟霍武走得很近。"

姜正山说："可以再继续做曾刚的工作？"

关亦豪摇摇头，"如果他真的跟霍武走得近，就非常难！最近，我还跟宋汉清商量过，最后得出的结论是……暂时放弃编写规范。"

"为什么？"

关亦豪说："原因是：曾刚不搭理我们，我没有办法操作，只能找厉镇明，但就算我们把代写的规范给厉镇明，厉镇明再给曾刚，曾刚会怎么考虑？他首先是挑毛病，这样对我们非常不好，实际曾刚也不会要，另外，写规范要跟甲方当事人持续沟通，我们跟曾刚的持续沟通可能性太小太小。"

姜正山说："你想过这个问题吗？朝腾跟曾刚走得近，他操作规范怎么办？"

关亦豪说："我们换位思考，假设朝腾操作规范，他不会胡来，不可能全部照搬朝腾的思路，否则，其他竞争对手一定反击，犯了众怒可就不好办了，所以危害不大，只是利己。朝腾操作规范的最大好处是：有大量时间摸清楚客户的想法和需求，靠方案胜出；第二个好处是，故意在规范上模糊客户意图，糊弄竞争对手，其实质还是让他的方案胜出。这个技巧性很高，厉镇明还要把关呢，所以这个就看朝腾的造化了。就算朝腾操作规范，离投标还有一次技术交流和一次演示，变更的东西还有很多，所以届时招标需求不一定跟规范完全一致。"

看来关亦豪研究过这个问题，姜正山就说："我们不能落后啊。"

关亦豪激烈咳了一下嗽，"你放心，这事情我跟宋汉清想了很远，我们后面还有办法，毕竟厉镇明站在我们这边，等厉母出医了，我会好好考虑这事儿。"

姜正山看他心有远谋，就说："好吧，等你想好了，我们回头开个会，你这两天休息一下。"

"OK。"

这天下午 5 点半，宋汉清收拾一番，吹着口哨决定下班。每回下班，他都习惯性地看一下手机，好家伙，竟然有三个未接电话，还都是牧小芸打来的。

宋汉清立即回拨过去，"嗨！"

牧小芸语气比较急促，"打了你几个电话都没接。你赶快收邮件，四川 CRM 项目马上要第二次交流，快点，我现在着急去见客户。不聊了哈，拜拜。"

宋汉清赶紧打开笔记本电脑，牧小芸的邮件映入眼目。

汉清：

四川 CRM 项目马上启动，定于 9 月 5 日第二轮交流。你赶紧写方案吧，需求见附件，请查阅。附言：据说这次交流结束后，很快就要投标了。

牧小芸

今天 8 月 31 日，掐指一算，还有五天时间，嗯，浙江这边甲方内部在修订规范，刚好没事，正好可以腾出时间去四川跟朝腾较量一番，不过这一次是决战了。

一波刚平，一波又起。

第三篇

决战成都，烽火又起

9月1日—10月11日

四川项目号角再次吹响，决战时刻到了

……

我们不顾一切冲上去

直到看见曙光

或者

废墟

第八章 | 技术交流

"销售有很多理论，却都不能解释一种东西。一件再好的事情，你没有它，也好不到哪去，反过来，一件再衰的事情，你拥有它，也衰不到哪去，这种东西就是雄心。这次，我决定在正面战场上决一雌雄。"

四川项目回忆

通擎华西大区销售总监　温志成

8.1

宋汉清是乘坐 9 月 1 日最早的航班到成都的，一下飞机就感受到成都空气的甘冽和清爽，还有一丝唯有细心才能体会到的温和，这种温和是一种久违的存在。他这次提前来成都是想亲自拜访一下客户，并打算在这里完成 CRM 方案，当然了，也要看看牧小芸，不知道这丫头忙得如何了？他给牧小芸打了一个电话，说中午一起吃饭。

宋汉清来到办事处，先回顾上次的售前策略，他打开上次宣介交流的售前接口表及工作纪要，确认下面的文字：

……针对朝腾有高层关系优势，和有方案抄袭的斑斑劣迹，通擎的售前策略分两块：一是咨询方案层面，一是沟通层面。

在咨询方案层面，再分解成两个部分：CRM 部分和 EAI（企业应用集成）部分。

针对 CRM 部分：提供 CRM 常规框架和常规功能模块，正常交流即可。

针对 EAI 部分：采用胜兵先胜而后求战的思想，关键内容以板书的形式，画出全局业务场景关联 EAI 和 CRM，使得客户的建设目标和场景统一。通过细致的交互，以及相关问题引导业务场景，暗中摸清楚了客户需求（相当于确立了胜利的条件），细节需求不要过早分享给甲方，直到跟甲方关系（如徐长虹）确立，再适当暴露细节需求。由于提交的 EAI 文档相对较粗，这样可防止朝腾内线把内容过早传递给朝腾，一旦到了最后招标环节（求战环节），就算朝腾拿到了需求细节也来不及设计出缜密的解决方案。

在沟通层面，引导甲方有兴趣地参与交流，在兴趣中认知 CRM 与 EAI，采用板书方式互动，用案例还原细节，以专业见解打动人心，以实力赢得徐长虹或更多人支持。

宋汉清记得当时交流结束，徐长虹互动最活跃，确实是表现了一定的兴趣，是潜在的支持者。

对了，徐长虹最新的需求到底是什么样子呢？想到这里，他又打开邮件，查看牧小芸发来的需求邮件。

CRM 最新需求只是细化了一下，但 EAI 的需求明显不同：首先映入眼帘的是一幅粗框架的 EAI 与 CRM 功能连接示意图，虽然很粗，但大体是明确的。而这个思路和第一次交流的思路比较类似，看来甲方对第一次交流有了自己的一些理解，加上后面罗列的建设目标和细节，不得不说，这次甲方的思路系统多了。

这个应该就是徐长虹的思路，记得那天他还跟自己讨论过。如此看来，上次售前策略的临时效果还是有的。

但最终效果呢？

这个策略执行到现在，应该已具备搞定徐长虹的基础。一个月过去了，也不知道温志成是否搞定了徐长虹或者其他人。如果到了招标阶段，通擎的支持者还是肖山茂一个光杆司令的话，意义就不大了。

想到这里，宋汉清有些为难，这次是要采用上次的策略呢？还是另辟蹊径，或兼而有之？他不知道，他把笔记本合上，还是中午吃饭的时候问牧小芸吧，于是他给她发了一个短信：我在上次我们吃饭的茶餐厅等你。

茶餐厅依然老样子，宋汉清一边喝着咖啡一边看着窗外，巷子两边的挑檐把碧蓝的天空切割成一条长河，几朵白云纹丝不动地悬浮在上面，而巷子里的香樟在秋风的舞动下来回摇摆，如河中摇曳的水草，一幅静水深流的秋意图！

咖啡很快就要喝完了，牧小芸也应该出现了。

一阵轻快的脚步声款款而至，牧小芸身穿黑色的修身长裙，一头微曲的长发如瀑布般流淌。她拎着一个暗蓝色复古包，看到宋汉清，就来了一个漂亮的转身，干练而又婉约。

"想说点什么？"牧小芸骄傲地歪着头。

"你迟到了！"宋汉清骄傲地回敬。

牧小芸白了他一眼，愤怒地转身就朝门外走。宋汉清叫住了她，"走错了，厕所在里边。"

"粗俗，好吧，我配合你！"牧小芸把包扔在宋汉清身上，然后挪步朝反方向走。

宋汉清伸手拦住了她，"别闹了，我快饿死了，点东西吃吧！"

牧小芸哼了一声,"你请客!"

"当然了,"宋汉清叫来了服务员,牧小芸这才有了一丝笑容。

两人点完菜,宋汉清说:"怎么样,钟天搞定了没有?都一个月了。"

"别提钟天了。"牧小芸眉头微蹙,"上次不是借搞 OA 回访的机会接触他吗?事实上,这个方式根本行不通,他尽挑一些鸡毛蒜皮的毛病,温志成觉得继续这样搞下去,不但不能曲线救国,反而自损形象。"

宋汉清呵呵一笑,"那后来呢?"

牧小芸说:"后来,唯一看上去可行的思路就是搞定徐长虹和李甘新。温志成亲自做徐长虹的工作,而我专攻李甘新。"

宋汉清试图在脑海里描绘李甘新的形象,突然发觉关于他的信息竟然如此的少。上次交流,只记得他圆头圆脸,笑眯眯地听,若有所思地做笔记,然后就一声不吭地离场了。

"对了,"宋汉清决定确认一下,"他人怎样?"

"很好相处,李甘新是市场部主任,没有架子,跟钟天不是一类人,"牧小芸似乎很有成就感,"或许他本人是做市场的缘故,总之接触几次,很随和,基本上有求必应。"

宋汉清说:"这么说,你搞定了?"

牧小芸嘴角一翘有些得意,"反正我能随时找到他。"

宋汉清说:"那就好,你觉得温志成搞定徐长虹了?"

牧小芸说:"我不清楚,中邦前段时间没有动静,老温总是很忙,还要出差,他今天下午两点应该回公司。"

宋汉清说:"嗯,好!"

电梯门打开,吕让步履轻松地走了出来,他一边讲着电话,一手提着电脑包,前面是一个透明的自动感应门,再后面是"朝腾信息"四个红色大字。无疑,这就是朝腾的四川驻地了。

前台小姐看到吕让进来,报以甜蜜的微笑。

吕让放下包,躺坐在沙发上,揉着有些堵塞的鼻子。马涛敲门进来,"吕哥,回来了!"

吕让说:"马涛,方案准备得如何了?"

马涛说:"我已经安排李航在写了,估计这两天就能出来!"

吕让说:"唐宁不过来?"

马涛说:"唐宁忙浙江项目,他会检查的,放心吧。"

吕让接了一杯水，从包里掏出一粒药，看了马涛一眼，"嗯，写完方案给我抄送一份，记住这次要报价！"

马涛点点头，"好的。"

吕让把药片放入口中，就着水一口喝下。

马涛说："要累的话，就回宾馆休息下？"

吕让揉了下鼻子，"嗯，是有好几天没怎么休息了！"

叮咚，电梯门打开，温志成先探出半个身子，对里面的人说了声不好意思，然后用手挡住电梯门，用力一拉，一个大拉杆箱横空出世，轮子压在寂静的过道上发出沉闷的响声。

温志成大喊："快来，有好东西吃了！"

宋汉清、牧小芸、前台妹妹、一名驻地项目经理和两名技术支持蜂拥而出。温志成从箱子里面取出一个硕大的白色塑料袋，大家打开一看，全是食品，大包小件的奶酪，新疆葡萄干，不知名的袋装果脯，最后一个，层层叠叠，金黄的一圈，牧小芸拿出来一看，哇，是馕！

"还有葡萄酒呢！"宋汉清翻出来一瓶什么东西。

温志成笑得合不拢嘴，"来来来，大家围在一起，排排坐，我给大家讲故事。"

"最近啊，我去了趟青海，给大家讲一个戈壁上的故事。算了，还是先讲新疆的吧。"温志成显然不是讲故事的高手，一个完整的故事被他讲得前后脱节，当然了，谁也没有把这个故事当真，大家只是闹着，跳着，吃着馕。

宋汉清突然觉得有些不对劲，想起了一件事，他借故来到对面的楼梯口，给负责青海的售前小王打一个电话。

"小王？青海中邦的电子运维这个标如何了？"

"老大，我们丢了！"

"哦，谁中的？"

"朝腾。我们丢得好奇怪，我们技术和商务都没问题，价格还便宜30万，投标前，他孩子生病都没有回去看，一直在这里坚守，老温说有80%的把握中标呢。"

"哦，那他小孩应该没事了吧！"

"没事呢，你跟老温在一起？他不是去新疆了吗？"

"回来了，我们都在成都，行，回头聊，再见！"

宋汉清点了一根烟，猛吸了几口，他看着窗外，清风袭来，灰沙入眼，他顿时觉得眼睛火辣，明晃晃的一片。

突然一只手搭在自己的肩膀上，宋汉清一回头。

牧小芸递给他一块奶酪，"学学人家老温，多么体贴，大老远给大家带好吃的东西，这叫用心，这叫成熟！你呢？从北京顺道而来，连个糖葫芦都不给我带，还叼根烟，摆个 Pose，在这里耍酷！"

牧小芸一把抢过宋汉清嘴里的烟，扔进垃圾桶。

宋汉清笑了一笑。

牧小芸看着宋汉清发红的眼睛，凑近了一看，分明是湿润的睫毛。

"哟，不至于吧，这可不像你啊！内疚了？"牧小芸吓了一跳。

宋汉清垂着头正欲说话，走廊里响起了温志成疲惫的声音。

"汉清，在哪里？我们讨论 CRM 方案！"

温志成坐在一张转椅上，双眼有些浮肿，显得既严肃又疲倦，"一个月内招标结束，之前还搞一次交流，形势严峻啊！"

选型越是紧凑，对客户关系单薄的通擎来说越是严峻。

温志成接着说："牧小芸，说一下这次交流的情况。"

牧小芸翻开工作记录，"这次交流定于 9 月 5 日下午，参加的有徐长虹、肖山茂和李甘新，还有几个骨干工程师，交流的主题和需求我已经发给你们了……"

温志成凝神看了一眼牧小芸，回过神来，"牛总不参加？"

牧小芸说："是的，牛总不参加，这个确认过了。"

"嗯。"温志成默默点了点头，他抬起右手，拇指和食指分开，轻轻地压了压眼窝，"汉清，你方案做得如何了？"

宋汉清说："我还没有正式写方案呢。"

温志成双眼一睁，眼前一片模糊，"还没写？为什么？"

宋汉清说："虽然甲方给的需求都在，但也仅仅是影响方案骨架和功能模块，而我关注的是方案交流的质量和效果，我需要知道他们的意图和重点。这次交流绝对比上次更重要，所以最好联系一下他们，沟通一下。"

听他口气，宋汉清很想跟朝腾干一架了，看来，跟自己这几天的思路很一致，自从青海项目失败，温志成就有过跟朝腾打一场正面战争的想法。此时这个念头一下子更强烈，他转了下椅子，沟通一下很好，不仅可以多接触客户，还增加人际公关的机会，"现在几点，今天还能联系他们吗？"

牧小芸说："现在不到三点，徐主任说有问题可以随时联系他，再说交流前夕沟通下需求，又不是别的事儿，他们也乐意。"

温志成一拍大腿，"那兵贵神速，咱们分头行动，首先我跟宋汉清拜访徐长虹，约下午四点；牧小芸跟宋汉清拜访李甘新，约四点半；然后晚上我跟宋汉清约肖山茂一个饭局。大家看如何？"

大家异口同声，"好！"

宋汉清补充道，"这也是我上次'胜兵先胜而后求战'的一部分。"

"那好！"温志成起身坚定地说："要打，就打一场轰轰烈烈的人民战争！"

8.2

第一站，访谈徐长虹。

温志成和宋汉清出了电梯，整个走廊冷冷清清，离拜访时间尚早，温志成就例行公事地讲了讲对徐长虹最近的认知状况，好让宋汉清心里有底。

徐长虹相对实在、沉稳、较真，只是性格里缺乏一些支配欲，这类人公关难度不算大，但耗费的是销售的耐力，而现在时间如此紧急，就算有耐力也没有机会发挥，所以在温志成的内心，还是喜欢肖山茂这种有些支配欲，并带点江湖味道的人。

"怎么说呢，"温志成补充道，"徐主任很适合跟售前打交道，也不算坏哈？"

宋汉清点点头，"其实对售前来说，只要是负责任的客户都是好客户。"

温志成看了下表，"那就好，准备好了吗？"

"准备好了！"

踏进大楼前，宋汉清就已经准备好了三类问题，第一是常规类问题，这类问题涉及各个层面，诸如：哪些人来参加，他们关注什么内容，哪些是重点，以及个人或企业遇到的常规问题与障碍等，总之是为提高售前交流针对性和交流质量而准备的问题。第二是澄清类问题，这类问题主要是揭示一些客户需求不明确、有漏洞、有歧义、有矛盾的地方，提出这类问题的好处是既可修正客户概念和需求，又便于自己设计方案，这类问题的最佳效果是采用合适的话术警醒客户，操作好的话，能吸引甲方在后续的交流中关注你，价值比较大。第三是运作类问题，这类问题主要是聚焦甲方对这个项目的选型运作层面问题，比如下一步做哪些工作，是否写成规范、是否评比、是否打分等，了解这些，就可以调整方案战术以及内容的深度。

徐长虹的办公室很简洁，唯一显眼的就是这张宽大台桌，乳白色的桌面光亮如镜，上面就放了三样东西：一台银白色精致笔记本电脑，一台乳白色传真电话，一台乳白色激光打印机。当他俩坐在桌子对面的时候，这三台设备立即呈现出一个倒影，顿时就有一种莫名的美感。

温志成热络地寒暄道："徐主任呐，您这办公室永远都是这么整洁啊，我记得上次也是这三样设备，只是笔记本电脑的位置变化了一下。"

温志成这么说不外乎显得很用心，同时想拉近一下距离。徐长虹淡淡一笑，十个手指交叉在一起，往桌面上一放，一对大拇指打着转儿，显然过了寒暄时刻。

温志成只好进入正题，"徐主任，是这样的，我把宋汉清叫了过来，希望跟您这边碰一下，了解一下大体情况。"

徐长虹对宋汉清的印象还是比较深刻的，他大拇指停住了，"你想了解哪些情况？"

宋汉清首先抛出常规性问题，"徐主任，您好，咱们这次有哪些人参加交流？包括多长时间？时间怎么分配？"

徐长虹说："参加这次交流的人有我，肖山茂、李甘新，还有几个工程师，交流时间 90 分钟，一半讲，一半讨论。"

宋汉清记录了这些问题，接着说："就这个问题，我再问一句，您最关注哪些地方？这样我们在交流的时候多讲一些。"

徐长虹说："各家 CRM 方案大同小异，但 EAI 思想理念却有些不同，我建议 CRM 讲出特色，EAI 讲出深度就可以了，比如如何实现调度等，这个我也不好讲太多，反正需求都给你们了。"

宋汉清又确认了几个常规性问题后，就开始抛澄清类问题了，当然，他希望这类问题能给徐长虹造成一定的警醒，要造成警醒，要么就暗示严重性，要么就给出更好的建议，宋汉清采用后者。

"我看了一下您这边的需求，非常完善，但针对 EAI 需求部分，您这边描绘更多的是技术机制。"宋汉清笑了一下，"但 EAI 也可以偏应用，也是一个平台。不知道可不可以这样理解，这次方案，既要体现技术的实现，也要体现独立运行的 EAI 平台？"

虽然徐长虹对 EAI 有进一步的认识，但关注点还在于技术实现手段，而缺乏更加宏观的平台理念，而平台理念也是通擎方案的优势之一，所以要警醒他，让他的关注点也要放在平台上。将来只要讲好这一块，通擎与对手的方案在徐长虹的眼里高下立判。

徐长虹听到这个问题，双手立即分开，眼角闪了下，"行，你在方案里体现这一点。"

"好的！"宋汉清这就放心了，接着又抛出一个运作类问题，"我想知道咱们的第二次技术交流是进行各个厂家方案对比呢，还是为了整理需求？"

如果做方案对比，说明客户可能要给上级汇报交流效果，同时会进一步观察最优的潜在合作伙伴。如果是整理需求，情况就多了，有可能是客户想集采众家之长，也或者是理清自己的思路，还有就是兼而有之。

徐长虹没有丝毫犹豫，"两者都有，首先，我们也要对各家的实力进行更细致的摸底，同时也要知道我们的项目最终是一个什么样的系统，所以你们务必把方案做好。"

宋汉清一笑，看来这次方案既要全盘细致考虑，还要突出重点了。

宋汉清说："听说这个项目9月底就要招标，那这次交流完后，你们是要把这次交流的内容整理成规范呢，还是直接就招标了？是公开招标还是议标？"

"需求规范，我们独立整理，"徐长虹说，"这次还是按我们的传统，自己评比，也打分，议标的形式吧，这些细节就见将来招标文件了。"

看来徐长虹对招标很有自己的主见，双方后续又补充了一些相关细节，访谈也就顺利结束。

第二站，访谈李甘新。

这个也是重头戏，宋汉清自然不能怠慢，徐长虹这边访谈一结束，就直奔李甘新，走到休息厅的时候，一只通体白色的猫不知从哪儿冒出来，蹑手蹑脚地在休息厅里穿行，看到宋汉清，它叫了一声，朝前一路小跑，跳上了旁边的沙发。

李甘新的办公室紧闭，但里面的谈笑声还是传了出来，这分明是牧小芸的声音。宋汉清敲开了门，这办公室面积和徐长虹的不相上下，但摆设更多，显得拥挤，也缺少一些气质。

此时牧小芸正跟李甘新正聊着天，很是热闹，一听，都是些东家狗西家猫的家常，印象中，客户能跟你聊这些无聊的话题都不觉得无聊的话，那说明这销售很有功底了。如此看来牧小芸还有一套，尤其是那股热络劲儿，仿佛大家是街坊邻居。宋汉清一个人站在那里反而有些不自然，他干笑了一下。

看到宋汉清进来，牧小芸立即介绍说："我们的售前总监宋汉清。"

"上次见过，坐坐坐！喝水吗？"李甘新主动要给宋汉清倒水。

客户的主动热络让宋汉清颇为意外，他急忙说我自己来，然后抢先取下了纸杯，"原来你们在谈论猫啊，我刚才在走廊看到一只小猫呢。"

"是不是白色的？"李甘新说。

"通体发白，很可爱！"

"哎哟，李主任，"牧小芸捂嘴一笑，"肯定是你家的猫，走，我们去抱回来。"

"在哪呢？"李甘新急切地说。

宋汉清这才知道，原来这只猫正是他们谈论的话题，难怪聊得热火朝天，就说，"在休息厅的沙发上。"

两人立即出门，很快就把猫抓了回来，李甘新关上门，把猫往地上一撂，然后伸了个懒腰，招呼大家围着茶几，牧小芸决定进入正题，"李主任，宋汉清这边要准备着手下周的技术方案了，就需求这块想跟您沟通一下。"

李甘新眯眼一笑，"你问吧？"

宋汉清立即抛出常规性问题，"李主任，这次交流时间紧张，您最关注哪些地方？或哪些问题比较头疼？这样我们在交流的时候可以找一些侧重点。"

李甘新说："你按照老徐的需求讲就可以了，他把我意见都收集到了，什么营销资源，什么客服，合作伙伴管理等，要说我的关注点嘛，有几点，第一点，我们现在遇到的困惑是商业数据不完整，严重影响服务质量和内部考核，我记得上回有一个地市大客户因为信息不全，导致开办业务延长了两周，反响很大；第二点，接入渠道和特服整合力量不够，降低我们的效率，也影响我们的考核；第三……"

李甘新喝了口水，回头看了下猫，那只猫懒洋洋地躺在地上，看到大家注意它，就打了一个哈欠算是回应，他接着说："第三，营销资源这块，所有充值卡、SIM 卡、有价卡等要统一合并到业务卡资源当中，进行业务卡资源的统一管理，还要灵活支持下面地市策略……"

牧小芸听着这些云里雾里，不过宋汉清早有准备，针对这些具体问题，他从笔记本里抽取出一张折叠的 A4 纸，展开，这个是 CRM 的功能框架图，他把这些问题要点跟功能模块牵连起来，然后写下详细的备注，并做了深度挖掘，一边写，一边没有忘记说一句漂亮话，"李主任对业务果然很熟啊。"

李甘新自谦地摇头一笑："嗨！"

不过好景不长，李甘新中途接到电话，有事情要出去，需求访谈也只能作罢，不过关键点都已讲到。

宋牧两人坐在休息厅的沙发上，顺带整理一下需求。宋汉清说："这李甘新虽然遛狗逗猫，但业务问题一点都不含糊啊，佩服。"

牧小芸说："这人有些能力，钟天还找他办事呢。"

宋汉清说："不过你也很厉害啊！能跟客户猫啊狗啊聊得火热，这非寻常之辈啊。"

牧小芸有些得意，"我不是说了吗？只要人对路，相处就容易，嘿嘿，其实，也算我运气好……"

原来，牧小芸拜访钟天失败后，就转战李甘新，恰逢中邦内部要搞一个国庆表彰大会，市场部这边要推荐优秀员工，事先要录制一些优秀员工的工作片段，李甘新无意说起这个事情，牧小芸上网查资料，然后推荐了本地一家公关策划公司，帮他出了几个样片，也花不了几个钱，李甘新一看就很喜欢，牧小芸也算顺利搭上了他这根线。

第三站，访谈肖山茂。

实际上，与肖山茂就不算访谈了，就是随意聊聊，与他的会面场地是一家火锅餐厅，离中邦大楼大概四站多地。

肖山茂是自己人，只要是满足需求的方案，他都是支持的，所以也就不再是常规类、澄清类、操作类的问题，要问就问更有杀伤力的问题：朝腾的弱点。其实这些问题也只有肖山茂适合回答，于是两人做了分工，宋汉清挖掘朝腾技术方案层面的弱点与不足，温志成探朝腾公关与合作方面的弱点与不足。

温志成给肖山茂添了些啤酒，就开门见山，"肖哥啊，朝腾是我们这个项目的最大障碍，你说咱还有哪些机会呢？我总觉得很难办啊。"

肖山茂夹起几块鱼片放入锅中，眯眼点了点头，没有更多的表态。

"汉清，你也参谋参谋，"温志成用滤勺撇掉火锅上层的泡沫，"这个项目，从方案角度着手，汉清，你有什么想法？"

宋汉清放下筷子，"我同意朝腾是我们最大的障碍这一说法，但我觉得跨越他们是绝对可能的。所以，我想请教肖哥，朝腾的方案有哪些弱点呢？"

火锅冒着白汽，泡沫微微荡开。

肖山茂说："CRM 部分，每家公司的方案大同小异，但是 EAI 部分，似乎你们讲得最透彻，听上去合理，有实战经验，而朝腾就是讲了一些概念和技术，设计一带而过，这可能就是他们的弱点吧。"

如果朝腾是讲概念，说明他们没有呈现出 EAI 的针对性应用，而"一带而过"说明他们也没有深入设计，当然这仅仅是猜测，具体是什么情况无法判断，于是宋汉清决定启发他，"你们有没问他们是如何通过 EAI 的技术实现 CRM 的业务功能的，比如信用管理？"

肖山茂摇摇头，"没有，老徐也没问。"

宋汉清看着翻滚的火锅点点头，EAI 弱的话，那么反过来，凡是涉及 CRM 的多业务系统的功能都做得不好，这些都是朝腾的弱点，这么说来弱点不少。

温志成举起了杯，"来，先走一个。"

温志成一口闷，他擦了把嘴，皱着眉头哈了口气，似乎吃了辣椒似的，他把鱼片捞出来，放到肖山茂的碟子上，然后把小半盘上等的牦牛肉赶下锅。

"肖哥啊，"温志成说，"我有一点不明白，朝腾在四川这边做了这么多项目，难道就没有磕磕碰碰？我觉得他们有些系统做得就很一般啊。"

肖山茂侧头想了想，"他们做项目肯定出过问题，但缝缝补补也就过来了。"

温志成看着他，坦然问道："这样的话，你们跟朝腾就没有发生过不愉快的事情吗？比如抱怨、投诉或者是顶着压力承受一些事故等……"

肖山茂一边吃着鱼片，一边听他讲话，听完后，他吐出一个鱼刺，"我明白你的意思，朝腾做的有些项目确实没你们通擎细致，有些缝缝补补，但最后也没有发生什么大事，牛总罩着呢，所以出不了大事。"

温志成酸溜溜的，他揉了下鼻子，又慢条斯理地给大伙斟酒。

肖山茂似乎看出了端倪，笑说："怎么？想钻朝腾的空子？"

温志成沉默无语，他把瓶子放在桌子一角，喘了口粗气。

肖山茂摆摆手，"用途不大，人家都合作这么长时间了，就算有些小裂缝，你也撬不开啊，你还真以为铁棒磨成针就行了？"

温志成尴尬笑了笑，"还有什么办法？"

"搞定徐长虹！而且机会就在这次交流，错过了！就没有了！要趁热打铁！"肖山茂说得斩钉截铁，每停顿一下，脑袋就颤抖一下，印象中，肖山茂很少这样严肃、用力地说话。

看来徐长虹是绕不过的。温志成一动不动地盯着慢慢沸腾的火锅。

宋汉清回到宾馆开始梳理客户需求和方案脉络，然后思考整理朝腾的弱点，正思考间，温志成回来了。

温志成把笔记本包往床上一扔，腾出右手，手指使劲地挠着左手的胳膊，一边挠痒身子还一边跟着转，表情有些痛苦地看着宋汉清，宋汉清扔给他一根烟。

温志成叼着烟，"这次售前采用什么战略战术？方案还和上次一样粗略呢？还是细一点？"

宋汉清站在房间中央，朝前走了一步，"战略上还是'胜兵先胜而后求战'，战术操作要做调整，这次方案要做细！"

温志成点烟，吸了一口，"为什么要调整？"

宋汉清说："这次交流既要梳理需求，又要给上面汇报，迫使我们的方案不仅要有广度，还要有深度，只有这样才能覆盖到整体需求，另外我们这次更重要的是赢得徐长虹等人的信任，这也是肖山茂强调的。"

温志成说："如果徐长虹汇报我们的方案是最好的，那朝腾的内线还会故技重施，拿我们的方案给朝腾，到了投标阶段，方案要拉开距离就很难了呀，怎么办？"

宋汉清也给自己点上一支烟，"我这次只给客户详细的 Word 方案，暂时不给 PPT 方案。就算他的内线把我们的 Word 方案泄露给朝腾，也只学个形式，估计讲不出精髓，时过境迁，此时我们不要担心这个问题了。我们的主要目标是搞定徐长虹，其次是李甘新，若赢得选型者的人心，就算付出被抄袭的代价，也值得。"

"必须在短时间之内搞定徐长虹，"温志成觉得胳膊又痒了起来，至少要集中火力接触一下徐长虹，就说，"这样，你交流完后，能否借机搞一个需求调研？"

"借调研来接触徐长虹？"宋汉清凝神片刻，这个想法有用，就说，"嗯，看找一个什么借口……"

温志成说："就在会场提出来，肖山茂会煽风点火。"

宋汉清会意地点点头，看来温志成有一些准备了。

温志成胸腔一鼓，"那现在，咱们就把方案做足，把朝腾方案弱点罗列清楚了吧？"

宋汉清说："大致方向找到了，朝腾 EAI 平台理解不透，设计不好，反过来会影响 CRM 的关键功能，比如信用管理等。我会让徐长虹等人知道朝腾的这个问题是一个大隐患。"

"好！"温志成说，"咱们在这次交流会上要对朝腾精准打击。"

刚一说完，姜正山的电话就打进来了，温志成接通，抓耳挠腮地应付着。从温志成细碎的语句中，宋汉清几乎可以肯定，老姜是在询问青海中邦电子运维项目丢单的事，温志成在电话中辩解道，"吕让眼线很多，我们很多事情都不太清楚，没办法，时间又紧。"

温志成挂完电话，长叹一声。

宋汉清听到这些话，眉头一蹙，"不对，我们不要在交流会上打击朝腾！"

温志成猛一转身，"嗯？"

宋汉清说："交流会上人多眼杂，你打击朝腾，朝腾一样会知道，这相当于提醒了朝腾，他必然在投标前改进。"

温志成说："不打击，岂不是便宜了朝腾？"

宋汉清说："可以私下里跟徐长虹吹吹冷风。"

"暗打击？"温志成鼻子猛然一抽搐，"嗯，好，既然吕让玩阴的，咱们也玩！"

宋汉清知道这种所谓暗打击用途有限，终究也非正路，应该在正面战场上还要有所作为，至少要调动甲方关注解决方案，反正四川 3 年都没有赢像样的单子了，必须死磕到底。

8.3

又是一年秋来到，最是交流好时节。

9 月 5 日，四川中邦第二轮技术交流终于打响了，朝腾打头炮。

甲方代表徐长虹、肖山茂、李甘新还有几个骨干工程师位列一边。

乙方代表还是老三样：吕让、马涛和李航。

吕让双手交叉握住，双肘自然地搭在桌面上，俨然地望着对面。徐长虹扫了左右一眼，"好，要不开始吧。"

马涛简单做了开场白，就把李航推上台面。李航敲了一下笔记本上的回车键，搓了搓手，随即以饱满的情绪开始演讲。

李航花半个小时讲完 CRM 的业务功能设计，再花十分钟时间讲完系统功能设计，紧接着聊到了大家都关心的问题——EAI 平台的设计。

"好了，现在我们继续下一个话题：服务集成平台 EAI。我们知道，四川中邦公司的系统有很多，计费、号簿、网管、电话业务管理系统、结算系统等，将来可能还要扩展到其他更多的业务系统，那么，这些系统的互联互通就是一个艰巨的问题和挑战。根据朝腾多年的技术实践以及在 EAI 领域的研究，我们采用如下架构来实现。

"首先是通过企业服务总线 ESB 建设一座信息的桥梁，各大系统通过各类适配器与 ESB 进行互连，这样的话就屏蔽了系统之间的技术差异，使得服务在各个系统之间的传递变得更加透明……"

李航首先剖析问题的核心——系统之间的集成，一下子也吸引了客户，但实际上李航却回避了另一个问题：服务之间的集成与业务实现，也没有太多的剖析和落地分析。

这个环节甲方代表听得比较投入，没有异样，李航这下放心了，后面接着讲解这个项目要采用 XLOG 的哪些产品和特性分析，最后顺利收尾。

这时，有一个工程师突然问道："这个项目很复杂，你们有哪些类似案例呢？"

这个问题难不倒李航，他如数家珍地陈述了类似案例，当然了，这个"类似"就比较宽泛了，实际上朝腾是没有什么相同案例的。

噼啪一声脆响，吕让捏了下指关节，一直在察言观色的他突然站了起来，谦逊地一笑，"另外，我也补充一下哈，还有一个很重要的地方大家一定会重视，那就是，这个项目对我们集成商有什么要求？可能大家通常认为项目对集成商的要求，不外乎是技术实力、解决方案的可行性！这些我们朝腾是肯定都满足的，但是不够，我认为，最重要的是集成商是否拥有足够多的信息资源，是否对咱们四川中邦整个运营、支撑系统有足够的了解。朝腾多年来一直是四川中邦最主要的集成商,对各个系统的接口非常熟悉,并拥有信息备案,这些是我们朝腾的信息资源优势,如果没有这些信息资源,那么,要做这个项目肯定会有些难度,最起码会影响按时交付。感谢大家,下面看还有什么问题,我们一起探讨一下?"

昨晚,吕让与李航讨论了最新的方案,也明白了 CRM 与 EAI 的关系,他觉得这里可以打一张很好的牌:信息资源牌,因为其他任何一家公司都缺乏足够的信息资源,即便是他们拿下了这个项目,各种接口的分析将会走很多弯路,而朝腾至少熟门熟路,现在有人既然提到成功案例,他就决定打出这张牌。

听到这里,徐长虹做了一个长长的呼吸,点了点头。

肖山茂侧了一下身子,似乎屁股下的椅子有些不舒服,吕让这次点中了通擎的软肋。

在后面的答疑环节,甲方没有问太深刻的问题,而是略显平淡地结束了。其实平淡的交流不奇怪,但是徐长虹这号人物没有实质性问题就有点蹊跷了。

走出中邦大楼,吕让抛出自己的疑问,"你们觉得这次交流怎么样?"

李航说:"没什么刁难,都还好吧。"

马涛略思片刻,"我倒是觉得,徐长虹有些不对劲儿。"

吕让抬手招了一辆的士,"整个过程徐长虹观察非常仔细,但问题却很少,这不合理,所以我们可能还有些短板,你要做做徐长虹的工作了,了解他的想法。"

马涛说:"明白。"

吕让提醒说:"另外,对徐长虹这样的人要细心。"

马涛点点说:"知道的。"

吕让说:"我下午去一趟青海,一天后立即返回,有什么事情,随时联系我。"

说罢,吕让扬长而去。

马涛在外面用餐,他一边吃一边思考后面的工作,要怎么接触徐长虹呢?刚交流完,如果一上来就打听交流效果,搞不好徐长虹会直抒胸臆。吕让曾说过,客户的直抒胸臆会对交流效果有一个下意识的结论,这种结论完全依赖客户的主观立场及概念,如果这些立场及概念稍微对自己不利,结论就不乐观了,那可能会带来有碍于操作的微妙意味。

嗯,要接触老徐,就要准备一些铺垫。他突然想起上次跟张小志的谈话,他曾透露过徐长虹有摄影的爱好,他定了定神,草草扒了几口,就返回了四川中邦,来到二楼转了一圈,终于在西边的摄影展里,看到了徐长虹的照片,其中一张《坐稻草堆上的小孩》比较打眼。照片中的两个小孩穿着亚麻色灯芯绒衣服,笑嘻嘻地窝在一个巨大的金黄色稻草堆上,几片脉络清晰的橙色落叶,静静地漂浮在孩子的面前，却没有夺去孩子喜悦的交谈氛围，从这里看得出徐长虹冷静而敏锐的观察能力和把握时机的摄影技巧。而旁边的一幅《照泥鳅的老人》更是震撼，这是一个午夜的场景，打着松油火把的老人蹲在池塘边凝神望着水面，火光在老人的刀削斧刻般的脸上镀了一层古铜色，老人双目泛着寒光，远处是淡淡的星光和黑天鹅绒般的夜色，但仍然还可以看到层叠的远山。奶奶的，要拍一幅这样的照片，这老徐可以说是一夜不睡啊，看来徐长虹有一种对完美的偏执，但他办公室里自己也去过，从摆设上看，似乎从来没有一丝痕迹显示他对摄影的痴迷呀，桌子上甚至连一张照片都没有。

马涛继续浏览徐长虹的其他几张照片，根据自己有限的摄影知识，他发现这些都是中长焦镜头的成果……

正思索间，肩膀被人拍了一下，回头一看，不知道什么时候温志成站在身后，不由吃了一惊，突然想到下午通擎要来做交流，就淡然了。

"看不懂了吧，"温志成指着《照泥鳅的老人》得意地说，"夜晚，用光照泥鳅，泥鳅不会动，小马，经验不够啊。"

马涛看了一眼温志成，戏谑地说："我不像你，渔民出身，不过是愚蠢的愚。"

说罢递了温志成一根烟。

温志成接过烟，眼露微光，"咦，现在是饭点，你不去吃饭，在这里干什么？"

马涛不能让他猜出自己的心思，就随意讪笑岔开话题，"怎么地，你要请客？到时候我叫上吕总，都老同学了，一起聚下，借机感谢你们一直陪标啊。"

温志成给马涛点上烟，"好啊，不过这次应该轮到你们陪标了，也该让我们做回庄了。"

马涛抽了一口，"问题是你们能否做庄，我们说了不算啊。"

"对不起，这里不让抽烟。"

回头一看，是一个打扫卫生的大妈，两人立刻朝外走了。

下午轮到通擎交流。温志成看牛总果然没在，心情莫名其妙好了很多，他随意地跟甲方寒暄，牧小芸也应景地参与话题，只是徐长虹始终游离话题之外，他一丝不苟地看着投影屏幕，感觉不够清楚，就让身边的工程师把灯光调暗一点，直到效果满意，就表示可以开始了。

在演讲之前，宋汉清回顾这次的交流控制：方案呈现力求系统与细致；讲解剖析体现专业和生动。

宋汉清朗声致谢后，直接开场，"不知道大家是否发现了一个事实，那就是站在一个更高的视角，你会发现电信系统在业务上最终会形成一个闭环的体系，现实就是如此，无论是《电信运营蓝图》还是相关技术规范都是这样的，那么同样，如果我们仅仅是站在 CRM 的角度，打造一个电信的客户关系管理系统，来收集客户信息，分析需求，推出我们的产品，是比较狭义的。如果我们再上升一个层次，我们将看到广义的 CRM 系统，那就是实现从客户互动渠道，前台业务交互，后台业务整合，再到客户服务享用和体验这么一个循环，这才是一个好的 CRM。

"OK，我们一起来分析一下 CRM 的需求，我划分了两个域，首先是业务方面的需求，然后是技术方面的需求。"

"对不起，"一个声音打断了他的演讲，"我听不懂什么是业务方面、技术方面的需求，通常，我只知道功能性需求和非功能性需求。"

说话的是张小志，他露出一副玩世不恭的样子，咧着嘴似笑非笑，他打断宋汉清的原因不是听不懂，而是因为马涛曾经的交代：要偶尔对通擎刁难一下。

宋汉清胸有成竹地解释说："这个问题很好，我正要解释。一般来说，客户的需求是来源业务层面的，我们可以根据这些业务需求来规划和设计我们的系统蓝图，系统蓝图经过技术实现，就有了产品蓝图，有了产品蓝图，我们才说功能性需求和非功能性需求。也就是说，当我们有了产品蓝图后，就更方便讨论功能性与非功能性需求了。"

这个讲解很清楚了，大家点点头，张小志揉了揉鼻子。

"谢谢，下面我们继续。"

宋汉清接着把整个需求分析完毕。

他点了一下空格键，进入"方案总体架构概览"，此时屏幕出现了一幅复杂图形，上半部分是 CRM 产品架构，下面是一个总线形式的 EAI 集成架构。

"我们都知道，大规模多业务的接入、多业务角色协同的系统，会面临许多挑战和压力，如系统的自治、业务无缝隙连续性、对每个业务生命周期的整体运营和维护等会出现很多问题，那么如何解决这些问题？

"下面这个'总体架构概览'就提供了这种解决思路。首先我们看最上层，这是整体的 CRM 产品架构，包括营销资源、产品管理、客户管理、综合客户服务、防欺诈、合作伙伴管理等模块。下层是我们 EAI 平台，这个平台实际上也是一个产品的概念，而绝不仅是一个数据和流程总线……"

"根据这样架构格局，我们可以归纳我们的方案理念：CRM 方案理念是面向客户，服务全局；EAI 方案理念是业务融合，流程驱动……"宋汉清继续。

"慢，这里有一个问题，等下。"徐长虹举手打断了他，一边翻着自己手上的几张白纸，一边摇摇头，嘴里嘟囔着什么。

我靠！这是徐长虹发飙的前奏。张小志瞥眼一看徐长虹，暗地一笑，双手叉在胸前，好戏来了。

张小志最喜欢看徐长虹发飙了，印象中他发飙有三个特点：一是言辞坚定，不会给人面子，轻则说得对方无言以对，重则讲得对方面红耳赤。二是有理有节，旁征博引，让你对他的敬仰如滔滔江水，连绵不绝。如果你无理取闹，他还有第三个特点：犹如黄河泛滥，一发不可收拾，最后恭喜你，你可以打道回府了。

会场上寂静无声。

徐长虹从电脑包里面取出一张纸来，"嗯，找到了！你们今天讲得不错，我是有感而发，让我们对服务集成平台有了一个新的认识，特别是产品蓝图这一块，你看看，我是根据你上回讲的内容自己画了一个。"

徐主任把这张纸递给了宋汉清。

徐主任接着说："今天你讲的内容跟我张图是不是有些相似？"

宋汉清接过来一看，跟自己 PPT 里的图形一对比，果然大同小异，就说："大体是一样的。"

徐长虹嘿嘿一笑，意犹未尽地说："非常认同 EAI 要有产品的理念，甚至有管理软件功能，只不过非常特殊，因为需求复杂，就如你刚说的那样，有业务需求，有技术需求，两者还相互影响，咱们复杂就复杂在这里。"

宋汉清赶紧客气几句，"看来，徐主任对这个项目非常用心，而且见解专业。"

徐长虹说："嗯，咱不等了，你继续。"

宋汉清按原计划讲完了整个胶片，此时他轻松了很多，因为从刚才的交互中，徐长虹显然有了某些 EAI 平台和产品的概念，看来前几天的需求沟通对 EAI 的一些澄清类问题或许起到了一定的警醒作用。

"嗯，要分享的东西就这么多，大家有什么问题，一起交流一下。"宋汉清坐下，挺直身体，笑望着大家，尽量显得开放和从容一些。他为了这次交流，不仅在方案演讲上做了精心准备，而且也对客户的一些潜在问题做了预判，并有了自认为不错的应答话术，现在就等客户发起疑问了。

"我还有一个问题！"徐长虹果然有兴致。

宋汉清笑说："徐主任，您请说！"

"你们的解决思路虽然不错，但是，"徐长虹手指在额头上方打着圈儿，"还不够深入，就这么说吧，答案都是我要的，能否深入一下？"

徐长虹脸色有些凝重，张小志又露出一副舒坦的表情。

还不够深入？这可真有点意外，宋汉清这几天做的事情就是把方案做深，这方案几乎没有水分了啊，看来这老徐比想象中的难缠啊。宋汉清一时不知如何回答，就试探性地问："是哪个地方需要详细讲呢？"

徐长虹不紧不慢地说："你看啊，你解释了上层业务层面的事，但没有结合我下面的运行环境，比如，没有结合我这里的资源管理系统、计费等。"

资源管理、计费都是朝腾的系统，宋汉清原来的打算就是要暂时绕开，现在看来，该来的终究要来，好在这个问题没有超出宋汉清的预判。

旁边的张小志突然咳嗽一声，"嗯！是哦，我觉得要结合实际，否则太虚。"

情急之下，宋汉清站了起来，回滚几张胶片，找到一张整体逻辑视图，既然这个问题摆上台面，就硬着头皮说了，说破无毒，这次他声音比平时更洪亮，"要整合其他任何第三方的系统，我们可以有几种方法，比较常见的有：一操作调用其数据；二操作调用其业务逻辑，讲到这里，我突然想到了最近一个案例……"

"案例我不听，我就想听听你是怎么处理我这个问题的，我这里的系统用的技术都不一致。"徐长虹手一抬，打断了宋汉清的讲解。

按照宋汉清固有的思路，他用案例来分享原因有两个，一，用案例代替实例，尽量避开"朝腾"这个敏感字眼；二，通过案例间接告诉客户，落地的方式真的不难。

看来徐长虹要的是真正的干货，时间一秒秒过去，场面越来越冷，也想不出更有利的解释方法，干脆直接提出调研算了，再也没有比这个更干的货了，这个当口，也只有这个思路最恰当了。

"徐主任，您这个问题问得非常好，但是这个问题对于任何乙方来说都是有难度的，或者确切地说，寻找一个严谨的答案，不如来一个实践更可靠，我觉得我们可以为贵司做一次调研，只有调研才能发现具体情况……"

"调研？时间不允许。"徐长虹悍然打断他的陈述，"马上就要招标了。"

肖山茂清咳一声，头一抬，不经意地问宋汉清，"你们调研一次多长时间呢？"

宋汉清心领神会，"不长，多则一天，少则半天。"

肖山茂扭头对徐长虹说："要不试一下。"

徐长虹长吸一口气，没有表态。

"往上走几张胶片。我看看你们营销管理是怎么做的？"李甘新打破了沉寂，他笑眯眯地指着屏幕，手指一跳一跳。

宋汉清看徐长虹没有表态，只好迎合李甘新的问题，并给他做了详细解答。

没多久，交流就在常规问题解答中结束。

温志成料想这样结束肯定没有达到目的，就借大家都收拾东西之际，故意用话题拖住徐长虹，不知不觉间会议室就剩下徐长虹一人。温志成靠近一步说："主任，我仔细思考了一下，这调研非做不可啊，时间上来得及。"

徐长虹细声说："我大后天就要提交这次交流报告，时间来不及，如果谁能中标，将来让中标方再搞调研吧。"

温志成用手指抓了下肩膀，苦笑说："事先搞清楚，再招标不是更好吗？"

徐长虹把方案书往胳膊里一夹，有些疲倦地说："再说吧。"

宋汉清看在眼里，心一动就说："我们之所以提出调研就是担心以后扯皮。"

宋汉清说完就故意停顿了一下，然后把笔记本装入包，一边招呼着牧小芸，一边期待徐长虹的反应。

"嗯，知道。"徐长虹若有所思地缓缓走了两步，再没有其他反应，只是淡淡地说："如果有问题，我联系你们吧。"

又一天过去了，温志成回到办公室，脸色异常难看，"获得消息，肖山茂说朝腾这次点中了我们的死穴。"

牧小芸放下正要喝水的杯子，"嗯？"

温志成揉着太阳穴，解释道："吕让提前给徐长虹下了眼药，他说这次 CRM 的集成涉及所有第三方系统都是朝腾的。这个信号暗示朝腾最熟悉四川中邦的建设环境，这是朝腾的优势所在。"

宋汉清说："这一招不新鲜，如果我是吕让，我也这么说。"

温志成拉开窗帘朝外看了看，突然回头自嘲地说："朝腾可以对我们明打击，而我们现在连暗击的机会都没有，让谁羞愧？"

牧小芸说："我看我们必须要搞定徐长虹，对了，调研这事，徐主任怎么说？"

温志成揉了揉眼睛，"还是那句话，他说暂时不用。"

牧小芸眉头微蹙，不再说话，办公室一片沉寂。

此时宋汉清笔记本响起了邮件收取的提醒声，打开一看，是徐长虹发来的邮件，正文只有不到四十字：请根据我附件的资料，帮我做一个 EAI 底层落地规划及实施方案，能否两天内完成？

附件是一份与 CRM 相关的周边业务系统建设情况及技术环境，虽然简单但还是比较齐全，正思索间，一个本地座机电话打了过来，从号码的前四位判断这是四川中邦内部电话。

"宋汉清吗？"

"我是，徐主任您好。"宋汉清辨出了徐长虹的声音。

"我刚给你发了一个邮件，能否做一个本期 CRM 项目的 EAI 底层落地规划及实施方案，包括建设要点，我想摸清楚这次建设的实质，我在附件里给你一些资料，你看能否用得上。"

"我刚收到您邮件，有些地方比较模糊，你稍等，我再看一下。"其实宋汉清并不想看邮件，他是想借看邮件赢得时间思考另外一件事情，心说徐长虹此时打电话让写方案，肯定有他更深的动机，搞清楚才好对症下药，就试探性地问："徐主任，是每家公司都要写吗？"

"嗯，不是，就找你们写，时间来不及了。"

"我多问一句，您是觉得上次交流不充分，还有问题没有搞清楚，所以就让我们写这个方案？"

"不完全是，我发现每家公司的 EAI 模块和报价千差万别，然后再对比一下思路，发现每家公司都不同，我觉得要么我没有搞清楚问题，要么大家没有理解透，于是我就想到了你们。"

宋汉清点点头，这是对的，如果大家思路不一致，是很容易体现在报价上的。记得上次需求拜访的时候，徐长虹说过这次交流的意图：一是做各家方案对比；二是做需求和思路的梳理。看来这次关键问题是需求及思路没有完全梳理开，所以他才迫不及待地打这个电话。

徐长虹听不到宋汉清的反应，就说："在吗？能否两天内做好？"

两天内要做汇报，牛总届时肯定要过问建设方针的，看来是思路问题，宋汉清基本上验证了自己的想法，"您稍等一下，十分钟答复您可以吗？"

得到应允，宋汉清挂了电话，把刚才的谈话内容告诉大家。

"太好了，可以争取调研啊。"牧小芸兴奋地说。

温志成和宋汉清毫无悬念地赞同。

其实调研对于温志成来说，当初最主要的意图是方便自己更密切地接触徐长虹，现在有这个机会，必然坚持这个初心。

而调研对宋汉清来说却是为了把方案做好，徐长虹要 EAI 底层落地规划及实施方案也为了把方案做好，调研也是一种手段。

在这个信念的支持下，宋汉清立即回拨了徐长虹的电话。

牧小芸小声说，加油。温志成点了一根烟，走到窗前，他的表情随着宋汉清逐渐爽利的声音一下子亮了起来。

"行了！"宋汉清放下电话，吐了口气，"明天早上十点，可以过去查阅一些资料，还可以去机房简单了解一下情况，算不上正式调研。"

这显然离宋汉清的预期还有些距离。

不过这还是够着了温志成的意图，他笑呵呵地说："不要挑三拣四了，有机会就成。晚上咱们去楼下牛大叔狗肉馆吃凉薯烧狗肉。"

第九章 | 调研、杀手与陈仓

"在正面战场上，我们取得了一点成绩，但接到肖哥电话后，这一切都幻灭了。我一刻都没放松，马上调整思路，在原来的策略上打了一个补丁。"

四川项目回忆

通擎华西大区销售总监　　温志成

9.1

9月8日早上，温、宋两人如约出现在徐长虹的办公室，办公室还是整洁如初，三人见面握手，落座后徐长虹给他俩倒上茶，态度明显好了很多。

徐长虹喝了口茶，"咱们聊正事吧，这个 EAI 底层落地规划与实施方案还是比较重要的，我们想知道将来做这项目有哪些具体的、实在的内容。项目如果签订下来，这个方案要成为合同的附件，我想对大家也是一个约束，对中邦也是一个交代。"

徐长虹这番话比较积极，看来对通擎有了一定的信任。

温志成说："徐主任，针对这个规划及实施方案，昨天我跟宋汉清讨论了一晚上，发现您给的资料很少，不知道您这边还有什么可以公开的资料。"

徐长虹朝后面书柜看了看，"有几个系统的规划书和培训手册，对实际系统的讲解很详细，对了，还有几个系统的数据字典，你可以了解一下吧。"说罢转身从后面的书柜取下几本蓝皮的装订书。

书的内容很翔实，大多是朝腾做的系统，看着让人不免嫉妒。宋汉清又翻了其中两本数据字典，这些能解析数据语义，对 EAI 建设会有一些帮助，也能了解朝腾和其他公司不同系统的数据建设情况。宋汉清暗忖，要是能把这些书都带走的话，不但可以写好本次方案，还可以找到对手实质性弱点，以后问起来有理有据，就说："徐主任，我能把这些书带回去吗？看完就送回来。"

徐主任哦了一声，"培训教材可以带走，数据字典恐怕就不行了。"

温志成也无能为力，宋汉清退而求其次，"数据字典，我也不全要，我就看几个片段，我只是了解一个侧面，可否让我复印其中一小部分？"

"这个可以，你去隔壁打印室复印吧，里面有人帮你。"

等宋汉清复印回来，徐长虹一刻也不想耽误，"现在我们去中心机房看看，你想了解什么，问他们就可以了，我给你安排一个人陪同。"

中心机房用一面巨大的玻璃墙隔开外面的走廊，在走廊上，能清楚地看到里面的办公场所。此时的宋汉清已换好工作服，跟在一个小伙子的后面。

看到宋汉清进了机房，温志成和徐长虹就在走廊上聊天。

聊着聊着，温志成话题一转，"对了，徐主任，我想确认一下咱们的预算是多少？"

这是明知故问，因为上次肖山茂已经透露了，但还是显得一副很期盼的模样。

"预算你不知道？软硬件总体不要超过一千二百万，"徐长虹回头看了他一眼，"总体报价虽然重要，但我们更关心报价明细，特别是我。"

温志成赶紧修正自己的话题，"我的意思也是分项的价格，比如 CRM 多少，EAI 这块是多少？"

徐长虹说："具体多少，这个真不好说，就看你们的理解了。"

"嗯，知道了。"温志成随意地说，"也快到中午了，徐主任，一起吃个饭吧？有事正好可以继续请教。"

徐主任看了下表，摇了摇头，"吃饭就免了吧，中午时间很紧，我下午还要筹备一个会。"

温志成嘿嘿一笑，双手叉腰，点点头，"行，我们先把您要的东西做好。"

午后又是一层秋阳，街上的行人多了起来，天高气爽，熙熙攘攘，好一幅绵长的巴适画卷。

一辆黑色的帕萨特拐进了一条小街，停留在空阔处。吕让走下车，他一手系着西服扣子，一手打着电话，稍微打量了下四周。这是条老式胡同风味的街道，右前方是一个装修简约的小门面，从里面清扬的歌曲和玻璃窗上几张头像可以判断，就是这个发廊了。

他挂断电话拾级而上，透过玻璃窗，看见一个中年女技师正在帮一个女孩做头发，两人笑语盈盈。发廊外的音响正播放一首民国时代的歌曲《如果没有你》。

"如果没有你，日子怎么过，我的心也碎，我的事都不能做。"

女孩朝窗户看了过来，吕让似乎是在看自己，又像是在照镜子，他低沉的眼眉下，显得一只眼睛大一只眼睛小，女孩冲他甜甜地笑了一下。

"吕哥！"

吕让回头，是马涛。

马涛西装一身黑，虎虎生风地走了过来。吕让看那边有一个露天小吃铺，就示意过去。两人落座后，吕让沉默了一会，开口说："我刚见牛总去了，他说我们的方案有些粗糙，有些问题没有搞清楚，看来这事传到牛总耳朵里去了。"

马涛一脸惊诧，他想不出所以然来，他只知道交流那天，徐长虹话中有话，肖山茂虚情假意，李甘新客客气气，把这些表象拼接在一起，却形成了一个大大的马赛克，马涛最讨厌的就是马赛克了，"肯定是徐长虹传的话。"

吕让说："我还叮嘱过你，交流结束后，你要去做徐长虹的工作，至少碰一碰。"

马涛双手搓了下膝盖，"我还没来得及去做工作，谁知道他这么快就汇报，才几天啊。"

吕让说："你以为呢？"

马涛说："那现在怎么办？"

吕让说："我们正面解决！方案这关必须过，这或许是一件好事。"

马涛突然想到一个月前从张小志手中拿到的 U 盘，就小声说，"吕哥，我有其他几家公司的方案，包括通擎的，研究一下？"

"这次不用了，我们这次的目标是要超越他们，一劳永逸。"吕让抬手看表，"李小明马上过来了，有更好的办法。"

十分钟后，李小明风尘仆仆地到了，他解开西服扣子，朝小吃铺张望了一眼，"怎么了？咱们今天在这里吃？"

马涛眼一眯，"难不成，李总请我们吃大餐？"

"小明！"吕让眼角一闪，突然发话，"我刚才跟你电话上说的事，有谱吗？"

李小明老成地说："你跟我聊完这事，我就立马请示了张书明，他也是非常重视。现在有两个人选，一个是王彬，方案经理；一个是李振云，电信 EAI 专家，架构师出身，现在也是顾问。时间上两人都没有问题。"

吕让捏着指关节，三声脆响过后，他说："以前重庆的那个项目，你们当时就是安排李振云去的吧？"

李小明看着他的眼睛，"是的，他还出过 EAI 方面的书。"

"我对他有印象！好，就让他过来。"吕让眼角继续闪着光芒，"不过，他要以我公司名义出面做方案设计，包括方案讲解。然后，马涛你来接洽这事，让李航辅助李振云，交代这里的情况，争取四天之内出一个方案。"

李小明立即表态，"吕哥，我这里没问题，我现在就打电话，让他明天就过来。"

说罢李小明离席打电话去了。

马涛此时明白，吕让所谓更好的办法就是让李振云出面搞一次方案交流，他搔搔头，"这事还要看徐长虹会不会给我们机会去交流啊。"

吕让说："我已经给牛总打好招呼，他会跟徐长虹安排一下。"

"那还好！"马涛身体前倾，他的忧愁并没有消失，而是转化成某种不安和抱怨，这种怨念似乎早就驻留在心里深处，此时的一涌而出让他的脸有些扭曲，他嘶地吸了口气，说："吕哥，我总感觉徐长虹有些坏事！"

吕让略微抬头，同时从口袋里掏出香烟。

马涛又说："这个嘛，我倒是有些办法，我想请他吃个饭，我觉得是不是可以给他弄一款镜头？他对摄影有狂热的爱好。"

马涛脑海里浮现出中邦二层的那些摄影神作。

吕让揉搓着香烟，"我看，不必在徐长虹身上花钱了！"

不花？马涛眼神缭乱。

吕让看着街上各色行人，"现在徐长虹目的不明，立场不明，不可病急乱投医。你先让李振云给他开一个小灶，过了方案关，再看情况，也许，那时恐怕这事就解决了。你不能指望一个项目决策没有一点矛盾和摩擦，我们也不一定只有牛总这一张牌……"

此时李小明已经打完电话过来。

吕让对他说："李振云的事怎么样？他怎么说？"

李小明坐下说："我仔细把项目跟他交代了，他说这个项目比想象的复杂，属于关键应用，但没有问题，我已经帮他订机票了，明天就到。"

吕让说："是的，这是一个杀手级应用，就应该派杀手级的售前顾问过来。"

正说着，吕让后面响起了高跟鞋哆哆的声音。马涛和李小明寻声望去，眼神中有些惊羡。一只芊芊玉手垂了下来搭在吕让的肩膀上，吕让轻轻地握着，小琴玉手翻转，扣住了吕让的手，笑盈盈地坐下。

马涛和李小明的视线被小琴的发型所牵引，他们熟悉的那柔长的浅黄头发不见了，取而代之的是一条精美的辫子巧妙地编盘在额头上，宛如头戴一个斜斜的希腊花冠，这让本来清秀的小琴更加俏丽动人。

马涛和李小明两人笑呵呵地异口同声，"嫂子今天真漂亮！"

吕让温厚一笑，"国庆节，我们结婚。"

马涛兴奋地双手一举，"好哇！"

9.2

9月9日中午，马涛和李航十二点准时来到了喜来登饭店。他俩边走边聊，神色也颇为庄重，他们今天要在这里见李振云。

　　两人坐下，马涛说："李振云马上就到了，这两天你就尽量配合他，提供尽可能深刻的需求，争取把方案做好，给甲方开个小灶，其他的事情我们都安排好了。"

　　李航点点头，"我知道。"

　　马涛朝门外看了一眼，"吕总强调，这是一个杀手级应用，所以一定要专业。"

　　正聊着，只见一个身穿白净衬衣的消瘦男子出现在大堂门口，他身材不高，但也能感受他的挺拔，刀削斧刻般的白净脸庞戴着一副精致的墨镜，短发倔强地耸立在一起，这种倔强跟他薄如刀锋般唇线一样。这男子径直走过来，坐在空沙发上，麻利地取出一台黑色笔记本，然后摘下墨镜，那种扑面而来的英武顷刻淡去，露出一副专注神情。他右手操作笔记本电脑，左手变戏法似地摸出一枚硬币，那硬币在他五个手指上来回灵巧地翻转，每次转到中指的时候，与戒指相撞，发出一声有节奏的脆响。

　　"什么叫专业，这就叫专业。"马涛对李航轻声低语，"丫肯定是李振云。"

　　李航眼一抬，露出几道皱纹。

　　"嘿，马总！"

　　这是李小明的声音。马涛寻声望去，只见李小明笑容可掬地走了过来，旁边还跟着一个敦实的眼镜男。

　　马涛站了起来，随着他站起的还有一股丹田之气，但他瞬即明白怎么回事，但还要确定一下，"啊，这位是？"

　　"这位就是我们的专家李振云！"李小明转而把马涛和李航也介绍了一遍。

　　眼镜男上前一步，点点头，憨厚一笑，虽然笑容显得略为呆板，但一双大眼看上去炯炯有神。马涛不由稍微打量了一下眼前这位李振云，他脸色黝黑，一头短发寸寸地竖立在头上，上身穿着一件看上去略微紧身的绿色体恤，一个有些陈旧的黑色双肩包紧缚在他双肩上，下身穿着一条黑色休闲运动裤，脚上是一双还算干净的灰色运动鞋。

　　此时，李振云解下双肩包，分别有力地握住他俩的手，鼓着腮帮子，诚恳地道了两声："你好！你好！"

　　马涛暗忖，这家伙离心目中的李振云还有些差距，勉强点头笑了一下，又觉得这样冷落了远道而来的客人，就试探说："难道兄弟来自宝岛台湾？听你说话有些闽南腔。"

　　"哦，不不！我其实……"李振云摇摇头。

　　马涛赫然发现李振云的耳根下有一个拇指大小的不规则白斑，在他的印象中，有这个特征的人都是在某些方面很厉害的人，顿时有了不少好感，语言也就莫名客气多了，"等下！我猜你是福建人？"

"对，我老家是福州的。"李振云呵呵一笑。

"唉呀！嘿嘿，我说呢！"马涛这次笑得很自然，他爽朗地说，"我第一眼看你的时候，我感觉你像《监狱风云》里面的大圈龙呢！"

李小明补充说："你是说陈松勇吧，我第一次看他，也觉得很像！不过戴上眼镜斯文多了，咱们是文明人，不是黑社会。"

李振云咧嘴，鼻子哼了哼，露出无声的笑容。

马涛说："戴上眼镜，更有杀手气质！哈哈哈哈！"

李振云这才笑出声来，露出雪白的牙齿。马涛拍了拍李航的肩膀，"这几天工作上你们多配合，好好聊聊，等一下吕总来了，我们一起吃饭。"

"好！"李振云一边取出电脑，一边跟李航聊着四川中邦的情况，两人很快就热络了。马涛看他俩聊得很好就惬意地朝沙发一躺，伸了个懒腰。

连续加班写了两天方案，宋汉清眼都花了，不过关键章节全部完成，终于可以吐口气了。他来到洗手间，轻轻地解开袖扣，卷起袖子，忧心忡忡地看着胡子拉碴的自己，然后掬了一捧凉水在自己的脸上来回地擦，心说，这老徐也挺烦的，说支持通擎吧，却有些保留，不支持吧，却还挺信任，要是老徐这种不明朗的态度继续下去，估计这方案多半是做嫁衣了……

宋汉清最怕的就是帮别人做嫁衣，他越想越烦，长吁了一口气，又掬了几捧水。

"小心点嘛！"

牧小芸正对着镜子涂口红，宋汉清双手压着额头，然后用手指往上一梳，甩了两下脑袋，牧小芸抬手遮脸，往旁边退了一步，"嘿一！真烦！"

宋汉清恶作剧地笑了笑，"好红哦，我来给你浇点花。"说罢，用手指弹着水柱，水珠溅到牧小芸脸上。牧小芸眉头一横，手一扬。宋汉清感觉脸一辣，暗叫不好，一看镜子，一条红线从鬓角拉到下巴，然后从衣领到肩膀。牧小芸捂嘴一笑。宋汉清双手叉腰，无奈地摇摇头，冷不丁按压住水龙头，水柱嗞的一声急喷而出。牧小芸大叫着要跑开。宋汉清急忙松手，"好，好，不开玩笑了，陪我聊会天儿。"

牧小芸停住脚步，双手举包遮住脸，半信半疑地看着他。宋汉清转过身来，靠在洗手台上，胳膊肘交叉，拖着长音："咦？你是约会去吗？"

"是啊！"牧小芸脸如桃花。

"男朋友？"宋汉清眉头微蹙。

"是啊，"牧小芸说，"怎么了，关心我的感情问题了？"

宋汉清说:"真的很抱歉,关心你太少了,所以想关心你一下,既然提到这个问题,那就听听你的感情故事吧,闲着也是无聊。"

"哦,我知道了,你要听我的故事,这个嘛,好说,除非你先讲你的感情故事!"看宋汉清有些窘迫,牧小芸有些兴奋,"快讲一个来听听噻?快快快!"

"好吧。"宋汉清故作悲伤地垂下了头,摸出一支弯曲的香烟,捋直了,放入口中,点上,"我讲我的故事,你不要哭,你要保证!否则我讲不下去。"

牧小芸敷衍地哄着他说:"好吧,我保证!我保证不哭!"

宋汉清深情地望着地面,咬了下牙关,"OK,很久很久以前,Long, long ago, There was a king who lived on an island!"

宋汉清忍住笑,一股气直冲喉咙,鼻翼还是动了一下,于是他笃定地点点头,双手一摊,"You know?"

"还 you know,you know 个屁,我叫你编!"牧小芸又气又笑,抡包要打宋汉清,宋汉清抬手一挡。

"你们真有闲啊,还在玩,无聊!"不知什么时候,温志成从男洗手间钻了出来,他打着哈欠,洗着手,看了一眼汉清,"你小子,方案写得如何了?"

宋汉清淡淡地说:"基本搞定,再检查一遍就 OK 了。"

温志成甩了下手,整理着衣领,扭头对牧小芸说:"你不是约了李甘新吗?怎么还在这里?"

牧小芸说:"时间往后延了,改三点钟了。"

温志成不耐烦地看着镜中日益苍老的自己,感慨一声,时间不等人啊,就缓缓地消失在转角。

第二天早上,温志成匆匆走进办公室。宋汉清把一本装订整齐的 EAI 底层落地规划与实施方案放在他手上。温志成立即有了一种春暖花开的感觉,这小子终究是如期交稿了。

温志成说:"汉清,这次是私下交流,你可以对朝腾实施暗打击了吧?"

"可以!我看了从老徐那里拿到的资料,基本可以坐实,朝腾的弱点就是 EAI 了。"

"好!那咱们行动!"

一个小时后,温志成和宋汉清准时敲开了徐长虹办公室虚掩的门。

徐长虹朝门口看了一眼,又扭回头专注地看着对面,用笔在纸上随意地写些东西。对面坐着一个精瘦黝黑的中年男子,那精瘦男子正滔滔不绝地讲着什么,声音细软润贴,精瘦男子看到有人拜访,估计也聊完了,就起身告别,徐长虹抬手目送他出门。温志成暗忖，那精瘦家伙估计也是一个销售。

温志成高声笑道："徐主任，很忙啊。"

双方握了下手，寒暄了下，他俩坐到对面的沙发上。宋汉清从包里掏出装订好的方案书和借阅的资料一并呈递上去。

徐长虹翻了翻，然后放下，有些疲倦地说："你们喝水吗？"

温志成笑说："不用，我们都喝过了，还是让宋汉清把方案细节给您梳理一下，您看可以吗？也就五六分钟时间。"

"嗯，我先看看吧。"徐长虹又重新捡起方案书，他仰靠在椅子上，从前面一页页翻起，几乎是五秒钟一页，哗啦啦连续翻了十多页以后，温志成有些不安。又过了一会儿，翻书声变得缓慢了，接着，徐长虹身体前倾，把书搁在桌面上，眉头紧锁，视线反复左右扫了好几轮，不一会儿，地面传来了一阵轻微的异响，这是皮鞋敲击地面的声音，随着声音越来越有节奏感，徐长虹的眉头也舒展了，他又快速地翻了两下，然后把方案书往桌面上一扣。

"嗯，还可以！准确多了。"徐长虹两手搭在桌面上。

"这就是调研的作用。"宋汉清浅浅一笑，掏出笔记本，"还有几张图，我跟您讲讲。"

徐长虹看到宋汉清拿着笔记本要过来，急忙说："哦，不用了，不用了，我知道了。"

宋汉清站在屋子中央，愣了一下，"哦，就几张 CRM 和 EAI 的功能域蓝图，以及整合后的业务流程。"

徐长虹说："看到了，挺好的，你有电子档吗？发给我就可以了。"

宋汉清说："我已经发了。"

温志成觉得如果不交流，就达不到效果，就说，"徐主任，让宋汉清给您汇报一下嘛，不耽误时间的。"

徐长虹说："不用讲了，我其实就是要这些文档，写得很明白，我看了一下，有些地方有用。"

温志成圆滑地说："我还以为规划没有写好呢，既然这样，我就放心了。"

徐长虹用手梳了下头发，"今天就先这样吧。"

温志成岂能善罢甘休，他看了下关实的门，小心翼翼却眼眉亲密地说："主任，今晚上，或者您什么时候方便，咱们找个地方吃个饭？"

徐长虹把文件资料规整到后面的文件柜，转身说："最近事情多，改天吧，有请教的地方，到时候再联系？"

温志成转身看了看宋汉清，宋汉清立即领会，是对朝腾暗打击的时候了，他上前一步，"徐主任，这次整理咱们的数据字典的时候，发现一些问题。"

徐长虹平淡地说："什么问题？"

宋汉清说："我发现咱们以前的几个老系统，数据结构非常混乱，而且数据语义定义得一点也不规范，做集成很难，再加上没有正确的设计理念，那么信用管理，包括服务开通等功能肯定都达不到要求。对了，计费、结算系统都是朝腾他们做的吧？"

"哦，"徐长虹轻描淡写地说，"是有些不规范，这我知道，但还是可以集成啊，后续优化一下嘛。"

徐长虹竟然是这个态度，温宋两人面面相觑。老徐这句话信息量很大，第一，说明他早就知道中邦的现状和问题；第二，貌似对应用集成技术有一定了解，不好忽悠；第三，他接前半句话，直接忽略了后半句，或许，他对朝腾并不是那么恨……

宋汉清只好说："嗯，是的，我们会优化好。"

徐长虹接着拿起方案书码放到后面的柜子上。

温志成不能再等徐长虹下逐客令了，就说："嗯，我看徐主任也比较忙，我们回头再联系。"

徐长虹点点头，"好的！"

温志成和宋汉清两人走在走廊上，有些偷鸡不成蚀把米的样子。温志成嘴巴急促地发出啧啧的声音，双手一路抖得像打摆子，"两手空空啊，两手空空！连个饭局都没有，白来啦，我跟你说！"

"我看老徐不是那么简单！"宋汉清在想，这老徐是不太恨朝腾呢，还是觉得这个问题不严重？

叮咚一声，电梯停靠，温志成突然转身，匆匆地朝徐长虹的办公室而去，就在靠近门的一刹那，温志成稳住了脚步，然后，他神色笃定地敲开了徐长虹的门。

徐长虹见到温志成有些意外，"你还有事？"

温志成把门关实后，自作主张拧了下旋钮，双手抱拳，道了一声："不好意思！能否再给我几分钟？"

徐长虹只好说："坐吧。"

温志成把对面的小椅子搬过来，坐在徐长虹的身边，胳膊一展，清了清喉咙，"您也知道，徐主任，咱通擎呢，对这个 CRM 项目是志在必得，可谓用心良苦，我相信，通擎的实力你应该很清楚的，问题是，做项目在商言商，实际上我们也还有很多事情想跟您请教，所以呢，晚上我想请您吃个饭，一是感谢您一路支持和信赖；二也是诚心请教！"说罢，温志成用力抱拳，请过眉头，可能是用力过大，他有些发抖。徐长虹浅笑了一下，温志成缓了口气，接着简明讲了讲这次做方案的一些过往。

徐长虹微微抬头，嘴唇上噘，似乎在咀嚼什么，又像是思考什么。温志成一丝暗喜，这个动作是老徐对事情积极的条件反射，果然，徐长虹说："嗯，你明天下午给我打一个电话，我安排下时间，要得吗？"

"要得啊！"温志成顿时精神一爽。

送走温志成后，徐长虹给自己泡了杯茶，疲惫地仰靠在椅子上，正要闭目养神，桌上电话铃声大作，接起电话。

"长虹啊，上次 CRM 上次交流如何了？"

这是牛力的声音，徐长虹立即回答："牛总，我正要跟您汇报这事情，基本上都了解清楚了，我还要稍微整理一下。"

牛力说："还有个事，我上次出差没有听到你们的交流，明天，朝腾可能要过来交流一下 CRM 的具体细节，我也想过来听听，到时候你安排一个会议室吧。"

徐长虹想都没想，"可以啊。"

牛力说："你也过来，一起顺带看一下。"

徐长虹说："可以，嗯。"

放下电话，徐长虹喝了一口茶，他抓了一下手背，眉头一皱，交流不是结束了吗？为什么还要给朝腾安排一次交流？管他了，安排就安排吧。

翌日上午，成都上空阴晴不定，喜来登饭店的商务套间布置得典雅宁静，李小明在等一个消息。

今天是李振云技术交流的日子，从早上 9 点马涛接走李振云，到现在 11 点，2 个小时过去了，还没有消息。

这次交流对 XLOG、朝腾都是至关重要的，担子不轻啊。李小明频频看表，他干脆调出笔记本里李振云的 PPT 方案来打发时间，这方案做得图文并茂，怎么看，怎么专业，这次中邦一定会通过，渐渐地，一颗心才安定下来。

看来李振云能担当此重任。

李小明拿出一只耳机插在手机上，选取一首心仪的歌曲，哼着音乐的节拍，然后冲了一杯速溶咖啡。他捏着小勺轻轻地搅拌，一口喝下去，隐约感觉到了一种久违的亢奋。

笔记本的扬声器突然吱吱乱响，正疑惑间，耳机里的歌曲中断，跳出一段刺耳的电话铃声，李小明掏出手机一看，"朝腾马涛"四个字一闪一闪。

"咋样？"李小明拇指一压线控。

"搞定，高手出手就是不一样。"马涛情绪高昂地说，"牛总、徐主任都挺满意，可能有些配置需要再调整一下，价格也高了点。"

"搞定就成，价格可以最后谈。"李小明眼睛放亮，"吕哥呢？"

"他有事提前走了。"

"行！"李小明说，"那你们好好招待李振云。"

"没问题。"

挂完电话，李小明拉开纱窗。

窗外，天高地阔，白云苍狗！

9.3

"老板，一共多少钱？"

温志成把几瓶矿泉水、巧克力、饼干、泡面往便利店柜台上一放，看到杂乱的一堆，他突然想到"小米加步枪"这个词，联想到通擎在四川的资源投入也是小米加步枪的时候，他突然沮丧起来。是啊，今天晚上徐长虹答应了饭局，聊什么呢，聊小米加步枪？毛主席小米加步枪能赢得天下是因为有一个好的策略，自己总得有一个策略吧。

售前有了"胜兵先胜而后求战"的策略，目前看来，效果还不错，而销售有什么可行的配合之道呢？

这个问题让温志成又重新审视了自己的销售轨迹，这几天逐渐坚定了自己的想法：根据上次的交流，温志成自认为赢得了大部分人的好感，这种好感带来了更大的胃口，那就是，如果进一步获得徐长虹、肖山茂和李甘新三人支持，三个臭皮匠有这么一点可能熏倒牛力这个诸葛亮的。这个想法不是空穴来风，是有成立基础的，首先肖山茂是自己人，李甘新跟牧小芸走得近，徐长虹对通擎的能力有一定的信任，但关键是能否搞得定徐长虹，搞得定，三个臭皮匠才有力量。

对，这策略就叫"三个臭皮匠顶个诸葛亮"吧。

出了便利店，他提着袋子走在回宾馆的路上，既然徐长虹都答应吃饭了，就敲定时间吧，这事不能太拖，于是拨出了徐长虹的号码。

"啊，温经理。"

温志成一声暖笑，"徐主任，您看，晚上咱们定在几点呢？"

"你看七点如何？咱们简单点，另外你叫上宋经理吧。"徐长虹语言爽利。

"行，行啊！"

挂完电话，温志成长吁口气，还算顺利，可为什么又叫上宋汉清呢？有些公事公办的味道啊。

他抖了抖鼓鼓囊囊的袋子，朝前走去，穿过一条小巷子。一辆黑色帕萨特停在路口的拐角处，车门打开，下来一个30多岁的男子，他穿着一套质地考究的西装，系着一条深蓝的条纹领带，脸转过来的时候，嘴巴上好似咀嚼着口香糖，他看到温志成，嘴巴突然不动了，喊了一声，"志成！"

温志成停住了脚步，"吕让！"

吕让把车门一关。温志成颇为意外地说："你怎么在这里？"

吕让没有回答他这个问题，说："好久不见，现在有空的话，我们喝一杯茶？"

温志成看了一眼手上一大堆东西，说："行啊。"

茶吧在巷子入口的二楼，地方很小，只有七八张桌子。两名穿着青花布农家服饰的服务员站在一隅，安静地看着三五个喝茶聊天的客人。茶吧唯一特色就是整个内设是一组精致的木制工艺品，木桌、木凳、木墙、木地，形态各异，风格统一。

吕让挑了一个靠窗的桌子，从这里可以看到窗外的泡桐和海棠，一阵秋风吹过，发出哗哗的声音。

在温志成的印象中，来成都三年，这还是第一次跟吕让喝茶聊天。以前，两人只是在中邦碰个面，聊几句就告别了，或者就是机场偶尔遇见，打个招呼就各奔东西。

吕让点茶的时候不怎么说话，只是用手指指了指，而服务员却似乎很明白他的意思，领诺而去。点完茶，吕让跷起二郎腿，身子朝左边一歪，温厚一笑，"最近忙什么呢？"

温志成心想，你一定是想打听我忙中邦的事情嘛，呵呵！我昨天找老徐暗度了一把陈仓这事当然不会跟您老汇报了，就说，"瞎忙，刚出差回来，也没什么事，不过又随时准备出差了，一天到晚都是破事。"温志成尽量轻描淡写，又怕吕让发觉自己在回避什么问题，于是话题随意一扯，"吕让，你没怎么变化啊！"

吕让啜了一口茶，摇摇头，"你说我哪里没变化？我变多了！"

真要说吕让什么地方没有变化，却一下子说不上来。吕让在温志成的脑海里只是几段深刻的记忆，而不是如其他同学那样有连贯的影子。其实这也是温志成的失败，他当班长这么多年，却没有看清这个曾经的学习委员，更不可接受的是，这个曾经的学习委员如今却成了自己的宿敌。

温志成呵呵一笑，笑得像班长，他爽朗而又热络地说，"没变，还和原来一样，说实话，我对你印象最深刻的是，你不合群，孤独！我都没想到你这个学习委员会从事销售这个行当。"

说完，温志成把玩着手机，手机打着转儿。

吕让笑着摇摇头，眼角泛起了鱼尾纹，那杯茶在手中晃了晃，他喝了一口，沉思片刻，说："销售只是一份工作而已，这份工作对我有什么要求，我就会去满足这个要求，去满足就是一种改变，所以我一直在变……"

温志成笑而不语，就在此时，他来了一个电话，是中邦的座机号码。接通后，电话那头肖山茂沉着嗓子说："哎呀，遇到点问题啊，你在哪里呢？"

温志成心里咯噔一下，看了一眼吕让，他把手机使劲贴住耳朵，头稍微一偏，小声说："我在外面有事呢，我等会给你打过去？"

肖山茂继续说："今天上午，朝腾又交流了一次 CRM 的集成服务方案，看样子，老徐这次比较认可他们，估计你又被吕让将了一军，就这么个事。"

温志成顿时感觉脑门上血管错位，垂头扫了一眼桌面，身体僵住了。

吕让朝服务员招手，"添水！"

过了一会儿，温志成对着电话佯笑道："呵呵，好的，嗯，知道了，挂了啊。"

你妈的，竟然有这种事，温志成双眼无处安放，他摸起茶杯，浅浅地喝了一口茶，当温润的茶流过喉咙的时候，他感觉舌头有一丝隐约的苦，身子挺了挺，不由自主地做了一个深呼吸，说："对了，你最近……忙什么呢？"

温志成特意强调一个"忙"字，希望他能说点什么。

吕让轻描淡写地说："还能忙什么？忙最近中邦项目，都是一些琐事。"

琐事？温志成无力接这个话头，心说，吕让啊，好小子，你恐怕也是暗度了一把陈仓吧。不知道什么时候开始，温志成身体没有这么僵硬了，他斜躺在椅子上，脑袋里不由又想着刚才那个电话，怎么搞的，没有可能啊，这么短时间内能整出一个好方案？还是徐长虹被收买了？

两人喝着茶，谁也没有继续说话，场面一下子冷了下来。

温志成很快调整了心态，说："你将来有什么打算？"

吕让喝了一口茶，"远了说不好。"

温志成皮笑肉不笑地说："嗯，你其实变了，你真的变了。"

吕让手一抬，"嗯，说正事吧，国庆节我打算结婚，你过来吗？"

温志成身体又是一挺，"结婚？嘿，好事儿啊，我肯定过去！你也老大不小了，早该结婚了。"

吕让点了点头，轻摇了下茶杯，几片茶叶旋转着，慢慢沉淀在杯底。

在回宾馆的路上，温志成心里发毛，又给肖山茂通了一个电话，从中获知，吕让果然暗度了一把陈仓，他不甘地想，最近自己几乎天天盯着徐长虹啊，他是怎样在自己眼皮底下组织一次技术交流呢？还忽悠住了徐长虹，吕让这家伙太变态了。

温志成望着前方的路，叹了口气，感觉自己双腿如灌了铅。

通擎与朝腾的 PK，已经到了生死存亡之秋。温志成一边走，一边苦苦地分析这个项目……

朝腾这个动作搞不好干扰了徐长虹对通擎的信任，如果徐长虹稍微两边摆动，就不可能形成三个臭皮匠的格局，前期的工作就没有任何意义了，所以，此时徐长虹是兵家必争之据点了。他心里琢磨，影响徐长虹的决策格局到底是什么呢？他稳了稳神。

徐长虹倾向朝腾的正面因素有三个：一是牛总对朝腾的长期支持，这是一股潜流，这股潜流如今成为朝腾拿四川中邦项目最重要的背书；二是由于朝腾在四川中邦已经做了不少项目，先天上形成了某种便利，这种先天便利是朝腾最明朗的公关资产，而这种公关资产几乎洗白了潜流的黑暗，成为中邦中层干部的惯性决策，惯性决策是很可怕的；三，如果肖山茂说的是实情，徐长虹可能对最近朝腾的解决方案能力重新认可，这个认可几乎为朝腾拿下 CRM 项目扫清最后一道障碍。

而徐长虹倾向通擎的正面因素只有两个：一是相对来说，具备真正解决问题的能力；二是具备实施保障的能力。

徐长虹背离朝腾的负面因素几乎没有，至少经过吕让的交流，徐长虹在技术能力上认可了朝腾。

徐长虹背离通擎的负面因素却还有两个：一、中邦高层牛总不支持，而这个牛总的不支持权重是很大的。二、中邦的惯性决策是不利通擎的。

格局清楚，徐长虹不外乎有三种立场，温志成掐着指头……

一、支持朝腾，反对通擎，同时给朝腾压力，确保系统保质保量实施完成，这种可能性很大，通擎落败。二、既支持朝腾又支持通擎，在徐长虹的职责内，至少到今天为止，应该了解朝腾和通擎的情况，虽然朝腾技术比通擎弱，但还不至于搞不定项目，那就谁都不得罪，谁都支持，最后让牛总来定夺。在这种格局下，徐长虹抱有这种立场是很有可能的，这种立场，依据牛总倾向性和惯性决策，通擎还是要落败。三、反对朝腾，支持通擎，徐长虹的这种立场与牛总有很大摩擦，也违背了惯性决策，在这种格局下，人都是自利的，徐长虹坚持这种立场的可能性最终会很小，当然也不是没有办法，只要自己有砝码，用一定的杠杆技巧还是能稳住徐长虹的立场，可是，四川一直是小米加步枪啊，必须要老姜下决心。

不分析还好，一分析全完了。如果徐长虹做不了臭皮匠，剩下两个臭皮匠也估计不能成活，最后就只有一个臭皮匠了，那就是自己。

不行，一定要想办法。

看来，刚定下的策略版本要打补丁了。

第十章 ｜分包

"怎么才算搞定客户？你首先要经历一种叫'销售之毒'的感受，然后能保持一种'私通款曲'的节奏。其实这都是表象，内核是你的方案有客户为你撑腰的基础。为了这一刻的到来，我们付出了很多。"

四川项目回忆

通擎华西大区销售总监　温志成

10.1

宋汉清在宾馆订好了返京的机票，正要收拾行李，温志成进来了，"出事了！"

"啥事？"

"今天上午吕让组团忽悠了中邦。"

"结果呢？"

"忽悠成功！"温志成把过程的来龙去脉说了一遍，"你得帮我！"

"可我明天机票都订好了！怎么帮你？"

"没关系，成败就在今天晚上！"温志成目光变得坚定起来，"事到如今，我还有一个办法，让中邦分包！我们还可以拿下其中一块。"

他手朝空中一劈。

"分包？一分为二，分成两个包？"

温志成郑重地说："聪明，一标两包，一个 CRM 包，一个 EAI 包。"

"你的意思是，朝腾拿 CRM 包，我们拿 EAI 包？"

"没错，我也知道这个难度很大，现在格局变化了，我们策略也得改变。"温志成又把徐长虹的决策格局和潜在立场跟宋汉清捋了一遍，"在这种格局下，中邦还是惯性决策，徐长虹拗不过牛总，也是惯性决策，加上是议标，那么朝腾中标是板上钉钉的事，所以分包也是不得已而为之，这种事情不是没有做过。"

"分包"就是"三个臭皮匠顶个诸葛亮"策略的一个补丁，在回来的路上，温志成发现要想真正刹住惯性决策，光靠人不行，还必须找一个合理的事，分包就是这个事。

宋汉清站了起来，"分包这事，要是甲方发起就好，如果我们来发起，恐怕……"

"没错，"温志成缓了口气，"这是第一个难关，我跟肖山茂交换了意见，他可以暗中帮助我，现在关键要说服徐长虹，今晚徐长虹答应跟我吃饭，还说希望你也过去，你只要这样跟我配合……"温志成和盘托出了自己的想法。

宋汉清笑说："老温，你这是在下一盘很大的棋，可是时间紧迫，我要是甲方，我都嫌麻烦啊，况且中间还不知道会有什么变化，几乎不可操作啊。"

温志成笑了一下，"我是销售，只能从纯销售角度操作，办法还是有的，至少我还有肖山茂呢。你就表个态吧！"

"这既是体力活也是脑力活啊。"宋汉清刚说完，才发现自己早已饥肠辘辘了，就扒拉一下袋子，"你都买什么吃的啊。"

"吃点巧克力吧，还可以补脑！"温志成接着说，"生活就是一盒巧克力，你永远不知道会得到什么？是不是可以激发你的创意？"

宋汉清说："我知道了，你把我当傻子。"

"错，我是要你坚持！"温志成站了起来，"咱们兵分两路，我去张龙那里借车，然后去接徐长虹。你跟牧小芸打个电话，你俩先到地方等我。"

宋汉清说："好吧。"

温志成打开门，又转过身来，突然说："你知道我为什么要叫上牧小芸？"

"美人计？"宋汉清说。

温志成一声奸笑，"非也？你小子跟牧小芸眉来眼去，你以为我不知道？你太小看我了，呵呵，我这是有意给你制造机会。"

宋汉清说："那我还得感激你不成？"

"呵呵，你别着急感激，也别老想着好事，努力把徐长虹搞定才是大事，回头我让牧小芸去北京跟你做标书。"温志成扬长而去。

宋汉清两眼昏花，剥了一粒巧克力放入口中，拨通了牧小芸的电话。

"你在干吗呢？"宋汉清问道。

"我在外面呢，你在干吗呢？"

"我还能干什么？我在吃糖！"想到在成都没一天安宁日子，宋汉清有气无力地说。

电话那头沉寂片刻，突然传来牧小芸银铃般的笑声。

温志成开着张龙的灰色宝来徐徐地行驶在小街上，看前面有一报刊亭，便停住了车。车窗降下，温志成点上一支烟，他当然知道这次分包的难度，如果甲方自己操作分包，相当于顺水推舟，非常好办；如果乙方建议分包，相当于逆水行舟，难度就大多了，首先要给甲方一个坚实的、经得起推敲的台面上的理由，但靠一个台面上的理由能驱动甲方做事？他没底，他估摸这可能还需要台面下的推动力，这个推动力能否有用，你唯一要做的就是试一下，否则是不知道的，特别是温志成这种情况。

其实台下的事情，温志成已经酝酿不少时间了，其目标当然不是为了分包，而是单纯地搞定徐长虹，只是没有运作契机，最近中邦突然风向一转，要提前招标，奶奶的，打得自己措手不及，突然发现台下的运作时机有些晚了。好在团队临危不乱，几经密切接触，发现徐长虹对通擎比较认可，跟自己走得还算比较近，有了一些社交体验，性格脾气也摸了六分熟。经过进一步分析，操作分包的事，还有两个问题，一是招标在即，时间紧急，难以开展；二是为搞关系而搞关系，目标过于直接，显得突兀。在温志成多年的公关操作中，他还是喜欢水到渠成、自然天成的方式，而客户也容易接受这种方式。

如何推动这事儿？激进？要是操作不当，可能船翻人亡，很多病急乱求医的愣头青落得个"塞上牛羊空许诺"，单子拱手让给对手，客户看了还腻歪；稳进？要么时间不够，要么错过机会，照样看着单子落入别人口袋。

看来只有巧进了。

他决定分三步走：首先小菜开胃，这个自己操作，当然最主要是试水，免得最后操作显得突兀。然后正餐上台，这个与宋汉清牧小芸配合。至于最后的甜点，要看前两步走得如何，可以酌情操作。

今天这三步棋走下去肯定是消耗资源的，而资源投入有限，不过行业里有句老话，有了战果，就有资源，只要生米煮成了熟饭，就什么都不怕了。当然，资源的投入不可冒进，温志成已经做好打擦边球的打算，这样的技巧也是手到擒来。

温志成弹掉烟蒂，探出脑袋，朝小老板说："来份摄影杂志！"

"有很多，要哪份？"

"都拿过来吧，我选一下。"

温志成接过一摞油墨扑鼻的摄影杂志，挑一本价格最贵、看上去最权威的杂志付了款。他把杂志端端正正地放在副驾上，转而一想，又拾起，再随意扔下。

就在两周前，为了密切接触徐长虹，温志成没少做功课，当然更多的是从肖山茂处打听了一些情况，摸清了徐长虹的习性和爱好，摄影就是其中的一个，他觉得这里可以做一下文章。

他用手机抵着下巴，沉思片刻，然后拨出了徐长虹的号码。

半小时后，宝来停在四川中邦大楼广场路边，温志成默默地望着中邦的大门，摸了摸裤袋里的手机，此时天色渐晚，估计徐长虹没这么快下来，他捯饬了一下衣服，感觉有些紧张，心跳也突然快了许多，他觉得这些伎俩不太光明正大。冷静，冷静，他喊了两声，冷静两字又让他冷笑，清高的销售都他妈死绝了，做销售谁光明正大过？不就是天天在演戏吗？怎么演都是演，老温啊，你要做的就是要对自己的演技自信，不要怀疑自己的演技，没有演技的话，做个鸟销售啊。他心安地长呼口气，又朝大门望去，正寻思间，突然发现后视镜出现一个身影，是徐长虹，他伸着脖子正朝这边走来。

温志成急忙掏出手机贴着自己的耳朵，一边生龙活虎地假装打电话，一边腾出手朝徐长虹轻轻一挥，徐长虹跨步上前，拉开车门，看到一本杂志。

"……放心，这事情肯定帮你搞定。"温志成在电话上吹着水，看徐长虹打开车门，急忙侧身捡起杂志往汽车仪表台面一放，故意没有放稳，杂志又滑落下来。

"我来，我来！"徐长虹屈身捡起一看，是摄影杂志。

温志成感激地朝徐长虹点点头，然后从容地对电话说："行啦，我开车了，回头聊，唉，得嘞！拜拜！"

温志成挂了电话，发动汽车，然后朝徐长虹宽厚一笑，这一刻他突然觉得异常安详，同时从容地说："徐主任，我左瞧右瞧都没有看见您呐！"

"配楼那边有点事，我从那边过来的，没等多久吧？"徐长虹随意寒暄。

"没呢，我也是刚刚到，要不咱们走？"

"行！"徐长虹随手翻开了杂志。

"我们走近路，宋汉清他们已经到了。"温志成说。

"好的！"徐长虹继续翻着杂志。

两人聊着天，又行驶了一段路，前面是一红灯。温志成看了一眼徐长虹，随意说："徐主任，也爱看这种杂志？"

徐长虹说："嗯，我以前订过类似的这种杂志，但是这本没有，这本实际上很粗浅，都是卖摄影器材广告的。"

"你有研究啊，"温志成转移话题，他抓住机会决定撒一个谎，"几年前，我跟哥们在西安开了家数码店，考虑到西安旅游业比较发达，今年开始做摄影器材，发现要做专业摄影很难，很难抓住高端客户，对销售人员的要求很高。"

"嗯，摄影入门容易，做专就难了。我也偶尔逛一些摄影器材店，销售人员不但要懂得器材的功能，还要懂很多原理，特别是专业单反相机。"徐长虹笃定地回应。

"想不到主任对经营很有研究！"温志成说。

"不不不，我只是摄影，经营方面嘛，没吃过猪，但见过猪跑。"

"哈哈，主任太逗了。"温志成说："你说什么镜头好卖呢？"

"看客户需求，风景？还是人物写生？不同构图思路对镜头的要求都是不一样的，比方说我，就玩得比较杂……"

"真专业！我突然有一个奇想，我想给主任您配个镜头，这样，您闲暇的时候照几幅作品，然后给我们三五幅就可以，而我们呢，给客户展示一下效果，哈哈。"

徐长虹呵呵一笑，正要说话，温志成卖乖地打断说："不会这么小气吧，主任，两三幅图片也可以噻？"

徐长虹说："你需要，我现在都有，随时可以发给你。"

"太好了！"温志成情绪高昂。

徐长虹说："咱今晚不会是聊这个事情吧？"

"不是，不是，"温志成凭直觉，此时火候已到，于是一本正经地说，"咱们晚上想听听您对项目的想法，然后我们或许有更好的建议。"

"嗯，可以！"

饭局安排在一个高档茶餐厅，餐厅装修得时尚考究，良好地兼容茶座的温馨和酒吧的洒脱，这次徐长虹也似乎很洒脱，一见面就滔滔不绝地唠叨最近的工作，他两只手交替地打着手势，显得放松和随意多了。

"宋汉清，我记得你跟我聊过集成的难度，"徐长虹说着说着，话题一转，突然专注起来，"临近投标，我想具体了解一下，集成的问题有哪些？风险在什么地方？"

宋汉清心说，我当然记得，对"朝腾暗打击"那天还提了一下呢，可您老当时没重视啊，他点点头，决定理性地说出来，"上次我看了你们的资料，发现这些系统存在三个方面的问题：一是业务逻辑层的设计很不规范，服务调用需要花额外的修改；二是数据架构也存在这样的问题，很多相同的字段表达的语义不一样，或者不同的名称表达同样的语义；最后一个问题是，不同的系统因为开发的年代不同，导致接口比较乱。这些问题不解决都是风险啊！"

"嗯，这些能避免吗？"

"需要非常有经验的服务商来修补这些问题。"宋汉清简明扼要。

温志成笑呵呵地说："比如我们通擎！哈哈！"

徐长虹挠了下头，显然找到了更好的方法，"嗯，我只能把这个写进招标文件，成为将来合同条款，大家以后投标就会谨慎了。"

宋汉清心说，既然你这样理解，那么我何不趁这个机会建议分包？就说："这条确实可以让大家慎重看待这个问题，不过我有更好的办法！"

徐长虹说："什么办法？"

温志成一看此时还不是提这个建议的时候，于是拿起菜单说，"这样吧，我们先点东西吃，点完我们再细聊？"

宋汉清明白其意，立即附和说："来，咱们不急，先点东西，主任有什么忌口吗？"

徐长虹肩膀一松，"嗯，我什么都吃！"

牧小芸一边把菜单双手递给徐长虹，一边给他推荐。

徐长虹知道这里的牛腩饭是一绝，大手一挥，就这个吧！扭头又跟宋汉清探讨。

温志成看在眼里，他暗忖，徐长虹比想象中的要更关心这个项目，这有好有坏，好的一面是老徐这人对方案有自己的苛求，对方案和技术的话题有黏性，这里可以做文章；而坏的一面是他油盐难进，而商务上的一些推动和操作，还需要彼此私通款曲。也罢，老徐毕竟不像某些甲方，一到饭桌只谈风月，说到实质，阳奉阴违，油滑得很，总的来说，老徐是个好甲方。

一阵轻快的脚步响起，服务员过来，他麻利地从托盘上取下各色餐前饮品和小食，每件小食精致可爱，让人看了食欲大动，温志成又特意要了一瓶起泡酒。

徐长虹抽取一张纸巾擦了下手，对宋汉清说："你刚才说有啥子更好的办法？"

宋汉清放下筷子，拾起这个话题，"我还是从风险讲起，我们刚才讲的风险不算大，其实最大的风险是将来咱们中邦建设 BOMS 系统。由于咱们中邦过去几乎每年都建设一些系统，这些系统的数据结构和语义都不太相同，还以这个 CRM 举例，EAI 平台是一个中转和规则平台，很多开发者为了省事，完全可以淡化这个平台，直接写业务逻辑来操作原始数据，甚至把 EAI 平台的功能搬到 CRM 里去实现，这样可能建设更多的数据库，将来 BOMS 的数据质量就更加糟糕，数据清洗难度增加，也增加未来 BOMS 的建设成本。另外，这种操作方式是一种伪集成，反而增加将来系统与系统之间的耦合与联调。"

徐长虹想想有些道理，"那怎么办？"

"我也跟温志成讨论过。"宋汉清停顿了一下，"我觉得分包可以解决！一标两包，一个 CRM，一个 EAI 平台，其他的该怎么办还怎么办，一点不耽误。"

"分包？……我想想，明白了，可我怕分包也有一个问题。"徐长虹轻抿一口酒，摇了摇头，"分包后，假设两家公司分别中标 CRM 和 EAI，这里面涉及大量的业务沟通，两家还要互相学习对方的技术，可能会导致扯皮！"

徐长虹说的是大实话，也正中要害。宋汉清硬着头皮轻轻一笑，"主任啊，作为成熟的集成商对行业的技术和规范都了如指掌，退一万步来说，就算要学习对方的技术，这不更好吗？发现问题，才能解决问题；从另外一个角度来说，中邦也更受益啊！"

宋汉清看徐长虹正做思索状，于是接着说，"其实，要我来说，可能您唯一担心的是实施周期，我想确认一下，整个 CRM 什么时候正式上线运营？"

徐长虹说："明年五六月之前吧。"

宋汉清轻松一笑，"唉呀，我们白担心了，我还以为你们年后就要上线，原来是明年五月六份啊，来得及！那就真的建议分包了。"

温志成手拍大腿，"徐主任，这就更没有问题了。"

徐长虹眉头微皱，一条法令纹牵着嘴角，"假设一家公司采用 XLOG 平台搭建 CRM，而另外一家公司选择 GEM 平台搭建 EAI，结果会怎样？"

宋汉清说："没有关系啊，底层产品不同，但技术机制是一样的，都是标准产品，全球有上千的成功案例啊，这个您大可放心。"

"嗯，好了，我知道了。"徐长虹突然扭头问服务员洗手间在什么地方，然后起身匆匆离开。

宋汉清拿起酒杯看了一眼牧小芸和温志成，"刚才我的话有什么不妥？"

牧小芸笑说："挺好的啊！"

温志成微微抬头，看着天花板，眼珠乱转，暗忖，看来宋汉清的沟通就是这个效果了，以自己对徐长虹的了解和今夜的察言观色，老徐对分包的态度要么是不表态，要么就是反对了，不管怎样，等下找个机会私下聊聊，搞清楚他的态度，就算不同意分包，也得跟徐长虹保持私通款曲的融洽信任，否则自己输了项目还输了人。

温志成细声说："待会徐长虹回来的时候，除非他主动聊起，不要再扯这个话题了。完事后，你俩先回去，我送老徐。"

宋汉清牧小芸明白其意，点点头。

果然，徐长虹回来后，话题都不往项目上转了，聊的都是一些最近的新闻和其他琐事。饭局到了尾声，话题渐疏，徐长虹看了下表，温志成趁机客气地说："嗯，要不今天我们先聊到这儿，徐主任您以后有啥事，都可以跟我交代，我必赴汤蹈火，在所不辞，呵呵。"

徐长虹笑了笑说："嗯，暂时没有了，非常感谢大家，以后有问题，就直接打电话吧。"

四人出来，外面夜色正浓，宋汉清和牧小芸跟徐长虹握手道别后，朝反方向离开。温志成拍了拍徐长虹的肩膀朝前一指，两人朝泊车处缓步前行。

温志成一边扯着话题，一边思量如何摸清楚老徐的态度，而徐长虹一边随意听着一边披上外套，可能是拉链对不上，他停下脚步埋头整理。

温志成贴心地说"主任，我去买瓶矿泉水。"

"不用，没事！"徐长虹抖落了下衣服，拍了下肩膀，略有思索，"我还有点正事要跟你聊聊，关于分包我有些想法，刚才人多，不方便问，要不我们先上车聊吧。"

听这语气，看这眼神，这是老徐吐露底牌的节奏啊。温志成原本打算硬着头皮上杆子，现在老徐却主动表态了，而从这语气及内容猜测，多半是利好的态度，温志成心下小喜，"好！您先上车，我给您弄瓶水。"

说罢，他帮徐长虹打开车门，用手护着门框，待徐长虹坐进去后，就转身朝茶餐厅快步过去，掏出十元钱扔在柜台上，头都没有抬一下，说了句，来两瓶矿泉水。温志成手指快速地敲打着柜台，脑子飞转，老徐态度到底会是什么？刚才老徐的语气神态又在脑海里过了一遍，他这神态很老练呢，嗯，态度应该是积极的，那诉求会是什么？此刻估计不是公司诉求了，如果是个人诉求，自己对应的也只有甜点了。嗯，如果是这样，自己该提出哪些要求，首先是推动分包支持通擎，然后，呵呵，自然发动老徐抵制朝腾，不急，先不要着急跟老徐提进一步要求，态度重要，态度重要，只要水到渠成，老徐自然天成，实在不行，后续提醒。

"先生，你的水。"

"谢谢，"温志成拿着两瓶水，看了一眼三十来米外的灰色宝来，他怀着一种复杂的心情走过去，期待、恐慌、甚至……还有点陶醉，他感觉肾上腺素升高，总之这就是传说中的"销售之毒"了，他似乎闻到了久违的销售气息，一种与客户即将找到共同谋求点，进而可以打破某种桎梏的通透感。他走到车门口，立即想到了一个词："低姿态"，然后身体微弓，轻轻打开门，"哈一哎一，水来了。"

副驾上的徐长虹转过头。温志成这才发现老徐正在通电话，等他挂了电话，温志成轻轻拧开一瓶水，递了过去，热络地说："徐主任日理万机哈！"徐长虹接过水，大喝一口，打着手势，"我老婆，他们单位国庆组织旅游，问我要不要跟她一起去……"

温志成觉得老徐的口吻随性自然，于是他故意大大咧咧地打断说："去啊！好机会噻。"然后试探性地看着老徐的脸色。

徐长虹笑了笑，"可能那时 CRM 投标结束，还不知道有什么事情呢。"

温志成乐呵呵地说："我跟您说啊，很多甲方一般都是节前发标，节后招标，正好腾出节假日去玩，嘿嘿。"

"那你们节日写标书，不是很惨吗？"

"哎，这叫全心全意为甲方服务，主任啊，咱们接触这么久了，都不是外人，我跟你透露我的销售秘诀，我负责的这几个省十几号销售，我一直灌输一个八字方针：双赢、合作、积极、亲诚。我认为没有这些思想，很难做好咱们这种大客户工作的，你说是吧。"

在销售之毒的发作下，温志成把这段台词说得铿锵有力、深情款款。

"嗯，说得很好。"徐长虹点点头，"说正题吧，今天关于分包这事，你们的意思，我非常明白，啊，实际上我有三个想法，所以想跟你单独沟通一下。"

"要沟通，要沟通！"温志成笃定地点点头。

"第一，分包最大的阻力不是我，是牛总，我估计很难说服他，当然这个可以继续做工作，我可以找一些理由。"

"费心了，主任！"温志成心说，看来有点戏。

"第二，我问过你们一个问题，如果分包，两家公司中标，第一家采用 XLOG 平台搭建 CRM，而另外一家选择 GEM 平台搭建 EAI，结果会怎样？可能你们没有明白我的意思，我的意思是，尽量不要让这种情况发生。"

温志成没有听懂这句话，就问："不太明白，能否指点一下？"

徐长虹徐徐说道："我的意思是，无论 CRM 还是 EAI 平台，都用 XLOG 来搭建就好了。原因是，四川几乎所有项目都是 XLOG 平台，树大根深了，这个是为你们好，你应该明白。另外，我们不希望平台产品选择过于繁琐，如果繁琐的话，上面要是觉得这是分包引起的，就麻烦了。"

温志成豁然开朗，立即点头，"行行，我明白了，我们全部选择 XLOG，技术都一样，我们跟他们也是合作伙伴呢。"

温志成喉结一动，与 GEM 张龙的盟约丢在风中了。

"第三个呢，"徐长虹眨巴下眼睛，颇为难地说："是这样，本来我没往分包这块想，但听完宋经理的分析，我也觉得有道理，有些心动，其实，我自己这里有一个小小的诉求。"徐长虹幽幽地挠了下眉毛。

温志成暗忖，这老徐态度基本明确了，终究还是支持分包的，他顿时觉得毒火攻心，当即用一种私通款曲的口吻，诚恳地说："别客气，都是自己人，您有什么要求，我当赴汤蹈火，在所不辞。"

温志成压制了内心的激动，同时也准备好了甜点，如果老徐不好意思开口，自己就引蛇出洞，都到这个份上，一切都水到渠成了。

徐长虹点点头，"其实也很简单，就是将来建设 BOMS，可以借鉴这次 EAI 的设计理念。我的诉求是，能否在这个系统上，帮我独立增加一个集成业务测试模块，我好研究未来中邦电讯 BOMS 的某些课题，这个难度应该不大吧？"

听到这个，温志成差点没坐稳，原来此曲非彼曲——老徐所谓的小小诉求竟然是这个，他眼珠转了一下，似乎没有回过神来，咕哝道："增加一个测试模块？"

"是的，有难度吗？"徐长虹双手交叉，"明年我们着手 BOMS 规划，这个模块会有些用。"

温志成豁然开朗，徐长虹果然谋划长远啊，好在自己操作沉稳，差点误入偏途，不过这个要求似乎比偏途还难满足啊，还是先跟宋汉清确认一下再说，于是他负责任地说："这个要求不难，我给宋汉清先打个电话，稍等一下。"

说罢，温志成已经拨通了宋汉清的手机。

"哎，我问你，在我们的 EAI 平台上，设计一个集成业务测试模块难吗？"

"什么玩意？"

"一个测试模块，徐主任要用这个模块测试将来 BOMS 及其他业务系统的流程和业务联通性，梳理细节，方便将来规划。"

"我想想，能是能做，就是很麻烦啊！"

"能做是吧！"温志成声音故意提高了几度，"嗯，好！行！"

温志成把电话收起，对徐长虹高兴地说："没问题，能做。"

"能做就好！"徐长虹宽慰地说。

温志成显然不想白出力，肯定是要提出一些要求的，于是露出一副韦小宝的笑容，嘴巴上却也很谦虚，"主任啊，这个项目，咱们前后磨合了一个多月，我希望主任帮我们拿拿主意，怎样才把这个项目拿下来？多多支持啊。"

徐长虹清了下喉咙，打着手势，这是正式表态的架势，他由衷地说："我肯定是支持你们这边的，毕竟咱们交流得非常充分，是吧。"

温志成点点头。

徐长虹继续说："分包的事情，我来推动，但是是否成功，我不敢打保票，我肯定尽我所能，如果失败了，你们还得辛苦把最后的标书做好，满足我们所有的要求，以及刚才说的那个模块，交出一份大家都满意的答卷……"

老徐这番表态十分老练，虽然有些唠叨，但点点滴滴，面面俱到，还很自然地照顾了温志成的面子，却又很中肯地表达了他的处境和目的，用词颇有诚意，最后他慢条斯理地说，"在这个基础上，我会积极推动你们，也希望你们实至名归。"

温志成的大脑开足马力，对老徐的用词、语气甚至神态进行全程解析，发现老徐没有打诳语，只是分包期望不一定大，不过老徐的后续投标表态还是很贴心的，特别是"我会积极推动你们"这句话，有一种负责的感觉，只是"也希望你们实至名归"这话有些想象空间，显得没有定数，但整体是良好的。暂且不分析自己是否赢得项目，但在至少是赢得了徐长虹这个人，想到这里，温志成说："谢谢，另外这次评标有几个评委？有评分细则吗？"

"如果公开招标的话，至少5个评委而且是单数，但我们这次是内部议标，只安排4个，至于评分细则，运营商会按当时的情况做决策，不好准确答复你。"徐长虹晃了晃脑袋。

"非常感谢徐主任的指点，"温志成说，"我有一个要求，这个模块最好不要写在招标文件里，也不要跟其他人提，我们通擎知道就可以了。我的意思是，算我们通擎的一个亮点就OK了，可以吗？"

徐长虹心想，要临时把这个模块整合进招标文件，难免还要跟牛总交代一番，恐怕时间来不及，要是不写进去，是不是哪个地方不妥，却又说不出来。

温志成干脆挑白，"徐主任，如果招标文件明示这个功能，那么每家公司的投标文件都有这个测试模块了，这个你拦都拦不住，最后就变成文字游戏。"

"嗯，我明白了！"徐长虹说："不跟人提，也不写进去，我只在招标文件上申明一句，需求尽量考虑长远。"

"对了，还是徐主任有经验，哈哈哈哈。"温志成放肆地笑了起来。

徐长虹说："今天就聊到这，走吧？"

温志成看着外面说："主任，我带你去个地方，吃吃宵夜？"

徐长虹摇摇头，"唉呀，有些晚了，来日方长，哈！"

"行！一言为定。"温志成发动了汽车。

10.2

第二天上午九点半，温志成把宝来泊在一家咖啡馆对面的路边，他打望了一眼急速而过的车辆，一时过不去，就拨通了肖山茂的电话，把昨晚的事情跟他报备了一下，同时提醒他，如果牛力找他商量分包，务必支持徐长虹。

温志成走进咖啡馆，看到张龙，他没有立即过去，而是双手叉腰，顿了顿神。这家咖啡馆有一年多没有来了，记得上次来的时候是签了成都本地的一个小单。这个店面不大，但近几年的荣辱兴衰全在咖啡里，虽然苦多甜少，但还是颇有些回味的，不过或许昨晚太过兴奋，今日初来乍到，隐约觉得这咖啡馆有些憋促，他让服务员打开一扇窗，然后这才走向张龙。

"事情怎么样？"张龙双手打着桌子，叫服务员来两杯拿铁。

"老徐这个人基本搞定了，但是事未必搞得定！"

"啊，人搞定了？"张龙头一伸，眼睛瞪得大大的，"人搞定就行，事情都好说，讲讲，我听听故事。"

温志成思索，不能讲得太好，搞得他期望过高，到时候发现他 GEM 根本没戏就糟糕了，于是把昨天的经过说得平平淡淡，素多荤少。最后温志成喝了一口咖啡，苦哈哈地摇了摇头，"以后的任务还艰巨啊！"

"也未必！我觉得有戏！"对面的张龙不知何时进入到一种忆苦思甜的状态，他坚信如果徐长虹支持的话，这次 GEM 会打败 XLOG 赢得整个中间件的采购，因为他和售前顾问详细分析过，将来无论做整合，还是做 BOMS，迁入 GEM 平台才是王道，这一点徐长虹不会不知道。

张龙说："你不相信？我来帮你分析分析！"

温志成没有心情听他分析，也不好打断他。

张龙滔滔不绝地讲着，从 GEM 产品特性到成功案例，从成功案例到项目效果，讲到兴奋处，他又开始手舞足蹈。温志成只能安静地听着，偶尔打望一眼繁华的街道，偶尔看看口袋里的手机，生怕错过任何电话或者短信，也特意地提醒张龙，什么事情都有必然和偶然。

张龙还沉浸在美好当中，最后，他安静地看着喝光的咖啡杯，意味深长地说："老温，这次你会成功的，人生如咖啡，先苦后甜。"

温志成迟疑一愣，嗯？哦，他轻咳一声，点点头。

张龙郑重地说："我这次一定找我老板申请好的折扣和服务，支持你们投标。"

"谢谢！嗯！"温志成喝了口咖啡，咖啡在舌头上一搅，心说，是不是要跟 XLOG 李小明打个电话了，这事宜早不宜迟，至少早点接触他，自然一点，李小明这小子跟吕让走得近，不能让吕让看出端倪，他抬头看了下天花板，摸了下胡茬。

张龙看温志成有些不在状态，就豪气地说："这次你肯定会中标，事成之后，给你找个妞，放松一下，够意思吧。"

温志成抹了抹嘴，戏谑地说："你这是什么意思？这样吧，若我中标，我给你找个美女。"

张龙笑得狗头狗脑。

"OK，头靠近一点儿，对！好的！"

小胡子摄影师深吸一口气，手指果断压下快门，照相机咔嚓、咔嚓响了两下，接着又咔咔咔连续响了七八下，而不远处另外一个长头发摄影师又给出了新的指令，"OK，好了，小两口可以互相对望，只笑不说话，自然放松！走，很好！"

长发摄影师双手举起相机跨着马步，腰身随着吕让和小琴两人的款款走动而扭转。

"好了，这一组拍完！先休息一下！"小胡子说完把三脚架一收。

"小琴，你先到椅子上休息一下吧。"吕让扶着小琴过去，打开折叠椅，小琴急不可待地朝摄影师招手，快，让我看看。然后他们几个兴致勃勃地聊着数码相机里的照片儿。

吕让四处眺望了一下，不远处的马涛和李小明两人走了过来。吕让说："明天牛总会去一趟北京，我明天也回公司一趟，三天左右回成都，马涛你盯紧一点。"

马涛点点头，"嗯，放心吧。"

吕让又对李小明说："你看看，今天还有几个场景要照？"

李小明从口袋里掏出摄影排程表，"嗯，上午还有一个，还是旷野场景，结束后，吃饭，下午去另外一个景点，有三组场景！"

吕让点点头，看了下表，"嗯，看来安排很紧。"

"没事，来得及！"李小明看了下手机时钟，当他把手机放入口袋的时候，隐约感觉有一个未接电话，又掏出一看，是温志成打来的。他找自己什么事儿呢，李小明眉头一皱，回拨过去。

"哈喽，知道我是谁吗？"温志成的声音。

"喂！"李小明回头看了一眼吕让，脑袋有些飘忽不定，"温总啊！"

"你在哪儿呢？喝一杯？"

李小明抬头看了一眼山岗，朝前走了两步，"我在郊区呢，有啥事电话说，一样！"

电话那头嘿嘿笑了一下，"啊，就中邦这单子嘛，我仔细研究了一下，你们产品也挺适合的……"

李小明搔了下头发，回头看了一眼吕让和马涛，他俩聊得正欢。

李小明没有多想，就立即表态说："我知道你的意思，没问题，回头我联系你！"

挂完电话，李小明朝吕让这边走过去，瓮声说道："刚才，温志成这家伙打电话，估计也是想采用 XLOG 的产品。"

马涛调侃说："你就说没货，先垫付百分之八十的订金！"

李小明讪笑了一下。吕让舒展了下腰身，朝旷野一望，对大伙招呼道："咱们走吧，接着来！"

还是当天上午，徐长虹巡检一遍工作后，才回到办公室，他一丝不苟地规整桌案上的文件，心里琢磨着与温志成达成的行动：把项目分成 CRM 和 EAI 两个包。他整理一下思路，直到心里渐渐有底，这才起身朝牛力办公室走去。

牛力躺坐在他那棕红色大班桌后面，正在不温不火地接着电话，他前额乌黑又稀疏的头发一根根整齐地朝后紧贴着头皮，如同一块被激流冲刷过的长着丝丝青苔的光滑顽石，整个脑袋看上去颇为怪异。

徐长虹安静地坐下等待。

不一会儿，牛力声音突然提高，接着他有些不耐烦地说，行了，行了，就先这样吧，回头再说，然后挂了电话。

牛力身子转了过来，看着徐长虹，"什么事？"

徐长虹立即站起来，"牛总，针对这个招标我有一个想法。"

"想法？"牛力打开笔记本，打了个哈欠，"什么想法？"

徐长虹说："就是关于选型的事，我仔细想了一下，要想把这次 CRM 做好啊，我建议拆分成两个包，一个 CRM，一个 EAI 服务集成平台……"

牛力想都没想，就轻描淡写地打断说："不要太麻烦了，我的一贯原则是短平快，时间太紧。"

徐长虹着急地说："我也知道时间紧，就怕不这样做容易出乱子呀。"

显然牛力愣了一下，"什么乱子？"

徐长虹镇定地说："你看啊，如果是一个包，集成商会把精力会放在 CRM 上，而 EAI 就容易被忽略，集成商还会把 EAI 的功能点全部迁移到 CRM 上，导致生成更多的数据库，将来 BOMS 的数据质量就更加糟糕，增加数据清洗难度，也增加未来 BOMS 的建设成本。另外集成商弱化了 EAI，那我们就无法认清 BOMS 的需求，我们明年就要做 BOMS 的需求编制，到时候很难拿出真实需求，而分开做我们就有办法了。"

徐长虹把昨天宋汉清的话又增添了一丝威慑力。

牛力听他这么一说，这才静心思考这个问题，他抿着嘴，微闭着眼睛看着徐长虹，"你的意思是，让 EAI 既满足 CRM 的需求，又为将来的 BOMS 打下伏笔？想得倒是周全。"

"还有，如果分包，对项目管理和实施割接都很方便……"徐长虹趁热打铁。

牛力默然地看着大班桌面，没有出声。徐长虹也没说话，故意显得无声胜有声，他暗自评估，牛总这会儿应该是动了念头吧。

谁知牛力长吁一口气，眉头一皱，"老徐啊，就事论事，你很负责，明察秋毫，但选型这个事啊，项目名称报备和预算，我们都早做好了，也已经报上去了，突然提出分包，集成商会说我们出尔反尔。另外，公司会怎么看这件事？他会说你办事不力，你考虑过吗？所以不要节外生枝了。"

徐长虹心里一紧，集成商的抱怨不值得一虑，但牛总所谓的公司看法，这个就值得掂量了，特别是那句"他会说你办事不力"，这表明牛总是不会担当这个责任的。既然他不担当责任，那决意不考虑分包了，如果自己纯粹推动分包而引起办公室的某些微妙龃龉就不值当了。

徐长虹这回是真无话可说。牛力站了起来，背着手走了两步，"可以这样，你对两个项目分开编写招标要求，增加一些商务条款，诸如：成立两个项目组，增加实施考核办法，不就也达到你要的效果了吗？"

"哦！"徐长虹点点头，口气明显妥协了很多，"这样可行吗？"

"肯定可行啊。"牛力从衣架上取下外套，"我明天去一趟北京，过几天回来，我们开一个标前会议，不过不是讨论分包的问题，讨论招标的相关事项，你准备一下吧。"

"嗯，好！"

徐长虹回到自己的办公室，心说，是不是要通报一下温志成，但是想了一下，算了，还是等他问起来再告诉他吧。

这栋别墅算是上乘之作，虽然在北京昌平这片别墅群里不那么鹤立鸡群，但却虎踞一方。别墅位于一条高速旁边的小斜坡上，远远看过去，带点暗红的米黄色墙面在湛蓝的天空下显得端庄而又雄浑。简约沉稳的拱门，高挑阔窗的客厅，温馨雅致的卧室，一切都符合牛力的生活志趣。牛力从前院、门廊、客厅，各个房间转了一圈又一圈，身旁跟着装修公司的设计总监和项目经理两人，两人把握着分寸，不失时机地讲解一些设计理念和回答牛力的一些问题。牛力从大厅朝外看，一些说不出名字的树木和灌丛散落在前院，郁郁葱葱，交相掩映，仿佛这些人工种植的树木已经在这里生长很久了，给小院平添了一分自然亲和的情趣。

一辆黑色的宝马740徐徐地停在不远处一排葱郁的灌木旁边。吕让看着别墅里的牛力，拨通了他的电话，浅聊几句，就挂了电话。

一小时后，吕让把牛力接到了朝腾公司。钱伟从楼下迎到楼上公司前台，这里有几位公司常务副总裁候临多时。钱伟做了个简短的开场白，引起一片热烈掌声，然后大家一一握手，钱伟俨然主人身份。

钱伟和吕让打头阵，带领牛力兴致勃勃地参观了公司的各个研发部门，接着又来到了这次参观的重点区域：体验中心。

体验中心机房在办公区的东面，从巨大的玻璃墙看过去，两排黑压压的机柜像两列武士一样竖立在那里，机柜里摆放的都是一些服务器，这些服务器里跑的软件都是朝腾这几年开发的产品，工程师们早已经搭好了各类环境，来模拟一些真实或假设的应用场景。机房还留有一个50多平米的操作间，这里布置的是前端工作站和操作终端，在这里就可以进行各类演示流程，现在机房已经有四五个穿白大褂的小伙子在忙碌，即便一干人马走了进来，他们也没有暂停手头的工作。

吕让做起了介绍，"牛总，这里基本上部署了各大运营商的核心场景，有些交换机的型号、主机的配置甚至跟运营商的档次是一样的，计费、网管、CRM 应有尽有。平时可以观摩，战时还能派上用场，比如系统出了问题，能快速定位并投入测试。"

牛力饶有兴致地点点头。

吕让敲了敲玻璃墙，"而那边还有几台服务器，提供远程支持，绝大部分问题我们都可以用远程支持解决，保证服务效率。"

"嗯，远程支持相当重要。"牛力点点头，吕让看他感兴趣，就叫来体验中心的主任工程师，让他给牛力做了一番介绍。牛力一边饶有兴致地听着，一边问他感兴趣的问题，钱伟也在旁边时不时地穿插着回答。

参观体验中心结束后，钱伟和吕让把牛力引到了贵宾室。贵宾室位于公司西南角，这是一个长方形的厅室，这里的装修和办公室的风格完全不一样，甚至连气味都不一样，两面透明玻璃外墙嵌入三根灰色包木方形立柱，墙边几株静怡的常青木恰到好处地过滤了墙外中央商务区繁忙的气息，中间是三组黑色牛皮沙发和三套考究茶几，里墙是一排定制的多功能组合搁架，上面陈列一些书籍和艺术品。

钱伟把牛力迎在靠里的沙发，自己坐在右手边，吕让坐在对面。内务部的小女孩端来一些点心和水果，还有一瓶香槟和其他各色饮品。

吕让知道牛力吃东西的时候总是很健谈，就说："牛总，这柚子还可以。"然后脱下西装，挽起袖子，挑了一个已经剥好的大柚子，掰成三份，分给每个人，他说："这是广西巴马地区的一种罕见品种，长在山上，我们大老板韩总知道您要过来，也恰好到了这个时节，就叫人从广西老家带来一些柚子。可惜我老板人不在北京，要不今天就过来陪您了。"

牛力掰开其中一片，翻开瓤瓣，一种谈谈清香扑鼻而来，里面色如虾瓣的果粒如刺猬般绽放，中间还有若干果核，果然是野熟香柚，咬了一口，肉质柔脆，汁多渣少，一种淡酸甘甜的味道立即涨满了口腔，"嗯，不错！钱总，你也来。"

钱伟很有兴致地说："好！"

牛力说："其实呀，这柚子全身都是宝，比如柚子的外瓤，有些地方用来做菜，切成片，然后用水煮五成熟，再用辣椒、姜蒜爆炒，绝对美味，排毒降火，养颜提神。"

钱伟说："我记得去南方出差，有人点过这么一道菜，可惜，当时觉得这菜好怪异，就没有怎么吃。"

牛力头一摇："哎，遗憾呐，钱总，你哪天去成都，我带你去一个地方，保管你吃了还想吃。"

钱伟呵呵一笑："行啊，来，咱们干一杯。"

大家各自随意喝了一口，钱伟给牛力倒了杯香槟，说："牛总，听说您高尔夫球打得不错，有没有兴趣，明天去挥几杆？"

"哎呀，明天我就回成都了，"牛力半感慨半自嘲地说，"以往年轻的时候，我爱好很多，什么登山，钓鱼，大球玩不动，小球还是擅长的，可我最近对什么都缺乏兴趣，是不是年纪大了？"

钱伟拍了一下牛力的膝盖，用手一挥，"不，我跟你一样，应该怎么说呢，是缺少发现，工作消耗了太多的精力，可以找个机会放松一下。"

牛力双眼迟迟地看了一眼外景，叹了口气，"有时候事情太多，还要看一大堆数据，休息也不舒心呐，还不如聊聊天。"

牛力的抱怨反而点燃了话题，三人随意畅谈，话题渐酣，日渐西沉，浓烈的日头加上少许香槟让牛力双眼有些发胀，他把屁股朝一边挪了一下，换个姿势看着玻璃墙外的一排排参差的高楼，喉咙偶尔发出一阵阵鸣响，看来是聊不动了。

吕让看了一眼钱伟，钱伟立即明白，就说："嗯，牛总，我看今天跑了一天，您在这里先休息一下，回头吕让来接你去宾馆。"

"啊，哦，"牛力回过头来，"也行啊。"

钱伟叮嘱吕让几句，就对牛力说："那您休息吧，咱们，回头见？"

说罢起身握住牛力的手，然后歉意地双手合十，笑呵呵地走出贵宾室。吕让起身坐在钱伟的位置，压了下鼻梁，扭头对牛力慢条斯理地说道："晚上，要是方便的话，一起吃个饭？还是我们仨"

"没事，没事。"牛力接着又把话说得具体一点，"不必了，吕让，嗯。对了，你什么时候回成都？"

吕让回答："我可能晚一点，后天的样子，我明天先送你去机场。"

牛力做了一个扩胸运动，中气十足地说："好！"

吕让点头笑了一下，"嗯，好，不影响你休息了，这里有一张长沙发，你可以睡这边。"说罢，吕让走到南墙，移开了一张茶几，用手轻扫了一下沙发几个角落，"嗯，牛总，过来吧，挺干净的。"

牛总伸了个懒腰走了过去，吕让从柜子里拿出一条干净毛毯，递给牛力，"牛总，五点钟，我来接你，咱们提前走，您早点休息。"

"好。"牛力接过毛毯。

9 月 15 日，周五。

每到周五，温志成都会莫名焦躁，因为他对本周事务有总结的习惯。本周最大的事务就是"搞定"了徐长虹，还有就是推动了分包的操作，相对于搞定徐长虹，温志成更关注分包的结果，可是交给徐长虹的分包操作已经两天了，徐长虹却一直没回话，怎么回事呢？是成是败，也应该有一个消息啊，如果成，那就好说了，直接撕下一块肉，如果败，那就决一死战。他坐不住了，决定主动打徐长虹电话。

"啊，志成呐。"电话那头很快接通。

"嘿嘿，徐主任好。"温志成低声说，"还是分包的事儿啊，有最新消息了吗？"

"我给上面反映过了，牛总觉得时机不成熟，太赶了，里面原因很多，早提可能好一些。"

"哦，就是说，否了？"温志成感觉心往下坠。

"嗯，但没关系，虽然不分包了，但需求还是分开的，你们投标方案也分开一下吧，一个 CRM，一个 EAI，是一样的。"

温志成还保持着说"否"的嘴型，脑海里风起云涌，"哦，那没有希望了？"

"我尽力了，关键地方都挑明了。"感觉徐长虹明显吸了口气。

"哦，谢谢，那什么时候发标书？"

"不好说，快了。"徐长虹说，"下周等牛总回成都，我们内部开标前会，不出意外，周一就会定下来。"

温志成对牛总自然敏感，于是就问，"牛总去哪里了？"

如果徐长虹能回答，至少私通款曲还不错，如果不愿意讲，就要注意了。

徐长虹很干脆地说："他说去北京，我也不好问，嗯。"

温志成听他这么一说，又有了一丝信心，"嗯，知道了，非常谢谢您的支持。"

温志成把电话一扔，不停地敲着桌面，"决一死战，决一死战……"

牧小芸走过来，"温总，您没事吧？"

温志成把刚才的电话内容简明扼要地跟她说了一遍，"老徐说，分包无望了，现在，我们保持既定战略，你约一下李甘新，我要跟他吃个饭，看他的态度，你约一个时间吧？"

关于温志成要跟李甘新吃饭这件事，牧小芸早就对李甘新作了暗示，从当时的情形判断，应该问题不大，都这么熟了，于是说："什么时候？"

"周六日及下周都可以，最好咱三人，所以你也去。"

温志成给自己点了一支烟，烟雾缭绕中，牧小芸拨通了李甘新的电话。看到牧小芸笑容逐渐绽放和频频点头，温志成心下稍安。

牧小芸放下电话："温总，他答应了，时间可能是下周，我会跟进一下。"

温志成的信心又有了少许膨胀，"好！"

第十一章 | 排他性支持

"投标前一天晚上，能做的事情都做了，能不能中标？我只能说，这好比有一个玩具，我给这些客户都上了发条，他们能走多远？能帮我多少？取决于发条拧得多紧，或许我还能做的，就是尽可能为它的前行制造便利。这时你应该明白，销售能做的事其实很有限。"

四川项目回忆

通擎华西大区销售总监　温志成

11.1

9 月 18 日早上九点半，四川中邦举行 CRM 标前会议，接到通知，肖山茂第一反应是：可能讨论分包的事，这事关温志成的公关成果，他跟自己打过招呼，说不定还能出点力，自然不会怠慢。他推开会议室的门，挨着徐长虹坐下，试探说："哎，老徐，这次招标有哪些新变化？"

徐长虹在焦急地整理自己的笔记本，还没有顾得上回答，招标办的老邓和牛力就走进来了。牛力简单交代几句，会议就开始了，肖山茂只好作罢。

此时徐长虹把电脑切换到屏幕，他首先总结了最近两月的选型工作，归纳了一些需求，确定技术线路和技术指标，并分析了这次选型要关注的重点。

当然了，上次跟牛总沟通过分包的事情，徐长虹这次不会再提了，而是采纳了牛总的建议，他说："鉴于项目的复杂性，我跟牛总也碰了一下，统一了口径，把 CRM 和 EAI 平台的需求分开，这样的话，投标的时候，集成商的方案分开写，报价也分开，但还是按一个标来投……"

牛力点点头。

肖山茂听老徐这么一说，口径都统一了，分包肯定没戏，心里嘀咕，温志成不是做了徐长虹的工作吗？难道中间有什么变化？或者牛力否定了？他不得而知。

随后招标办的老邓宣讲招标编制要求、评标原则、合同规范等，老邓戴上老花镜，埋头逐字逐句地念，"……工程项目的立项批准文件或年度投资计划下达后，按照工程项目报建管理办法规定执行……"

牛力皱着眉头看着天花板，肖山茂不耐烦地用手指划着桌面，一个选型骨干突然打断说:"邓主任,这个项目很急,我们想国庆前把这个标投完,有没有可能?"

老邓探出半个脑袋,"我知道,就是因为提前招标,所以很多工作要落实。"

骨干说:"那就讨论怎么落实吧?"

"你懂什么?"牛力手指朝骨干一点,厉声说,"落实,这是你问的事吗?能有点礼貌吗?"

那骨干肩膀一缩,低下了头。肖山茂心说,老牛这专横的脾气,和以前评标会上如出一辙。牛力威严地扫了一眼大家,最后转向老邓,老邓把眼镜摘了下来。

牛力的视线只在他脸上停留了两秒钟,就转向大家,慢条斯理地说:"老邓,招标提前是公司决定的,技术和商务标基本都落实好了,以前再紧急的标都开过,这个招标我们希望在国庆前结束,国庆后两周内进入合同期。"

老邓也慢条斯理地说:"我知道,主要是把责任分清楚,比如提前招标开标,那相应的请款也都是要提前的,到时候不能引起麻烦,不能有连锁反应。"

"是的,你很负责,财务也知道这个事情的,我还有点事,你们接着开,长虹,你跟老邓解释一下。"牛力拿起笔记本朝桌子边上敲了敲就离开了。

牛力离开后,肖山茂赶紧给温志成发了条短信:分包无望,其他正常。

温志成很快就回:我已经获知,谢谢。

肖山茂心说,也只能这样了。

半小时后,牛力回到会议室,他看了下大屏幕:

中邦 CRM 招标确定事项:

标书发售:9 月 19 日。

标书投递及开标日:9 月 26 日。

讲标:9 月 26-27 日。

公布结果:10 月 10 日(暂定)。

牛力淡淡地对徐长虹说:"发标到开标只有一周时间,来得及吗?"

徐长虹说:"来得及,他们写过几轮方案了,很快!"

牛力说:"那好!"

9 月 19 日,四川中邦招标文件发售日。每次售标,马涛总是第一个到达,今天也不例外,这次他不到九点半就拿到招标文件了,然后喜滋滋地打车离开,吩咐司机去一家饭店。因为在该饭店的二楼某个包间,也要举行一个标前会,这是朝腾的标前会,如果这个标前会没有发现什么异常的话,那朝腾是否中标就可以用两个字来形容:嘿嘿。

司机发动汽车,这还没到饭点呢,是不是听错了,于是确认一下,"去饭店?"

马涛很有彩头地笑了笑，"嗯，嘿嘿！"

来到饭店，服务员一把推开包间的门，她似乎很熟悉马涛的套路，知道他没这么快点菜，就自荐说："还和以前一样，先来些点心？"

"待会儿叫你。"马涛从包里抽出一本蓝色封面胶装书，上面赫然有一排粗体黑字：

四川中邦电讯客户关系管理系统项目招标文件。

马涛急忙翻到投标人须知，掐指一算，从拿招标文件到交标书也就一周时间，看来甲方打算来狠的，这正合自己口味。马涛嘎嘎一笑，接着又翻了一下业务与技术规范等条款，和以前需求书大同小异，虽然有些需求和业务目标描写得很中立，但理念和朝腾类似，当然了，针对四川中邦这样的老客户，朝腾不会继续玩那种"排他性指标"的控标手段了，免得对手告状说欺负人，马涛渐渐地沉浸在美好当中。

就在他打算合上招标文件的时候，他还是发现了有些不同，这次似乎把 CRM 业务和 EAI 分开描述了，报价和实施都是分开的。马涛眼珠一转，嗯，甲方还挺狡猾，这是担心有些人浑水摸鱼，嘿嘿，马涛颠来倒去地再看了一遍，没有其他异样，就掏出一根烟往嘴里一塞。

半截烟的工夫，吕让就踏进了包间，马涛急忙把招标文件递给吕让。

马涛说："我看了下，没有别的问题，就是把 CRM 业务和 EAI 分开了。"

"分开？什么意思？两个标段？"吕让眼角闪动，一言不发地看着招标文件，最后他指着一页条款，"这里说得很清楚，CRM 和 EAI 是两个方案，但都统一封装在一个技术卷里，只要没有分两个标段或标包就 OK！"

过了一小会，李小明和冯强两人相继赶到。人一多，包间立刻就热闹起来。

"刚刚拿到招标文件，先看一下！"吕让把招标文件递给李小明。他接过来，然后针对自己产品部分细细地过了一遍，幽幽一笑。

马涛说："怎么样？"

李小明说："和上次基本一样，XLOG 方案配置需要再调整一下，别的没事。"然后递给了冯强，冯强也对自己这边的产品检查了一下，"没多没少，跟上次一样。"

吕让若有所思地对李小明说："小明，我提个建议，这是为我好，也是为你好。这个项目我们志在必得，你这边李振云写的最新方案只能属于我们，不要发给其他公司，当然，产品和配置、价格、授权都可以给他们。"

这句话虽然是说给李小明听的，却首先在冯强这里起了反应，冯强呵呵点头道，"是的，是的，我也只发给您一家。"

马涛笑说："冯强，你的东西无所谓，哈哈。"

冯强尴尬地搔了搔头。

李小明胸口一挺，"吕哥，知道的，你不说我也是这样做的，力量要往一块使。"

马涛哈哈一笑，"这叫好钢用在刀刃上。服务员，过来一下！"

温志成浏览了一遍招标文件，需求写得很中立，说明徐长虹拿捏得很有分寸，不过没提分包，只是象征性地把方案分开，联想到上周五跟徐长虹的电话，既然是牛总否定了分包，这个否定就值得担忧了。

当温志成看到评分条款时，他嘴角一歪，和以往中邦四川招标文件一样，永远是技术分占 65%，商务分占 35%，评分细节也都是老样子。看来老徐基本对控标没有任何想法，或许是比较保守，或许还是牛总的主意？值得担忧啊。

难道就没有操作余地了吗？对了，徐长虹需要测试模块！他猛然记得他跟徐长虹的约定：不要把测试模块写进招标文件。想到这里，温志成肩膀一抖，念了一句，佛祖保佑。急忙拿起招标文件又狠狠地看了一遍，没有，还是不放心，又打开电子版，搜索"测试模块"，电脑提示：无。温志成苦笑，总算还有些劳动成果。

"傻笑什么啊？"后面有人嚷了一句。

温志成这才想起张龙还没走，他转过椅子。张龙傻傻地看着自己，"聊正事啊，这授权你什么时候要？他们这次预算是多少？我这边好给你报价。"

呵呵，人家中邦都没有打算选你 GEM，还要屁授权报价啊！温志成复杂地看了张龙一眼，当然了这些不能让张龙发觉，还是让他安乐死吧，可怜的孩子。他于是笃定地说："周五之前吧，快递到北京总部，写宋汉清收。预算呢，整个盘子一千二百万，所以你们这边价格要足够的低，我们报价才有操作余地。"

嘀嗒一响，温志成少许内疚的情绪被突如其来的手机短信驱散："温总，您好，为了配合贵司投标四川中邦 CRM 项目，请按招标文件格式提供贵司详细信息给我，我好提前为贵公司提供授权及操作相关事宜，XLOG 中国公司李小明敬上。"

张龙眉飞色舞地说："老温，还记得我上次在咖啡馆给你说的事吗？这次投标成功，我一定好好款待你哦。"

温志成此时正在给李小明回短信，以至于没有听张龙说话。

张龙抬手在温志成眼前晃了晃，"走神？"

温志成揉了揉眼睛，喃喃地说："昨晚没有睡好。"

张龙说："好吧，今天先聊到这，回头再联系。"

温志成这两天确实有些心绪不宁，他试着站起来送他，却发现腿有些麻，于是捶了下腿，咬牙切齿地说："哎呀！兄弟！腿麻！"

张龙手一摆，没事！就出去了。

张龙后脚刚走，牧小芸前脚就进来了，"温总，好消息！"

"嗯？"温志成头一扭，"啥好消息？"

牧小芸说："李甘新今天晚上有空，答应可以一起吃个饭了。"

如果此时还有什么让温志成能够打起精神的话，李甘新的饭局无疑是其中一个，这真是及时雨啊，温志成使劲捶了下腿，扶着墙壁站了起来。

温志成信心满满地说："小芸啊，做得不错，再交给你一个光荣的任务。"

牧小芸说："什么任务？"

温志成说："你明天去一趟北京，跟宋汉清他们学做标书。"

牧小芸立即就雀跃起来，"好啊。"

温志成把招标文件郑重地递给牧小芸，"从现在开始，研究标书，不，战书，这是战书，我们要跟朝腾决一死战！明白吗？"

牧小芸大声说："Yes，Sir！"

温志成最后说："还有一件事，你叮嘱一下宋汉清，我们只选择 XLOG 授权，GEM 的不能要。"

牧小芸点点头，表示明白。

这时，前台有人喊："温志成！"

温志成转身，门外站着一个快递小伙，他递给温志成一个信封。温志成扫了一眼上面的寄件人，吕让？什么玩意儿？他撕开信封，露出红色卡片，想起来了，再打开红色卡片，果然，里面有一个大大的囍字。

可以啊！吕让，刚下战书，你就来了请柬！嗯，刺激！

晚上跟李甘新的饭局安排在一家高档的湘菜馆，温志成没有想到李甘新这个成都人喜欢吃湘菜，还真有点特立独行。点完菜后，温志成建议来几瓶啤酒，李甘新笑呵呵地答应了，这一点让温志成感到舒服。

这次饭局，温志成目的很简单：首先要判断李甘新对通擎的态度或支持程度，顺带帮宋汉清收集下最后的需求。他从牧小芸的多次汇报中，感觉到李甘新是比较支持通擎的，但不亲自验证一下还是不放心。

当然了，这饭局的聊天步骤，温志成是顺手拈来，首先是场面话，场面话后插播一个时事新闻，话题聊开温志成就上路了。

温志成举杯碰了一下，"李主任，我看了下招标文件，感觉您这边的需求写得很扎实呢。"

李甘新说："我的需求一直没有变化，上次我就跟你们公司小宋说了，小宋也在方案里表达到了，我觉得他讲得挺好。"

这话不像泛泛而言，又让温志成一暖，当然了，唯一不足的是李甘新笑得有点假，但是温志成知道，他天生是这样笑的。

又是一次碰杯，双方把酒言欢，牧小芸积极地给大家添酒，李甘新笑眯眯地看了一眼牧小芸，"不要搞这么快嘛。"

温志成临时起意，再试探一下，"主任啊，我一直觉得我们小芸妹子不懂事啊，不知道您对她的服务满意吗？"说罢，粗鄙一笑。

李甘新看着牧小芸，表情严肃起来，平时笑惯了的他严肃起来有些让人不适应，他鼻子抽了抽，"啊，小芸嘛，有些不够意思，少请我吃了两顿饭！"

李甘新陡然哈哈大笑。

啊呀，吓老子一跳，温志成拍了下膝盖，客户可以主动跟小芸开玩笑了，这是极好的。他心情大悦，"小芸，自罚一杯，跟主任请罪！"

牧小芸端着酒杯，装着哭腔，"你们都欺负一个弱女子，主任，我自罚一杯哦！"

牧小芸一口闷了。温志成笑呵呵地鼓起了掌，"好好好，要有这种服务精神。主任呐。"

李甘新应道："嗯！"

温志成觉得此时需要李甘新一个态度了，当然，要别人态度，自己得有一个态度。不过苦恼的是，公司不太可能有额外的投入，也不可能有像搞定徐长虹那样的步骤了，加上牧小芸在旁边，只好先委婉表一下诚心，"主任，其实我们真正的服务精神是八字方针：双赢、合作、积极、亲诚。今天这个饭局是双方接洽的一个机会，让我学到了很多，我看最近投标也比较多，小芸也要回北京。我想标后看看，能否找个地方，就咱俩好好吃个饭，咱们……聊些细节，嗯。"

李甘新点头笑了下，"有机会，有机会！来，我们干一杯！敬你。"

温志成这次一口闷，然后自己满上，又一口干了，他把酒杯一放，笃定地说："李主任，真的，我通擎这个标，就拜托您了。"

李甘新还是呵呵一笑，"嗯，温经理，你们的方案，我大致了解，不错，你们做了很多工作，我支持你们，应该的嘛。"

温志成脸上舒心，内心还是没有放松，他还想帮宋汉清问一下需求，"您这边还有哪些具体的需求或想法？我向我们售前顾问转达一下。"

李甘新爽朗地说："没啦！我需求全部在招标文件里。"

"好！主任，我的话全部在这酒里。"温志成再敬酒一杯。

送走李甘新后，温志成没有立即回宾馆，而是在路边点了一支烟，回顾今晚的饭局，有两点是比较放心的，一是李甘新今天晚上的表态，都几乎是直抒胸臆了。二是牧小芸这么长时间的工作推动及评价都是正面的。让自己不放心的也有两点：一、自己虽给了李甘新伏笔，却没给他一颗定心丸，不过李甘新一副人畜无害的样子，很难评估刚才的举措，有些患得患失吧。二、这次饭局情理貌似都很好，但感觉某个地方烧不透或是点不燃，总之，没有销售之毒的感觉，当然了，或许牧小芸有。对了，得跟牧小芸发个短信，她应该把李甘新送回家了吧。

"主任送到家了吗？顺利吧？"

"很顺利，我也已经回家了。"

"好的，早点休息，别误了明天去北京的航班！加油！"

"谢谢老板！"

温志成把烟一扔，朝一辆的士招了招手。

11.2

一拿到招标文件电子档，宋汉清就仔细地研读了两遍，温志成的能量就这么大，只能靠售前发力提高投标评分分数了。从理论上说，要提高分数，就抓住两点：一是写好标书，二是讲好标书。

那么如何写好标书呢，宋汉清把鲁小强叫到自己的办公室，分了下工，自己负责软件部分，鲁小强负责硬件部分。两人把标书研讨一番，然后在电脑里大致整理了一个思路：

一、确定整体技术标书的逻辑结构。

1.1　CRM 技术方案卷（包括软件硬件）。

1.2　EAI 技术方案卷（包括软件硬件）。

1.3　其他投标书文件及材料。

二、映射整体标书的七大要点：需求、架构、功能、安全、性能、质量、实施（这个是徐长虹提出的），以及通用需求。

三、映射那些可以超越朝腾及其他对手的闪光功能点，充分体现通擎的方案特性。

四、映射甲方决策者潜在的个性化需求：

4.1　徐长虹的个性需求：全盘功能及逻辑性、EAI 测试模块等需求（最近提出）。

这块不难。老徐接触了很多次，对通擎非常信任，基本上是自己人了。

4.2　肖山茂的个性需求：CRM 与 EAI 的整合能力（第一次交流提出）。

这一块是通擎的强项。肖哥是温志成的铁杆，铁定会支持。

4.3　李甘新的个性需求：（第二次交流提出：营销资源、客服、合作伙伴管理，解决商业数据不完整，提升接入渠道和特服整合力量等需求）。

（这些东西上次就解决了，这次可以细化一下）。

4.4　牛力的个性需求：（备注：一直没有体现）。

印象中，与牛总的接触就限于公共场合，就是第一次交流的时候，当时他对通擎印象似乎不错，但他是朝腾的支持者，这个坎，温志成多年都没有跨过。他会有什么需求呢？应该也体现在标书里了，而标书几乎都是全部满足的，应该能包括牛总的需求了吧。

五、报价策略。

六、讲标 PPT 结构及思路（待定）。

思路定下后，宋汉清对鲁小强说："兄弟，咱们从今天开始都得加班加点了。"

正说着，响起了敲门声。

宋汉清回头一看，眼睛亮了。

门口站着一个女孩，女孩穿着一件橙色外套，下身穿着紧身的铅笔裤，手上挽着大大的一个黑色提包。

来人是牧小芸。

温志成今天早上 7 点半就起床了，他坐在床上静静待了三分钟，昨天晚上跟姜正山通了一个多小时的电话，脑瓜子现在还痛。

昨晚老姜问这个标多大希望，温志成把方方面面捋了一遍，然后告诉他，由于在某种层面搞定了中层决策者，但分包不成功，又碍于四川中邦的惯性决策，只有 55% 的希望。姜正山觉得这个数字有些乐观，不过念及他的努力有些成效，资源投入也不大，公司还是很配合温志成的操作。

怎么操作呢？

温志成制定两个梯度的操作，第一梯度先操作两件关键事情：一是推动徐长虹的排他性支持；二是拜会牛力。

第二梯度：做李甘新和肖山茂的工作，操作方式待定。

之所以把徐长虹和牛力放在第一梯度，原因很简单，他们是选型的中坚力量，如果不能探明他们的口风和支持程度，第二梯度的策略就无法制定。

针对徐长虹，温志成跟姜正山的意见是一样的：既然"搞定"了徐长虹，方案也符合徐长虹的诸多利益，那么在投标前，可以鼓动一下排他性支持。如果他答应了，还是有一定效果的，效果会有多大，不好说，不过自己多一份机会，对手必然少一份机会，所以有积极意义。如果他不答应或答复不了，也不着急，毕竟也是对自己无害的。

而对于拜会牛力这件事儿，温志成跟姜正山的意见不太统一，姜正山重点强调搞定牛力，温志成觉得有些天真！

因为温志成还是比较了解情况的，说实话，牛力除了很少私下吃饭喝茶以外，对自己还算客气，一个明显的例子就是，8 月份的那次交流，牛力对自己态度还蛮好的，搭话说事都很中肯，只是线搭不稳，更别说搞定他了，无论跟他私下交流什么，总是一副淡然处之的态度。最合理的猜测是吕让搞定了牛力，朝腾的方案满足牛力的需求，符合牛力的利益，甚至是长期利益，也就形成了长期信任与联盟合作关系，进而具备天然的排他性，所以吕让独揽大单。当然，没有永恒的朋友，只有永恒的利益，这里可能存在有突破的地方，但太缺乏契机了。提到"突破"，温志成不是没努力，一个多月前安排牧小芸专攻他的秘书钟天，想来个曲线救国的方式抓牢牛力这根线，事后证明这个方法破产了。

正是因为这些原因，决定了短期内搞定牛力的定位是不现实的，甚至引起警觉而带来麻烦。但可以定位为"照镜子"，"照镜子"是温志成的自创术语，意思就是，以征询项目信息为契机去拜会甲方高层，同时判断高层对自己公司的态度，自己在高层什么位置，这些应该是可办到的，而且这个目标低，相对来说心理压力小很多，当然了这个"照镜子"还有两个好处：一、顺带还可以帮宋汉清打探一下需求。二、提前摸高层的态度，或许能去判断自己的机会大不大，然后合理分配自己的资源砝码，这个就不会跟姜正山商量了。

随后，姜正山也聊到了肖山茂和李甘新，姜正山思路也比较激进，但温志成对他俩有自己的想法，至于怎么搞，他觉得要见过徐长虹和牛力的面再说，于是放在了第二梯度。

所谓双拳难敌四手，一个一个来，他在宾馆餐厅吃了一顿早餐后，就开始着手第一件事情：推动徐长虹的排他性支持。

他拨通了徐长虹的电话，确认老徐刚好不太忙，在外面开车走着，就拿捏说："主任啊，最近我店铺做宣传，我想跟主任讨几张照片，呵呵。"

但愿老徐听得出这弦外之音。

徐长虹呵呵一笑，"哦，我回头压缩一下，发你几十张，你自己选！"

听到徐长虹的态度，温志成来神了，"呀，那太好了。另外一个重要事情，我想中午请你吃饭，这个项目上的事有些纠结，想碰一碰。"

"还是电话聊吧，我看看，找个地方停下车，嗯。"徐长虹说话一停一顿，"等五分钟，我给你打过去？"

老徐还是比较积极的,不过电话谈这事不方便,最好还是见面聊,温志成说:"你在哪儿?我过去找你吧。"

徐长虹说:"要不,你告诉我你的位置,我看过去来得及吗?"

温志成心说,自己住的快捷酒店既逼仄又简陋,还是不让客户见到的好,就说:"我这你不好找,这样吧,我前面有一个标志建筑,C商城,要不在商城门口见面。"

"嗯,顺路,我五分钟赶到。"

五分钟后,温志成坐上了徐长虹的车。徐长虹见他一副沧桑模样,就说:"没睡好?"

温志成正在思考如何开口,一听老徐这话,就叹了口气,"嗨,难啊,昨天晚上我一宿没睡,还不是项目的事闹的。"

徐长虹说:"你这个状态如何投标啊?"

温志成说:"我在想一个比投标更重要的事儿。"

徐长虹说:"哦?"

温志成说:"你觉得通擎到底如何?"

徐长虹说:"不错啊,我对你们两次交流都比较认可,你们方案有一个其他公司没有的特性,就是CRM与EAI的整合能力更好,适合我未来的设想,又有成熟的案例,风险相对小一些。"

温志成点点头,"徐主任你真是好人呐,要是牛总跟你一个思路就好了,嗨,不怕你笑话,我到现在也不知道牛总的态度啊!"

"其实他……,他也要关心风险的嘛!这个项目和以前不同。"

温志成决定故意试探一下,"最近谁接触牛总比较频繁?"

"这我还真不清楚,他有时都不在单位。"

"呵呵!"温志成笑了笑,他决定表明自己的难处,"这个项目,坦诚地说,朝腾这家公司方案不行,但我觉得他会是我主要的对手。"

徐长虹默默地说:"我明白你的意思,不过牛总也要考虑风险。"

温志成暗忖,该说关键事件了。毕竟要拜托徐长虹运作排他性支持,本着自己跟徐长虹的情谊程度和共同利益两者出发考虑:搞定徐长虹时间不长,关系还到不了情比金坚的程度,而利益共同体也到不了生死与共的地步,所以在有限的后续资源投入下,这种事情的操作既不能太给徐长虹压力,又不能脸皮太薄,该说还是说。于是抓了下脑袋,用一种开玩笑的语气,同时充满期待的眼神说:"徐主任,如果每个客户都和你一样就好了,我什么单子都能签啊,哎,可惜啊。"

徐长虹说:"我看你是话中有话啊,没关系,你讲。"

温志成诚恳地说："这次投标论实力我根本不怕，但投标涉及面太广，如果您能做到排他性地支持我们，我赢的可能性就更大。"

徐长虹默默地抬起头，眼睛转了转，显然这是在思考。温志成眯着眼看着前方，猜测老徐会有什么反应，自己好随时调整思路。

"是这样的啊，"徐长虹说，"这里面情况说简单也简单，说复杂也复杂，我们会提建议，但最终决定还是公司牛总这边来拿，毕竟他要签字……"

徐长虹长长地吐了口气，脑袋晃了一晃。

老徐反应还算正常，温志成决定换种形式，"也可以这样，你可以提高一下通擎的分数，尽量拉开其他对手的距离，我赢的可能性也比较大，我保证我们的方案是最优的。"

"嗯，我想想！"徐长虹这次很快就有了积极的反应，"这个！"

温志成决定以退为进，呵呵一笑，"不急，不必立即答复我，没关系的，毕竟大家普遍看好我们通擎呢。"

徐长虹眼睛眨了一眨，没有听温志成说话，似乎还在思考这事。

温志成倒是轻松多了，他探头探脑地望着外面，突然拍了下徐长虹，"嗯，你看，大厦里面有个咖啡馆，要不进去坐一下？"

"行！"徐长虹立即补充说，"我是说，我帮你拉开距离没有问题，你们把这个标做好吧。"

温志成爽朗一笑，"哎哟，那就太好了。"

下午该去牛力那里"照镜子"了，温志成跟肖山茂通了个电话，得知牛力在公司，机不可失，失不再来，温志成立即动身，他知道约牛力可能没戏，倒是可以制造一个机会碰一碰，反正也就是碰一碰嘛。温志成把招标文件往笔记本包里一塞，脑海浮现出以往跟牛总会面的情形，喃喃道，"到牛总那里去照镜子，千言万语啊，去吧！"

下午快两点的时候，温志成来到了牛力的办公室门口，他打量了这扇紧闭的棕红色房门，直到脑海里清晰地回想起这个房间的布局，他才举手敲门。

牛力的房间布局应该是这样的：靠里墙有一套绛红色的组合柜，上面阵列各式奖牌和若干书籍。组合柜之前，有一张钢制回转角的真皮老板椅和一台棕色的大班桌，那班桌虎踞在灰暗地毯上，显得威风凛凛。大班桌的对面有两把小一号的纯牛皮钢制椅子，就算没有人坐在上面，那老板椅好像也可以给两张钢椅发号施令一样。

房里响起了咳嗽声，温志成立即露出一副克勤克俭、行色匆匆的样子。

"谁啊？"是牛力的声音。

"是我，小温呐！"

开门的是一个头发花白的老者，估计也是某个领导，当然，级别可能比牛力小。温志成朝他礼貌地点点头，然后转头一看，牛力正看着自己。

温志成急忙开启应景模式，朗声说道："牛总，您在呢，是这样的，我看了下招标文件，有几个地方不是很明确，然后我找咱们中邦的联络人徐主任，他好像不在办公室，所以，我就来您这边了。"

"哦，什么问题？"牛力似乎不耐烦，又似乎无所谓。

"您稍等。"温志成急忙上前几步，掏出招标文件，翻开一页递给了牛力，"这里说，投标方案应包含网络节点的安装材料和清单，以及连接各种设备和硬件的线缆。可是这些在报价清单表中没有对应的栏目，只有综合布线，我想确认一下，这部分价格是包含在综合布线里呢，还是额外增加一个报价栏目？"

牛力翻开招标文件，仔细地查看，此时老者已经坐回长条沙发，翻着报纸，喉咙时不时发出咕哝声。

牛力把招标文件递还给温志成，"就包含在综合布线里，如果额外报价，每个厂家报价项目就会乱。"

温志成笑说："哦！这就明白了，我还有一个问题……"

"我给你一个徐长虹的手机号码，你直接找他。"牛力拿起桌上的手机，试图调出了号码。

"我有他电话，只是没接，没关系，我回头联系他吧。"温志成没有要走的意思，从刚才牛力的举动看得出，他对自己态度还可以，于是他决定帮宋汉清问一下他的需求，这个话术早就想好了，"哎呀，不知道牛总届时是否听我们讲标呢？"

"这个，看情况吧！"牛力看着他的笔记本说。

显然牛力有些敷衍了，温志成立即说："听说这次讲标时间不长，不知道牛总您这边想关注什么？我们讲标的时候好有些针对性？"

牛总继续看着电脑，"我的关注？讲出你们的实力吧，啊！"说这个"啊"的时候，牛力才看他一眼。

嗯，看来不能追问了，见好就收吧，温志成点头说："成！我知道了，您先忙！谢谢牛总，再见。"

牛总看着电脑，点了点头。

告别了牛力，温志成悻悻然地走进电梯，"照镜子"结束了。很显然，效果不算好也不算坏，虽然这是意料之中的，他也只能无言以对，直到电梯缓缓合上，他从光亮如镜的电梯门看到憔悴的自己，然后，一声沉重的喘息，又把自己拉回到现实，他茫然四顾，现实就是这样，现实很残酷……

在残酷的事实面前，三个臭皮匠能打倒诸葛亮？这是一个问题。

徐长虹这个臭皮匠已经有安排了，手里还没有动用的只有两个臭皮匠了：一个是李甘新，一个是肖山茂。

首先说李甘新，目前看来，他算是通擎的支持者，虽然貌似聊得来，但在私人感情上只跟他寥寥一场饭局而已，也没有深远的共同利益诉求，而牧小芸跟他貌似默契，所以不如让牧小芸来操作，自己给予相应指示。

有了推动徐长虹的经验，指示就简单了，首先应该推动排他性支持，这个要求高，李甘新答应更好，不答应，就推动评分给予照顾，这个是底线，可相应做出承诺。

嗯，就这样吧。他立即给牧小芸通了一个电话，反复传达了自己的思想，直到牧小芸完全明白为止才挂电话。

而肖山茂，这是多年来最稳固的关系，是平时的好友，战时的联盟，是最顺手的一张牌，即便不说，他也会支持自己。温志成对这张牌的打法想了很多，甚至他有一个恶毒的念头。

这个念头缘起于 4 个月前四川中邦的一个事故。当时朝腾的某核心系统突然变慢，影响了很多关键业务的运行，肖山茂立即联系朝腾，朝腾维护人员过来救急，由于担心涉及的系统过多，通擎的维护工程师也过来待命，朝腾花了近 24 个小时才弄好。

后来通擎工程师跟肖山茂手下喝酒闲聊，终于知道了这个事故的起因：出事的那天，一个内部员工不小心踢了下接线板，导致重启了一台日志服务器，于是就有了这个事故。

通擎的工程师事后检查了前后多张 Statspark 和其他资料后，找到了症结：朝腾系统前后台数据库不合理关联，日志归档文件太小切换频繁，甚至出现过同一块磁盘存储不同业务系统的数据。如果这些症结不优化，哪怕是任何一个节点出现异常，都可能引起系统繁忙，甚至中断。

这个工程师还对温志成开玩笑说，其实朝腾并没有完全修好，只要给其中一个接线板踹一脚，老毛病还得继续犯，温志成当时权当一个笑话听。后来中邦启动 CRM 项目，通擎跟朝腾一路展开了拉锯战，最后，朝腾力量还是大于通擎，于是温志成脑海里突然酝酿了一个恶念：在下周投标的时候，给这台日志服务器来个突然断电，这一脚只要"踹"得神不知鬼不觉，肖山茂、徐长虹、李甘新三个臭皮匠群起攻之，把事情闹大，就算牛力有再大的本事，恐怕也救不了身后起火吧，那么他还会支持朝腾赢单吗？

当然了，这一脚踹下去，最受伤的人恐怕就是肖山茂了，因为这里涉及他部门职责，而且他在中邦的背景和资历比徐长虹和李甘新都浅，出了这事，牛力会不会联想？吕让会不会联想？会不会有内鬼告密？如果牛力恼羞成怒，肖山茂政治前途恐怕不保，他不保，以后自己也没有靠山了。其实在 8 月份的时候，牛力让徐长虹替换肖山茂来主导这次选型，温志成就偶尔胡乱猜想过：是不是牛力看到了什么，提前整顿一下"纪律"？虽然这个猜测不一定靠谱，但总觉得这里面不会这么简单⋯⋯

而销售底线、良知，以及对朋友的道义和忠诚都很重要。虽然，商场里，谁无情，谁就赢，而无情也是一种巨大的成本，想不到单子打到这里，却要纠结这个问题。

关键时刻，咱还讲道义吗？还对朋友忠诚吗？温志成沿着街道一路向西，迎面的秋阳和煦地照在脸上，而背肌有一种热力在四处蔓延，几经彷徨，好吧，他掏出手机，贴在脸上，坚定而又温和地笑道："嗨啊，肖哥，忙吗？你哪天有空啊，老弟我想跟你喝杯酒，你有空了就给我打电话吧，⋯⋯一切安好，咱不谈项目，咱谈明天！"

11.3

9 月 22 日，成都的天气突然热了起来。今天应该是各大集成商写标书的巅峰日期，方案所涉及的产品版本、型号、价格都要初步定下来了。集成商投标，也把厂商忙坏了，李小明为了给各个集成商授权报价，自然也是忙得脚不粘地。好在北京总部那边全力配合，两天之内终于忙完了，今天中午胡乱吃了点东西就回到宾馆。

回到宾馆，看到手机里面有几个未接电话，其中就有张书明的，老张还发了两条短信。

第一条是：

你没带手机？赶快把上次李振云做的方案给其他几家公司发一份，你要知道我们的对手是 GEM，要尽最大力量保证我们胜出。

第二条比较简单：

等下君月科技有人找你，也都是老关系了，你照顾一下。

李小明心说，连通擎都支持我们的产品了，这个项目有 GEM 什么事，这老张总是小心翼翼的，再说了，吕让有言在先，我谁也不给。他懒得解释，就顺手敲了几个字，回复道：知道了，我来处理。

短信刚发，手机就响了起来，他瞥了一眼，是君月销售的电话，他强作笑容按下了通话键。

"呃，是我，知道知道，方案的事情是这样，我已经发了一份产品详细介绍给大家，你们改改就行了……不好意思，我在开车……回头聊，再见。"

白天的炎热延续到了晚上。晚上 9 点，温志成告别肖山茂回到了酒店。

快捷酒店走廊的灯光似乎没有昨天的明亮，温志成也没有闻到往日熟悉的稻草味道，可能是酒喝多了的缘故，对什么都反应迟钝了。他一手拿着一个纸盒，一手掏出门卡，晃了一晃，打了一个酒嗝。

开门的瞬间，他差点摔倒。

本来他不会喝这么多酒，肖山茂也说最多来八支啤酒，两人天南地北一顿乱侃，最后还是扯到了项目上，肖哥表示这个单子一定帮他争取，温志成一高兴，又要了八支，当然这些啤酒大部分是他自己喝完的。

温志成坐在床上，打开纸盒，里面是一只小黄鸭，这是送给女儿的礼物，国庆节快到了，妻子和女儿会提前请假来成都，一家三口打算在成都过国庆节。

他把小黄鸭颠倒过来，拧了几下发条，然后放在桌上。小黄鸭一摇一摆地走着，欢实地踢踏踢踏……在视线中渐渐模糊。下一步怎么办？温志成眯缝着眼睛，脑袋机械地想到中邦这个项目，还有哪些事情要做呢？其实，该做的功课也都做了，徐长虹、李甘新、肖山茂、牛力，能到位的差不多都到位了，就好比，温志成看了一眼渐行渐远的小黄鸭，尽自己所能给这些客户都上了发条，他们能走多远，能帮自己多少，取决于发条拧得多紧[①]。看到小黄鸭马上就要碰到桌上的电视遥控器，温志成赶紧拿开，而此时还能做的，就是尽可能地制造便利……啊，对！跟踪一下宋汉清他们的标书情况，尽快把价格先做出来，酌情降点价，好让甲方找到给通擎打高分的理由，毕竟商务分也有 35 分呢。

现在这种情况，能捞一点算一点。

牧小芸一到北京，当天就投入标书的编写工作，她负责所有商务标书的编写，宋汉清和鲁小强负责技术标书的编写。由于商务标书相对比较简单，根据招标文

---

① 有一种精神叫"拧紧发条做销售"。从技术交流、调研，到搞定徐长虹、分包，再到推动排他性支持，读者可以感受到温志成的密集操作，如同拧紧发条去抓取或碾压每一条道路上的每一个机会或障碍。这或许也是一种"销售问道"吧。

件的商务要求和标书编写流程，牧小芸很快就走入了正轨。

此时商务标书资料几乎全部齐活，方案所涉及的产品授权已到，当然 GEM 的授权排除在外，现在就等最后价格和商务应答了，而技术标书这边，在宋汉清和鲁小强的努力下，目前进行到了第二轮修订，如果不出意外，今晚就能完成。

晚上 8 点，标书组成员转战到会议室，这里能上网、有投影，任何想法能直接沟通。为了方便讨论，宋汉清干脆把所有的文件打印出来，然后分门别类地摆放在椭圆形的会议桌上。

牧小芸拿着手机从外面走了进来，"老温想把总报价下调 30 万，我觉得把 CRM 和 EAI 两块各降 15 万，怎么样？"

宋汉清说："首先不要动我们自己的利润。鲁小强，你把非关键的网络设备、主机和存储，稍微降低一个档次或配置，看看价格降低了多少？"

鲁小强利索地敲打着键盘，小忙了一阵，得出了结论："降低了 27 万。"

宋汉清说："然后把所有第三方产品降半个百分点，以及集成费、调试费、培训费全部再降半个百分点，你看看降低了多少？"

牧小芸整合鲁小强的新报价，然后用 Excel 算了一下，"降低了 29.3 万，哈哈，收工。"

宋汉清说："我们要对整体价格了然于胸，因为投标现场，我们随时要对客户的苛刻想法有回应，回应错了，会很被动。"

牧小芸说："只要有你们在，我就放心了。"

宋汉清对牧小芸说："中标以后，你有什么打算？"

牧小芸畅想了一下，"中标以后，带我老妈逛商场，给她买件衣服。"

"小强，你呢？"

"看奖金有多少了，我打算给自己换台笔记本。"

牧小芸说："为什么不给你女朋友买台电脑？自私！"

鲁小强说："关键是我没女朋友啊。"

牧小芸看了一眼宋汉清，"你呢？"

宋汉清笑说："我也打算给自己换台笔记本，哼哼。"

"没劲，我做正事了。"牧小芸麻利地说，"我们现在做商务应答，你看，这里的商务应答，都必须答满足吗？"

"我看看！"宋汉清把椅子挪过来，"招标文件有规定，有些条款写满足，有些条款写明白或理解。比如这一条，回答理解就可以了；而这一条必须是满足，再多加几句话，看来这里不少错误，我俩逐条对一下。"

"这个方法好。"牧小芸把光标置于第一条，然后往下走，宋汉清逐条判断。

"满足，满足，理解，满足，满足，满足，这里加一句话……"

牧小芸按照宋汉清的口述，开始敲键盘……

也不知道过了多久，会议室传来很有韵律的鼾声，鲁小强趴在桌子上睡着了。

"嘘，咱小声点。"两人偷偷把头埋起来。

"满足，这里再加一条……"宋汉清轻声说，牧小芸白皙的手指轻盈地敲打着键盘，此时的牧小芸无论从哪个角度看过去，都显得光彩照人，宋汉清继续说："满足，我们在四川有强大的售后服务队伍，支持 7×24 小时……"

通擎四川都没几个人，还强大的服务队伍，牧小芸忍不住咯咯一笑。

"嘘！"宋汉清威胁道，"严肃点，你还想不想给你老妈买衣服了。"

牧小芸哪能严肃起来，敲到一半，又忍不住笑了，肩膀也颤抖起来，秀发轻柔地扫过宋汉清的脸庞。宋汉清脑袋突然晕了，他也不知道为什么，总之神来一笔，顺势扭头吻了一下牧小芸的脸蛋。她终于止住笑了。

牧小芸一声不吭地敲着键盘，眼里闪烁着光芒，宋汉清两手搭在颈椎上，似乎这样才能抵住后背涌动的火热入侵大脑，否则又不知道会有哪些荒唐的举动，他抬头看了一眼对面的鲁小强，鲁小强还和死猪一样。

牧小芸敲着键盘，突然轻声说，"听温志成说，你很花心！"

宋汉清回头看了看光标，轻声回应："满足！"

咔嚓！牧小芸把笔记本一合，鲁小强受到惊吓，一个激灵挺起了身板。

宋汉清立即说："小强，茶壶没水了，你去饮水机那边烧点水吧。"

"哦，好的。"鲁小强打了个哈欠，拿着茶壶走了出去。

宋汉清对牧小芸温和地说："国庆节你有什么打算？"

牧小芸哼地一笑，"我国庆忙相亲！"

宋汉清厚颜又调皮地说："那我们相一次好不好啊？"

牧小芸眉头一横，"你都过不了我妈这一关，你自己都承认了，太花心！"

宋汉清笑说："温志成真这么说？"

牧小芸得意地说："你看，你看，你紧张了吧，嘿嘿！"

宋汉清说："没理由啊，他是了解我的，他没有说我这个人其实挺好？"

牧小芸说："没有。"

沉默。

宋汉清说休息一下，牧小芸说好。

宋汉清看了一眼牧小芸，试探说："唉，咱们投完标，你带我去成都转转啊。"

牧小芸说："你经常来成都还让我带你转？"

宋汉清双手垫在脑后，"咱们成都不是一直没有签大单么，所以来得少啊，惭愧，都怪我。"

良久，牧小芸说："这会议室好闷啊！"

宋汉清站起来，拉开窗户，一股潮湿的清风卷了进来，沁人心脾，牧小芸雀跃地望着外面，"哇，北京下雨了。"

宋汉清说："下雨有什么好开心的。"

牧小芸看着窗外的雨，她蹦跳着，伸出手，哼着小曲儿，触碰着从天而降的雨水，似乎心思不在项目上了，她看宋汉清发呆，就说："汉清，以前我们没有中标，是运气不好，等投标结束，我带你去趟昭觉寺，咱们一定打败朝腾，好不好？"

"好啊！"

宋汉清舒了口气，抬头远眺，窗外雨越下越大，一记闪电，远处的楼群镀上了一层青灰色的光晕，如迷雾中一座座湿漉漉的孤岛，而随后的雷鸣，让整个北京变得异常寂静，悄然无声。

二十公里外的朝阳区也同样笼罩在雨幕中，此时，中央商务区摩天大楼顶层的霓虹灯已迫不及待地争相闪耀，崭露峥嵘，仿佛这些摩天大楼就是为黑暗而生的。在东北三环的上空，一道暗红色的闪光眨了两下，远看过去，"朝腾"两字如黑暗悬崖上刚刚苏醒怪兽的巨瞳。

这双巨瞳正下方若干层，依然亮着灯，这是朝腾的会议室，这里正在上演四川中邦 CRM 标前第一次评审会。马涛撸起袖子，麻利而又夸张地摆弄桌上的投影仪，随着墙上的光幕越来越清晰，他狰狞一笑，唐宁立即站了起来，拿着光笔朗朗宣讲。会议室最后的牛皮椅子上坐着的是吕让，他目不转睛地盯着屏幕，又是一记闪电，他偏过头，看了一眼窗外。

9 月 25 日，投标的前一天，温志成早上出去转了一圈，突然想起了什么，又折回了酒店，他快速地打开电脑，登录邮箱。

徐长虹没有把他的摄影作品发过来，说好的发邮件，怎么还没发？是徐长虹没有真正搞定？或承诺变卦？

不会，通擎的方案符合徐长虹的利益，他是一个成熟的甲方，也多次私通款曲，也交过心。

正因为交心，老徐肯定知道自己逐渐明晰的用意，也知道镜头是可轻可重的礼物，也知道项目的后续还有长期的受益，而知道这些又不发邮件，有可能是，徐长虹还没往这方面想，也可能是……徐长虹觉得如果没有推动通擎中标，他可避免尴尬。总之，老徐应该还是支持自己的，如果这个推测不足够肯定的话，那么昨天晚上跟徐长虹的电话更是一个佐证。

原来昨天温志成闲来无事，决定电话骚扰下徐长虹，因为快投标了，习惯性骚扰早已成为温志成的习惯，这次老徐又跟温志成透露了一些内幕。

第一个内幕是：26 日开标，6 家公司抽签讲标（26 日两家，27 日四家），议标形式，评委就是 4 个内部人员，牛力、徐长虹、肖山茂、李甘新，现场会写评语，等六家公司讲标结束后才统一评分，然后牛力主持统一讨论。

温志成对这个内幕的解读是：只有四个内部专家的议标，统一评分，还要统一讨论，这一讨论，很可能才是真正的评标，说明人治的可能性相当大。

第二个内幕是：中邦原则上选择两家排名靠前的公司进行商务谈判，如果第一家谈判有意外，第二家才有机会。

温志成对这个内幕的解读是：貌似合理的谈判步骤，还是有人为干预的因素在里面，所以这也是人治的方式决标。

虽然这些内幕对通擎来说，消极因素多于积极因素，但徐长虹既然肯透露这些，至少说明徐长虹跟自己还是一个阵营的。

温志成一声叹息，徐长虹还是那个徐长虹，自己却还在纠结镜头这个屁大的事儿，看来这销售把心眼都做小了，于是思绪就不在邮件上。牧小芸、宋汉清标书小组马上要到成都了，该不该跟他们说这些呢，说了，可能增加他们讲标负担，不说方针不好定，看来只能挑积极因素跟他们讲了。是的，自己也该积极点了。

第十二章 │投标与审判

"我从来没有这么惶恐过，我在等待一个结果，那是一种审判！那种滋味让人窒息！"

四川项目回忆

通擎华西大区销售总监 温志成

12.1

9月26日早上8点半，阳光透过四川中邦大楼的玻璃墙壁，把整个大楼映衬得明黄透亮，倍感和煦。

今天是个好日子，四川中邦又迎来了一个历史时刻，运筹了几个月的项目在半小时后就要开标了，开标地点定在二楼206会议室。

会议室外面是一个大厅，大厅里已经有几家公司代表过来了，这些代表以公司为单位散落在大厅的几个角落，小声地聊着投标的事情，或者讨论最近的新闻，但无论聊什么话题，都警觉地观看路过的行人，生怕自己的谈话被人偷听似的。在他们聊得正欢的时候，一队人马从东边的自动扶梯悄然而上，这些人都身穿黑色正装，不动声色地缓缓而行，但还是吸引了大家的眼球。在投标这种场合，低调是没有用的。

"是通擎。"有人细声说。

"切！"另外一人轻蔑地说了一声后，继续吩咐着刚才的指示。

走在最前面的是温志成，他打望了一下整个大厅，同时感觉到四周那些漫不经心而又复杂的眼神，那是只有职业赌徒才有的眼神，轻视、嫉妒、怨恨、紧张等元素交织在一起，是的，我们就是赌徒，背着上千万的筹码大踏步进来。跟在他后面的是宋汉清，他拖着一个巨大的拉杆包箱更惹眼，傻子都知道这里面是标书，再后面是牧小芸和鲁小强，两人不紧不慢。

签到台有一男一女负责签到，温志成过去打了声招呼，取出身份证和一个信封，信封里面有一张投标保证金支票，男的取出支票，用手弹了一下，正反面都检查了一遍，然后麻利地放回信封，"来，我看看你们的标书。"

宋汉清把箱子打开，里面是一个长方形棕灰色纸箱，完整地贴着封口，上面是红色的印鉴。男的粗粗一看，就对宋汉清说搭把手，两人把标书抬到进了206。

女孩对温志成说："您签下字吧。"

温志成庄重地签下了自己的名字，带领大家走到一边。

忽然，大厅传出一阵喧闹，只见朝腾公司和君月科技两帮人马几乎同时来到大厅，朝腾来了四人，君月科技一行竟然来了七人，他们个个西装革履。朝腾为首的是马涛，和他差不多并排的是吕让，随后是唐宁和李航。

宋汉清环视了一遍，"看来六大家族都悉数到场，一场好戏马上上演。"

牧小芸好奇地说："我经常听到六大家族，具体是哪六大啊？"

"就是'朝通吉，东君立'六家公司啊。"宋汉清又给她解释了一遍。

朝，北京朝腾信息股份有限公司；通，北京通擎技术有限公司；吉，吉正信元科技有限公司；东，浙江东创汇信软件有限公司；君，君月科技有限公司；立，立嘉信软件有限公司。

这六大家族一般在投标的时候就会同时浮出水面。

马涛签完到，脸上洋溢着兴奋。诚然，他是所有人中最放松的一个，而他旁边的吕让倒是规规矩矩、沉稳内敛的样子，这让他看上去颇有修养。

温志成眯缝着眼，漫不经心地看着吕让，若有所思。宋汉清看了一眼唐宁，然后扭头看着牧小芸，"咱们什么时候去昭觉寺？"

此时会议室门推开，出来一人，提醒大家，马上开标！

牧小芸说："讲标结束后，我回家一趟，回头我找你吧。"

大家悉数走进会议室，会场布置颇为庄重，一排 8 米多长的主席台用枣红色的桌布铺装，从左首到右尾分别是：李甘新、肖山茂、牛力、徐长虹、招标办主任、招标监督员、唱标员、记标员，唱标员和记标员分别是刚才签到的那对男女。记标员把笔记本连上了投影仪，打开了一个表格，表格上已经填写了本次投标的六家公司名称。

通擎团队坐在后排靠左的位置，这个位置，温志成可以在唱标的时候观察大家的表情，他吩咐牧小芸记下每家公司的报价情况，牧小芸赶紧打开笔记本电脑。

温志成四下望去，乙方估计有 30 来人，每组都在底下窃窃私语，似乎大家都有百分之百的信心拿下这个标一样，而朝腾团队除了马涛面露喜色以外，其他 3 人，特别是吕让，依然一副严阵以待的样子。

台上徐长虹吹了一下话筒，嗡的一声，台下顿时安静了不少。

徐长虹清了一下喉咙，"确认一下到场情况，看各家公司投标销售代表是否都到场了。念到一个，说一声到啊，吉正信元陈道亮。"

"到。"

"立嘉信佟有才。"

"到。"

"通擎温志成。"

"到。"温志成举了下手。

"朝腾马涛。"

"到。"马涛放下手中的笔记本，站起来示意一下，朗声说："我有一个提议，老师叫我们的时候，我们是不是站起一下，表示礼貌。当然，这样做，对身体也好。"

大家呵呵一笑，气氛一下子活跃起来，温志成有些醋意地看了看马涛，丫的，整得还挺斯文，老子越来越看不透这流氓销售了。

"君月科技刘军。"

"到。"刘军站了起来，可能是太激动，站得有点踉跄，惹得大家哄堂一笑。

"太猴急，想打劫啊。"不知道谁又嚷了一声，又是哄堂大笑。

徐长虹继续念完，然后满意地停留一下，说："好，下面有请牛总讲话。"

牛力讲的是场面话，嗡声嗡调，也没有亮点，但赢得掌声雷动，看来大家都很兴奋，这个时候，吕让才饶有兴趣地朝后张望了一下。

接着是招标办主任宣读评标原则及注意事项，这些也是老生常谈，了无新意，拖拖拉拉总算结束了。一阵嘈杂过后，程序进入到最兴奋的环节：唱标阶段。

刚才台下神色各异的人突然变成了同一种表情，就好像等待一场惊奇的魔术一样。

唱标员搬上一个大纸箱子，用一把裁纸刀麻利地拉开口子，清点了下标书数量，然后剪开其中一个信封，取出开标一览表及若干文件。

唱标员清了清嗓子，"第一家：吉正信元公司，标书包装完备，印鉴齐备，手续齐全，投标总价为：人民币玖佰柒拾肆万壹仟贰佰零……伍元……叁角。"唱标员差点接不上气，很显然，记标员一下子无法写成阿拉伯数字，这个细节惹得台下一片窃笑。唱标员继续，"其中 CRM 项目软硬件整体价格是：人民币捌佰柒拾肆万壹仟贰佰零伍元……叁角。"记标员不得不凑了过来，看着开标一览表填写数字。

唱标员接着又唱读完分项报价，"EAI 平台项目软硬件整体价格是：人民币壹佰万元整。"这么干脆，唱标员突然还不习惯，他扫了吉正信元这边一眼。

温志成看了一眼宋汉清。宋汉清摇摇头，这个价格如刀切过一般，吉正信元要么没有理解 EAI 项目的建设需求，要么没有找到解决方案，蒙得也没有技术含量。

牧小芸飞快地敲着键盘，如实记录整个投标价格。

吉正信元 CRM 报价：8,741,205.30 元，EAI 报价：1,000,000.00 元。

东创汇信 CRM 报价：8,842,450.00 元，EAI 报价：2,090,760.00 元。

立嘉信　　CRM 报价：8,087,205.00 元，EAI 报价：2,005,009.00 元。

通擎技术 CRM 报价：8,163,507.00 元，EAI 报价：1,901,008.00 元。

朝腾信息 CRM 报价：8,352,128.00 元，EAI 报价：2,120,080.00 元。

君月科技 CRM 报价：8,093,511.00 元，EAI 报价：2,921,181.00 元。

价格公布后，台下议论纷纷。牧小芸说："我们价格排到第五名。"

温志成点点头，"价格都很接近，咬得很死。"

确定价格后，唱标员说："大家安静，现在抽签决定讲标序列！"

台下摩拳擦掌。

徐长虹补充道："每家公司一小时，包括讲标和答疑。今天下午两家，明天上午下午各两家。大家有什么疑问？"

"没疑问！"有人回答，声音有点嚣张。

唱标员接着说："好，请每家公司的投标代表站上前来。"

温志成起身和各路代表一起来到前台，大家神态轻松，面带微笑。唱标员手托着一个大圆盘也来到了前台，圆盘上有六个密封的信封，里面装着讲标时间顺序，唱标员一边用手颠来倒去地打乱信封的顺序，一边嚷道："大家排成一排，都到齐了吧，顺序已经打乱，可以开始了。"

投标代表刚开始还比较斯文，随意拿起了一个信封，到了中间，大家干脆一拥而上，六个信封很快就抢光了。

唱标员看每人手里都有一个信封，就宣布，"每人打开看，然后在讲标序列下面的空格处填写公司的名称，签下自己的名字，交回来。"

温志成撕开信封，取出里面的一张折叠的纸，打开一看，讲标时间排到第二，他左右一看，除了个别人有些摇头晃脑以外，大家心态还是平和的，他掏笔写下了自己及公司的信息，交到了唱标员手里。

等回到座位上，记标员开始整理各家的讲标顺序，很快，屏幕上就显示了讲标的完整信息：

第一家：朝腾信息 讲标时间：9 月 26 日　14:30－15:30。

第二家：通擎技术 讲标时间：9 月 26 日　16:00－17:00。

第三家：东创汇信 讲标时间：9 月 27 日　09:30－10:30。

第四家：吉正信元 讲标时间：9 月 27 日　11:00－12:00。

第五家：立嘉信　讲标时间：9 月 27 日　14:30 - 15:30。

第六家：君月科技　讲标时间：9 月 27 日　16:00 - 17:00。

徐长虹简单总结了相关事项后，开标会就结束了。

出了 206，温志成领队走到一个角落，心说，得跟宋汉清打气，不妨忽悠一下他，不能被任何对手的嚣张气焰所压倒，更重要的是要让甲方知道我们的实力和信心，于是郑重又故作神秘地说："汉清，放心，讲台上四个大佬，哥们我搞定仨。"

宋汉清说："都支持我们？"

"岂止是支持？哼哼，我们绝对中标！"温志成振臂一挥，他隐约觉得身边一个影子走了过来，扭头一看，吕让已在眼前。吕让拍了下他的肩膀，两人朝前走了几步。吕让说："喜柬收到了吗？"

"收到了！"

吕让说："叫你兄弟们一起去吧。"

温志成回头看了他们一眼，说："行啊！"

"嗯。"吕让回头朝自己团队打了个响指，潇洒地朝楼梯口走去。

12.2

下午第一个讲标的是朝腾，进场前，吕让把大家召集在一起，他叮嘱讲标的注意事项，刚讲完就被工作人员叫进场。大伙进去一看，甲方专家席上一字排开坐着 5 个人，分别是牛力、徐长虹、肖山茂、李甘新，最旁边是招标办监督员，他们个个神色肃穆。

甲方人员正在翻阅手中的投标文件，与此同时，唐宁这边已经把笔记本接上了投影仪。徐长虹说："四十分钟讲，二十分钟答疑，好吧，你们可以开始了。"

马涛得到应诺，立即站了起来，朗声起了一个开场白，顺带给甲方介绍了团队成员及责任等等。屏幕正中出现了一行字：

四川中邦电讯 CRM 项目建设—朝腾投标方案。

此时唐宁已经进入了讲标状态，"各位领导及专家，大家下午好，今天非常荣幸再次来到中邦解说本次两个方案的设计及建设规划，首先我们先来看第一个项目：四川中邦电讯 CRM 系统。"

唐宁朗朗的讲述声在音响的作用下，雄浑而有张力，他对这些内容早已驾轻就熟，加上甲方在 CRM 上的需求一直比较明确，方案也早已被甲方认可，而 EAI

在前期也沟通充分，所以几乎是无障碍演说到结束。

讲完标，徐长虹以主持的身份说："看，大家有什么样的问题？"

会场极其安静，吕让双掌交叉握住，双肘搭在桌面上，眼神坚毅地扫了一下甲方，腕表指针传来细微的机械声，嚓嚓嚓嚓嚓，很快，五秒钟过去了。

这时唐宁轻咳一声，"大家有任何想法都可以沟通，比如服务开通流程，市场分析，或服务方面等的问题？"当然这些问题域都是朝腾的强项，只要涉及这方面的问题，回答肯定效果好。

李甘新皱着眉头，似笑非笑地说："嗯，调出 CRM 那张胶片，我看一下功能蓝图。"

唐宁调出这张胶片。李甘新泛泛地问了下公众客户与大客户的经营措施以及客户评价指标体系的问题。这些问题难度不大，唐宁从容解答，李甘新一本正经地听着。

徐长虹慢慢把标书一合，"我有两个问题。"

此时唐宁正在兴头上，"徐主任，您请问。"

徐长虹说："第一个问题，我看过你们以前的设计文档，包括数据字典，从应用的角度来说是没有问题，但从软件规范的角度来说确实不规范，有些地方设计可能影响数据质量，对于这些你们怎么处理？第二个问题，这次 CRM 和 EAI 方案都比较不错，但未来是 BOMS 建设，你们方案里对未来的考虑显得很少，不知道你是如何考虑这一块的？"

徐长虹的第一个问题缘由三个方面：一是朝腾系统缝缝补补，的确存在这些弊端；二是上次跟宋汉清沟通也提到了数据质量的问题；三是从内心来说希望通擎中标，所以抛出对朝腾有些压力的问题。

徐长虹之所以问第二个问题，或者出于上次对温志成的承诺使然，也或者更多的是出于个人意愿。

唐宁悉心听完，这个问题不算太难，就轻松地说："我来回答第一个问题。其实，任何集成商给一个客户做过几个项目的话，不同项目肯定是不同的数据架构和语义，开发年代也不同，就会出现数据质量问题，这是很自然的。将来咱们这边打算建 BOMS 的话，还会统一规划，绝对可以屏蔽，这个您放心……"

徐长虹打断，"我的意思是，如果能提前规范的话就更好，嗯。"

吕让觉得这问题不能深究，于是笑着举起右手，"徐主任，您的看法非常准，建议也非常好，我们也是朝这个方向努力的。我补充一下，由于咱们这边关键系统都与我们朝腾有些关联……"吕让强调关联两字，这样显得不张扬，"所以，退一万步来说，如果真的要来做规范，自告奋勇一下，让我们来做规范更方便。为什么这么说呢？因为这些问题对我们来说是问题，对那些不熟悉业务环境的集成商来说更是问题，甚至是挑战。毕竟我们最熟悉咱们中邦这边的业务和原有系统。"

徐长虹不置可否。

唐宁继续说："第二个未来 BOMS 的问题，由于招标文件没有提到，所以我们暂时没有花篇幅来设计，不过，您有哪些想法可以提示一下？我们都可以去实现。"

徐长虹漠然地笑了笑，"其实我们也不知道，我也希望你们提示我们，呵呵。"

氛围有些尴尬，吕让决定打圆场，也附和一笑，"嗯，这个可以，我们有这方面的经验，我们先把这两个问题记录下来，找时间给您汇报。"

牛力轻轻敲了下桌子，"嗯，这个问题先记录下来，如果你们有机会进入商务谈判，可以把想法融合进来，另外，我有一个问题，"他翻开标书，"你们这 CRM 项目和 EAI 是并行施工呢，还是一先一后？我好像没有看到。"

由于牛力的发问恰到好处地避免了上个问题的尴尬，唐宁重新找回信心，"这个在项目管理章节，啊，第 342 页写得很清楚，两种方式都支持，各有利弊。"他详细地解读了这两种方式。

肖山茂肥胖的身躯突然转向朝牛力，他迫不及待的姿态弄得椅子嘎嘎作响，他打断说："牛总啊，这两种方式都无所谓。关键是，我看了一下他们的项目和施工成员都还是老面孔，还有几个老油条，问题也搞不利索，来得比我们晚，走得比我们早，我对他们的态度不敢恭维啊。"

肖山茂以诉苦的方式跟牛力汇报，这种招数比直接刁难乙方更有效果，牛力不得不关注这个问题。吕让心说这个问题自己来回答最合适，他举手说："肖主任真的是非常细心，是这样的，这个项目成员都是朝腾比较有经验的选手，至于个别老面孔的服务态度，我记得投标文件里备注了一条，大意是，以上人员结构在项目启动中还应据当时情况变更。谢谢肖主任提醒，将来我们会再重新梳理人员结构，一定会让大家满意。"

牛力点点头，再次释放了台阶，"嗯，这个问题要重视，你们回头补一个澄清函，对一些有争议的地方先梳理一个答案，如果后续有机会商务谈判，再详细讨论。来，我再问一个问题，看看你们的客服是怎么做的？"

这个问题是朝腾的强项，朝腾的团队回答得非常好，重点还提到了牛总感兴趣的远程支持。后续徐长虹和肖山茂虽然有些问题也比较深入，但朝腾团队总体把握到位，直到结束。

通擎团队在温志成的带领下饱餐一顿，午饭过后，离讲标还早，于是带领大家去一家咖啡馆，温志成说："你们知道投标的三个步骤吗？"

牧小芸说："哪三步？"

温志成阴森地笑了一下，"第一步，买标书，给你一张法院传票；第二步，投标讲标，对你严刑拷打……"

提到严刑拷打，温志成突然就来劲了，他把讲标会发生的种种情况告诉大家，然后要每人把笔记本打开，分了一下工，最后确定宋汉清主讲主答技术内容，鲁小强辅助技术答疑，温志成主答商务内容，牧小芸辅助商务答疑。

为了保证万无一失，温志成还把情景模拟了一遍。

而此时宋汉清把更多的心思放在讲标的细节上，同时打算优化一下讲标 PPT。他找一个安静地方坐下来整理这些思路，没过多久，就来了一个电话，原来是南方一家客户想咨询一些问题，这一聊就是十多分钟，直到听到有人提醒。

"汉清！咱们要走了！"

宋汉清回头一看，大家开始收拾东西了。

通擎团队是 15:50 才让进场的。

进场一看，此时甲方人员严阵以待，徐长虹招呼着，让宋汉清电脑接投影仪。李甘新皱着眉头翻了一下标书，然后无意识地揉搓着手指，好似手指缝有什么不干净。肖山茂一脸淡然地看着屏幕一动不动，看上去有点正襟危坐。而牛力才是真正的正襟危坐，他双手自然地搭在桌上，面无表情看着幕布，可能是光影晃动让他有些眼晕，他薄薄唇线越发弯曲，轻咳了一下，端起水杯喝了一口。另一边，招标监督员冷眼地看着通擎的团队。

牧小芸扫了一眼全场，下面个个神色冷漠，难道真的会严刑拷打？突然又想起什么似的，小声问温志成，"对了，第三步是什么？"

温志成正要说话，徐长虹敲了下桌子，"你们开始吧。"

温志成立即站起来，做了个简单开场白后就把话筒交给了宋汉清。

"谢谢！"宋汉清接过话筒，"尊敬的各位领导，各位专家，下午这个时候最容易犯困，我下面的讲解会尽量轻松一些。这次贵司的需求很多，标书既有高大上的满足，也有落地的满足，所以这次 PPT 内容蛮丰富，考虑到这次时间紧张，我决定多讲一些接地气的东西。就在我进场的半个小时前，我接了某省中邦一个主任的电话，他跟我诉苦，更加坚定了我的想法，他跟我诉什么苦呢？"

宋汉清故意停顿了一下，甲方扭头看了一眼宋汉清。

"他们做了一套完全满足需求的 CRM，高端、大气、上档次。用了一段时间发现，他们的套餐销售非常火爆，但遇到一些问题，他们在套餐受理的时候一个产品只能受理一笔业务，受理多个业务必须退出套餐界面，这很容易出错，而且客户满意度会很低，还影响效率！而且他抱怨远不止这些问题。此时，大家应该知道我要分享这个故事的原因了。"

宋汉清停顿了一下，大家眼神闪烁。

宋汉清接着说："没错，大家都在强调满足需求的方案，而忽略了更重要、更现实的东西，那就是实用、好用、接地气！"

他敲了一下回车，屏幕展现两行字：

全力打造实用、好用、接地气的 CRM

四川中邦电讯 CRM 项目建设—通擎投标方案

标题一出来，宋汉清感觉话筒都轻松了，"所以今天，我少讲高端、大气、上档次的空话，我们要做的是如何打造实用、好用、接地气的 CRM。我跟踪咱们这个项目这么长时间，跟咱们这边有多次技术交流，再加上投标文件的研读，我对咱们中邦这边的需求理解全在这张图里。"

宋汉清阐述了这张图的细节，引起了大家的深入思考。售前演讲冷暖自知，甲方细心聆听，是对售前的最大褒奖，这让宋汉清更加从容。随后，他按既定的胶片序列，把甲方需求和各自利益诉求尽可能地体现在方案讲解中：如徐长虹关注的方案全盘功能及逻辑，同时，宋汉清也在愿景规划的胶片里，自然引入 EAI 测试模块等内容，并提到这块的价值；当然了，肖山茂关注的 CRM 与 EAI 的整合能力那是自然覆盖的；而李甘新前期担心的营销资源、客服、合作伙伴管理问题、解决商业数据不完整、提升接入渠道和特服整合力量等需求，都有对应的功能特性和措施；而针对牛总，虽然没有采集到明晰的诉求，但是按常理他应该关注的核心业务问题的解决以及售后客服问题都重点涉及。

"谢谢大家，投标方案，由于时间关系，我就讲这么多。"宋汉清不疾不徐地讲述到了最后一张胶片，"看大家有什么问题？"

会场窸窸窣窣，甲方有的翻书，有的记笔记，牛力除了揉了下脖子以外什么也没做。李甘新左右看了一下，笑呵呵地说："还是我先问吧。"

"你刚才提到某省中邦，他们找别人做了一套 CRM，却对你抱怨，那他们为什么当初不找你们来做这个项目呢？"李甘新以开玩笑的方式问。

温志成暗忖，这是什么问题，与招标有关系吗？还是为了活跃气氛？还是？一个不安念头袭来，但看到他笑得还是那样和蔼可亲，心下稍安。宋汉清简单明了地做了解答，"呵呵，我们介入太晚了，就是这样。"

哼哼，李甘新笑眯眯地点点头，接着啊了一声，正要继续问，肖山茂抢先了，"如何防止恶意用户欺诈，你们怎么解决？"

"您这个问题很好。"宋汉清回滚十多张胶片，这个问题是通擎的强项，应当重点回答。

"大家看这张胶片。"宋汉清从流程和数据两个层面进行了详细阐述。他补充说，"这个需要调用计费系统的数据进行防欺诈方面的检验，而我们有相关机制来处理这些事情。"

肖山茂继续追问说："如何去读取这些客户数据呢？"

宋汉清说："通过 EAI 服务平台，我们甚至可以做到采用 Web Service 技术通过 EAI 访问计费系统的业务逻辑来实现，换句话说，在以后只要登录 CRM 平台就能自动实现这些功能了。"

肖山茂点点头，用圆珠笔在纸上写画着。

徐长虹抬起头说："我刚才听到你讲，有一个测试模块，这个模块是你们这次提供呢，还是说将来可以考虑做这个模块？"

"因为这个模块非常重要，所以本次我们就提供。"

"那这个模块可以做哪些事情呢？"

"这么说吧，未来的系统要做到业务上绝对不孤立，就要对未来跨系统应用进行整合，那么这个模块可以对未来假设的各种业务流程和系统接口进行各种匹配，推演各种流程上的各种想法，为将来业务规划提供更有说服力的参考……"

听到宋汉清井井有条的阐述，最开心要算温志成，因为他知道徐长虹在帮自己。温志成暗暗一笑，看了一眼牛力。

牛力正在翻着投标文件，翻一阵，琢磨一阵，很显然他没有听宋汉清的回答。

宋汉清话音刚落，李甘新发话了，"其实我还关心一个问题，毕竟项目比较大，你们售后怎么做？我看你投标文件写着你们四川有强大的售后服务队伍，提供七乘二十四小时服务。"

李甘新似笑非笑地扭头去看屏幕，这次他笑得没那么和蔼可亲，他捏着下巴，"但我觉得你们在成都的人力不足，我比较担心的是出了问题怎么办？这个啊呀！"

温志成感觉一阵阴云掠过，额头发凉，这回不是不安的念头，而是不祥的念头。他脑海一个激烈的回闪，停顿在上回请李甘新吃饭的场景，还好啊！难道就是没有当即给予某些承诺？他看了看牧小芸，牧小芸甜甜地对李甘新一笑，抢先回答了，"李主任，我们的售后从来没有出过问题的，你也是知道的。"说罢眉头一挑，使了一个眼神，凭女人的直觉，李甘新应该懂得刚才的信息量的。

李甘新看着牧小芸点头一笑，哦！尾音一拖，却显得意味深长。

其实这个问题的回答是归属宋汉清的，毕竟他在应答书里有涉及，宋汉清轻咳一声，"李主任，您这个问题非常好，我们不会让我们现有办事处的人来给您服务。如果我们中标，我们总部的实施团队入驻中邦，实施上线后，会留一拨人专门解决售后问题，绝对七乘二十四小时，这个您要放心，而人肯定是管够。"

这个回答很有水平，牧小芸眼角闪动，连连点头，温志成决定把氛围调节好，他豪爽一笑："李主任，我们管够，不够还可以加，哈哈！"

"啊，你们打算留多少人做售后呢？"牛力突然借题发话，牛总的提问让温志成恭敬了很多。他说："牛总，您好，我们软硬件加起来，怎么也要留十个人吧，甚至还要多。"

牛力眉头一皱，毫不留情地说："做售后要十个人吗？是不是意味你们系统容易出问题，我们最怕系统出问题了。"

温志成感觉喉咙掉下去一寸，他吞咽一下，故作洒脱一笑，"我说的是上线保证期，等正式运营，当然不需要这么多人了……"

"其实！"牛力打断说，"我看了一下你们的方案，还可以，只是你们对我中邦原有系统不熟，做软件集成恐怕很有难度，因为你们还要重新去了解其他系统，而我们未必会给你们这么多时间，太紧迫了。"

这个可以说是通擎的陈年伤疤了，早就存在，第二次交流就被吕让提了一次，而这次干脆撕开了，温志成感到钻心的痛。这个问题属于宋汉清的解答范围。

宋汉清说："谢谢，您说的软件集成的难度确实会存在，但方式我们早就想好了，我们可以引用其他系统的业务逻辑，我们有大量的经验和成功案例，所谓没有金刚钻不揽瓷器活，这个您大可放心，我们曾经……"宋汉清举了一个例子，牛力默默听了一下，就打断说："行，这些我都了解，我就这一个问题。"

后面也没太关键的提问，答疑时间已过，通擎只好按时离场。一路上，大伙沉默无语，每个人的脑海里还盘旋着刚才的情形。

温志成把牧小芸叫住，一脸悲愤地说，"这李甘新有点反常，有问题。"

牧小芸从老温的眼神可以判断，他是在影射自己，她有些难过，却无言以对，喏嚅地说："我……觉得他只是正常的问题啊，显得关心而已。"

"你看不出来？李甘新这是朝咱们甩鞭子。"温志成鼻子一哼，说到"鞭子"这个词的时候，他脑海里出现的其实是牛力，于是没好气地说，"你不是想知道第三步吗？第三步就是，审判！"

牧小芸脸一红。

"商战没有怜香惜玉，只有你死我活。"温志成眼睛里一片迷茫，简单交代几句，就独自埋头朝另外一个方向走了。

牧小芸待了一会儿，转身悻悻然地跟在宋汉清他们后面。

宋汉清停下来等她，看她不高兴，就说："你怎么了？"

牧小芸郁闷地说："老温肯定怀疑我没有搞定李甘新。"

"至少肖山茂和徐长虹是支持我们的呢，凡是往好处想，吉人自有天相，要不，我们去昭觉寺烧烧香？"宋汉清尽量安慰她，同时也想着自己的好事。

牧小芸说："不去，老温说了，这几天谁都不要走，老老实实随时待命，再说了，我也没有心情。"

宋汉清说："那正好，我们去唱歌吧，投标后唱歌能去晦气！是吧，小强？"

鲁小强当然说是。

牧小芸说："那你现在唱给我听？"

"来个听词猜歌吧，献丑了。"宋汉清酝酿一下，唱到，"走过岁月我才发现世界多不完美，成功或失败都有一些错觉，沧海有多广江湖有多深，局中人才了解……"

牧小芸身形一转，"嘿，刘德华的今天，算没跑调，我收了，呵呵。"

宋汉清高兴地说："好厉害！那我用麦克唱给你听。"

"好啊！"

12.3

9月27日，六大家族讲标全部结束。

温志成白天没有任何行动，因为白天讲标，敏感时期。到了晚上8点，夜黑风高，该行动了。行动之前要打电话探路，先打给谁呢，徐长虹，肖山茂？当然不能打给李甘新了。想到李甘新就头疼，这个家伙挑尖锐的问题问，不像自己人啊，搞不好是阵营问题，温志成抽完最后一口烟，打开窗户，一阵夜风袭来，他突然倒退一步，如同脑门中了一颗子弹一样，他扶着身后的椅子，吐了吐吹进口中的沙尘，惊恐地看着窗外……

刚才念及李甘新的时候，脑子里突然地无来由地插进了吕让，李是吕让的人？他大脑转了一圈，除了有些头晕以外，没有发现李甘新与吕让关联的任何细节。他摸了一下发凉的额头，不对不对，以前也在四川中邦投过不少标，李甘新也是问题比较尖锐的，自己当时为什么没怀疑？哦，对了，当时是重在参与，在他身上完全没下功夫，这次CRM对他下功夫了，只是火候不够，温志成心下稍安，会不会还有别的原因呢？或许，吕让早就搞定了李甘新，只是吕让认为以前的标，只打牛力这一张牌就能赢，自然就保留李甘新这张牌，这次遇到更大的阻力，于是就祭出李甘新这张牌，嗯，道理上说得通。

如果这样的话，牛力加李甘新对阵徐长虹加肖山茂，现在是二比二，而且吕让的牌更大，想到这一层，他脑海里出现一个大大的"死"字。

要么坐以待毙，要么垂死挣扎？当然要挣扎一下，看来还真的要给李甘新去一个电话，弥补一下，上回跟他吃饭的时候有提到标后找机会细谈这事儿，有这个铺垫在先，可以约谈一次，若不能弥补，至少可以验证自己的想法。这个点应该早下班了，拨！谁知电话拨过去，却发现对方已关机。

温志成吸了口气，联系李甘新无望，只好找肖山茂这个最可靠的人打听消息再说，电话一拨通，温志成就急切地问："肖哥，怎么样，怎么样了？"

肖山茂沉默片刻，低声说："今天下班晚，我还没有出公司。"

温志成说："排名了吗？你感觉我们这次排名第几？"

肖山茂说："还没排，你先不要着急，现在情况总体来说对你还是有利的，但我现在还搞不清情况，明天再联系，白天最好不要打电话。"

温志成说："嗯，嗯，帮我留意一下李甘新。"

肖山茂说："哦，知道。"

温志成还想把自己对李甘新的顾虑深入聊一下，肖山茂只是一个劲地用"知道，知道"简单回应，然后告诫说："我理解你，你要沉住气。"

挂完电话，温志成心说，对我有利？不会吧，我怎么高兴不起来？奇怪了哈，或许徐长虹才有真正的消息，于是又拨了徐长虹的号码，关机。

温志成鼻子一哼，好吧，沉住气。

9月28日，讲标结束的第二天，温志成只念叨两个事儿，甲方评标排名会是什么结果，昨天到底发生了什么事让肖山茂说对我有利。

温志成躺在床上，洁白的天花板被窗外投射进来夕阳抹上一层金黄色，金黄色越来越淡，直到最后消失殆尽，房间才暗淡下来。他犹如大病初愈，虚弱地伸了一个懒腰，拿过手机一看，没一个电话，没一个短信，又从枕头下摸出另外一部备用手机，也是一样，现在时间17:30，投标结束的第二天又快过去了。午饭过后，温志成用备用手机给肖山茂和徐长虹分别去了一个电话，一个没接一个关机，很显然他没沉住气，沉不住气是因为他抵御不了恐惧。

多年来，四川项目投标结束后，温志成一边等待结果，一边分析标前的每个操作细节、讲标时团队的表现、评委眼神语气、标后圈子内所有的消息或者烟雾弹、内线的信息。这种分析和猜测一般要持续至少两天，无论怎么分析，四川项目终归是输多赢少，这两天的感受，温志成后来总结了一个成语叫：诚惶诚恐。

所以他不想分析和猜测了，他希望尽快知道真实情报，特别是昨晚肖山茂含糊的一段话，几乎让自己失眠半宿。

就在这时，砰砰砰砰！外面响起急促的敲门声。温志成开门一看，门外是自己人，他们每人脸色都有些不安。牧小芸说："温总，有消息了吗？"

"快了，我也等消息，别问这事儿了。"温志成让他们进来。

牧小芸愁眉苦脸地说："温总，对不起啊，我这两天一直很难过。"

温志成眼光一触碰牧小芸就想到了李甘新，一想到李甘新，脑袋就一片空白，他摆摆手，话题一转，"对了，吕让要结婚，你们没事跟我一块去啊，都去。"

宋汉清说："我们都去？"

温志成说："去！好好地吃他一顿。"

鲁小强愣愣地说："要是吕让中标了，我们岂不是随了一个大礼？"

大伙眼神顿时就凌乱了。

就在此时，备用手机铃声大响，响了三声，温志成才回过神来，屏幕上"肖哥"两字一闪一闪，他感觉心跳在加速。他按下了通话键，同时朝大伙做了一个大幅度甩手的动作。温志成走到一边，嘴里机械性地重复，"哎哎哎，啊，什么？不会吧。"

此时宋汉清的心脏也提到嗓子眼了，他大脑急速转动，下意识地对温志成简单的几个词和语音语调进行了分析，一种挫败感莫名袭来，糟糕，凶多吉少！而牧小芸和鲁小强也同样流露出不安的情绪。

"嗯，啊？真的？"温志成脑袋突然一抖，"这就有意思了，呵呵。"

老温这语气有些奇怪，要不然脑袋也不会抖，宋汉清敏锐地看了一眼牧小芸，有转机？

"跟我讲讲，正好我还有好几个问题要问。"温志成身体突然弹了起来，快步走出房间，啪的一声把门关上，留下三人面面相觑。

温志成在门外待了二十分钟，进来后第一声问候就是，"靠！"

大伙儿异口同声，"怎么了？"

温志成走了两步，把手机往床上一扔，双手叉腰，脸上掺杂着既愤怒又欣慰的表情，然后第二声问候，"他妈的。"

牧小芸急了，"到底怎么了？李甘新是不是搞了我们的鬼？"

温志成冷冷一笑，"李甘新？后面的事情比李甘新更有意思，我现在暂时不担心李甘新了。"

"咋回事？"

"你们听我说，这里还有一出好戏，千万保密。"温志成一屁股坐下，"故事还得从昨天下午说起。昨天下午第五家讲标的是立嘉信，肖山茂偶然发现立嘉信的EAI 服务集成方案里面的图形和第三家公司非常类似，而且行文风格也一样，以往也出现过这种情况，有些投标公司从网络上拷贝标准产品架构图，没有来得及修改是有情可原的，所以简单质疑了一下。到了下午第六家也就是君月讲标，EAI方案和第五家立嘉信一样，因为这次大家都看得仔细了，发现除了个别硬件产品配置不同，其他的几乎就是照抄，大家就发难追究这个问题。君月一会支支吾吾，一会强词夺理，牛总和老徐怒了，牛总说不要讲标了，直接回去等消息吧，就这样提前结束了。半小时后，君月销售经理又返回，找到徐长虹讲了些什么，当然了，这些肖哥是不知道的。"

牧小芸说："排名了吗？我关心这个。"

"刚才讲的都是昨天的事情。"温志成接着说，"到了今天中午，牛力组织开会讨论评标，徐长虹心事重重，就拉着牛总到外面讲了十多分钟，也不知道聊什么，回来后，牛力照常举行会议，只是议程变成徐长虹的招标汇报，重申了下评标的原则，改天评标，然后就结束了，所以没有排名。"

一直安静的宋汉清说："这事有蹊跷啊？"

温志成说："对，呵呵，到底是什么原因让老徐和牛总做出暂不评标的决定呢？"

牧小芸灵光一现，"君月销售透露一个天大的秘密？"

宋汉清若有所思，"听上去似乎不止两家方案雷同，君月会不会闹大，罚不责众？"

"我估计不是，以我对君月的了解，他最多是求情而已。"温志成突然意味深长地一笑，双眼冷峻，"而且肯定不止两三家公司方案雷同，如果我没有猜错的话，老徐发现了更多的问题，那就是，朝腾的 EAI 方案估计也是照抄的，而且是抄袭XLOG 的。"

大伙"啊"的一声。温志成心说，吕让啊吕让，这事一曝光，戏就不好演了。

宋汉清说："这么说，咱们朝好的方向转？"

"至少不坏！"温志成抓了下脑袋，"我等下给徐长虹打个电话，约他一下。"

牧小芸说："现在约他出来，是不是太敏感了？"

有了这个消息，温志成胆气上来了，"议标又不封闭评标，管他呢，争取突破一下，不能出来，电话聊也可以。"

看来还有希望，大伙议论纷纷。

温志成心说，也不知道徐长虹开机了没有，他决定用备用号码拨个试试，他按下了通话键，耳畔响起了铃声，很好，老徐手机开了，他竖起食指放在嘴边，大家立即安静了。

"徐主任，我是温志成啊，我用这个手机跟你打个电话。"温志成换了一种谦恭的语调。

"哦，我说呢！"徐长虹声音很安静。

"现在评标进展如何了？"温志成肯定不会暴露自己知悉的内部消息。

"进展啊，正在研究！还没有这么快！"徐长虹断句比较干脆。

"哦，你晚上有空吗？我想跟你探讨项目的事情。"温志成直接点题。

对方沉默片刻，"嗯，我看一下啊，明天晚上吧，就上次那地方，八点半吧。"

"好！好！"

挂完电话，这种突如其来的顺利让温志成没有回过神来，他看了看安静的大伙，举着手指，喃喃低语："这标比烟花还灿烂！为了这份精彩，我请客可以吗？"

当然，大伙欢呼跳跃。

李小明今天接到吕让的电话，在电话中他提了下方案的问题，虽然没细说，但李小明隐约觉得出了什么事情，于是赶紧打车过去。在等红绿灯的时候，突然想到今天早上也有一个莫名其妙的电话，是君月一个销售打来的，吞吞吐吐地说方案还给哪家了？为什么有一个"还"字？我都没给过你啊，还？糟糕！难道方案串了？……这事可能就是张书明干的，记得他当初说把方案给其他公司发一份，还说照顾一下君月，自己当时还不同意啊，如果是发一份不会很严重，会不会其他公司都发了？糟糕大了。

李小明敲了敲吕让的房门，开门的是马涛，他开口就问："吕哥呢？"

马涛没有以往插科打诨的流氓气息，只淡淡地说："他下楼了，马上就回。"

流氓销售不流氓，恐怕更没好下场。

李小明惴惴不安，"马总，吕哥找我什么事你知道吗？"

马涛冷眼看着电视里的憨豆短剧，一声闷哼，"四家公司的 EAI 方案是一样的，除了通擎和吉正信元。"

四家公司？李小明狠狠地问候了下张书明，真是老糊涂了。没多久吕让回来了，他身穿一套黑色西装，提着一个大塑料袋，打了个招呼，然后从里面拿出几听啤酒，分给每人一听。

李小明接过啤酒，暗地注意他那没有表情的表情，喝了几口，不要等他发问了，自己坦白吧，他擦了下嘴，"吕哥，我没有把方案发给任何一家公司，因为你有言在先。但问题是我老板张书明是有这份方案的，如果我没有猜错的话，可能就是他，或者他安排了谁。非常抱歉，这事情我没控制好。"

吕让喝着啤酒，点点头，表情凝重，"这个问题确实是很严峻，因为任何风吹草动都让决策者为难，不知道会搞出什么事情。"

李小明搔了下脑袋，"老张脑子进水了，这个事情影响不大吧？"

"有些影响。"吕让把易拉罐扔进垃圾桶，接着很有把握地说，"但甲方应该能处理好这事。"

李小明稍安。

吕让话题一转，"其实我找你还有另外一件事，项目实施的时候，可能要帮我安排两个高手过来，搭把手。"

吕让的这番话立即让李小明心安很多，他至少嗅到了胜利的味道，要不然吕让不会这么说，于是心下渐喜，可安排高手这事并不好办，就说："这个我可以安排，但实施这边是另外的部门，这里会有费用问题，怎么办？"他特意加了一句带有请示语气的"怎么办"来消除彼此的摩擦，也尽量显得更加知己，说完以后，李小明突然觉得自己的销售技能全用到吕让身上了。

吕让没有说话。

李小明再次留意吕让没有表情的表情，意识到有些不妥，于是修正说："嗯，我看这样，我让老张自己内部去解决。"

这时吕让突然嘴角一咧，浅笑了一下，李小明心里轻松很多，突然马涛一阵嘎嘎大笑，眼前荧光一闪。电视里头，憨豆先生把自己装进布袋想逃票过关，却意外地被运送到发往莫斯科的火车上。

李小明猛然醒悟，提高嗓门说："嗯，吕哥，这事情就包在我身上了，我督促老张去解决。"

"啊？"吕让意犹未尽地回过神来，揉了下鼻子，"嗯，时间不早了，走，下楼一起吃饭。"

吃完晚饭，温志成一个人来到酒店外的水池边，找一张长椅坐下，脑海里翻腾着这两天的情节：原来是方案雷同，难怪他们价格这么接近，真是太有意思了。

这个状况如何为我所用呢？他望着眼前的一片死水，关键是如何评估这个状况的严重性，在当下这种方案基本靠攒的风气下，这个状况也不算很严重，以前在其他地方也出现过，翻不了浪，搞不好牛力能压制下来。如果再恶劣一点就好了，温志成把一颗石子踢入水中，他看着散开的涟漪，又捡起一块碎石片，狠狠地砸进水池，"咣"的一声，同时脑海里火光电石，顿时就有了一个想法，嗯，不过还是等明儿见了徐长虹再说。

温志成打算往回赶，突然发现一个很熟悉的影子在前面晃，丫的，是张龙，这小子来做什么？找我？温志成下意识地摸了下口袋，掏出手机，这是备用手机，他没有这个号码，不过他肯定是找自己的。与此同时，他下意识想到：这家伙一定是因为没用他产品兴师问罪来了，他知道自己的房间号，躲肯定躲不过了。温志成自知理亏，想起了上次咖啡馆里的对话，能弥补就弥补，于是他悄悄地拨通了一个号，"喂，阿红吗？……"

等温志成来到他房间走廊的时候，正好遇见敲门的张龙，温志成强作笑颜："嗨！你小子怎么来了？"

张龙一脸黑线，牙根恨恨地指着门，朝门又踢了一脚。

温志成打开房门，让他进来，然后说："找我啥事？"

"啥事？"张龙猛一转身指着他说，"你的承诺呢？"

温志成把门卡插好。

张龙厉声说："你说全部采用 GEM 的产品，我上蹿下跳，北京成都两头跑，帮你授权，让我老板给美国打电话，申请折扣。现在你全部采用 XLOG 的产品，你太不够意思了！你说以后还怎么合作……"

温志成没有说话，他知道对于张龙，最好的说服就是让他尽情地发泄，当然，还要做一个诚恳的听众。他扯了一把椅子让张龙坐，然后从床上拿起手机，里面有几个未接电话，全是张龙的，这小子一定气坏了。

张龙一脚踢倒椅子，"为了申请折扣，老子编了一个美好的 Story 给我的老板，现在好了，搞砸了，我他妈的还要编一个更好的 Story 去哄他，你玩我啊。"

温志成看了一眼倒在地上的椅子，心平气和地拧开一瓶矿泉水，递给他，"消消气儿。"

"靠！我讲话你当耳边风呢。"张龙把矿泉水瓶一捏，砸在地上，溅了温志成一身。温志成噌地站了起来，怒目而视，这小子今天不寻常。

张龙尽管比温志成矮了一寸多，但气势凌然。

温志成冷笑，"想练练？恐怕你不是我的对手。"

房间里霎时异常安静，所有的东西都凝固了，只有地上那个已变形的矿泉水瓶在自身张力的作用下，轻微而缓慢地发出断断续续的声音：咔……咔嗒。

张龙用手指着他的鼻梁，温志成用手慢慢挡开，张龙又指了过来，不过这次是中指。本来温志成想让着他，这个念头在脑海里一闪就被愤怒湮灭了，他用力把张龙一推，张龙往后一退，然后立即朝前一跳，右拳直击温志成左脸，温志成避开，腿上却挨了他一脚。温志成岂能吃这种亏，直接朝他胸口就是一拳，张龙一闪躲过，温志成顺势抓住他的胳膊，两人从散打变成扭打……

就在这时，叮咚，叮咚，门铃响起。

两人互骂了一声，立即弹开，张龙拍了拍身上的尘土，整理了一下发型，"等下再打！"

温志成哼道："随时奉陪！"

叮咚，叮咚！张龙说："哪个？"

"谁？"温志成没好气地说。

"咋个不开门呢。"门外一个略带沙哑的妹子声音。

温志成如释重负，拧开门把，同时回头对张龙小声说："这是我对你的承诺。"

门推开了，进来两个身量苗条、气质活泼的女孩，一身牛仔装的是阿红，一身蓝裙的叫荣妹。阿红大咧咧地朝温志成走来，把包往床上一扔，"兰哥，很久不见，咋个这么憔悴呢？"

张龙惊诧地看着温志成，叫他兰哥？温志成用手打理了下头发，笑说："阿红，哥哥想你了噻。"

"真的啊，兰哥。"阿红哈哈大笑，朝后招了招手，荣妹笑语盈盈，甜声说道："兰哥好。"

温志成指了指张龙对她俩说："我这兄弟……"

张龙忙抢着说："自我介绍一下，我叫袁哥。"

温志成嘿嘿一笑，打了一个手势，"行了，今晚我请客，阿红，你带路。"

阿红雀跃起来，"要得，我带你们去个地方！"

在宾馆等电梯下楼的时候，张龙看着前面两个唧唧喳喳的女孩，拉过温志成压低声音说："这都谁啊？"

温志成说："以前认识的，蛮投缘，算相好吧！那荣妹我看也不错，你好好表现一下吧，做个红颜知己。"

张龙说："少来，我没你空虚无聊。"

温志成说："你不是爷们，虚伪！"

张龙说："我虚伪，那你龟儿子咋叫兰哥了呢？"

"我是冤枉的好不！"温志成神秘地凑过来用手遮住嘴，"我说我叫吕让，谁知道她发音不准，叫成兰哥了，能怪我吗？"

张龙气得牙龈痒痒，一把掐住他脖子笑骂道，"还真不冤枉！"

"起床了，起床了，都快12点了。"一个急促的声音在温志成耳边回响。

温志成一骨碌爬了起来，惊慌失措地看着明亮的窗纱，他摸了摸额头，掀开被子，忙不迭地穿上了衣裤。

阿红说："帮我看看电脑，怎么上不了网？"

温志成眯眼看了看她的笔记本，检查了一下网络连接，都没有问题，却不能上网，这真是奇了怪，听到门外传来宋汉清和鲁小强喧闹的声音，就打开门，把宋汉清拉了进来，"小子，你帮我看下网络。"

宋汉清看了一眼阿红，心说等下牧小芸要来找自己吃饭，就说："叫网管啊，我等下还有事情呢。"温志成胡乱趿拉一双拖鞋推开洗手间的门，"有你废话的时间，都搞好了。"

宋汉清坐下对阿红说："可以碰你电脑？"

"可以的。"阿红笑盈盈地闪在一旁。

温志成来到洗手间，突然问了自己一句，要干吗？洗漱？不，不，他抓了下脑袋，半天才想起：晚上要见徐长虹，这可是重头戏，不要有任何差错。昨晚张龙一闹，好像倒了一张多米诺牌一样，又是女人，又是酒，搞得自己现在才起床，而且脑子也迟钝了。他揉着太阳穴，用毛巾接了捧凉水，然后使劲擦在脸上，一种生痛似乎唤醒了快要窒息的生命，他喘着粗气，抬头看着镜子里的自己：不能这样了，再也不能这样了，此时手机铃声急促地响起，温志成掏出来一看，如果说刚才是一种重生的话，那么接下来他灵魂搞不好就要出窍了。

"志成啊，你是在 709 吗？我已经出电梯了。"老婆玉兰的声音。

"啊？你怎么过来了？你在哪儿？"又一张多米诺牌轰然倒下，温志成的脑浆像被突然加热了一样。该死，昨天喝酒喝糊涂了，玉兰要来成都过国庆，竟然把这事忘了。

"我在 7 楼的电梯口，女儿有点着凉。"

"好，你等一下。"温志成挂了电话，心想让小红走出房门已经不可能了，怎么办？温志成突然有了主意，他快步走到宋汉清身边，简而言之："我老婆来了，就在电梯口，你们俩配合一下，装男女朋友来我房间试网络，记住，你们是，来，我，房间，试，网络的，OK？"

宋汉清丈二和尚摸不着头脑，"什么？"

阿红轻声说："他老婆来了，我们配合一下啦。"说罢，她挽着宋汉清的手，宋汉清这才明白怎么回事，心说，你小子一出戏没有演好，还要我配合你演。温志成双手举起大拇指，然后打开门。

"妞妞，想爸爸了没有？呵呵。"温志成拍着手快步出门。

"爸爸。"妞妞看见爸爸就雀跃过来。温志成一把抱起妞妞。玉兰进入温志成的房间，她认识宋汉清，宋汉清叫了一声嫂子，玉兰目光却被阿红吸引住了，眼里一丝询问。阿红简单而又矜持地打了一个招呼，然后一手搭在宋汉清的肩膀上。玉兰意味深长地问宋汉清，"这位是？"

宋汉清说："嫂子，这是我的一个同事，我们用志成这边的网络，要给客户发邮件。"

玉兰呵呵一笑，"哎哟，你还骗得了嫂子啊，啥时候交往的女朋友？"

宋汉清不好意思地笑了一下。

温志成走了过来，心说宋汉清果然是我的福将，这种事情他也搞得定，看来这张多米诺牌扶正了，真是天助我也，不过对不起了，还是得支走他们，就说："怎么样，搞定了吗？"

宋汉清把笔记本一合，递给了小红，心有灵犀地说："搞定了，那我们走了。"

阿红把笔记本收好，放入手提包里，挽着宋汉清的手，两人朝外走去。

玉兰追到楼道上，说："别走啊，都中午了，一起吃饭吧。"

宋汉清回头摆摆手，阿红挽着宋汉清，对玉兰说："太麻烦了，我们还有点事，顺带就在外面吃了。"

就在不远处的电梯口，出现一个身影，是牧小芸，她看到了这一幕，上前走了一步，然后失落地转身回到了电梯，她伸出要去按电梯的手迟疑了一下，最后用力一敲。

宋汉清一刻都没有停留，转身回到自己的房间。

鲁小强说："你哪里去了，刚才有两个电话。"

宋汉清从床上拿起电话，原来是小芸打过来的，就回拨过去，满怀期待另一头温柔而又熟悉的声音，没有接，就发了一个短信过去：我刚才没在房间，所以没接到你电话，你在哪？我找你吃饭去，呵呵。

短信一直没回。

宋汉清就又重发了一遍，过了好些时候，牧小芸才回复：心情不好，等下还有事，你自个吃吧。

心情不好？怎么突然心情就不好了呢，宋汉清有些不安，就问："小强，你看到牧小芸过来找过我？"

鲁小强说："没有啊，哦，对了，我好像听到有人敲门，我当时在睡觉，就没问。"

"什么时候？"宋汉清一下子警醒了。

"就你进门前三分钟吧。"

宋汉清又看了一下手机，隐约中脑门上收到三个字：麻烦了。

第十三章 ｜废墟与曙光

"有些事情貌似冥冥之中天注定，仔细思考却总有人为的因素，所以，如果我们为客户做了什么，终究会有回报。也或者这样理解，销售之路无止境，我们要看远一点。"

四川项目回忆

通擎华西大区销售总监　温志成

13.1

晚上 8 点，温志成在老地方见到了徐长虹，他看上去气色很好。温志成热络地寒暄，"上次，我记得你说嫂子国庆要旅游，怎么样？要陪她一起去吗？"

徐长虹说："恐怕不行了，投标后事情多，评标的工作明天要定下来。"

温志成说："哦，明天 30 号了，那商务谈判这事估计得国庆后了？"

徐长虹说："是的，招标公示也在国庆后了。"

温志成从服务员接过茶水单，各自点了些东西，就进入正题，他轻咳了一声，"徐主任，听说咱这次投标有几家公司方案抄袭？"

说完这句话，温志成留意徐长虹的表情。徐长虹不以为然，"是有几家公司方案雷同，这都不算事，还有人故意把这事做文章呢，有意思，哼！"

温志成很奇怪徐长虹把"抄袭"说成"雷同"，这明显是把问题的严重性降低了啊，但他更好奇"有人做文章"，就问："做文章？什么文章？"

徐长虹有些微怒，"有人写了封匿名举报信，揪住方案的问题诬告是搞围标，不过我都处理了，也跟牛总达成一致意见，这最多是厂家对集成商授权不当的问题。"

温志成下巴都掉下来了，昨天晚上还期盼这事情弄大，自己可能从中渔利呢，有人朝中邦扔了一颗炸弹，竟然也是风平浪静，看来这里水很深啊，尤其是把这个抄袭定性为"授权不当"，完全是大事化小，小事化了呢，温志成莫名有了一种不良的情绪。

温志成决定进一步试探，"这事知道的人不多吧？"

徐长虹摇摇头，有些回避的意思。

温志成心说，估计是冷处理了，这可能连肖山茂都未必知道，就说："徐主任啊，我们可是独立写方案的，出了这事，这是不是有利于我们呢，可以……"

徐长虹悍然打断，"不要打这个主意了！这事对你们有利，最好心照不宣，否则会适得其反……"徐长虹欲言又止。

温志成突然明白，这会给徐长虹添乱，毕竟他来负责招标，当然牛力更不希望被添乱，得亏老徐透露内幕，否则自己一脚踏进，正好不就跌进水坑里？自己昨天晚上还想通过这个事件上位呢，现在不行了，于是辩解说："了解了解，我只是想知道我在这种情况下，希望是大还是小，您觉得我这边希望大吗？"

服务员奉上茶水，徐长虹敲了下桌子，然后缓缓地说："志成，我主观判断啊，这个项目……"他语气中多了一丝安慰，这种安慰反而让温志成不安。温志成默默地端起茶杯喝了一口，然后放下，嘴唇紧闭如一条细线，像是随时准备吞下一个苦果，或准备推心置腹。

徐长虹接着说："交给你们做，恐怕很难去平衡。"

温志成抓了下头，老徐啊，老徐，说好的排他性支持呢？想不到等到的是这个结果，看来客户的承诺也没用啊，他心里五味杂陈，显然没有准备好吞下这个苦果，就强装笑容，"哦？"

徐长虹继续说："但是，我希望你们来做 EAI 这块，你们是真正的专业，这也是为什么我今天顶着压力见你的原因。"

后面的这番话让温志成有些意外，不良情绪也消散大半。他眼睛一闪，原来就打算分包拿 EAI，后来没希望了，现在绕了个圈子，不就又回到老路上？当然，有总比没有强，幸亏当时对徐长虹表露过这些意图，要不然没有回旋余地，难道冥冥中真有注定？温志成用一种将信将疑的口吻说："其实，上回我就有这个想法，牛总否了嘛，现在难道就有机会了？"

徐长虹说："当时情况不同，现在评标，决标，这个时候大家都很慎重了。"

温志成又燃起一丝希望，"这个把握多大？"

徐长虹朝远处一看，没有直接回答，"昨天下午开了个会，总经理都过来了，领导对这个项目很重视，让我跟牛总一起负责这个项目，从上线到交付割接，然后我跟他聊了很多……"

徐主任跟牛总一起负责这个项目到割接，这句话蕴含很多信息量。温志成暗地解读：如果他俩一块负责，面对问题必然商议，协作肯定是大于对抗，难怪他可以处理抄袭这个事故，那么针对通擎的支持，徐长虹就有两种选择：既可以"协作"的方式对牛总谏言，也可以"对抗"的方式谏言。将心比心，面对刚毅专横的牛力，徐长虹很可能选择"协作"的方式，如果操作得好，可以起到以柔克刚的作用，也不算坏。

温志成说："牛总松口了？"

徐长虹说："这倒没有，只是我觉得他对这个项目更重视了，人一重视，就考虑比较多，也就看重风险了。"

温志成来了兴致，如果牛总能提前看到项目的建设风险，EAI 还是有机会的，他迫不及待地说："这个事情，需要我们做什么呢？"

徐长虹说："你暂时什么都不要做，装着什么都不知道，这个想法还在我脑子里，我不好直接提出自己的想法，我明天会摸一下牛总的态度和方向，再决定。"

领导的态度和方向比任何评分标准都重要，这就是所谓的甲方惯性决策，也是温志成的紧箍咒，他心头拧紧，"嗯，是要摸一下态度和方向。"

徐长虹继续自顾自说："后续 BOMS 的规划是我和牛总明年的重点，年前关于这个话题，从总经理到我们中层干部可能还要开几次会，牛总也会理性地来判断这个事情，他是绝对要关注风险的。"

温志成猜测，如果在 BOMS 规划会议中，甲方高层肯定会关注这个 CRM 和 EAI 的进展情况，问起来的话，牛力或徐主任就得随时汇报，如果这次 CRM 和 EAI 都由朝腾拿下，出问题的风险系数很大，牛力的面子就过不去了，如果 EAI 由我们通擎来做，这样在汇报的时候，牛总要坦然得多啊。所以徐长虹推荐通擎来做 EAI 就有很好的理由，而牛总也容易接受。

但温志成还有顾虑，他说："现在 CRM 和 EAI 是一个标，还能分包出来？这个程序上会不会？"

"没问题！"徐长虹笃定地说，"这是议标，我们是企业，对自己负责，有自决权。"

对！这正是议标的优势，操作非常灵活，温志成大喜，"那就拜托你了。"

"我不能说绝对有把握，但我尽力，因为我这边推动是一层面，另一个层面呢，是希望你们的评分排第一就好说了。如果排第二，就看是否有谈判机会，如果有，你就差不多成功了，因为谈判的时候，中邦就是我和牛总。"

甲方谈判只有徐长虹和牛力参与，这里同样很有信息量，看来徐长虹有些定数。温志成喜出望外，他暗自盘算：投标出了抄袭事故，自己进入前两名几乎没有问题，至于能否排第一，这个就不好判断了，因为他严重怀疑李甘新这个人的阵营问题，何况这家伙甩一鞭子就玩人间蒸发，根本就无法影响他。不过有了老徐和肖哥的支持，应该有商务谈判机会吧，于是他端起茶杯，"那太好了，徐主任，谢谢你一路支持，以茶代酒，我敬你！全在这杯里了。"

徐长虹举起杯子。

第二天，徐长虹回到办公室开始着手评标准备，评分表早已做好，他再检查了一遍，然后打印出来。这份评分表分别按 CRM 和 EAI 做了两份，徐长虹这样做是有私心的，那就是便于为通擎、也为自己争取利益。刚打印完，牛总的电话就打过来了，要他去办公室一趟，嗯，正好可以摸一下牛总的态度和方向。

牛力当然有他理想的中标方，就是朝腾，尽管温志成早先提醒过，徐长虹心里也清楚，所以待会儿沟通的时候，语言和用词不要轻易提公司名称。

"坐！"牛力看他进来，拿起他的钢制水杯走了过来，看来是要一番长谈了，他说："下午评标准备好了吗？"

"嗯，全部准备好了。"徐长虹说，"我这里打印了这次要用的评分表，您看看？"

牛力接过评分表，一份是 CRM 项目，一份是 EAI 项目，稍微浏览了一下，若有所思地说："哦，你分开了？我记得你上次就提出分包的想法。"

看到牛力心平气和，徐长虹心下稍安，说："是的，所以说那时的担忧还是有些道理，幸亏您支持分两个方案编写啊，我今天又仔细想了一下，这个标 EAI 方案出了这档子事，如果两个方案合在一起评估的话，是不是会不太客观了呢？"

徐长虹意指"方案雷同"事件，牛力挠了下脑袋，这档子事确实让他有些恼火，他眼神游离了一下，"分两份就客观了？"

"我是这样想的，"徐长虹从容解释说，"这样操作的好处是，用两份评估表分别评价两个项目，对甲乙双方都负责，我可以知道乙方问题的不足，然后在谈判的时候，我们可以对乙方提出自己明确的要求。另外，在某些情况下，可以选择最优的集成商。"

选择最优的集成商是徐长虹的重点，他不能含糊。当然了，牛力也听出来了，他说："你的意思是，CRM 谁的分高选谁？EAI 谁的分高选谁？"

徐长虹表达了自己的主张，"这样，更方便验收割接，风险尽可能让乙方承担。"

牛总拍了下脑袋，"我怎么感觉很麻烦呢？"

"麻烦"这个词上次也出现过，现在简直就是他的口头禅了，或者说，这是牛力整理思路的前奏语？果然，牛力继续说，"如果两家公司来做我们的项目，相互配合会扯皮。"

徐长虹解释道："我可以提前界定清楚，毫不费力。"

牛力自顾自说，"纸面上的好方案，实施起来不一定好。EAI 不仅仅要跟 CRM 集成，还要跟其他系统集成，跨界很大，如果对我们业务和系统不熟悉，那么，多方沟通，效率肯定低，一家公司要学习另一家公司的技术，风险也大，所以我不建议。"

牛力这些说法很有道理。

徐长虹也有自己的辩解，"行业里还有专门做业务集成和流程集成的公司呢，只要有专业的做法，效率和质量都是非常高的，而我们运营商系统至少比传统企业要规范一些，就好比流水线作业，一个人全部完成所有工序，不如合理分工完成的好。"

徐长虹的辩解有理有节，牛力既不驳斥，也不为所动。

徐长虹决定乘胜追击，他拿捏口吻说："是，纸面上的好方案，实施起来不一定好，但现在是纸面上的方案都没有自信，实施效果会好？牛总，风险就在这里啊。再说了，我考虑的是什么，我考虑的是 EAI 不仅完成 CRM 的集成应用，更要为明年 BOMS 规范提供实质性的建议啊。"

牛总身体一阵起伏，他眼睛空空地望着前方，伸手往前摸，却没有够着茶杯，显然他陷入了沉思，徐长虹端起茶杯奉送过来，牛力接过喝了一口茶，"嗯，看来两种思路都有风险。"

"我这种方法风险小些。"徐长虹一副静待佳音的样子。

牛力把茶杯一放，站了起来，从抽屉里拿出一份薄薄的文件递给徐长虹，"你先看看，早上刚得到的。"

徐长虹接过一看，是明年的 BOMS 规划筹备建议，昨天还开会讨论过的，大意是争取明年一年时间把 BOMS 规范做好，提出针对性的建设纲领和详细需求点。牛总给自己看这个与今天讨论的问题有关吗？正思考间，牛力说："长虹，我早上看了这个 BOMS 文件，里面的指示跟你 EAI 的诉求有些交集，你把 EAI 想得太深远了，我认为不必把本次 EAI 建设得这么有高度有广度，这次 EAI 的有些功能是锦上添花。你有些构想，可以往后放，这样风险也小，这事情就简单了。所以，这次两个方案都统一到一个评分表。"

真是低估了牛力的把控能力，徐长虹急眼，"如果我想用 EAI 平台仿真一些 BOMS 应用，这就要往后推了啊，不利于规划 BOMS。"

牛力手一挥，"BOMS 系统要真正做，可能是后年的事了呢，急也没用。"

两人都没有说话，徐长虹双手叉腰。

"都统一到一个评分表，这是原则问题。"

徐长虹一听，都上升到原则问题了，估计没有妥协了。他眨了下眼睛，有些失望却也无可奈何。

牛力看了他一眼，语重心长地说："我知道你很有想法，有视野，也很负责，所以我把这个 CRM 让你负责。等这个项目做好了，将来 BOMS 可以放得更开，有什么需要我这边支持的，尽管开口。"

"好，好!"徐长虹机械地点点头，良久，突然眼神一亮，"牛总，咱们今年还有预算吗?"

"预算? 干吗用?"

"我想把 BOMS 规划做好一些，包括数据质量和流程，具体我没有想好。"

牛力说："我也不是很清楚，如果有，你回头打个报告过来吧，如果没有我也没办法。"

"好的。"徐长虹若有所思。

牛力回到自己的大班桌，看了一眼徐长虹，"还有事?"

徐长虹说："嗯，这次评标，您有什么指示? 我好在评标会上传达一下。"

虽然徐长虹这话目的是为了摸底，但牛力却觉得这话很贴心，这老徐很会做事，当下增添了一份好感。牛力喝了口水，"嗯，很好，公司对这个标非常重视，我认为这次评标，重点在于对四川中邦业务和系统的熟悉程度、需求满足程度、服务及售后能力这几个层面。"

这明显有利朝腾，徐长虹就说："那招标文件不也有评分标准吗? 会不会矛盾?"

牛力看了他一眼，"不矛盾，比如方案可行性很好，同时又对我们中邦业务和系统熟悉，那就更好，否则就算其次，比如，服务能力和售后能力，不能看纸面，看实际情况啊。"

徐长虹只得点点头。

牛力继续说："我希望大家给出的评分要有说服力，评分的时候要记得备注理由，凡是有评分无理由的，算无效分。"

徐长虹心说，牛总的决心和对项目的操控没有丝毫动摇，即便自己去帮通擎，也拉不开与朝腾的分数差距。连自己都这样想，其他人无疑是给朝腾顺水人情了，加上牛总自己也打分，通擎要想分一杯羹，难，想到这里，徐长虹有些自责，唉，反正也没有给温志成打包票，争取从长计议吧，内部议标也不要指望什么了。

13.2

下午六点。

宋汉清找温志成抽烟，两人坐在宾馆顶层的楼梯间，各自想着问题，宋汉清在思考牧小芸为什么突然不联系自己，会不会是"假认阿红为女朋友"这事被牧小芸看见而误会? 温志成在琢磨徐长虹昨天答应的事情办得如何，今天应该评出分数了，为什么到现在徐长虹肖山茂都还没有透露消息？如果有消息应该会第一时间联系自己的。

两人时不时地看手机。

宋汉清突然说："老温。"

温志成说："嗯？"

宋汉清说："我其实是挺喜欢牧小芸的。"

温志成漫不经心地回答："我知道，我早看出你们的猫腻了，你还不承认？"

宋汉清叹了口气，"我是说你不知道重点。"

温志成说："啥重点？"

"我这两天都联系不上牧小芸，估计是伤了牧小芸的心，都是你家网络中断闹得啊！"宋汉清忍不住了，就吐露实情，简单地分析了下原因。

靠，这么说，多米诺牌在你这里倒了一片？温志成惊讶又惭愧地说："唉，这事情有我的不对，但有些事情都是冥冥中注定的，不过你跟她解释了吗？"

说完这句话，温志成有些兔死狐悲，毕竟他最担心徐长虹这张多米诺牌会倒在牛力的淫威之下，要不这会儿为何不跟自己联系呢？

宋汉清说："没有，我只是猜测，如果我解释了，岂不是此地无银三百两吗？"

温志成说："我觉得吧，你就当作是牧小芸看见这事了，等你失去她的时候，解释也没意义了。"

宋汉清说："那我给她打一个电话吧。"

温志成说："再给你透露一个消息，一直没有告诉你们，如果这个单子丢干净了，我们四川办事处就要挪地方了。老板觉得四川办公室费用太贵，估计下次会租一个商居两用的住宅楼，到时候苦日子就来了。"

正说着呢，滴滴两声，温志成的手机响起，来短信了，打开一看。

肖山茂：兄弟，这次评标结果，你们排名第二。

消息来得如此突然，如此吓人，温志成眼一瞪，头发都竖起来了。他紧握手机，连呼吸都不均匀了，不会的，不会的，一定是眼花，他又看了一遍，没错，是第二。他把手机放回兜里，眼睛呆呆地看着前面，其实他什么也没有看，甚至什么都没想，猝不及防的挫败感让他眼皮微微发抖，他表情极不自然，抓了抓手臂，站了起来，默默地走开。在走廊上，手机再一次响起，又是一个短信。

徐长虹：朝腾第一，你们第二，先不要着急。

两块多米诺牌轰然倒下，他感觉这栋大楼坍塌了。

温志成沮丧地站在昏暗又空荡的走廊，耳朵里回响着宾馆傍晚才会放的萨克斯名曲：《回家》，眼里一片废墟。

审判就是这么不期而至。

宋汉清甚至都没有意识到温志成的离开，他整理了一下思绪，掏出手机拨出了牧小芸的号，听到一个甜美的声音：您所拨打的电话已关机，本次呼叫将以点对点的形式提醒您所呼叫的用户。谢谢来电，再见。

朝腾四川公司办公室下午突然变得热闹起来，无论是销售、商务、项目部，还是售后，每个人的脸上都喜洋洋的，大家在办公室肆意喧嚣，如节日般快乐。

马涛把领带一扯，敲开了吕让的门。

"我把评标消息告诉大家了，让他们高兴一下，嘿嘿。"马涛扶着门框，有些陶醉地说。

"好！"吕让正好打完电话，他站了起来，"明天就放长假了，你去请他们吃个饭，把小明他们也叫上。"

马涛说："你去吗？"

吕让说："我这次不去了，我去找小琴。"

马涛笑说："也好。"

10 月 3 日，吕让大婚的日子。

酒店门厅迎宾区布置着一个典雅的红白纱幔背景，新郎新娘和伴郎伴娘正在迎宾。温志成和宋汉清两人就穿着投标时候的正装走在前面，玉兰和女儿紧随旁边。

温志成远远地看见吕让，他笑模笑样地走了进来，握住吕让的手，然后再使劲一拍，"新婚快乐！早生贵子！吕让！"

吕让含笑点头，"借你吉言，明天晚上有空吗？钱老师来成都了。"

温志成眼睛眨了一眨，"好啊！明天什么时候？"

吕让说："明晚七点。"

"喔，喔，喔！"

温志成转头一看，原来伴郎就是马涛。马涛梳一个大奔头手持一个托盘，温志成掏出一个红包扔了进去，马涛立即给温志成一个热烈的拥抱，"我早就料到，温老板果然总是这么大方，嘿嘿……"

温志成听出这里有挖苦的成分，于是，开玩笑地弹了下他的头，"你个叛徒！"

大厅早已宾朋满座，温志成一行四人陆续就座，他扫了一眼来宾，没几个认识的，也不想认识，就拍了下宋汉清的肩膀说，兄弟，抽烟去，宋汉清自然响应。两人来到二楼走廊随意找了一张长椅坐下，这里远离喧嚣，温志成沉默片刻，突然发话，"这两天跟小芸联系得如何？"

宋汉清满脸惆怅，"她不开机，不接电话，我给她发了几条短信。"

温志成说："回复了吗？"

宋汉清摇摇头，"没！"

温志成说："前两天我还发了一个短信给她，让她参加吕让的婚礼，这样你就可以见到她了。她回复说不来！我猜她确实对你有些误会。"

宋汉清心说，不来不是误会，关键是不回短信，就是针对自己了，"算了，我理解。"

此时楼下热闹非凡，吕让一脸灿烂，温志成回过神来，"告诉你另外一件事，评标结果出来了。"

"出来了？这么快？"宋汉清这几天心思都在牧小芸这边，一直都没有关心这个标的事情了。

"我节前就知道了，只是没告诉你们。"温志成仰头淡淡地说，"朝腾第一，我们第二。"

听到这样的事实，宋汉清心中很多念想一下子摔在地上，无力拾起的感觉，"我记得你说过第二名也还有谈判机会？"

温志成鼻子一哼，"吕让咬住了就不会松嘴，我们怎么可能有机会？"其实这个问题，温志成这两天也纠结过，最后一想，吕让有很多理由拿下整个项目，而且是公司对公司，即便徐长虹提出苛刻的要求，吃亏也要拿下，所以走到这步田地，胜利几乎无望。

宋汉清说："你不是说，肖哥、徐长虹、李甘新都是咱的人吗？加上，对方还有抄袭的嫌疑，照理说，我们应该是第一啊。"

温志成眼里一片废墟，"肖哥、徐主任都是心有余而力不足，李甘新是吕让的人，这里面交织着各种力量，里面的水比我想象的要深，所以啊！"

宋汉清埋头一声叹息，想不到这次又是颗粒无收，掏出手机，调出了牧小芸的号码，拨了过去，贴在耳朵上，却意外传来了一声彩铃：刘德华的那首《今天》。

走过岁月我才发现世界多不完美。

成功或失败都有一些错觉。

沧海有多广江湖有多深。

局中人才了解。

生命开始情不情愿总要过完一生。

交出一片心不怕被你误解……

宋汉清站了起来，看到下面人山人海，他渐渐清明了许多，"老温，我去趟昭觉寺！我现在就走！"

温志成上下打量了一下他，"疯了？"

"没有，你不懂！"说罢，宋汉清扬长而去。

"真走啊。"温志成望着他的背影，知道叫不住他，就嗤地一笑，我会不懂？

"温志成？"一个熟悉的声音。

温志成寻声转头，一个年近五旬，眉宇庄重的长者来到眼前。温志成又惊又喜，也隐约有一丝莫名的尴尬，他站了起来，"哎呀，钱老师啊。"

来人正是朝腾销售总裁钱伟，钱伟点头一笑，"你怎么在这？"

温志成上前握住钱伟的手，笑说："吕让的婚礼嘛！呵呵，过来热闹一下。"

其实钱伟的意思是：你为什么独自在二楼。他笑了一下，也就顺着话题走了，"嗯，那就下去聊吧，下面更热闹。"

"好啊！"

第二天晚上七点，温志成准时赴师生宴，在自己最失败的时候跟吕让一起见钱老师，特别是吕让和钱伟还是刚刚战胜自己的对手，他有一种复杂的情绪，即便抽离了不甘、不服和憎恨，脑海里依然有一个挥之不去的杂念在旁白。

吕让远远地看到温志成，朝他招了招手，钱伟颔首微笑。温志成感觉杂念嗡嗡作响，不过他脸上已经挂上一副开心的面具。他把手包往座位上一放，双手握住钱伟的手，感到老师手中紧紧传来的暖意，彼此寒暄，三人落座，由于昨天都见过面，这次就聊得更随性，钱伟说："打算在成都待多长时间？"

温志成随口回答，过几天就走。甫一说完，就感觉这话暴露自己丢单处境，就加了一句，"看情况吧，吕让你呢？"

吕让说："我明天就走，过完国庆就回来。"

回来做什么，不就是跟中邦谈单子嘛，这话说得轻松惬意，但在温志成听来，还是有些不舒服。吕让手一抬，服务员过来，温志成顺手就接过菜单，殷勤地递给了钱伟，"老师，您先来。"

钱伟随意点了一些菜肴，问吕让，吕让不点，就把菜单给温志成，温志成胡乱点了一个，突然看到有牛蛙，想起大学时代吕让不吃青蛙，就特意跟服务员说："泡椒牛蛙。"

钱伟立即说："换一个，换一个，这个菜吕让不能吃，看到都不行。"

温志成哈哈一笑，"我开玩笑的，算了，我点完了。"

钱伟最后说："来点红酒？"

温志成说："红酒？老师可以点红酒，我和吕让来白的。"

钱伟说："吕让不喝白的吧？要不都喝红酒？"

老师护着吕让，温志成很嫉妒，突然找到道德制高点似的，"吕让不吃青蛙我知道，吕让你告诉老师你不喝白的？毕业那会儿，你喝得最凶，赶紧老实承认，虚伪啊，虚伪！"

吕让对钱伟说："没事，只要大家高兴，热闹。"

于是点了一瓶白酒和一瓶红酒，红酒先上，学生欲给老师敬酒，钱伟抢了先机，"能见到两位同学，我今天非常高兴，特别是看到大家青春依旧，勾起了我很多回忆。来，我敬大家，祝大家事业有成，家庭幸福。"

三人把盏言欢，等白酒上时，温志成意在吕让，"哎呀，老同学，婚礼现场，我没有机会跟你一醉方休，今天算逮着了，咱俩干了，祝你新婚愉快！"

"好，你也快乐！"

两人一干而尽。

温志成舔了下火辣的舌头，又给满上，端起酒杯，也不藏着掖着了，"来，这一杯，我祝你早生贵子！"

吕让说："谢谢。"

温志成直勾勾地盯着酒杯，仰头一饮，一杯酒顷刻入肚，滴酒不剩，揉了下鼻子。

吕让仰头一饮，杯子落下，滴酒不剩。

温志成看他杯子空空如也，伸手拿过装红酒的大杯，稳稳地斟满了两杯白酒，举杯示意，就是一口，酒杯落地，干干净净。

吕让端起酒杯，一杯酒缓缓灌入。

温志成又把两个杯子斟满，一口牛饮，笑看吕让。

吕让手起杯落，干净利落。

温志成微微一笑，伸手够酒瓶，吕让说，"没酒了。"

钱伟看他俩有拼酒的意思，早已按捺不住，"意思一下，意思一下，吃菜吃菜！"

钱伟招呼大家，大家边吃边聊，自然是道不尽的师生情，说不完的同窗谊，说着说着，温志成莫名又杂念横生，"来来，吕让，咱俩不能光说话，再来瓶酒如何？"

吕让看着他脸色蛮横，就说："整两瓶吧，我们陪老师多喝点，毕业后，咱们三人好像就没有聚过。"

这是要掐架的节奏啊，钱伟自然不会让这事发生，于是说："喝酒可以，但最多来一瓶。"

温志成怎么可能认怂，叫嚣道："两瓶，一定两瓶！"

服务员左右为难，吕让对服务员说："去拿两瓶吧。"

服务员拿来了两瓶，钱伟当即就没收了一瓶，他说："荒谬，今天是叙旧的，不是酗酒的，更不是掐架的。"

"钱老师说得好！"温志成急忙斟满一杯酒，举杯对钱伟说，"就为您刚才的一席话，我应该敬您一杯，您随意。"

温志成一口豪饮，又斟满，这次用班长的口吻严正地对吕让说，"学习委员，咱俩各罚一杯！"

说罢温志成一口就闷掉了，几乎同时吕让也把酒喝完了，温志成吃了一口菜，突然独自一人哈哈大笑，"过瘾，过瘾，好久没有这么开心了。"

席间，温志成和吕让在洗手间放水。

温志成说，"吕让，恭喜你啊，这次你又中标了。"

"我中标了？哪有那么容易的事？你喝醉了吧！"吕让扭头说。

"外面都传得风言风语。"温志成哼哼一笑，"再告诉你一件事，听说，这次几家公司方案互相抄袭，以为没有人知道，可最后还是被人投诉了，很有意思。"

他乘着酒性放肆一笑，他这话倒不是想戏谑和挖苦吕让，他只是想警告吕让：如果自己不干净，不要以为别人不知道。

"是吗？"吕让轻描淡写地说，然后走到洗手台，轻轻地打开水龙头，净了下手，慢条斯理地说："抄袭有用吗？有句话怎么说，一直被模仿，从未被超越。"

说罢，吕让扬长而去。

温志成皱了下眉头，感觉刚才这话没有上吕让的心头，他抖了下身体，拉上裤链，鼻子一哼，心说，你说得轻巧，好像你没有抄袭似的，还从未被超越？

返回席间的路上，温志成感觉有点头重脚轻，快到桌边的时候，他终于稳住了身形，一屁股顺势坐了下来，谁知道重心一变，他突然觉得天旋地转，立即一把扶住桌子，但准心不够，把酒杯打翻，半杯酒撒在自己裤子上。

钱伟立即招呼服务员，"拿些纸巾过来。"

"我这有。"吕让不知从哪抽出几张纸巾，行云流水般地递了过来。

温志成一把接过，吕让这个熟悉的动作，让温志成猛然闪现了大三的那场考试。他怔住了，各种杂念悄然而至，耳朵一阵轰鸣，但那一刻却是清醒的，他抬头喘了口气，等心念稳定，温志成抓过酒瓶，不紧不慢地给吕让倒上一杯酒，也给自己添满，他举杯，饱含诚意地说："吕让，大家都不容易，不多说了，这一杯我敬你，我干了，你随意。"

吕让拿起酒杯，看了一眼钱伟，"怎么了？这是。"

温志成仰头一饮而尽，直到最后一口酒咽下去，此时他再也没有杂念了，他简明地笑了笑。

吕让双手托杯一饮而尽，然后举起空杯晃了晃。

钱伟舒心地点了点头。

国庆节后第一天上班，下午四点半，温志成才回到办事处，看到窗边两盆绿萝，就找了个杯子，接了点水小心翼翼地浇灌着它们，夕阳下绿萝生机盎然。他透了口气，四川项目尘埃落定，也没什么念想了，就在这时，备用手机来了电话，前段时间备用号每响一次，都会让自己心惊肉跳，他打开一看，是徐长虹的。

"哎哟，徐主任！"温志成平静而礼貌。

"志成，有消息了，还是要跟你说一下。"

"哦，怎样了？"温志成当即拔高了自己的情绪，他不想给徐长虹落下一个心灰意冷的印象。

对方轻咳一下，低沉地说："上午朝腾就去中邦谈判了，双方确认了项目条款和技术及商务要求，下午决定朝腾中标，就这些。"

果然是这样，温志成心里虽然默认，但嘴里还是很难接受，"哦！啧！"

"嗯，就告诉你一声，另外，你这几天还在成都吧？"

"还在呢，还在呢！"

"嗯……其实你们挺好的，回头我再联系你，先这样。"

"辛苦了，主任！非常感谢你的支持。"

温志成半天才回过神来，点了根烟，路过牧小芸的工位，看见她戴着耳机在听歌，气就不打一处来，"小芸，这个标有结果了吗？"

牧小芸取下耳机，"还没这么快出结果吧？"

温志成心说，这几天关键时刻，找你也找不到，一个项目不闻不问，世人都知道结果了，你还心安理得地听歌，火一下就上来了，可看到牧小芸无辜的眼神，他心念一转，就这单纯的丫头片子，能把宋汉清唬得一愣一愣？难道这世界还真的是一物降一物？

他轻喘口气，突然简明一笑，和气地看着她，说了句，"单子丢了，不过没事。"

"啊？"牧小芸吓得站了起来，"不会吧，我，我给李甘新打个电话问问？"

"别打了，你赶紧写一个工作报告，我口述，你来写……"温志成一边说一边看着办公室熟悉的一切，毕竟现实是残酷的，单子丢了，这间办公室是否能保住就很难说了，后续会是什么惨状，他不敢想，不过他决定帮帮牧小芸，大家都不容易。

就在这时，宋汉清拖着一个拉杆箱过来了，心情看上去不算坏。温志成朝他点头，"来了？"

宋汉清把拉杆箱放在边上，"浙江项目有动作了，我晚上的飞机，我跟大家告个别。"说罢，看了一眼牧小芸，牧小芸敲着电脑。

宋汉清来到牧小芸的工位。牧小芸头一低，长长秀发遮住了半边脸，看不到她的表情。宋汉清掏出一个精致盒子放在她的桌子上，说："我去了一趟昭觉寺，挺好玩的，这是一颗幸运石。"

牧小芸手指停了一下，接着又继续敲。

温志成说："几点的飞机？我安排个车送你过去？"

宋汉清站起来，"不用了，我马上就走。"

温志成拍着宋汉清的肩膀，"兄弟，惭愧，我们还是丢了这个单子，责任在我，我只知道，在这个项目中，你的奉献是最无私的，而你却没有开心地度过一个节日，那天晚上我不该……"

"算了，不说了！大家都很努力，而且这个项目操作得很成功，配合也很好，我甚至认为理论上我们都赢了，至少赢得了人心，就是运气不太好。另外，跟你们一道努力，我学到了很多，非常开心。"说罢，宋汉清索性给温志成一个拥抱，这样，他可以看着牧小芸的背影和那一袭秀发，"希望大家常联系，不要不接电话，我爱你们。"

温志成一拳打在他的肩膀上，"我们也爱你。"

宋汉清转身拖着拉杆箱，朝大家挥了挥手，抬步就走，快到门口了，突然发觉就这么走似乎少了些什么，他停住脚步回头一望，正好看见牧小芸把头偏回去，他笑了一下，"再见！"

国庆结束的第三天早上，温志成从宾馆取下行李，打算在一楼餐厅随便对付一下，然后离开成都。

他每样食品要了一点，不一会儿就堆满了大半个碟子，今儿个心情不好不坏，不过感觉很轻松，这种轻松让他吃饭虎虎生风。须臾间，一大盘食品所剩无几，这个时候来了电话，是徐长虹打来的，才刚过八点，他有些意外。

温志成热络地说："哎呀，主任，早啊！"

"不早了，我在上班路上。"徐长虹那边传来汽车鸣笛的声音，他一声轻咳，"我想问你一下，下周，还在成都吗？"

温志成说："我今天上午的火车，下周不在成都，您要是有事的话，我看能否赶上。"

徐长虹说："嗯，那就下下周一吧，你来我这一趟，我手头上有一个项目……"

"你手上有项目？"温志成眼睛一亮，几乎不相信自己的耳朵，"什么项目？"

徐长虹说，"说来话长，评标前，我不是去摸牛总的态度吗？牛总决然否了分包，我也不好撕破脸皮，但他确实关注风险，就建议我暂时不要把 EAI 的目标定得太高。正好 CRM 项目过后，接着要做 BOMS 规划，由于中邦的老系统太多，可能导致新的规划要么伤筋动骨，要么把老系统推倒重来，我就提议，先对系统的业务流程改造和数据质量优化，相当于优化一下信息资产，这样更保险，于是就有了项目机会，牛总表示支持。国庆没事的时候我就整理出一个报告，在会上一讨论，大家觉得可以操作，但是年底预算不多，也就一百二十来万，经过谈判，我们从 CRM 项目预留了大致五十万，这样一共一百七十万，费用可能少了，但是没关系，可以分两步，第一步，先做流程整合与改造，是一个软件项目，需求我基本明确了，这样费用就够了。结束后做第二步，可能是数据质量优化项目，预算明年会落实。我的意思呢，你下下周一过来交流一下，出一个方案，我就可以立项，把第一步先做了。"

"好啊！"温志成兴奋地一拍桌子，"这个项目谁总体负责呢?"

"我呀！"徐长虹说，"我也不那么麻烦了，只要你们方案过了，我就不找别人了。"

"好！好！"

走在街道上，清晨的阳光洒在温志成身上，如沐春风，不管怎样，先给宋汉清这小子打个电话再说。他把手机贴在脸上，对方还没有接，温志成已经笑出彩了。

第四篇

会猎杭州，西湖问鼎

10 月 11 日—12 月 31 日

浙江大战即将拉开序幕，集结号再次吹响

······

我们带上各种武器，全部投放到战场上

我们杀红了眼，直到打出了最后一颗子弹

这些日子，我们永远铭记

第十四章 ｜西湖论剑

"西湖论剑，意在高总。大战前夕，老姜对我进行反复诘难，可能他心里也没底，我也一样，我知道即便是集公司全部智慧，我们也难以从容面对挑战，毕竟对手确实强大。"

浙江项目回忆

通擎华东大区销售总监　　关亦豪

14.1

10 月 11 日下午五点半，通擎紧急召开华夏移信 BOMS 销售会议。宋汉清拎着笔记本奔赴会议室，过道上遇到了姜正山和关亦豪。

姜正山叫住了他，"汉清，刚才温志成打电话过来，四川应该还是有收获的，你的努力没有白费啊。"

宋汉清心里五味杂陈，毕竟单子还是输给了朝腾，但能牵出这么个小项目，至少算是给小芸做了点事，同时也找到了存在感，不过，此时已经淡然了很多，"已经是不幸中的万幸，我已经把这个项目信息交给研发部门了，让他们去弄。"

关亦豪有些不解，"四川项目不是那什么了吗？难道又有新变化？"

姜正山解释说："甲方后来给咱们弄了一个小项目，上帝关了一扇门，也开启了另一扇门，所以，优秀的团队、良好的运作不会老输，总有赢的机会。"

姜正山说完，正好来到会议室门口，他停顿了一下，脸上又布满了忧虑，"不过，浙江华夏 BOMS，上帝只给我们开一扇门，能否走得进去，就靠大家了。"

推开会议室的门，里面灰暗沉闷，甚至还有一丝苦味，大概是国庆节放假没有打理的缘故，宋汉清打开窗户。

不一会儿相关人员全部到齐，移信研发部副经理柳大序带着四五个骨干也来参会。这其实是姜正山的安排，随着竞争的加剧，要拿下这种项目，必集公司智慧。

柳大序是公司研发重臣，三十多岁，中等偏胖身材，穿一件灰色休闲西装，看上去和蔼可亲，显得也很乐观，他坐了下来，姜正山把一份简报传给他。

姜正山做了一个简单的开场，就示意关亦豪，"亦豪，你给大家讲讲浙江华夏项目的情况，会议正式开始。"

关亦豪搓了搓手，首先介绍这个项目的缘起和项目建设重点。介绍完后，他打开了一张甲方关系图：

高永梁：项目最终拍板人。

厉镇明：选型总组长，项目选型推进人，负责规范审定，技术决策者、建议者。

曾刚：应用软件组小组长，负责软件业务及软件规范制定，为技术和业务综合决策者、建议者。

李柄国：系统软件组小组长，负责支撑架构规范制定，为技术和业务综合决策者、建议者。

陈亮：硬件网络组小组长，负责硬件支撑规范制定，为技术和业务综合决策者、建议者。

关亦豪说："下面，我从两个大的层面讲述这个项目，分别是过去时和将来时。过去时，我主要讲甲方最近做了什么？我们做了什么？对手做了什么？"

大伙立即打起了精神。

关亦豪说："第一个过去时：甲方做了哪些事情。从厉部长这里获知，他们规范书基本确定下来，宋汉清你上次说的数据质量的建议和一些流程建议都应该体现在规范里了。"

"第二个过去时：我们做了哪些事情。在第一轮的公关中，我们赢得了厉镇明和陈亮的支持，特别是上次厉母在北京治病，因为这个缘故我跟厉镇明的交往还是很深的。我们打探到甲方这次规范编写的消息：这次规范具体由曾刚、李柄国、陈亮三个组进行编写，其中以曾刚为主，厉镇明审核汇编。由于前期我们主要精力在厉镇明和陈亮这边，所以主动向曾刚请缨写规范比较有难度，其实我还尝试了一下，很抵触，事实上，据内线反馈和吴明龙的验证，基本可以认定曾刚是偏向朝腾的，所以我们更多的是通过厉镇明来提交一些有利于我们的构想[12]。"

柳大序突然发话，"你们也要先搞定曾刚嘛！这个很明显吧。"

关亦豪知道技术人员对搞关系的理解比较粗暴，就笑说："这个需要机缘，我们早有谋划，但很多事情不是那么简单，当时厉母在北京治病，我们的精力也有限。"

柳大序沉默。

关亦豪继续，"第三个过去时：主要对手朝腾做了些什么。霍武貌似搞定曾刚

---

[12] 关于关亦豪的规范编写机会争夺，有心的读者应该记得在 P78 页、P96 页、P131 页，关亦豪都有过憧憬、尝试争取编写权，以及得与失的思辨。之所以这样，是因为机会在不同的时间或空间维度上可操作度是变化的，关亦豪一直在争取这个机会，这再一次体现了"拧紧发条做销售"的精神。细心的读者会发现通擎、朝腾销售都拥有这种精神。

了，其他只能猜测了，我担心朝腾写了规范，那我们去验证就可以了，我会让厉镇明或陈亮透露更多的信息，甚至直接把规范要过来，就这两天的事情，到时候，柳总和宋汉清你们都可以来鉴定一下。"

柳大序眉头微蹙，"规范书要是朝腾代笔，相当于控标，对我们投标不利啊。"

关亦豪说："朝腾搞定曾刚，确实可以帮助他编制规范，但写规范跟控标不是一个概念，写规范要遵守甲方业务需求，如果明目张胆地把自己的排他性功能点写进去，其一，甲方其他老大未必认同；其二，投标可能被投诉，有他难受的。如果是写得隐晦一点，就变成了文字游戏，这个就不怕，软件这玩意，只要不出格，我都能满足。控标就是达成甲乙双方愿景的招标调控，并用评分来裁定。现在厉镇明倾向我们，到了投标阶段，我们还有一些控标机会。"

有人突然冒了句，"这样对竞争对手是不是不公平？"

一阵大笑，姜正山一声长叹，"幼稚！先有甲方的倾向性，才有我们的操作性，没有倾向性，写规范、控标都没太多用，倾向性是因为赢得了客户的认可，写规范、控标只是人为的一种契约形式，没有这个契约还有其他契约，什么公平不公平的，那个提公平问题的谁，你最好不要参与这个项目了，阿豪，你继续。"

会场寂静无声，关亦豪略停顿一下，"现在讲将来时。第一个将来时：我们先看甲方选型打算，据我了解，甲方定下了规范后，接着会举行第二次技术交流，时间没定，我觉得就在这个月。交流完毕就是考察，据说是组团过来考察，要求我们这边做演示。考察结束后，进入招标程序，招标可能还会选定第三方机构执行，正式的公开招标。"

关亦豪简明扼要讲完后，接着说："第二个将来时：我重点讲近期打算，销售的近期打算就是把方案交流搞好，甲方倾向 GEM，李庭也会支持我们。另外，我这两天争取从厉镇明这里提前把规范拿到，尽可能提供便利让大家写方案。"

关亦豪看了看宋汉清，"好了，至于售前的将来时，包括方案思路这些，要不宋汉清先汇报吧。"

宋汉清从笔记本电脑里调出浙江 BOMS 项目售前接口表，他快速扫了一遍，清了下喉咙，"我先纠正一下，由于在甲方的规范层面，我们也通过厉部长提供了一些好的技术建议，所以也不是完全没有编写规范，只是写得少而已。针对后续的工作，我们定的调子就是在方案层面防御为先，后发制人。这次对手还是锁定朝腾。"

宋汉清继续说："现在运营商需求越来越规范，大家方案的显性差异化也越小，在上次解决方案大会上我下载过朝腾的白皮书，发现显性差异不大，但隐性的差异化却是未知的，未知的东西却往往又让我们担心。如果朝腾操作了规范，也不怕，咱们不是有厉部长吗？可以提前拿到规范，我们可以提前研究朝腾的思想，研究它的方案特性和概念，寻找隐性差异化，或许就能发现朝腾隐性劣势，这个需要研发这边多费一些功夫，至少要客户认为通擎提交的方案只好不差。这只是起防御作用，所以防御为先。"

关亦豪点点头。

"仅仅有了防御，还不足够赢单，我们还要后发制人。"宋汉清说，"假如提前拿到了规范，我们可以在这个基础之上包装方案亮点，亮点一定要有针对性。另外，我们不妨把每个决策者包括高总、厉镇明、曾刚、李柄国、陈亮等拜访一遍，打探他们每人都关注哪些内容或诉求，当然了，他们其中有人肯定是对手的卧底或支持者，他们会反对我们，那我们可以通过厉镇明曲线打听一下这些人都关注哪些层面，因为我觉得人的想法比规范冷冰冰的条款更重要，然后把我们的亮点尽可能覆盖到他们的关注点或诉求，提前做好准备。我们很难扭转反对我们的人，但至少让观望的人或支持我们的人更加支持我们，这样销售就更容易搞定他们。搞定就可以控人，控人才可以控标，这样就为超越敌人制造便利，才有机会制人，这就是后发制人。"

关亦豪在纸上飞快总结，他觉得要把这个思路定一个调，"宋汉清说得很好，我总结了一下，整个思路就是：我们要以方案打动人，进而可以搞定人，然后方可控人，接着控标，最后制（敌）人，一句话，控标的关键在于控人。"

"不过，这工作量相当大啊，核心的文档要重新构造。"研发有人提出异议。

"老文档，我早就不想用了，肯定要改造的。"宋汉清肯定不想重蹈黑龙江的覆辙。

"工作量再大也必须完成。"姜正山想到那张军令状，坚定地说，"你想一下，近亿的单子是什么概念，一个亿，就算百元大钞码在路上也有一百米长了，而你们只改了几厘米厚的文档。"

大家哈哈大笑，气氛轻松了很多。

姜正山点点头，捋了一下思路，"好，我们分下工。这次技术交流很重要，主要是方案设计与讲解交流这两块。我建议这样，宋汉清制定方案建议书框架，软硬件方案由售前研发自行分工编写，汇总后，然后由宋汉清、柳大序进行梳理优化，若有不足之处，每个部门再进行修改，最后统一最终版本。方案还是由宋汉清主讲，暂时就这么定如何？"

大家没有什么异议。姜正山大手一挥，"好，就这么办！"

会议结束已经是下午六点了，姜正山把关亦豪叫到自己办公室开个小会，小会才是关键。

姜正山第一句就是，"阿豪，既然控标的关键在于控人，现在是该谈谈如何搞定人了。"

正说着，吴明龙敲门进来，他从包里拿出一叠发票走到关亦豪面前，关亦豪知道他今天晚上要着急返回杭州，就一边签字一边说，"小张他们公司的账结清了吗？"

吴明龙说："结清了。"

吴明龙走后，姜正山问："小张公司？什么账？"

关亦豪说："厉部长母亲动手术那会儿，咱不是还找了一家专业护理公司吗？小张就是护理。"

姜正山记起来了，"哦，花了多少钱？"

关亦豪得意地说："也就几千元吧，呵呵，其他费用，人家有保险，我们也就买了些营养品什么，总共也花不了多少钱。通过这些天的接触，我感觉厉镇明也是知分寸的人，他对我们公司印象很好。"

"有了他的支持，至少你开展工作容易得多，那咱们谈谈重点，如何搞定人。"姜正山就着这个话题展开，"我也不给你出难题，结合实际情况，就暂时先锁定高永梁、厉镇明和陈亮，这仨中间已经搞定的就夯实，没有搞定的就搞定，总之一定要他支持我们，从高永梁开始吧，听你说这个人很儒雅？"

高永梁是一道难以跨越的屏障，搞定他就一马平川，否则后面困难重重，这可是一个硬茬，关亦豪苦笑了笑，话题一转，"姜总，我给你讲两个故事？"

姜正山给自己接了杯水，正想表示没兴趣的时候，关亦豪开讲了，"一个是厉部长讲的。说一年前，某公司有一老销售叫老赵，以前跟浙江华夏合作过，跟高总也比较熟，想卖几套设备，一路过关斩将，测试也没问题，就剩下高总拍板了。于是乎，老赵在一个星期内，几乎天天去找高总，高总终于知道这个采购的紧迫性，但高总突然让厉镇明再找几个厂家，搞了次测试，最后另外一家没有任何关系背景的公司签单了，诡异的是，签单的这家公司产品并没有什么突出。还有一个故事，是陈亮讲的，三年前，他们要上一套软件项目，几家公司竞争，大家都看好实力最强的公司，最后却又是另外一家公司中标了，后来才知道中标公司的老总是高总大学同学。"

姜正山不耐烦地说："这些故事既不能说明靠关系取胜，也不能说明靠实力取胜，你不就这个意思吗？有什么意义呢？"

关亦豪说："没错，也不能说明搞清楚他的决策习惯和个人秉性就能搞定高总。对于高总，我的思路是这样……"

国庆前期，关亦豪的注意力就开始转向高永梁了。为了制订高永梁的公关策略，关亦豪是做了一些功课的，知道他做管理出身，是一个温和稳重的人，几个月前第一次宣介交流正式见过一次，后面除了匆匆地打了几个电话，再没什么交集。

关亦豪早先试图从高永梁的决策习惯、秉性与社交风格着手，华夏BOMS项目庞大，高永梁作为已知的唯一参与决策的高管，他是项目中非常重要的一个关卡。在大项目的选型领导决策过程中，一般会有三种决策模式：第一种是独裁，这种领导有强烈的个人意志和喜好，不愿授权，喜欢独断，如果有他的支持，那基本就定了；第二种是民主集中，这种领导会对选型决策授权，也会参与决策过程，不见得就他说了算，但他的态度很多时候会成为集体决策的风向标，也有逆风飞扬的时候，比如底下有人强烈反对的时候就难说了。最后一种是完全民主，这种领导充分授权以后，自己很少决策，如果参与决策，也会民主地听取各个层面的意见来平衡，但第三种情况实际上很少发生，因为一旦领导要做平衡考量的时候，就可能是民主集中制或独裁的方式了。所以高永梁的决策模式从概率上来说是独裁或民主集中制。为了验证高永梁到底最有可能采用哪种模式，关亦豪自然从厉镇明这里找答案，厉镇明说，自己也没有完全搞清楚高总到底如何决策，只是说，他的性格不是很独断专行，但很多事情最后还是按他的意思办，他的脾气很温和，但很少人敢顶撞，历史上有过排除众议的决策事件，也有基本放手不管的时候。

经过厉镇明这一探讨，关亦豪发现要把性格啊，秉性啊，权力欲望，历史轨迹都考虑进来的话，事情反而搞复杂了，还不如简单剖析高总对项目的问题与痛苦根源，以及要达成的目标，这是他的需求，也是他的利益所在，有利益才会心动。在真正的利益面前，所有的阻碍都会让路。

所以无论高永梁是哪种决策模式，只要解决他的问题，捍卫他的利益就行，哎，这就简单了。

利益这个东西既跨组织又跨个人，边界无法琢磨，不过归根结底，要么收敛到政绩或相关层面，这个对高层可能性大，吸引力大；要么聚焦到个人灰暗层面，这个对高层可能性小，吸引力小，但两种情况都要重视，不管最后出现哪一种情况，办法总是有的，有了前期的铺垫，自然就水到渠成了。

于是关亦豪针对高永梁的公关思路形成了：化繁为简、直指人心、水到渠成。

听他说完，姜正山依然愁眉不展，喃喃说道："化繁为简？多简？简到无？你还真的相信无招胜有招啊？"

很明显，丢了黑龙江项目，老姜谨慎多了，当然，还有身上背负的军令状，想到这，他更加寝食难安。

关亦豪说："我也想玩一些花哨的手法，对高总来一个洗剪吹？来个一饭三扣？再高端点，给他整个局，下个套？"

姜正山沉默。

"咱们不是拍电影！是吧？"关亦豪接着说，"对下面的人玩个一招半式，无伤大雅，即便出现偏颇，还可以做工作，但对高总不能贸然玩玄的，所谓奇技淫巧，搞不好弄巧成拙；而三板斧要是砍空，落下去多半伤了自己，我所谓的化繁为简，这个简并不是无招，其实是最厚重的一笔。"

虽然关亦豪的思路非常清晰，姜正山依然不为所动，"好吧，化繁为简，我认同。但直指人心呢？你怎么指？"

关亦豪说："直指人心，在第二次技术交流到考察演示阶段完成，总之就是让高总觉得我们才能真正解决他的问题，是达成他利益的公司。这个需要集销售、售前及公司的力量，而我也会从厉镇明这边旁敲侧击找准高永梁的点，我也希望厉镇明能够助我们一臂之力，希望他多多给我们制造机会。"

姜正山诘难道："不会这么简单的，高总执意要看方案，要看演示，而大家都在秀实力，看来看去，容易看花眼，'点'很难把握。"

关亦豪说："没错，这是最难的，所谓人心隔肚皮，人心也善变，每家公司都要被考验的，我要做的就是比任何一家公司都要重视，所以再难也要上。"

姜正山说："好吧，你这个水到渠成如何把握？我发现大多数销售把客户的胃口搞大，水是有了，却超过公司承受之重，最后还被客户反了水，就算有了水，并不见得可以顺水推舟，现在公司在提倡降低销售成本，你懂的。"

关亦豪说："姜总，我问你，当时，我主张帮厉母看病的时候，你是不是担心这个花费会很大？"

姜正山略为思索，"我是担心花费很大，但我更担心你费力不讨好。"

关亦豪说："最后，你也看到了，这花费很小，厉部长还觉得过意不去呢，我跟你说，只要跟客户相处好了，客户不会这么盲目，他需要水我们才考虑放水；他不需要，我肯定不放，所谓水到渠成就是要做得合理。"

姜正山提醒说："你还有赌的成分在里面。"

关亦豪笃定地点点头，"世界上没有万无一失的东西。"

"我最忌讳赌了。"姜正山此时也无话可说，"好吧，你再谈谈厉镇明的公关策略？"

关亦豪说："厉部长的用途更多一点，那就是：信息共享，里应外合，中流砥柱，杀敌先锋。经过这么长时间建立的信任，他对我们方案和个人都是很支持的，实际上这些思想已经慢慢在用了，比如信息共享，就是让他反馈甲方整个选型决策者的思想动态，我这边重要思路也相应给他做报备。"

姜正山点点头，"这个我能相信。"

关亦豪说："里应外合就是，我们行动，他支持我们，这里有一个关键操作，就是控标，在正式的公开招标，那就会起些作用，等我们这次方案交流或考察结束后，我会让宋汉清根据我公司方案结合他的想法，编写一个有利我方的控标列表，合谋一下。"

姜正山说："这个有些挑战性，就看届时格局了。"

关亦豪说："尽所有力量吧。"

姜正山说："好。"

关亦豪说："而中流砥柱，就是如果其他决策者偏向对手，他至少做到支持我们的立场不改变。"

姜正山点点头。

关亦豪说："杀敌先锋，就是如果找到对手弱点，他能主动杀敌，效果比我们出击要好得多，就不知道能否行？"

姜正山觉得这有些微妙，"要操作这个，得看两面，一面他可能要顾及公司高层倾向，除非高层风向不明；另外一面是，要找到对手的真正弱点。"

关亦豪说："朝腾弱点，我和宋汉清都会持续留意。"

"嗯。"姜正山知道关亦豪跟厉镇明建立了比较稳固的关系，基本上是偏向通擎的，所以也就没有什么可挑剔的，就说："陈亮呢？"

关亦豪说："策略跟厉部长一样，只是作用不会这么大。陈亮跟吴明龙现在走得近，我到杭州也经常约他出来，基本算是搞定了吧，人挺好，爱帮忙，帮我们几次忙了，上次还给我们提供内部材料，问题不大。"

姜正山点点头，经过刚才关亦豪的讲解，脑海里又把华夏人物关系捋了一遍，忧心忡忡地说："如果曾刚、李柄国俩人完全倒向敌方，后果难料啊，难道就这样放任？"

关亦豪说："曾刚基本倒向了朝腾，李柄国跟我们不太对路，我们不是放任他俩，也在跟踪，但是到不了树旗杆的地步，强攻不仅耗费资源，恐怕还会适得其反。我想过，如果高永梁偏向我们，我再做工作，保不齐他俩有改弦易辙的可能，老大都倾向我们，他们还能怎样？是不是？"

姜正山说："看来，必须拿下高总，在这关键时刻，为了配合你，技术交流老夫亲自陪你们去一趟，然后我们去拜访一下高总。"

"等的就是你这句话！"关亦豪心头一亮，"有您出马，这事定能成功！"

姜正山说："不要这么乐观，只是多一个角度来观察。"

国庆节后，李夕才正式加入朝腾，今天是李夕报道的第五天。

霍武把李夕带进了自己的办公室，从头到尾讲着杭州的项目，分析了竞争格局与态势，"咱开窗说亮话，通擎搞定了厉镇明，疑似搞定了陈亮，就这么个情况。"

李夕记得他上次说过，就点点头。

"下面说说正经的。"霍武说："我们兵分两路，商务公关层面，思路是一手联盟，一手造势，技术方案层面，帮华夏做好 BOMS 规范。先说一手联盟，所谓的一手联盟就是我朝腾跟 XLOG 销售层面的战略联盟，说白了，我有了曾刚，XLOG 卫长贵有了李柄国，我让曾刚支持他，他让李柄国支持我。"

李夕说："OK！这么说，相当于咱们这边有曾刚和李柄国，那高永梁高总这个关键人物，你有搞定他的计划？"

"别急，这就需要造势了，至于一手造势，"霍武咧嘴一笑，"自从 825 圆桌论坛以来，效果你懂的，经过我们有意的宣传，以及黑龙江华夏案例的运用，浙江华夏移信不是傻子，一对比，我们肯定领先通擎，所以对我们的实力是相信的。另外，我们造势已经形成自下而上的舆论，比如我们这次做规范，唐宁组成员以调研的名义跟华夏一些工程师都有接触，中间我还请他们吃过饭，可以说公司很多人知道我们朝腾了，所以舆论已经铺开了。"

李夕说："高永梁知道吗？"

霍武神秘一笑，"舆论铺开，自然有人在合适的时间点火，明确地说，高总已经知道，总之，我们接触高总应该容易了。只要跟高总达成默契，就很容易形成另外一种舆论：自上而下，这种的舆论导向一旦明确，高总下面的人就吃了定心丸，我们拿单就有望。"

李夕说："嗯，看来有谱。"

"这些都是后话。"霍武接着说，"现在讲技术方案层面，就是 BOMS 规范，我们唐宁这边带队，包括我们研发部门一起，经过一个月的艰苦作战，规范顺利完成，提交给了曾刚。我刚跟曾刚一起从三亚回来，他对这个事情非常满意，我们这事做得几乎不露痕迹。"

"那很好。"李夕说："那下一步，甲方有哪些动作？"

"甲方这几天就开始讨论规范，并定下需求，然后举行第二次技术交流，交流结束后着手考察，主要观摩系统演示，据说高总也过来。然后招标，招标由独立的第三方机构举行，大概就这样。"

李夕说："不过，我认为考察比技术交流更重要。首先，考察更能评估这个系统的功能；其二，甲方上门考察，高总亲自造访，这个是最佳公关时期，可能各大公司都准备对高总一网打尽呢。"

"是的。"霍武点点头，"还有一个事情，咱们跟 XLOG 现在是联盟关系，但是浙江华夏青睐 GEM 的综合管控和容灾，你有什么建议？"

李夕思考片刻，"如果投标能允许投两个方案和报价的话，GEM 为主，XLOG 为备，只能这样了。"

"嗯。我也这么认为。"

14.2

"豪哥！"

关亦豪正走出接机大厅，寻声望去，一辆马六飘在马路对面，吴明龙探出半个脑袋。关亦豪坐上汽车就问："交代你的事情完成得如何了。"

"曾刚和李柄国根本就不想跟咱聊需求。"吴明龙愤然又无奈地说。

"陈亮呢？"

"陈亮把他的想法发我邮件了，我已经转发给你。"

关亦豪想想可能是这个结果了，看来只能通过厉镇明侧面了解他们的一些诉求了。

等到第二天晚上，关亦豪才跟厉镇明碰上面，地点在一个静雅的咖啡馆。

两人握手寒暄入座，点了些饮品，关亦豪继续温暖话头，"伯母最近身体如何？"

"还好，恢复得还可以。"

"恭喜了，伯母一看就是有福气的人呐。"关亦豪又说，"最近您脸色也不错。"

"是吗？说明最近操劳比较有规律？"厉镇明自嘲地说。

两人哈哈一笑，不多时，咖啡和点心送到。两人边喝边聊，关亦豪决定步入正题，"厉部长，咱们这次规范做完了吗？"

厉镇明说："曾刚他们已经把规范做好，发到我这里，这次规范基本到了整合阶段，我现在主要处理一些审核和编辑工作。"

关亦豪说："哦，很迅速啊，那第二次交流大概会是什么时候？"

厉镇明说："本月下旬，大概二十多号的样子？"

关亦豪说："嗯，时间也比较紧迫，我们公司前段时间还专门为这事开了一个会，想把这次方案做好，苦于需求不足。我想啊，能否把这规范提前发给我们？我们保证不外传。"

"没问题啊。"厉镇明头稍微一仰，可能意识到回答太直接，有些不妥，于是补充说，"没问题的，但是我需要稍微整理一下，因为还有一些规范没有细致整理，不太可能一股脑儿全发，所以我会剪辑一下，发一个 PDF 文件给你。"

关亦豪说："哎哟，那就太感谢了，您发我私人信箱。"

厉镇明说："好的，我也希望你们把方案写好。"

"我们肯定要把方案做好。"关亦豪说，"另外，我想知道，从你的角度来说，您最关注方案什么地方？"

"我关注什么？很多。"厉镇明笃定思考了一下，"方案的可行性，满足需求这都是老生常谈。我最近在思考的就是数据质量、业务流程能力，如何最大化地挖掘BOMS使用后的绩效,总之这个系统上线,能用,但更重要的是,用得有价值……其实对于我来说，你就是尽可能把你的优势展现，不要拘泥于一点。"

对于技术把关者来说，就是要掌控全面，这个是对的，关亦豪连连点头，"太好了,另外,高总关注什么呢？或者,我们应该从哪个角度去讲才能打动高总呢？"

厉镇明用手指轻触了下嘴唇，略思片刻，"他这人吧，脑子里肯定有东西，不成熟不会讲出来。前段时间，我还真跟高总闲聊过这些问题，我想想，他原话不记得了，他思想就是一个，系统能否解决核心问题。"

关亦豪说："什么核心问题？"

厉镇明说："整合、灵活的市场策略,流程,以及对市场的快速反应能力等等。"

领导的问题都很抽象啊，不过也好，关亦豪感激地点点头说："嗯，了解，那曾刚呢？他对这个项目关注点是什么？"

厉镇明做了个扩胸运动，"哎哟，我还真没跟他细聊过，每次开会，他讲的东西都很多，不过他对规范的认识是非常深刻的，我觉得他的职责是软件业务，那么软件业务规范的所有内容他都是要关注的，别的不好多说，怕误导你。"

关亦豪又接着问，"能否也聊聊他的性格脾气？或者我有哪些要注意的？"

厉镇明说："虽然一起共事，我跟他私交不算多，但我觉得他脾气比较倔强，业务很懂，技术不错。"

关亦豪觉得很有道理，就举杯说："以咖啡代酒，我敬你！"

两人各自喝了一口，关亦豪笑问："我问这么多，厉部长不会烦吧？"

"不烦不烦，这是工作，"厉镇明抚掌说，"干脆，我来谈谈李柄国和陈亮的想法，首先说李柄国，其实他那块不是这次交流的重点，保证系统稳定性和管控容灾就 OK 了。他这个人其实是比较好打交道，比较聪明的一个人。"

厉镇明点到为止，笑了一下。

"嗯，"关亦豪点点头，但内心深处，他把聪明理解为狡猾。

厉镇明接着说："陈亮呢，负责硬件这一块。能支撑软件不出问题就 OK，这就是他的想法，当然硬件报价不要虚高，这个高总会比较在意，还有，陈亮人挺好，工作认真，也比较活跃，你们销售应该会喜欢。"

关亦豪连连点头，"我知道陈亮，太感谢了，今天很有收获。"

厉镇明说："希望你们表现好一些，届时，考察的时候，高总肯定会更加留意你们企业，如果高总觉得没有问题，就没太多问题了。"

这一番话让关亦豪既兴奋，又感受到压力，考察是一个很好的公关机会，肯定是要利用一下的。

第二天晚上，宋汉清就收到了关亦豪的邮件，这个邮件有两个附件：一个是署名"电子文件"的压缩包，宋汉清心说，这应该就是规范了，可能是甲方避嫌故意取这个名称。而另外一个附件就是本次甲方决策者的关注点，收集得不多，但看来效率挺高。

他打开压缩包，里面有一个 PDF 文件，一共 200 多页，算是规范书的精华了，翻了几页就看到本规范主要起草人名字，其中曾刚、李柄国、陈亮、厉镇明赫然在列。

还是看看这规范有否朝腾的痕迹吧，于是宋汉清仔细地翻了起来，他一边翻页一边回忆朝腾的理念，但翻了很久都没有明显的痕迹。突然视线停在一张《BOMS 与银行/支付平台边界概要》图上，这张图有些熟悉，印象中，这类制图风格在什么地方见过。宋汉清又打开以前的目录，调出朝腾的文档，果然类似，而且里面的流程走向和人物图标几乎就是一样的，只是内容更详细一点，而后面的很多幅类似的图都保持着这种风格，不会错了，这就是朝腾的风格，看来朝腾隐藏得够深的。

不过有了这些有价值的内容，写方案就轻松多了，他立即把这个文件转发给柳大序。

通擎的方案要提前开始设计了。

今天早上，厉镇明从柜子上取出将近 5 厘米厚的规范书，掂了掂，很有分量，这套 BOMS 规范经过反复提炼和取精去粗，包括一本总册，外加五本分册，几乎翔实地描绘了系统的整体格局。

他带着规范书敲开了高永梁的门。

高永梁戴上眼镜，抽出一本总册，仔细地看了看，"嗯，不错，这规范做得很好，定义准确，内容翔实，但要集中体现我们浙江的特色，更符合我们的业务期望。"

厉镇明连忙说："嗯，我知道的。"

高永梁把眼镜摘下来，折叠放入口袋，"马上要搞技术交流和考察了，你是怎样看这两者之间的关系？"

厉镇明说："通过技术交流，我们看集成商对我们的需求理解能力和需求到方案功能的对接能力，这个主要是对集成商的思路进行摸底；而考察呢，看集成商现有的东西，这个主要是对集成商的实力进行摸底。"

高永梁觉得他对本次技术交流和考察的理解是非常到位的，看来厉镇明这个选型总组长果然很靠谱，就补充一句，"也不是所有的集成商都考察，原则上对其中三家满意的公司进行考察。"

厉镇明点点头，"明白。"

高永梁说："这样，咱们赶早不赶晚，给六大集成商发需求，你看什么时候交流方便？"

厉镇明说："我整理一下，后天就可以发，交流时间定到这个月下旬，就 10月 23 日到 27 日集中突击一下，考察随后再定，如何？"

"嗯，好的。"高永梁手指一抬，"规范书不要发给集成商，你要单独'剔'出需求给他们。"

厉镇明说："这个当然。"

14.3

需求一发，江湖风起云涌，各路诸侯前赴后继扑往杭州。

10 月 23 日上午，通擎技术交流团队抵达杭州。这次交流团队比较壮观，销售这边姜正山、关亦豪、吴明龙，研发这边柳大序，售前这边宋汉清、鲁小强一共六人。

为了确保明天的交流万无一失，姜正山还额外租用了一个小型会议室用于方案解说演练。姜正山扫了每人一眼，举起右手，甩出三个手指，晃了晃，"刚刚接到内部消息，甲方这次只对交流效果满意的三家公司考察，所以这次交流的重要性不要多说了吧。"

大伙点点头。

"好！"姜正山说，"今天大伙要好好演练一次，争取打好明天的攻坚战。"

演练一直持续到晚饭时间才结束，姜正山和关亦豪在外面走廊聊天。姜正山习惯性地用手指轻拭了一下宾馆的墙纸，"我觉得这次交流效果应该不错，你让厉镇明控制一下时间，争取 11:30 结束，这样可以预留半小时，我们顺带去拜访高总。"

关亦豪说："好！"

吴明龙突然说："可以让厉镇明引见一下。"

关亦豪打断说："还不到时候，我刚看了宋汉清的方案模拟讲解，还不错，这次交流效果应该很好，所以我们最好单独主动去拜访高永梁。这次拜访不要设定更高目标，就是让高永梁看到我们为 BOMS 选型做了很多实质性工作，让他知道我们的诚意，然后就离开。因为这次技术交流到考察评估期间，高永梁肯定会找厉镇明商量，厉镇明届时肯定会帮我们说话，那样效果就好很多。"

"因为，"关亦豪继续说，"在高永梁对我们印象不错的情况下，厉镇明的观点又与他不谋而合，基本上，高永梁立场会偏向我们，搞定他也就容易了。至于用别的点子去搞定高永梁，在信息极不对称的情况下，都为下策。"

姜正山若有所思地看着远方，时不时点点头，看上去像是赞同他这种说法，又像是表明自己只是在听而已。关亦豪又补充了几句，"除非下面的人搅局，我不放心的就是曾刚和李柄国，但我们最近一直都敬着他们，应该问题不大。"

姜正山吸了口气，"这次交流团队基本上是公司最精锐的部队了，明天交流结束，去拜访高永梁，就这么着。"

10 月 24 日，通擎 BOMS 第二次交流在华夏大楼 6 楼会议室举行，会议室很大，台前有几张专门为乙方准备的条桌。此时关亦豪陪着姜正山跟华夏团队交换名片，其余的人坐在条桌后面严阵以待。

不多会儿，高永梁走了进来，中等身材的他穿了一件合身的灰色西装，胸前红色暗花领带让他显得文质彬彬。

"高总！您好！"关亦豪上前握住高永梁的手，"给您介绍一下，这是我们通擎营销总裁姜正山！"

"哦，你好！"高永梁往前伸手，眼睛眨了一下。

姜正山用力握住高永梁的手，"幸会，幸会！听说您很重视这个项目，一直都很想拜访您，今天看到这个会场，连我这个老销售都有一种想跟你们交流的冲动。"

姜正山双手往里翻滚，这个掏心窝的动作让高永梁颔首一笑："非常感谢，我也想听听你们的建议。"

"嗯，好！"

正式交流很快开始，厉镇明做了一个简短发言以后，宋汉清就登台演讲。

"在这秋风送爽、桂花飘香之际，我非常感谢贵司给我这个机会来分享我们通擎的解决方案……"由于这次甲乙双方都比较熟悉了，宋汉清决定以质朴的白话开场，直抒胸臆，开始讲述正式方案：需求分析，建设目标思路，产品整体架构，然后一马平川地讲解子模块及功能点，这些功能点都包含了前期关亦豪收集到的甲方各个层面的需求和关注点，由于准备充分，控制得当，几乎无障碍讲完。

演讲结束，会场异常安静，有些人在翻讲义，有些人细声交谈，高永梁突然发话，"我比较关注业务流程，现在移信变化很快，这个月流程是这样，可能下个月就变化了，你们的流程是固定的吗？"

这个问题关亦豪前期已经反馈过，也很简单，宋汉清从容回答："谢谢高总，我们的流程可以不固定，可以自由定义，而且可视化，实现业务流程跟源数据直接映射，全程无忧，这是我们产品的一大特色。"

高永梁说："实现简单吗？"

"这个我来回答！因为我负责研发。"柳大序觉得自己回答更有说服力，他举手说，"非常的简单，我们也可以培训你们，我给你说哦，一两天就出师，喊哩喀喳就搞定。"

柳大序的口头语很有地方特色，高总点点头。

曾刚揉了下眼睛，刚睡醒似地对宋汉清说："东西很多，功能也有，对了，你是售前吧？

曾刚突然眼一睁，尽管说话斯文，但是宋汉清还是感觉到他有种来者不善的意思，心里一沉，语言上依然诚恳，"曾主任您好，是的。"

曾刚冷漠地说："你讲的这些东西啊，从产品角度来说没什么问题，功能应有尽有，但从方案的角度来说，与我们的业务规范有些距离，怎么说呢？"曾刚陡然一笑，腹黑地说："不怎么贴切。"

宋汉清感觉最后几个字是完全从鼻子里哼出来的，同时，这番蓄意拿捏的话，听上去阴阳怪气，绝非公正立场来阐述观点。曾刚可能觉得他刚才的语气有些过头，又稍微补充了一下，正色说道："说直白点，一、我没有看到你们的核心理念；二、产品与我业务没有什么关系。"

改泼冷水了。宋汉清很快对这盆冷水做出了反应，这种问题看似简单，其实很难直面回答，就算直面回答，曾刚总有理由来驳斥，就说："曾主任看问题比较深，非常感谢。实际上，我们有理念，我们的架构理念是业务协同，随需应变；我们的功能理念跟咱们需求是一致的，但考虑纯粹讲这些会比较虚，所以更多的是讲如何解决贵公司的业务问题。另外这次交流，大家主要是评估功能细节，所以我们没有去强调这个理念，要不这样，将来你们考察的时候，您来我公司，到时候您就可以看到我们方案的理念了。"

宋汉清在回答的过程中，很自然地引导到了考察。

曾刚望着别处，嘴巴咀嚼了一下，摇摇头。

高永梁接着说："这个系统很庞大，建设内容确实很多，不知道你们 BOMS2.0 项目有哪些案例？"

这个问题关亦豪前期没有反馈过，不过却是在情理之中的。

"高总，您好，严格说来，行业里还没有任何一家公司有 BOMS2.0 真正交付的成功案例。"宋汉清故意停顿一下，"为什么呢？因为该系统在中国还没有运营商割接上线呢，虽然某些省正在做，但是 BOMS2.0 的那些模块应用，我们通擎一直走在行业前列，比如经营分析、账务、CRM 等等，其核心思想跟 BOMS 是一致的。"

高永梁眨了下眼睛，若有所思，却也没有再问。厉镇明接过话茬，表达了他关注的内容，"嗯，经营分析，这个也很重要，我想听一下你们有哪些案例？包括建设思路。"

这个问题比前面容易多了，案例也不少，宋汉清自然能从容回答。

"我问一个研发问题。"曾刚突然对柳大序说，"你是研发，对吧？"

柳大序算是领教了曾刚的辛辣，不知道他又会整什么幺蛾子，小眼睛眨了下，小心翼翼地说："您要问什么问题？"

曾刚脸一黑，"你先告诉我，你是不是研发？"

"我是！"

"嗯，那你来回答一下，这个项目，你认为业务更重要呢，还是数据更重要？你不要告诉我两者都很重要的废话。"曾刚后面这句话彻底封杀了柳大序的最佳回答路径。

柳大序保持笑意的嘴巴立即歪在一边，他眨了下眼睛，小心试探一下，"您是搞技术的，还是搞业务的？"

宋汉清暗叹一声：糟糕，不要这样问。

曾刚头一颤，声音颇为生硬，"你管我是搞技术还是搞业务，这个问题与我搞技术还是搞业务有关系吗？"

柳大序连忙说了两遍不好意思，"是这样的，我个人觉得还是搞清业务最重要……"柳大序匆忙回答，即便是这样，他还是很好地梳理逻辑。但曾刚说："我知道了，不过你没有真正理解我的意思。"

会场一片死寂。

"看，大家还有什么别的问题？李柄国，陈亮？"厉镇明发话了。李柄国喝了口茶，把杯子往桌子上一放，身子一侧，脚一伸，冷冷地摇摇头，倒是陈亮连续抛出了几个问题，让现场温暖起来。

交流结束，宋汉清有些担忧，浙江这批甲方比四川的更刺头，一个多月没见，浙江的水比四川的还要深了，前途堪忧啊。

准备回答商务问题的关亦豪连一个互动都没遇到，当然这不算头痛，最头痛的是曾刚的刁难，这在他的概念里，这种火力算搅局了。姜正山沉默无语，也不知道他想什么，在走廊上，姜正山突然说："还是按计划，去拜访高总，你先给他去一个电话，表明来意。"

关亦豪打完电话，颇为意外地说："高总现在没什么事，答应了。"

姜正山眉头一舒，"汉清，你跟我们一块去！"

三人来到高永梁的办公室，高总的办公室更加宽阔一些，不过厚重的办公家具和设备又显得比较严谨，这种严谨也体现在高永梁的脸上。他招呼他们坐下以后，姜正山把两份精美的产品方案手册和公司宣传光碟递了过去，"高总，这是我公司的产品白皮书，您关心的东西我们这里都有，方便的时候可以了解一下。"

"哦，"高永梁接过简单翻了一下，笑说，"这些资料最近收到太多了，呵呵，嗯，你们产品挺全的。"

姜正山知道送资料是常规手段，不是重点，趁机话题一转，"高总啊，我们今天拜访您是想知道听完我们的方案介绍以后，您有哪些想法？"

"想法？"高永梁眼睛眨了两下，"你们讲得还是挺好的，很多功能确实是我需要的，但是比较散，现在我们比较强调业务管控，我却没有看到这些。"

高永梁态度很客气，但语言还是直抒胸臆了。

姜正山说："我们在管控这一点上其实做得非常好，只是时间关系不可能单独讲得太细。"

宋汉清也伺机做了相应补充。

高永梁继续说："我记得有次 GEM 的综合管控就讲得挺好，当然他们的管控还是聚焦服务和性能方面，跟你们不一样。"

姜正山笑呵呵地说："你说的是 Squash 啊，这套产品确实不错，啊，我就是从 GEM 公司出来的。"

"哦！你以前在 GEM？"高永梁抬头看了一眼姜正山，显然对这个问题产生了兴趣。这对姜正山是利好消息，他趁机又聊了一些 GEM 的观点。当然高永梁感兴趣归感兴趣，但后面始终也没有其他提问了，三人决定收工，客气告别。

在回宾馆的路上，姜正山脸上一直阴云密布，他对关亦豪说："我们冲着直指人心这个崇高的目标去，现在的结果呢，能不能进入高总的考察列表啊？"

很显然，在姜正山的心目中，这次交流的效果没有直指人心。当然关亦豪认为这"直指人心"还不到时候，不过"能不能进入高总的考察列表"这句话却让自己揪心，因为这次交流火药味确实很浓，当然了，火力主要还是曾刚这边。关亦豪紧抓了把头发，"姜总，还好吧，曾刚这颗老鼠屎坏不了一锅汤，其实，真正的战争就是这样残酷，天下哪有那么容易的事儿，不过，咱不要灰心，我觉得这次表现还好！后续……"

姜正山打断说："你这几天留在杭州，弄清楚我们有否考察资格再说吧。"

关亦豪也就无话可说了。

10 月 25 日上午。

朝腾的技术交流马上开始，他们的团队也很壮观，钱伟、霍武、李夕、唐宁、还有公司技术总监也客串来了，当然这次的主角是唐宁。

厉镇明突然说："好了，可以开始了。"

唐宁轻咳两声，"尊敬的各位领导、专家，大家上午好。我叫唐宁，可能在座的各位有些人听过我的演讲，我最近的一次公开演讲是在 8 月份的电信解决方案大会，当时讲的是黑龙江华夏 BOMS 案例。最近又看了下贵公司的需求，我发现，很多需求都已经在黑龙江华夏移信 BOMS2.0 上实现了，可能大家对黑龙江华夏 BOMS 感兴趣，没有关系，我满足大家的期望。这次我邀请到了负责这次项目实施的公司技术总监罗能，待会大家有什么问题，可以问他；而我，是这个项目的前期售前咨询经理，基本上大家遇到的问题我也遇到过；还有，我也邀请到了我们公司销售经理李夕先生、销售总监霍武先生；最后是关心、支持这个项目的公司副总裁钱伟先生。"

唐宁每点到一个名，大家依次站了起来鞠躬。

"好了！"唐宁继续说道，"大家会很奇怪，为什么我把技术人员放前，而把我们销售，包括我们钱总的介绍放在后面呢，原因很简单。"唐宁环视一周，手一抬，掷地有声地说，"因为我们是一家以技术为先导、服务为后盾的高科技企业。"

唐宁这次略显张扬的演讲风格，且故意不按常理出牌的套路一下子就抓住了甲方的眼球，高永梁也打起了精神。钱伟趁热打铁，带领大家再一次站了起来，又鞠了一躬，简单地说了一句："谢谢大家！"

也不知道谁带的头，会场响起了一片掌声。

后面的演讲，唐宁不负众望，他紧扣项目需求及方案特性功能。最后拿出了十多张胶片重点分析了黑龙江实际应用案例的情况，图文并茂很有说服力，又一下子抓住了大家的眼球，引起了大家极大的兴趣，后面的答疑交流也自然对朝腾非常有利。

交流结束，钱伟、霍武、李夕很自然地跟随在高总的左右。高永梁边走边说："你们公司主要做移信，还是别的都做？"

钱伟说："移信，其他运营商都做，基本上全行业解决方案。"

高永梁说："有几次开会，工程师都提到你们朝腾的名字。"

钱伟笑说："做的案例多了，提的人就多。"

走在后面的霍武朝李夕一笑，小声说："造势还是有些效果的！"

李夕点点头。

高永梁又很有兴致地说："嗯，这次交流还是很有收获的，让我更了解你们。"

钱伟说："这次交流也是时间比较紧张，其实我们也有很多地方想跟高总您请教，不知道高总方不方便？"

高永梁说："那去我办公室吧，我给那谁打个电话，让他备点茶叶。"

霍武眼前一片明亮，实际上，到高永梁办公室并没有细致探讨解决方案细节，只是聊了下建设构想，以及甲方下一步计划：考察。

短短二十分钟的交谈很快就过去，虽然聊不出什么内容，但是对霍武来说，这次交流意义在于检验高永梁对朝腾的评价，或公关可能性，至少对于这两项指标，他自认为是比较满意的。

姜正山离开杭州后，关亦豪越发重视他的疑问。是啊，姜总为什么担心能否进入高总的考察列表呢？这次交流，曾刚胡搅蛮缠的态度，高永梁冷静忧虑的眼神，这一切都显示了不确定性……

通擎方案要是不入高总的法眼，那会是什么后果？关亦豪不得不重视这个问题，所谓不怕一万，就怕万一，人往往是这样，一旦重视这个问题，这个问题就再也甩不掉了。这两天，它就如一个幽灵一样如影随形地跟着关亦豪，甚至感觉有一只手一直揪着自己的心，不行，得找厉镇明搞清楚，于是跟他约了个时间，第三天一早，关亦豪如约来到了厉镇明办公室，看到他在，一种亲切感油然而生，他顺手把门关上。

关亦豪也就不拘礼节了，找到一张椅子坐下，"厉部长，这次可能耽误您一点时间了。"

"别客气。"

关亦豪开门见山地说："我想知道，这几天交流后，咱们这边考察名单确定下来了吗？"

厉镇明温吞地说："嗯，我们觉得你们，朝腾、君月都是表现不错的，方案成熟，技术领先，功能都基本覆盖。"

关亦豪揣摩了这番话的含义，应该有料，就确认说："呃，也就是说这次考察就我们三家是吧？"

厉镇明看着他，"是啊，就你们三家。"

关亦豪顿时觉得揪住心脏的手突然放松了，心情一亮，默默地长透一口气，不过听到朝腾也进入考察名单后，有些隐痛，于是问道："另外还有一个事情，你认为，高总觉得朝腾如何？"

厉镇明放下手中的活，抓了下脑袋，"那天他们交流，我觉得也不错，跟你们各有千秋。结束后，我看到朝腾几个销售跟在高总后面有说有笑的，昨天快下班的时候，我还问了下高总，我问他对哪些公司印象比较深刻？"

关亦豪说："他怎么说？"

厉镇明眼珠一转，"他没有直接说，就提了下，朝腾的方案很成熟了，别的没提。"

"哦，哦，哦！"关亦豪搓了下手，这可不是好消息，良久才说，"那考察日期定了吗？"

厉镇明说："考察还没有定。"

关亦豪说："每家公司考察多长时间？"

厉镇明说："每家公司最多 3 个小时，不会超过半个工作日。我有一个建议，你们先准备演示内容吧，把你们的优势演示出来。"

关亦豪表情淡定，心里却犯了愁，高总的关注点诸如"整合、灵活的市场策略，快速反应能力"这些都涉及了，却还是没有打动他，这回演示，要具体表达哪方面呢，就说："这次演示能否给个方向？"

"我最怕你问这个问题。"厉镇明眉头一皱，沉默片刻，犯难地说："关于这次演示，我也请教过高总，他还在会议上特意说明，要求大家随意观摩，没有具体要求，但随时可以提出疑问。我觉得，经过这几天交流，高总的想法和过去肯定不一样，所以我不敢给你出主意了，但是功能都是那些，你们要表达出优势，至少抓住高总的眼球，我也只能答复到这个程度。"

关亦豪心说，没有要求反而是最难达成的，这几天的交流肯定把高总的思维清理了一遍。不过按照以往的经验，抓住眼球，阐明功能特性和价值，就能直指人心，还是有机会的，于是连连点头表示感谢。

眼下能搞定高永梁的就这么个关口了，还必须有外围手段来巩固这个效果，比如让高永梁先考察通擎，这样可以做到"先到先得"。关亦豪做了反推，如果自己是高永梁，而且对朝腾印象深刻，就可能首先考察朝腾，如果首先考察朝腾，朝腾必然先展开公关手段，这样对自己必定不利。这一推理，一下子警醒了关亦豪，他低沉而有力地说："厉部长，能否想办法让大家先考察我们通擎？"

厉镇明自然明白他的用意，"这个我尽力。"

关亦豪思考着各种可能性，尽力屏蔽不利因素，想到他们要住宾馆，于是计上心来，"呃，要不我公司发出邀请，这样你们全程的路费和住宿费，我们全包了。"

厉镇明立即摆摆手，"这个不行，因为早就通知我来负责这个事情了，再说了，华夏不缺钱，你强出头会有忌讳。"

关亦豪心说，厉镇明有避嫌的想法，于是不好意思地笑说："哦，是的，是的。"

一计不成，又来一计，关亦豪盘算，如果能选一家离自己比较近的宾馆是否也能达成这个愿望呢，他边推理边说，"厉部长，可以推荐一家离我公司比较近的地方，高总若执意先考察朝腾，但如果离我司近，搞不好就可以先安排考察我们呢，这样也方便您做推荐。"

厉镇明心头一亮："这个主意不错，确定考察日期我就开始确定宾馆了，我努力一下。"

第十五章 │考察与演示

"商战一旦进入公司层面 PK 的时候，这种正面战场总该有些定数了吧。万万没想到，正面战争结束后，我们会立即陷入到后面的游击战，这个世界或许就没有定数。"

浙江项目回忆
通擎华东大区销售总监　关亦豪

15.1

朝腾团队回北京后，立即召开迎考会议，实际上大家并不知道甲方何时会考察，不过霍武觉得凡事都要提前做好准备。钱伟这次深以为然。

这次会议钱伟亲自主持，霍武、李夕、谢建兵、唐宁，还有黑龙江华夏技术总监和项目经理也过来参与。

钱伟简单评估了上次的交流效果，有一种稳操胜券的感觉，他说："这次技术交流，从各个层面反馈来看，效果非常好，引起了高总的兴趣，这点非常关键。这次唐宁表现非常突出，开启了良好局面。"

大家不约而同地看着唐宁。唐宁面无表情，但蠕动的嘴角，还是隐现一丝骄傲。

钱伟继续说："我认为这次交流加上接下来的考察观摩，是这个项目的里程碑，重要性堪比投标，甚至更重要！"

钱伟接着讲解了这次迎考的步骤和关键事项，"这次迎考的关键就是系统演示。甲方针对这次演示观摩，几个主要决策者都会过来，但我觉得演示还是尽量围绕高总展开，演示怎么做？做到什么程度？就是让甲方吃一颗定心丸。大家都好好想想，出谋划策。"

霍武说："系统演示嘛，当然是要结合需求，打动甲方，但是这次演示，我得到的消息是，高总没有提具体要求；但曾刚强调了一下业务实现能力；李柄国强调的是稳定性、系统性能，这都是各自立场，也不好演示。"

钱伟笑说："没提具体要求，这比高考作文还难啊，文体不限，字数不限，有意思，唐宁你说说看。"

唐宁用手背擦了下眼睛，"我有两个问题，这次考察多长时间，演示多长时间？"

霍武头一抬，"考察大概三小时左右，演示时间没说。"

"那我知道了。"唐宁郑重地说："所谓'文体字数'，我觉得一定要限制，首先要确定的是演示时间，我觉得演示时间不要超过一个小时，剩余时间尽可能带领他们去参观，哪怕坐下来搞个茶话会都可以。要知道，演示一个小时算比较长了，足够表现我们的内容，演示这玩意，时间太长，甲方会很疲惫。至于展示的内容，既然要给甲方吃一个定心丸，我建议是一步到位，可以把黑龙江华夏的业务场景，甚至数据样本都可以拿过来使用，内容上尽可能丰富一些，不知道黑龙江项目部这边？"

这无疑是给技术总监出了一个难题，如果说不行，那相当于露怯，如果说行，那就是一个烫手山芋。技术总监说："这个项目连三分之一都没有做完呢，还有大量的程序需要调整。"

李夕觉得他这个担忧是有道理的，正思索间，唐宁发话了，"有没有简化的方法呢？"

项目经理说："界面可以用黑龙江的，再导入数据样本，这样效果也可以，时间也来得及，操作可行。"

大家反复推敲了一下，觉得这个点子不错，再经过几番碰撞，于是就确定了演示流程。钱伟当机立断，"好，就这么办！你们从项目组抽几个高手过来，你们来负责这个事情。"

会议结束，李夕跟霍武出来。李夕双手叉腰，来回走动，沉默无语。

霍武说："怎么了？有想法？"

李夕颇为担忧地说："用黑龙江的数据样本和场景界面，没有什么问题，但是把这个调子定位为一步到位，强调内容丰富，要么面面俱到，搞成走马观花；要么深入细节，只见树木不见森林，而且难度貌似比较大，演示配合的难度也相应增大……"

会议室门打开，霍武回头一看，唐宁跟钱伟有说有笑地走了出来。

霍武淡然一笑，"不要担心，都是老手了。"

关亦豪告别厉镇明后，当晚就飞回北京，他督促大家赶紧备战迎考。

第二天上午9点半，姜正山就在关亦豪的鼓动下召开迎考演示的专题会，秘书把上次参会的人员全部召集在一起，姜正山敲了下桌面，"开会了，大家先安静，老规矩，亦豪先讲讲这次考察的情况。"

关亦豪拿出整理好的稿件，"这次考察正式通知还没有下来，厉镇明让我们提前做准备，但考察时间呢，大概三个小时。我跟姜总碰了碰，这次考察的主旨是展现公司实力，体现方案优势。具体分为五个步骤，一、迎接；二、总经理致辞；三、公司部门参观；四、演示观摩，这里主要是系统演示，行业成果观摩；五、茶话会及聚餐。其中第四步最关键，我们先把最关键的步骤先定下来。"

关亦豪停顿一下接着说："这个演示呢，我看主要针对高总，而高总呢，并没有圈定演示的内容，全部由我们自己把握，看看大家有什么建议？"

研发团队有人说："我觉得吧，这么多人来考察，演示这玩意就是一个务虚的步骤，展示一下良好的界面内容，不出错，就万事大吉。"

关亦豪当即打断，"大错特错，首先甲方就是奔演示而来的，另外你搞务虚，只要对手搞务实，你就惨了。"

柳大序说："我不完全赞同演示围绕高总展开，这是团队观摩，不要低估其他人的看法，破坏一锅汤的往往就是老鼠屎。"

很显然他对上次曾刚的无理挑衅还深恶痛绝，他接着说："这演示众口难调，而我对我们的产品是很自信的。我提议，直接把展示厅的终端接上我们后台，把我PPT里讲的那些关键内容全部演示一遍，他们爱看什么，咱演示什么？我们就是这么自信。"

柳大序这样说，让人不好反驳，情理上反驳的人会沾上不自信的标签，大家沉默无语，不少人点头称是。

"柳总这个方法好是好，但是不可取。"说话的人是宋汉清，"虽然我们很自信，但客户关注的是我们的内容，如何表达它，一定需要策略，想象一下演示是在什么场合下进行的就明白了。我回北京后，亲自去了一趟一楼展示中心，里面七八个终端，如果按你的方法，可以猜测一下，演示的时候，要么大家围观一台终端，要么大家各看各的。大家围观，人多手杂效果不好；各看各的，甲方会自己提想法，这样他会主导演示进程。"

有人点点头。

"但也不是没有办法，大家想象一下，来我公司参观演示，前期我们客气地迎接他们，这些公关步骤肯定很融洽，我们是主，他们是客，当面挑衅的可能性要小。我觉得相对好的建议是这样，形式上：先集中，后分布。"宋汉清站起来，"所谓先集中，是在展示中心，支起两个大屏幕，左边讲演示主题PPT，右边展现演示内容，集中演示的内容主要聚焦高永梁，而且内容不要搞大而全，反而要务实。我们可以适当概括一下，然后在系统上跑一个流程，这个流程涉及甲方关键岗位，也涉及BOMS的核心功能，这样大家既可以看到具体的功能，也能从侧面了解强大的集成能力，这样就消除了甲方对我们的疑虑，而且收敛了甲方对系统认识的大局观，甚至激起了兴趣。

"然后再进入分布演示，这个分布不是分步骤，而是分场景，比如客服、计费、经营分析等，同时每个演示终端都有一售前一研发两名专业人士待命，这样，他们想看什么就去看什么。但我们的重点还是关注高总，比如高总关心经营分析，姜总就可以鼓动他去看经营分析，这样不同的人就找到自己的演示终端。当然我们对手都很狡猾，我们不妨也聪明点，尽量让厉镇明跟高永梁一起看分场景，不要跟其他的甲方混在一起，免得某些不必要的杂音被高总听到，只要现场让高总满意了，后续销售公关跟进，即便后续有些杂音，我们也不怕，我觉得效果能保障吧。由于前面的集中务实地演示消除了疑虑，后面分布演示的时候，无论是务虚还是务实，都是游刃有余了。

"剩下的事，就是定好主题，内部反复演练，尽量屏蔽一些费神费时费力有风险的功能，总之要实现适当互动，双方都轻松，引起兴趣，我觉得就差不多了。至于演示的方法技巧，诸如如何演讲、如何应答应变，我把我手上几个老售前召集在一起，再给他们培训一次，应该问题不大。"

"嗯！"关亦豪觉得这个思路与自己对高永梁的策略是一致的，立即表态，"这个办法比较可行。"

大家也提不出什么异议，姜正山当机立断定下分工。

分工明确后，大家热情看涨，又合力制订了一套突发事件的应对机制，正式成立迎考委员会。会议结束后，姜正山没有感到一丝的疲惫，甚至觉得某种久违的气氛又回来了似的，心情反而非常激动，甚至有点愉快！目前太需要一场胜利来证明通擎和自己了，于是他招呼大家到楼下餐厅的包间里好好地搓了一顿。

为了这次迎考，大家各自为自己的任务开始忙活，关亦豪甚至申请了预算，作为迎考所需开销，连续三天发力后，终于等来了厉镇明的电话。

"亦豪，时间定下来了。"

"太好了。"关亦豪忙放下了手中的活，从抽屉里掏出铅笔。

"定在 11 月 9 日到 11 日。"

关亦豪一边飞舞地记录一边问："酒店确定了吗？"

"白颐路上的友谊宾馆，我问了下，他们有包车，另外离机场大巴站也非常近。"

"嗯，离我公司也近，这个位置好。"关亦豪觉得这家宾馆的选址比较好，离机场大巴近，推荐起来水到渠成，看来厉镇明是在花心思帮自己，这一点尤其让关亦豪开心，不过也要确认一下高永梁的想法，就说："高总表态先考察哪家公司了吗？"

厉镇明叹了口气，"高总说先拜访朝腾，原因可能是他觉得上次交流效果比较好吧，他个人比较感兴趣，他这么说，我就不方便建议了。"

"哦！"关亦豪胸口一沉，不免非常失落，脑海里闪现一些不良画面，他用手指倒梳了下头发，朝窗外看了看，"也没关系，我相信我们这次演示一定能打动他，我们都提前准备了。"

厉镇明笃定地说："对，演示才是关键，只要秀出你们的特色，然后我也会分享我自己的心得，毕竟他什么事情都会跟我商量。"

"嗯，谢谢，多亏你了。"

"别客气，正式通知，我晚两天再发。你忙吧，我就告诉你一声。"

厉镇明后面这句话用意不言而喻，有了厉镇明这个中流砥柱，只要自己这边努力一把，还是能赢得高总支持的。

15.2

这是第 3 次看表了，时间已经是上午 9:20，每次抬胳膊看表，钱伟都觉得手臂有些酸痛。为了迎接这次考察，他连续加了几天班，很多文案和图形都亲自过目，甚至自己来写一些文案，这些看似简单的劳动，一旦长时间重复就觉得有些不适。

他向前走了两步，朝路口望去，前方一辆乳白色豪华大客车映入眼目，拐了个弯，徐徐过来，考察团队终于来了。

大客车稳当停下，虽然晚了点，但这丝毫没有打击朝腾领导的积极性，研发部、市场部、销售部、行政各级领导喜气洋洋地列队迎接。车门一开，钱伟和总裁韩胤立即笑呵呵地迎上前。

首先下车的是霍武和李夕，他俩身穿黑色西装，沉稳干练，站在门口，一个一个迎接，然后把公司的领导简约地做了下介绍。看到下车的人数和预计的一样，钱伟又松了口气。

朝腾大厅比平时显得更加明亮，一株株散尾葵娇翠欲滴，淡淡的馨香，让人耳目一新，一幅醒目的红色条幅工整地写道：热烈欢迎浙江华夏移信领导及专家莅临指导工作。

大厅两个 65 寸的高清电视正在循环播放朝腾的辉煌业绩，8 名从公司选拔的美女穿着统一正装恭候在大厅。

　　高永梁驻足一看，颇为满意地点点头，干练的周琴看准时机，带领着大家来到公司会议室。

　　韩胤热情高昂地做了一次简短的迎宾致词，在一片热烈的掌声中，周琴礼节性地陈述了一下迎考指导步骤，然后带领大家开始正式考察。首先是关键部门与实验室的参观与成果分享，接着就是这次考察的核心：演示观摩。

　　这里的主人自然是唐宁了，跟唐宁搭配的还有两个从黑龙江华夏项目组调回来的技术高手和骨干。这套演示版本一直修修改改，直到 3 天前全部完成，为了精益求精，又进行了 2 天的优化，而这十多天的磨炼，唐宁自认为熟烂于心，看到甲乙双方有说有笑地坐下，出于职业敏感，他觉得这次应该胜券在握。

　　钱伟手持话筒，四平八稳地站在正中央。

　　"尊敬的高总，厉部长，以及华夏的领导及专家，上午好。站在这个讲台上，我心潮澎湃，三尺讲台是我再熟悉不过的地方，因为我在北京的一所重点高校做了十多年的老师。"

　　钱伟浑厚的声音戛然而止，笑看台下，台下高总含笑点头回应。

　　钱伟接着说："十多年前，计费要做到实时几乎不可能，1997 年后就实现了实时计费，这个过程就是突然一跳，没有任何征兆，这就是技术的进步。最近呢，我去了一趟黑龙江华夏，这里朝腾正在实施国内第一个 BOMS2.0，这次是我吓了一跳，现在不仅计费是实时的，还是融合的，而且智能化客服、精细化经营等理念都体现到了。看到这些，我当时就有一个想法，我觉得应该让前线的战士给诸位演示一下咱们华夏 BOMS2.0 的功能特性。"

　　钱伟浑厚的声音再次戛然又止，"这里，我就不说废话了，下面呢，有请我们唐宁和来自黑龙江华夏项目组的专家，谢谢。"

　　掌声响起，唐宁双手靠背，微笑鞠了一躬，然后朝前走了两步，"谢谢，刚才钱总讲的智能化客服、精细化经营等，这其实都是行业里对 BOMS2.0 的期望，要落地还得看真实的场景。这里呢，我们给各位领导及专家准备了黑龙江华夏具体的用例和真实的数据，我觉得从真实的场景和真实的应用才能真正看到 BOMS2.0 的奥妙，否则会很虚。下面一个小时的时间内，我们一起来体验和感受。"

　　"否则会很虚"这个暗语太明显了，就是指其他没案例的公司都是玩虚的。

　　演示正式开始，左边大屏是 PPT 主题讲解，右边是演示内容展现，这次演示的内容多达八个主题，涵盖了 BOMS 所有的子系统，随着唐宁的讲解，两块屏幕很有节奏地切换，演示的内容流畅，界面友好，实例非常贴近甲方业务现状，甲方个个聚精会神。

　　霍武视线不时地扫向前两排的高永梁，高永梁掏出笔记录着什么，看到经营分析的报表后，他突然打断说："我不看一天的报表，我想看一周，或一个月的报表，就你这种三维的，能做到吗？"

唐宁说，"这个当然能做到，不过我们准备的业务数据是一周的，一个月的没有，不过都能输出，只是缺少数据看上去有些不同而已。"

高永梁说："这个我理解。"

很快屏幕就展现了本周内容的各种指标或业绩曲线，高永梁点点头。

李夕跟霍武耳语说，最好打印出来，给高总看。霍武心领神会，提议说："能否打印出来？给高总留个纪念？"

唐宁心头一亮，立即连上网络打印机，按下打印按钮。

报表很快取回，霍武满意地看了一眼，立即上前呈给了高永梁。

上半场演示结束，大家在一片掌声中休息十五分钟，甲乙双方场下交流，兵对兵，将对将，大伙热烈探讨，形势一片大好。

没过多久下个单元演示又开始了，此时大家彼此熟悉，演示更加从容，当然互动也多了一些，但唐宁都控制得很好。这一次霍武和李夕都坐在后排，看到一半，霍武把李夕叫了出来，两人来到外面。

演示的顺利并没有让霍武显得轻松，他在想着另外一件事情，如何做高永梁的工作，或者更确切地说，怎样搞定高永梁？霍武给自己点了根烟，把这个问题抛给了李夕。

"这要看他是什么人和决策立场。"李夕搔了下头，"从上次交流到这次考察，我仔细地观察了一下他，包括办公室布局、说话为人、做事风格、关注焦点、提问的方向等等，我发觉高总比较精细、稳重，关注的重心还是业务上的改善。"

霍武头一抬，脑海里立即对比了一下曾刚与高永梁。这是他的习惯思维，他总是把同一单位的不同决策者进行对比，这样就更客观地发现问题。对比发现，高永梁关注的重心确实在于业务上，"嗯，他关注政绩多一些，那怎么搞定他？"

李夕沉默片刻，说："如果高总看重政绩的话，要过两个主要关口，首先我们方案能否让他满意，立场上是不是支持咱们；第二个关口，下面的主要选型人对我们的立场是否支持，比如曾刚、厉镇明。如果这两个关口都过的话，后面就简单了。"

霍武觉得有些道理，"第二个关口我不怕，这个办法很多。关键是第一个关口就不好界定啊，问他立场或态度，一般人都会客气地说不错啊，很好之类的。"

李夕眨了一下眼，"没错，私下里他还会继续寻摸，继续提出问题，继续对比，难点就在这里。"

霍武说："对呀，怎么办？"

"我看他对演示挺满意，"李夕说，"那最好的办法是找一个相对私密的空间，也别问什么立场态度了，顺水推舟，直接推动他支持我们！"

霍武点点头，"对，这才是我要做的，其实我这两天就思考这个问题，对于一个看重政绩的人来说，你怎么表现都会有欠缺的，最好的方式还是推动，我想了这样一个主意……"

其实对于高永梁的公关策略，霍武早就动了心思，这次高永梁难得来趟北京，今天演示也在兴头上，晚上要是能约出来，哪怕是私下里喝杯茶，或者聊上几句也会给他留下深刻印象。这两天他反复权衡，想到了一个比较好的由头，如果有实质操作一定能推波助澜，就算没有实质性操作，一次良好的沟通也能给这次考察起到锦上添花的作用，自己身为大区经理必须要成为这次里程碑阶段的主角，否则等到了公开发售标书，再去邀约或拜访，届时高永梁多半不方便了。

李夕对霍武的观点非常赞同。

霍武一看表，时间快到了，就拍了拍李夕的肩膀，"快结束了，咱们进去。"

两人回到演示中心，掌声响起，演示正好结束，看到甲方意犹未尽的神情，这场演示效果应该保障了。干练的周琴招呼大家下楼吃饭，由于这次只有一个大包间，坐不了那么多人，李夕、谢建兵自然就不属于饭局的人了。

十来号人围坐在一起刚刚好，大家边吃边聊，有谈业务项目的，有说生活烦恼的，有聊兴趣爱好的，有聊功能演示的，不过这些焦点很快就集中在高总身上，高总聊的话题自然是业务与项目。

霍武暗自观察，高总话题虽然严肃，但偶尔笑起来多少有些磊落和随性，心说约出来应该有话题可聊，也必须这样了。大丈夫行事当机立断，于是霍武做起了最忠实的听众，每当高总一番论调，他都顺着话题谈谈自己的过往心得，遇到精彩处，霍武立即举杯，招呼大家一起敬高总一杯。高永梁以茶代酒，场面甚为热烈。

席间，高永梁站了起来，去趟洗手间。

"来，我带您过去。"霍武立即引领，两人边走边聊，他把高总恭送洗手间，便在外等候，不多会，响起放水声，霍武走了进来，高总正在洗手，两人点头一笑。

霍武说："高总其实很健谈啊。"

高永梁依然爽朗，"有感而发。"

霍武低沉又热络地说："听了您的一些指导，让我感触良多，不知高总今天晚上是否有空？我对友谊宾馆比较熟，我想过去跟你喝杯茶，一是关于这个项目，我还有一个建议；二是，我想进一步请教您？"

高永梁甩了甩手，霍武扯了两张纸巾递过来。高永梁接过，"晚上啊，恐怕没时间，吃完饭可以在你公司谈嘛，我可以不着急回去。"

"哦哟，那也行！"霍武不太可能给出其他建议了。

中午吃完饭，霍武让李夕带领大家去贵宾室，自己和高永梁边走边聊，来到了韩总的办公室，韩总自然是不在了，这间办公室空间很大，还有一个隔断的私密会客间，看上去像一个很有风格的书吧与茶吧的结合。

霍武沏了壶茶，"高总，咱们项目具体招标日期定了吗？"

高永梁说："具体日期没有定，但什么时候开始启动项目我是知道的，应该在明年1月下旬的样子。"

"哦，那时我们黑龙江项目应该快上线割接了，"霍武直截了当地把话题引到这里来，高手过招不必含糊，"我可以把这些有经验的高手全部调到咱们浙江华夏，保证咱们系统顺利进行，这拨人是全国第一批拥有 BOMS2.0 实施经验的人。"

高总并没有接话尾，却接了个开头，"黑龙江项目这么快就上线割接了？"

霍武说："到明年一月份都大半年了，我们人多，当然了，他们没有咱们浙江复杂。"

高总说："嗯，我听过我们厉部长讲过，浙江情况要复杂一些。"

"但方法是相通的。"霍武喝了口茶，他决定把话题引向重点，"我从项目经理那里了解到，要做好实施，除了乙方的实力外，甲方团队也要对整个项目有一个清晰的认识，这样才能提高磨合期的效率和稳定性，我想为贵司组织几次 BOMS 培训会。"

高永梁顿时觉得这个主意不错，连续点头。

霍武进一步明示，"如果高总您能牵头这事就好操作了，地点可以去杭州，也可以去哈尔滨，时间你们来定，标前标后都可以。"

霍武这句话是很有意图的，首先让高总牵头，目的很清晰，就是制造自上而下的舆论和权力导向。如果真的牵头，那么导向就可形成，而前期霍武的另外一张"造势"牌只是自下而上的舆论导向，两者一结合，给下面的人很有想象空间，而这句"标前标后"也给高总极强的操作空间。

高总颇有些兴趣，"嗯，这个倒还不错，这个应该是厉部长负责，回头我问问他的想法。"

看到他有些心动，霍武热络笑道："那就有劳您了。"

高总说："这不需要钱吧？"

"当然是不要钱了，"霍武头一偏，然后开玩笑似地说，"如果高总担心钱的话，我们可以聘您来我公司做顾问，给我们哪怕做一小时培训，也两清了，哈哈哈哈。"

霍武这话的意思既是一种顺水推舟的暧昧，又是一种拉近感情的善意玩笑。

高总笑说："我不行，我做不了培训，没那个能力，你们钱总行。"

霍武举起大拇指，"您这是谦虚，中午听您在饭桌上的一席谈话，我都受益匪浅。"

霍武趁机把话题稍微展开，高总随意参与，氛围渐渐轻松。霍武露出一个诚恳的笑容，"高总，这个事情就拜托你了，当然了，这个项目，也要靠您支持了，我相信朝腾与浙江华夏的携手一定会走向辉煌。"

高永梁说："嗯，你们做得不错，回头我会问问他们的情况，同时这个项目最后也走招投标，希望你们交出满意的答卷。"

"那肯定的。"霍武自信地说。

高永梁双手放在腿上，"行，时间也不早了，霍总，我看我们得走了，也不能太耽误你的工作。"

"客气了，今天虽是来考察我们，但实际上也让我们学习了很多，非常有意义。那行，我们先去贵宾室，然后一起下楼。"说罢，霍武站了起来，"韩总刚才去研发部门了，我给他打个电话……"

两人走到贵宾室，不一会儿韩总也到，霍武开启香槟，在韩总热情的祝酒词中，考察圆满结束。

考察团队返回的时候，霍武李夕两人又亲自送了一程，安顿好以后，他俩才走出友谊宾馆，霍武顺带把与高总的过招跟李夕做了分享，李夕表示进展不错。

霍武说："高总的事情就这样先定了。我还有一个地方也是牵肠挂肚，这是公开招标，还会请外部专家评委，如果外部评委能够支持我们就好了，你有什么好的建议？"

这个任务很棘手，有些漫无目的，挑战会很大，不假借资源是不可能的，李夕说："标书发售之前打听外部专家就是大海捞针。"

"我觉得也是，如果标书发售之后，外部专家名单又会是什么时候出呢？"

李夕说："这不好说，但既然是公开招标，浙江华夏的招标办必然会介入。招标办跟第三方招标机构有往来，那么招标办的人肯定会提前知道外部专家，我们只要先找到一个与招标办有关系、有牵连的引荐人就可以，这个引荐人最好有些手腕。"

霍武听他说得在理，"对，引荐人对招标办或招标机构都要熟，怎么找呢？"

"可以动用咱们华东区的人脉圈子了，直接找到具体的个人。"

霍武恰好想到这一点，欣然点头，"我这里有几十个厂商、集成商的销售，多多少少有些合作，咱们把这个圈子连根拔起，老子不信找不到一个引荐人。"

李夕呵呵一笑，"我这里也有些名单，我们分头联系。"

说干就干，两人来到双安商场旁边的肯德基，要了两杯可乐，这里要展开下一步行动：找到引荐人。

两人各自坐一角落，调出手机里的电话，挨个问，一杯饮料早已见底，还是没有找到合适的人。李夕唇干舌燥，他把滚烫的电话放在桌子上，把可乐瓶子捏成团。一阵脚步声在脑后响起，回头一看，是霍武。

霍武拿着手机走了过来，"侯彪，中盛泰康的华东区销售总监，做硬件的。"

李夕没有听说过侯彪，不过，中盛泰康经常有耳闻。霍武扯了一把椅子坐下，"这厮牛得很，不过以前在江苏帮他接过几单，把丫搞服了，他跟招标办，甚至招标机构都很熟，以前一些直接采购的单子他总是能搞到。"

李夕笑说："这个是理想的引荐人，好的。"

霍武说："这家伙过几天回杭州，你也过去一趟，直接跟他联系，摸摸底，他可能直接把招标办的人约出来，呵呵。"

李夕说："那太好了。"

霍武说："回头我飞杭州跟你会合。"

李夕点点头："行。"

"到了，你们准备好！"

收到关亦豪的短信，宋汉清把光笔、油笔、麦克整齐地放在讲台上，隐约听到墙后面一阵热烈的掌声，他放眼看了一眼演示的团队，"大家准备好啊，他们已经到公司了，半小时就会到这里。"

大伙立即呈现出一副整装待发的样子。宋汉清从主展区走到分展区，巡视了一遍。这里有六个分展区，每个展区都有一台 24 寸电脑屏幕，并配有两名演示人员，经过十多天的奋战，演示环境搭建成功，至少做到了固定演示流程万无一失，宋汉清说："大家不要紧张，要学会应变，假如出了问题要沉着，不能立即解决的，简单说下外围原因，快速跳过，要知道你这个展台出了问题，并不会影响到其他人，所以大家不要有心理负担。"

大伙点点头。

"有没有信心？"宋汉清突然大声一喊。

"有！"大伙条件反射式地大声响应，接着哄堂一笑。

宋汉清说："嗯，可以了，不过不要板着个脸，咱们要轻松，记住从容自信！"

半小时后，大门准时推开，王姜二总就带领大家有说有笑地进来了，甲方乙方二十来人很快就座，接着人群中爆发一阵爽朗的笑声。姜正山站了起来，干练地走上讲台，他笑了笑，还没有开口，台下一片掌声，当然了，这是关亦豪带头的。

"谢谢！"姜正山手一挥。

"尊敬的高总，尊敬的华夏各位领导及嘉宾，上午好。有朋自远方来，不亦乐乎。王总听说咱们浙江华夏的朋友要来公司参观考察，一定要我说几句话，说什么呢？"

姜正山来回走动了一下，突然停住了，"先说说我自己吧，我六六年出生在一个贫苦的小山村，20 世纪 80 年代求学北京，学的是数学，后来我去了美国，拿了一个通信专业的硕士学位，这两个专业都提到了一个非常有意思的字：'熵'，左边一个火，右边一个商人的商。

"什么是熵呢？通俗地讲，就是随着时间的推移，系统会趋于均衡，也意味着好的东西不能持续好下去，但最终会均衡。后来，西方社会学家提出一个概念叫'社会熵'，表示随着人类社会的发展和文明的进步，社会的混乱程度将不断增加，所以会出现打破，均衡，打破，均衡，这样螺旋渐进的发展，大家放眼这个世界，果然就是这样。某种意义上讲我们并不悲观。"

高永梁含笑点头。

"回国后我加入了 GEM，后来加入了通擎，发现这个规律在软件领域同样存在，比如随着运营商战略提升和运营的改善，原本提升运营服务的 BOMS1.0 系统很快失去作用，甚至严重影响运营，然后有了 BOMS1.5，最后 BOMS1.5 也遇到了这种尴尬和困境，不过没有关系，BOMS2.0 的时代到来了。通擎作为国内重量级解决方案提供商，我们 BOMS2.0 的使命是，以客户为中心、以服务为导向、以数据为基石、以绩效为纲领的务实理念来解决本阶段的问题。"

这一句一顿的四个理念正是为了回应上次曾刚提出的疑虑，也是对通擎方案的高度总结。

"好了，讲到这里，大家一定很期盼如何让这些理念落地。待会呢，我还是让我们的顾问团队给大家做一个演示，不过为了保证演示效果，我有一个小小的请求，麻烦大家把手机静音一下，谢谢。"

这个小小请求，不仅彰显了出这场演示的庄重，也同时在无形中稍微淡化了甲方可能在演示中会随机表露的主动性，讲得又这么客气和大方，大家欣然照办。余光中，姜正山看到高永梁把手机静音放回口袋。

"好了，我的演讲结束，谢谢大家，有请宋汉清。"

台下掌声响起，宋汉清接过姜正山的话筒，"非常感谢各位领导光临通擎，其实，我也准备说，'有朋自远方来，不亦乐乎'，可惜被姜总抢先了。他说了这么多熵，却没有跟我商量一下。"

宋汉清自嘲地笑了下，"不过还好，姜总留下'以客户为中心、以服务为导向、以数据为基石、以绩效为纲领'这四大理念，这其实是我这次演示的核心思想。"

这四大理念不是凭空产生的，而是这段时间宋汉清跟柳大序多次分析整理的结果。现在宋汉清就要围绕这个理念进行展开，他晃动光笔，左边PPT显示今天集中演示的标题，右边出现了登录界面，演示人员正在输入用户名密码。

"下面的演示分两个部分，第一部分就是我主讲的集中整体演示，聚焦核心功能，及全局业务场景，大家集体观摩，时间大概35分钟，中间休息15分钟；第二部分是分场景演示，聚焦局部子系统或局部业务场景，大家可以按兴趣观摩。时间大概25分钟或者更长。"

"现在来看集中演示，咱们系统很庞大，如何在短时间内让大家既能看到这系统的概貌，又能洞察一些细节呢？我觉得用一个全局的流程来搞定，比如这个流程。"

PPT出现一个全局流程与全局功能模块的映射图：

从客户服务请求-接触-销售管理-产品/渠道管理，延伸到BOMS的核心：账务管理、信用管理、服务开通、融合计费、账务处理、经营分析。

宋汉清解读一遍后，说："我们刚才提到以客户为中心，咱们华夏的客户有哪些呢？个人、家庭、集团客户。下面我们以集团客户接触开始举例，在座的各位可以假设自己是营业客户人员，您突然接到了您的集团客户的一个诉求，他说要给集团100名中层人员办理这种业务……"

宋汉清这种情景式的讲解很有代入感，吸引了客户的关注，引起各自的思考，当然了，宋汉清也部署了一些上次交流遗留下来的问题，让客户觉得这套系统跟自己的业务很对路。等宋汉清讲到信用管理演示的时候，客户逐渐有了一些互动，如果客户有一般要求，可以满足的就立即满足，如果不能满足的就告知分场景演示可以具体展示，这其中就有曾刚提出的诉求，整体上，甲方都显得很积极，高永梁甚至也补充了一些想法。看到这种情况，姜正山和关亦豪渐渐露出了笑容。

在每一个重要的场景中，宋汉清都抓住这个场景中甲方最头痛或潜在的问题，当然这些问题都是通擎能破解的。

不知不觉中演示就到了最后的环节：经营分析，这个是通擎的强项，演示自然十分流畅，大家看得也比较投入。最后，宋汉清用一张PPT再一次诠释和回顾四大理念。

这张胶片宋汉清花了很多心思，做得很扎实，不仅有概念释义，还有落地的指标。

有了这些理念的灌输，高永梁隐约觉得这个跟他自己最近在思考的四大业务目标的思想很类似，甚至有些地方可以互相借鉴。

在中场休息时间，姜正山和宋汉清自然要跟高永梁交流一番，高永梁也及时表达了自己的见解，最后他饶有兴致地说："你们提出的那四个理念，跟我的想法是互通的，要是能取一个名称就更好了。"

姜正山思考片刻，"有了，我这四个理念就干脆叫'四位一体'得了。"

高永梁觉得这个名称比较不错，很快，休息时间就要结束了。关亦豪招呼大家根据自己的关注点去分场景区观看演示，当然，厉镇明自然跟高永梁在一起，他们这次关注的是流程与管控；而另一边，关亦豪和吴明龙自然是做好曾刚、李柄国、陈亮的服务了。分布演示互动虽然更多，但由于甲方是分开观摩的，演示人员的压力小了很多，过程也很顺利。

演示比预期的时间还多了二十分钟，看上去一切顺利，关亦豪跟姜正山商量，还是先带领大家去吃饭，把成果观摩放在下午。

午餐安排在公司旁边的一个酒楼，好饭好菜招待自不在话下，高永梁似乎比以往更加健谈。在上凉菜的五分钟，高永梁是大家的焦点，他正滔滔不绝地讲着浙江华夏的经营战略，大家虔诚地听着，直到上热菜时，话题才慢慢散开。

姜正山看了下刚上的清蒸多宝鱼，于是转了下盘，招呼高永梁，"这个鱼，做得不错，您尝尝？"

高永梁不客气地夹起一块放入碟中，随口说："姜总，你觉得 BOMS 这种项目算大项目吗？"

姜正山说："当然算大项目。"

高永梁快言快语，"好做吗？"

姜正山笑了一下，"要说好做，也好做，现成产品一搭，肯定能用。要说做好，需要下工夫，因为涉及的需求点太多，根据我个人经验，不仅仅满足规范，还要满足上线测试，甚至更灵活的应用，这个是对集成商的考验。"

"没错！"高永梁放下了筷子，扯了一张餐巾纸，"你们的实施团队多少人？"

姜正山说："仅仅华夏的项目组就有 400 来人了，负责华夏的部门应该是人马最多的队伍了。"

"这么说，华夏还是你们这边的大户？"

"绝对的大户！吃完饭，可以去看看华夏移信的成果展。"

"嗯，好！"

最后一道菜上齐的时候，高永梁电话响了，他放下筷子。

"啊，金总，在北京，在北京，前天到。是吗，哦，我看看啊，那也行，我知道地方。是啊，很久没有见面了，好，好的，再见。"

挂了电话，高永梁颇为歉意地说，"下午成果观摩，我恐怕不能参加了，有事得先走。"

"哦！"姜正山与关亦豪面面相觑，脑海里各种可能性纷纷闪现。

高永梁说："没事，我应该对你们了解了。镇明你带着大家继续参观，有问题多请教。"

厉镇明立即点头应承，姜正山脑筋一转，"高总，您约到几点？"

高永梁说："两点半到三点，无所谓吧。"

姜正山说："嗯，我送您过去。"

高永梁说："不用不用，我随便打个的就可以了，不能耽误您的工作。"

关亦豪说："高总，咱们这边一到下午打车还真有些不方便，还是让姜总送您，他对北京的路况非常熟悉。"

姜正山爽朗地说："路况我是相当熟啊。我以前上大学的时候，有次暑假，我还做了几次兼职导游呢，至少退休后，我可以谋一个出租司机的职业，附带讲解名胜古迹。"

大伙哈哈一笑，高永梁也就不推迟了，就告诉他目的地：潘家园。

一辆黑色宝马从盛辉大厦出发，很快就驶进了中关村北大街。姜正山握着方向盘扭头看着身边的高永梁，"高总？辛苦半天了，困得话？可以眯一会儿？"

高永梁说："我现在没有午睡的习惯。"

姜正山笑说："跟我一样，不过我是睡不着，多年的习惯了……"他打开音乐，就着这个话题讲起自己的IT经历。

宝马从西便门桥行云流水般地汇入到了宣武门西大街的车流中。车流被前面的红灯截了下来。

姜正山对这次演示很有把握，就说："高总，关于这次演示，您感受如何？"

高永梁笃定地说："嗯，收获很大，让我重新认识了BOMS功能与价值，操控也很方便，消除了我很多疑惑。不过上回交流的时候，个别人反映，你们的方案跟规范还是有些差异，所以这次我回去还要问问他们几个人的意见。"

"嗯，明白。"姜正山知道所谓"与规范有些差异"这个提法大概就是曾刚的意见，上次曾刚就这些问题还搅过局。

车行渐慢，他把音量调小，抖落着以前做导游的知识，"高总，你看，前面就是宣武门了，再往前就是崇文门，所谓'左文右武，文治武安'就是这个意思。可老北京管他叫'左边亡明，右边亡清'。"

"哦，这话怎讲！"高永梁朝外看了一眼。

"嘿，你看啊，这明朝的最后一个皇帝是崇祯，而清朝最后一个皇帝是宣统，这崇与崇文门巧合，宣与宣武门巧合。这不就暗应天意吗？"

"嘿，是哦。"高永梁顿时有了兴致。

"皇城有很多讲究和名堂，跟我们做电信解决方案一样，也要参考规范书啊，比如：'左祖右社，前朝后市'的原则，它的布局是按《考工记》规划的。说起来啊，古人就会制定规范书了。从元朝一直到明清，都是按照规范书的要求，一步步改良，如今的北京城啊，就如一盘棋，方便了军事防御，又体现了皇权至尊的原则，可是不方便老百姓啊，过去老百姓要从东城到西城去，就必须向北绕行地安门外大街，或者向南绕行正阳门附近的棋盘街。现在虽然好多了，政府在交通上每年是缝缝补补，但交通还是不便利啊。你看这红灯！"

高永梁若有所思。

姜正山接着说："其实任何规范书都在持续演进，如果我没有猜错的话，咱们浙江华夏就针对这个项目已经推出两版规范了。做规范有一条，就是有了新的想法或好的建议，都要反复修订，做到真正的与时俱进。就拿这个项目来说，我们完全可以贴合规范，这个最简单，到最后，所有的方案都大同小异，而您要区分乙方的真正实力反而很难了。"

高永梁点点头。

姜正山说："其实，我们要做的事情不仅仅是满足规范，更重要的是更灵活地去解决问题，最后回馈的是咱们华夏的真正满意，华夏用户的真正满意。"

高永梁联想到这次演示的功能，点点头，扭头看了一眼姜正山，"对的呢。"

姜正山看着眼前的红灯，以及排着长龙的车辆，"对了，高总，咱们华夏做这个项目的初衷是怎么构想的？"

高永梁说："早在一年前，我们就构想过 BOMS 了，当时想法不成熟。今年年初，公司开会，我们把日常的服务、运营、管理、绩效全部搬到网上，相当于打造一个实时企业。当然这个不是一蹴而就的，所以我们寻找各大集成商，了解一些先进的、可落地的理念，经过反复优化，达到我们的目的。如果这个项目建成，至少要使我们浙江华夏的运营水平大幅度提高……"

高永梁越讲越兴奋，看来他的动机和个人诉求果然都缘自政绩方面，姜正山就这个话题分享自己的看法。

"另外我想知道，"高永梁突然话题一转，"项目上线后，后续的服务仅仅是维护呢，还是有一些定制开发？"

此时，绿灯亮起，汽车徐徐前行。姜正山没有立即回答，他先把这句话掰开了，理了一下，心说，如果不包括定制开发，肯定会说你服务不周到；如果说定制开发，会说你系统不一定做得完善。他轻咳一下，"后续服务包括维护、培训，这些是肯定的，至于定制开发，就看咱们这边具体需求，演示您也看到了，我们有很多模块可以进行细粒度的定制。如果将来有一些新的想法，那完全没有问题的啊。但核心的东西，一般变化会比较小，毕竟业务不能停顿。"

高永梁点头称是。

一路上，两人围绕着一些真实问题进行了广泛的交流。

很快，车就到了地方。

高永梁抬头看了看外面的棕色建筑，没有下车的意思，他神色笃定地说："姜总，今天我收获非常多，非常感谢，姜总方便的话，能否把今天的演示资料给我？"

姜正山爽朗地说："没问题的，我让宋汉清整理好后发给您。"

高永梁这才笑呵呵地下了车。

姜正山也走下车说："成，您什么时候忙完，我过来接你。"

高永梁说："哦，这个就不麻烦你了，有人送的。"

姜正山估计是私事，就不再坚持，他爽朗地一笑，"那行，如有需要，记得随时打我电话啊。"

高永梁说："好的。"

15.3

浙江华夏移信考察团队已回到杭州，再过几天，就要召开招标启动会，在此之前，厉镇明决定跟高永梁碰一碰，顺带打听一下他口风。谁知一见面，高永梁先打听他的口风。

高永梁说："我问你一个事，经过这次考察，你认为哪家公司比较适合我们？"

厉镇明在高永梁面前不是唯唯诺诺的人，但觉得选型这种大事过于直白还是有些不妥，就说："都挺好，但我最感兴趣的还是通擎，您呢？"

他顺势用"兴趣"二字限定自己的语义，然后用"您呢？"来转场，最后用探寻的目光看着高永梁。高永梁只抓重点，"你看好通擎？你觉得他的优势在哪里？"

看来高永梁不是泛泛而问，厉镇明只好笃定地回答："个人看法吧，通擎方案很系统，把复杂的业务简单化，整合做得很好，操控符合我们现状。"

高永梁听到这里，轻轻地把电脑合上，站了起来，沉默片刻，他突然想起了什么，"上次考察的时候，朝腾说可以给我们免费做 BOMS 培训，不知道效果好不好，不过你可以联系一下那谁，霍武。"

厉镇明回过神来，心说这是朝腾的策略，此刻当然不能去帮朝腾了，但既然高总这么提了，就应付道："嗯，还是等招标落实后再说吧，现在操作，一是没时间；二是，马上招标，这个期间很敏感，其他公司知道了怎么办？"

"你安排吧。"高永梁眉头一皱，"还有一个事情，公司计划明年更新一批基站，预算比较吃紧，周总打算把 BOMS 这边的预算减少六百万左右的样子，用于明年更新基站。"

"压这么多？"厉镇明吃了一惊，周总是公司一把手，做事雷厉风行，很少有商量的余地。他更吃惊的是，难道周总要插手这个选型？他小心翼翼地说："可以降低硬件配置，或者砍掉某些模块，明年再上？"

高永梁说："我估计周总不会太同意。"

厉镇明说："这事情要在招标启动会上讨论一下吗？"

高永梁沉思片刻，"我不主张讨论，也不主张降低配置或砍掉模块，只能给集成商或厂商施压，各自退让一步，砍掉 600 万，预算还有近 9000 万，包得下来。"

厉镇明立即明白高总的心情，"估计报八千多万的公司不少。"

"就这么定了。"高永梁掐了下眉心，来回走了两步，显然还有烦心事，他说："这次专家评委名额要求一共 7 名，业主 4 名，外部评委 3 名。"

厉镇明心说看来变化很大，"你的意思是我们选型小组只有 4 人入选？那谁不去呢？"

高永梁说："这还真没办法定，要么李柄国，要么陈亮，因为他们负责的那一块基本都固定下来了。"

厉镇明暗忖，评委让谁上不让谁上，自己说了得罪人。前不久，关亦豪似乎还有意无意地提到陈亮，估计关系也算走得近的，如果陈亮被踢出，岂不是对通擎非常不利，考虑到这个问题，他用微妙的语气提醒说，"硬件只有一个专家，其他的都是软件方面的专家呢。"

高永梁说："这个我也考虑到了，回头我们再商量一下吧，不管咱们定谁，你千万不要给任何人透露消息，怕坏事。"

厉镇明说："我知道呢。"

高永梁点点头，"行，你回去吧，记得下周一上午开招标启动会。"

李夕抬头看了一下，广场很大，周围绿树葱葱，中间一栋欧式宽大建筑，十二根罗马风格立柱把建筑衬托得很雄伟。此时夜幕已降临，前檐四个蓝色大字"碧海宸宫"更加显得璀璨夺目，经过门厅，他看着这金碧辉煌的内厅，心说不就是唱个歌嘛，侯彪搞这么大动静做甚呢？

在咨客的带领下，李夕来到了预定的包间"东海龙宫"，偌大的房间装修得极尽奢华，至少可以容纳十个人聚会。他坐下稍作休息，没过多久，就听到一阵沙哑的笑声，肯定是侯彪来了，这几天一直跟侯彪通电话，声音很有特色。

一个身穿黑色夹克的中年壮汉讲着电话大踏步进来，看见李夕就挂了电话，张口说："兄弟，来多久了？"

似乎一点也不生疏，这壮汉一脸黝黑，大眼明目，举止爽利，透着一股江湖气息。李夕笑脸相迎，握住他的手，"侯总，刚到。"

侯彪东西打望了一眼，感觉稳妥后，掏出两烟，"抽烟不？"李夕说不会，侯彪笑了两声，把胳膊下的手包往沙发上一扔，大咧咧地寒暄一番，然后随意问了问项目的事情，聊到高兴处，还借机调侃了一下霍武。此时两人逐渐熟络，侯彪问："你喝酒不？"

李夕说："喝酒。"

侯彪说："好，待会儿跟老张喝几杯。"

"好的。"李夕问，"侯总，这张主任什么时候到？"

侯彪吐了口烟，"别叫我侯总，不好，就叫我彪哥吧，老张还要一会儿，别急。"

"彪哥，"李夕开始转入正题，"不知道张主任有哪些嗜好，比如抽烟么，他这里什么都有，我去拿两条？"

其实这是李夕故意试探。

"这怎么行，"侯彪急眼了，"不行，都是兄弟，你要搞这一套，我脸往哪儿搁。还有今晚由彪哥做东，你千万不要插手，生分了，我跟老张什么关系，都是相当熟的哥们儿了，你也别叫他张主任，就叫张哥。"

李夕哦了一声，侯彪继续说："今天就当是老朋友见面，待会老张来了，不要一上来就谈项目。先聊，吃饭，喝酒，唱歌，他问，你就说两句，点到为止，他要不问，没关系，回去我出面摆平。我不但保证包打听到人，还包你见到人，评委现在有一个毛病，只能跟你单线联系，到时哥哥就不作陪了。当然了，你要是遇到问题，你言语，我出面搞定。"

侯彪正经说话的时候，侧着头看着地，语言也变得低沉琐碎，一边说还一边用手指朝地上一戳一点，表情积极认真，李夕连连点头。侯彪拍了下李夕的肩膀，再次提醒，"老张会帮忙的，放心吧，兄弟，再说了，我跟你家霍武是什么关系，明白吗？唉！"说到后面，侯彪声音突然高亮。李夕知道调子就是这样了，于是笃定点点头，心说，看来侯彪这家伙是江湖风格，不跟自己一个路数，既来之则安之，先看看情况再说。

一根烟工夫，张主任按时驾到，张主任瘦弱干灰，看上去四十来岁，穿一件合身的灰色休闲西装，举手投足，也很干练利落。侯彪自然把李夕连夸带捧一番介绍。

"张哥，多多关照。"李夕递过名片。

"客气了，嗯。"张主任交换名片，点点头，"朝腾。"

"见笑了。"

侯彪把着张主任的脉，说最近这里的海鲜很棒，就提议先吃饭，张主任自然欢心，于是他们仁来到海鲜坊。这是一个高档排档，里面海鲜应有尽有，侯彪是里手，尽点一些时令海鲜，蒸炒烹炸，外加一煲滋补汤和一瓶上好的干白，满满一桌，花费不菲。三人就着美味天南地北，聊到国际大事，张主任和侯彪两人时不时会暴露一些相左的观点，但侯彪纵横捭阖的豪放气度让人侧目，张主任显然说不过他，但心里尽是不服。李夕一直在侧暗中观察，差不多摸清张主任的秉性后，就为他的观点提供迎合的历史素材和新闻论据，这一点让张主任非常受用，李夕立即以学生心态连续敬了张主任几杯酒，张主任也对眼前这个年轻人多了一份欢喜。酒足饭饱后的节目是本次重点：唱歌。

在回包间的路上，张主任叼着牙签，"你叫？"张主任显然没有记住李夕的名字。

"李夕。"

"来杭州习惯吗？"

"习惯，风景很好，气候宜人。"

"做哪方面的项目？"

"最近在看咱们华夏 BOMS 项目。"

"哦，很好嘛。"

侯彪走过来，递给张显一支烟，蜻蜓点水地说："我这兄弟最近项目上遇到一点瓶颈，老张你到时候帮我们看看，把把关。"

三人走进包间，张主任右手在肚子上打着圈圈，"嗯，这个项目我知道，过几天可能要开会，要招标的。"

侯彪把麦克递给张主任，"费心了，咱们先唱歌，回头我跟你细聊。"

张主任拿起麦克，立即就进入了状态。随着《我终于失去了你》的音乐响起，张主任刚性雄浑的声音装满了整个房间。没多久李夕就发现，张主任还是个麦霸，流行的，通俗的，甚至美声的都来者不拒，非常尽兴，自己虽然带着任务来，看到张主任玩得这么嗨，也就不想别的，全身投入了。

回到宾馆已经是凌晨一点，李夕回顾今晚发生的事，这张主任表现还算正常，但这侯彪却表现有些蹊跷，他如此舍本牵线搭桥却不立即表明他的主张也不让自己操作，这是为何？加上这人的江湖行事风格，他立即猜到了一个可能：这侯彪估计也是想借朝腾上位分享 BOMS 的供货吧。

看来天下没有白吃的午餐，这个情况要给霍武报备一下。

霍武是第二天上午到的杭州。晚上，李夕才跟霍武碰上面，就把昨天的见面与侯彪的意图细述了一遍。

霍武说："没事，侯彪这人就是想分一杯羹，走个货，没关系，只要他搞得定人。"

李夕点点头。

"说另外一件事情。"霍武点了一支烟，吐了一口白色烟雾，"我中午跟曾刚吃了个饭，他说这个项目把公司老大周总都惊动了，最近比较关心，这一关心，好了，又是压缩预算，又是参加下周一的招标启动会。"

霍武把最近的相关情报给李夕做了分享，然后问，"你觉得这事对我们是好事，还是坏事？"

"既不能说好，也不能说坏，只能说变数会很多。"李夕反问，"你觉得呢？你想去找周总？"

"现在还不能找，我刚跟高永梁搭上线，突然去找周总……"霍武摇摇头，"上次推动高总安排一个 BOMS 培训还没有着落呢，我不好搞其他动作了。"

李夕说："高总不是把这事让厉镇明安排吗？还没联系你？"

说到厉镇明，霍武就头疼了，他猛地抽了两口，又爱又恨地说："厉镇明这个人确实有作用，高总挺信任他，能为我所用就太好了啊，如果完全走到我的对立面，对我就是一个祸害，因为我担心通擎通过他控标。"

烟雾散尽，李夕说："从现在的架势看，似乎整个招标程序对招标办来说只是转一道手而已，所以厉镇明仍然有操作空间，这么说我也担心。"

霍武说："他肯定有操作空间，有什么办法阻止他控标？"

李夕没有说话，放空双眼。

霍武站了起来，在房间里走来走去，一支烟抽完，"我想到一个方式，可以屏蔽厉镇明搞控标，你帮我参谋一下。"

李夕点点头，"这叫反控标！"

霍武转过身来，"周总既然关心这个项目，是为这个项目着想，那他一定不希望下面的人搞手脚，我可以给他发一个快递？"

李夕说："怎么搞？"

"匿名的方式，给周总发一个快递，就是一封打印出来的信，写得简单点，大意是，传闻这个标不公开招标了，这样的话就很容易控标云云。周总必然警觉，肯定有所表态，一个表态就可以搞翻厉镇明，就这么简单，你觉得可行吗？"

李夕沉默良久，"如果我们完全处于劣势，你的方法可以试一下。"

霍武若有所思。

李夕继续说："这个是双刃剑，因为咱不了解周总，如果他反应过于激烈，就会引起连锁反应，搞不好波及自己的阵营，谁也不敢帮我们了，两败俱伤，最后搞不好是另一家黑马中标，甲方也失败。如果他反应很小，就达不到效果。"

霍武点点头，"所言极是，你有更好的办法吗？"

"我有一个办法，比你这个稍好一点，繁琐一些。"李夕说，"下周一不是招标启动会吗？招标办张显肯定参加，不惜直接用侯彪的力量，继续做张显的工作，让他在启动会上建议提前走招标程序，尽快从他部门来启动，同时招标文件完全由他来起草、审核和拟定。或者让他来协调招标公司来操作，技术方面的问题直接跟曾刚联系，张显老成持重，我觉得他能做好。"

霍武若有所思，"嗯，要是厉镇明赖着怎么办？"

李夕说："招标要遵从法律程序，只要理由得当，没有人能够反对。如果有人反对或是违抗，就威胁说'如果不这样操作，出现控标不要找招标办的责任'，张显跟监察部和招标公司的人也比较熟，可以联动一下。周总真的要是关心这个标，就连高总想控标都没辙！"

霍武又说："如果厉镇明已经暗中联合通擎控过标了，怎么办？"

李夕说："张显可以跟曾刚互动啊，再校验一次，把通擎控过的地方清除，相当于重新洗牌。"

霍武得寸进尺，"既然这样，我们有主动权了啊，那是不是我们可以再控标一下？"

"我们已经很隐蔽地操控了规范，估计通擎没有发现，如果再控标，嗯，"李夕沉思片刻，"通擎此时气不打一块出，加上厉镇明在他手中，必然反击、闹大，会发现一些不该发现的事情，何况我们操控了规范，已经对我们有利。"

霍武还是不死心，"可以小范围秘密搞一下呢？"

"那没意义，"李夕说，"除非厉镇明在我们手中。"

霍武这个念头慢慢淡下去。

李夕继续说："放心，操控规范就刚刚好，过犹不及。"

霍武慢慢露出轻松的笑容，"嗯，我们已经操控了规范，而通擎却不能控标。看来'只许州官放火，不许百姓点灯'说得还是挺有道理的哈！"

李夕说："我们这叫维护正义，把侯彪叫过来吃个夜宵先？"

霍武点头一笑，"当然，这个还得靠他。"

第十六章 │鹰击长空，鱼翔浅底

"战争持续升华，鹰击长空，鱼翔浅底，大家都在各显神通。然而，谁也没有料到，前期炽热的欲望会在冷峻现实的压榨下，像泡沫一样破裂，这是怎样一种痛苦和无奈。"

浙江项目回忆

通擎华东大区销售总监　关亦豪

16.1

关亦豪把鸡蛋朝桌上轻轻一磕，一边剥壳一边对宋汉清说："上次听老姜的意思是，高总有点倾向我们这边，因为我们的演示是最成功的，还索要你的演示文档。高总收到文档后，回了邮件，语言比较积极，我判断效果很好，当然这也不能太乐观。"说到乐观两字的时候，他看了看不远处正在打电话的吴明龙，此时他已经跟小郑通了至少十五分钟电话了。

关亦豪继续说："最近甲方事情比较多，事情一多，加上招标的搞法，这个项目的走向就变得，"关亦豪本来想说扑朔迷离，但顾及这个词不太吉利，就换成另外一种说法，"就变得微妙了。"

"为什么？"宋汉清说。

"因为是大标，往往搅和的人就多，哪怕一个小小的想法都可能让我们前期的工作变得无足轻重。"关亦豪把最后一口鸡蛋咽了下去，然后喝了口粥，"所以接下来我们要做两个工作，一个是控标，一个是争取专家的支持。"

宋汉清这两天哪都没去，就专门研究控标了，他打开笔记本电脑。

关亦豪说："我看了你写的控标列表（优势列表），你再给我讲讲？"

宋汉清说："我简单讲一下吧，由于甲方规范锁定了绝大部分功能点及架构思路，所以我写的这些东西，厉部长不一定照单全收，但仍然还有操作余地。这个优势列表分三个层面：第一个为技术方案层面；第二个为实施服务、项目管理层面；第三个为商务及资质层面。"

关亦豪点点头。

宋汉清继续，"首先看技术方案层面，它对应的是甲方规范，这个又细分两块：

一块是功能性需求域，一块是非功能性需求域。我发现规范对功能性需求有了详尽的描述，从甲方的角度来说，甲方对这块规范把持比较严，未必会让我们控标，从竞争对手的角度来说，就算我们控标，他们硬着头皮都会宣称满足，所以控标难度很大。

"另外规范书对非功能性需求没有强制规范，这个可以操作，比如：性能、可靠性、操作便利性等，这一块我罗列了不少优势，这些优势竞争对手可能没有想到，这些点我们可以控标。"

宋汉清敲了一下光标键，"以上讲的都是软件，硬件等你了解情况后我再考虑，如果甲方指定配置和型号后，我们就不要控了。

"第二个实施服务、项目管理层面，这些大多数为文字游戏，公说公的好，婆说婆的妙，就全凭评委解读了，控制点比较少，反正我们提供的都是最好的服务。"

"第三个商务、资质及案例业绩层面，我觉得我们比大多数公司有优势，但是跟朝腾比，可能要弱，因为他拿下黑龙江华夏的 BOMS2.0 案例。我们可以反着控，比如告诉厉镇明，让他明文规定成功案例必须有验收证明，投标的时候黑龙江项目一定没有验收，这样可以屏蔽他黑龙江华夏 BOMS2.0 案例。"

关亦豪一边记，一边点头。

此时吴明龙打完电话，走了过来，"打听到一个消息，这个项目预算压缩了600 万。"

"哦！看来又是欺负到集成商头上了。"关亦豪摇摇头，这种事情是无力回天的，伤心也没用，也就不想太多了，他拍了拍手，掏出电话，心说跟厉镇明约一个时间才是要紧的事。

电话响了三声，传来厉镇明的声音。

关亦豪爽朗地说："厉部长，哈哈，我在杭州，有时间吗？就那事，我们找个地方碰一碰？"

"那事"指的就是控标，关亦豪前期跟厉镇明透过底了。

厉镇明说："明天要开招标启动会，等结束后再碰。"

"好嘞！"关亦豪乐开了花，不过既然聊到了招标启动会，他就想到另外一件事，"对了，厉部长，这次应该有外部专家吧，您知道吗？"

厉镇明说："估计要开标前 3 天确定外部专家。"

关亦豪点点头，"谁来定？是招标机构定专家，还是你们招标办？还是你们来定？"

厉镇明想了一下，"应该是招标办和招标机构信业公司搞定这事。"

关亦豪觉得招标办应该是突破口，就说："招标办，我找谁呢？"

厉镇明想了一下，"有一个叫张显的主任，他是招标机构的接口人，我不能确定他是否提前知道谁是专家。"

关亦豪挂了电话，若有所思。

吴明龙和宋汉清打探情况，关亦豪把情况简单给他俩说了一下，"现在这样的格局，我觉得有必要接触一下张显。吴明龙，天天看销售圣经，你觉得怎么办？"

吴明龙说："时间紧急，常规接触已是下策，最好是熟人介绍，谁呢，我想想看？找陈亮？不行，太敏感。对了，小郑他们很多校友分配在浙江华夏，我找小郑打听一下。"

关亦豪说："这个任务就交给你了，想尽一切办法找到中间人，争取在投标前能接触到外部专家。"

吴明龙点点头，"好！我下午刚好约了小郑，顺带可以聊聊这事。"

关亦豪信心满满地说："咱们分开行动吧，明龙，你去打听中间人，接触张显；我去找一家宾馆，合计控标的事；宋汉清，你随时待命，有关控标的问题随时要问你。"

吴明龙起身披上外套，"我现在就出发。"

关亦豪觉得控标的时候，肯定要打印资料出来讨论，就叫住他，"对了，给我买包 A4 纸回来，控标要用。"

"好的。"

大伙各自散去。

周一，浙江华夏招标启动会正式召开。

椭圆形长桌围绕着一圈人，高永梁、厉镇明、曾刚、李柄国、陈亮一字排开坐在一边，对面一边坐着招标办、财务部、法务部、监察部、招标机构信业公司的代表七八个人。

周总端坐在首席座位上，他身体有些发福，年纪五十上下、方脸短发、不怒自威。他手指轻轻点着桌面，眼睛时不时扫向大家，慢条斯理地发言，声音透出一种金属质地。

"……我希望这次招标，达到的要求有两个：第一，要体现程序的合法性、严谨性，真正做到公平、公正、公开；第二，还要体现选型的科学性、合理性，符合我方现状及需求，所以杜绝选型公式化，你们要想办法结合啊。"

高永梁点点头，"选型公式化"这个词其实是他发明的，但这个话应该是说给信业公司听的，因为曾经出现过一个恶劣事件：有一次，委托一家招标机构进行招标采购，招标机构全程操作，整个过程都很合法、合规，但邀请的评标专家完全按照招标文件字面意思机械化解读、公式化评分。这样被投标公司钻了空子，导致中标商并不是浙江华夏理想的服务商，高永梁觉得这是选型公式化的恶果，最后背负着巨大的压力推倒重来，当时自己在总结中反复用到了"选型公式化"这个词。

周总看大家没有什么异议，就说："下面各个代表都把自己的工作交代一下，从高总这边开始吧。"

周总喜欢用敬称。高永梁把自己这边的团队做了介绍，接着讲述了这次选型的重点及达到的要求。

发言转了半圈，很快就轮到张显。张显打开笔记本准备发言，突然他肩膀一松，看着周总，"周总啊，这个标很紧急，到现在为止，我手上还没有拿到任何资料，我就随便讲两句？"

"没有任何资料？"周总看了一眼高永梁，"高总，你这边还没有交接？"

高永梁点点头，"哦，刚考察回来没多久，还在整理呢。"

厉镇明补充说："过几天吧。"

张显老练地说："不行哦，我这边的工作上周就启动了，时间会比较紧急，能尽快最好，信业公司这边后续还有很多事情。"

一个西装革履的光头点点头，他是信业公司的经理。

高永梁表态说："明天先把规范的需求部分发给你们，然后我这边的接口人是厉镇明，会后你直接找他。"

监察部代表说："也顺带给我这边发一份，备下案。"

这事落实后，张显就开始讨论这次招标的日程安排，大家各抒己见，最后定下来这次招标的关键事项：

招标项目名称：浙江华夏移信 BOMS2.0 工程建设项目。

评标专家：7 名。

标书发售：11 月 25 日。

标书投递及开标：12 月 14 日。

讲标：12 月 14 日。

中标公示日期：12 月 18 日。

曾刚看了一眼屏幕，"评标专家一共 7 名？内部 5 名，那就是说外部专家 2 名？"

"哦，是这样。"光头把麦克风挪近了一点，"业主内部专家 4 人，外部专家 3 人，这是我们信业公司跟贵方一致的意见。"

曾刚说："那我们业主要减少 1 人？减谁呢？"

光头继续说，"谁来谁不来，你们内部决定为好，一切都是保密的，不用在这里商量。"

高永梁点点头，看了一眼周总。

周总喝了口茶，"行！"

关亦豪给自己泡了一杯茶，美美地喝了一口，"这龙井口味很正，等会带给老厉喝。"

吴明龙问："你这控标定在哪操作？"

关亦豪呵呵一笑，"在西湖边上一家五星级宾馆，光租用打印机的费用，一天就 400 大洋。"

"真舍得本啊。"吴明龙说，"啥时候，让咱弟兄几个也去住几晚啊。"

宋汉清也附和说："是啊，是啊。"

"那你们争取把这个标拿下来。"关亦豪正说着，手机响了起来，是厉镇明的，赶紧接起，聊了几句，然后朝他们做了一个手势：你们先出去。

他俩会意地走出去，把门关上，这一关就关了半个多小时，两人看着天花板侃大山无聊之极。

门打开了，关亦豪走了出来，嘴上多了根烟，他两眼无神地说："很棘手呢。"

"怎么了？"

"房间都定了，却又不来了。"关亦豪一声长叹，"靠！"

吴明龙宋汉清两人面面相觑。

突然，"噗嗤"一声。宋汉清回头一看，吴明龙憋住嘴，肩膀抖动，最后哈哈笑了起来。

"有什么好笑，"关亦豪瞥了他一眼，"单子要丢了你还笑得出来？"

宋汉清说："老厉食言了？"

"开了个破会，现在招标程序由招标办接管，我们晚了一步，这标没法按我们的思路控了……"关亦豪叹了口气，靠在门框上把经过详叙一遍，最后说："不过我也把想法告诉厉镇明了，这本身就是甲方的关注点，希望能够影响一下吧。万一控不了标也没有关系，厉镇明这边帮不了我们，其他地方他还有作用。"

至于什么作用，关亦豪没有说，他抽了一口烟，看着吴明龙，"要你联系张显，联系好了吗？"

吴明龙此时老实多了，他说："有进展了，我找到了中间人飞哥，后天他带我跟张显一起吃个饭。"

这几天吴明龙其实很勤奋，他首先见到小郑，聊起了中间人这个事。小郑四下打听，终于找到一个人，飞哥，然后两人马不停蹄地见了飞哥。

飞哥在华夏旁边的设计院做项目经理，他跟张显的相识颇有戏剧性。有次下大雨，张显蹭飞哥的车回家，聊了一下发现住得还不远，经常相互蹭车的机会也就多了，一来二去，也就熟了。飞哥觉得他人还不错，亲切地叫他老张，最后他还随张显加入一个高尔夫俱乐部。据飞哥介绍，老张这人不错，性格很好，很豪爽，年纪40多了也比较低调，对不熟悉的人话不多，他爱唱歌、打高尔夫、下围棋，别的没什么。吴明龙评估飞哥是中间人的最佳人选，如果他肯牵线，还是有机会搞定张显的，于是就约了个饭局，还特意叮嘱飞哥一定要以师弟的名义介绍自己，飞哥为人热情，当即答应。

关亦豪点点头，把他俩叫进来，然后把门关上，"不管怎么说，咱们一定要有信心。"

宋汉清说："现在这个情况，对我们非常不利啊。"

"NO，还有希望。"关亦豪意味深长地看了他俩一眼，"告诉你们一个秘密，这次招标一共7名评委，其中4名内部专家，3名外部专家，大家想想看？"

宋汉清说："内部专家有人要被踢出？"

"没错！"关亦豪说，"这事公布之前，高总找过厉镇明商量，被踢的人不外乎是李柄国和陈亮，因为厉镇明和曾刚不可能被踢出。"

吴明龙说："要是踢出陈亮就糟糕了。"

"你个乌鸦嘴，你不操作，结果难说，你要操作嘛。"关亦豪白了他一眼。

"朝腾也可以操作啊。"

"是吗？我们来分析一下，"关亦豪淡淡一笑，眼神却突然老辣起来，"别打岔，听我讲，朝腾要是能操作这事，他要具备一个基本条件：那就是他必须搞定一位级别在厉镇明以上的人，比如：高总。"

"对啊，他可以搞！"吴明龙还是打岔了。

"呵呵，你傻啊，要是搞定他了，去商量踢出陈亮？"关亦豪说，"你要反过来想一下，他有搞定高总的能量，那陈亮踢不踢出已经无意义了，因为这意味着我们已经是出局了，知道我意思吗？"

吴明龙这才点点头。

"现在这个关键时期，我赌朝腾还没有搞定高总的能量，因为高总给咱们姜总的回信可以看出他对我们通擎是持肯定态度的，当然我们也没有搞定高总。"关亦豪补充道。

"明白了，那我们如何踢出李柄国？"

"我们手中有厉镇明，既然高总都找厉镇明商量，时机和理由不是问题，我觉得这个把握怎么也得超过百分之五十吧。"关亦豪呵呵一笑，就不再言语了。

"那赶紧推动啊！"

"呵呵，还要你提醒？"关亦豪轻描淡写地说，"刚才我跟厉镇明聊这么长时间，你以为我无聊啊。"

吴明龙又是呵呵一笑。

关亦豪不悦地说："你到底笑什么？老觉得你神神叨叨。"

吴明龙说："我没有啊。"

关亦豪说："刚才在门外的时候，你笑得花枝乱颤。"

"哦，呵呵，"吴明龙又忍不住了，"你说，'房间都定了，却又不来了'让我有不好的联想。"

"这有什么，你笑点够低的。"宋汉清拿起桌上用来控标的那包纸，"可以这样讲，房间都开好了，纸也买了，你却告诉我你不来了。"

哈哈哈哈，吴明龙这下真的是花枝乱颤。

"严肃一点。"关亦豪叹了口气，掏出钱包，摸出一枚五角硬币，宋汉清想起了 8 月的那一幕。吴明龙回过神来，"五角硬币嘛，你上次讲过了。"

关亦豪说："讲过什么了？"

吴明龙如数家珍："数字代表项目需求，图案代表个人需求，个人需求是项目需求的动机，因为人会感受到不足，痛苦等；项目需求是个人需求实现的机会，因为项目的建设会让个人需求达成满足，两者关系远不是表面这么简单，因为两者还会互相转换，其过程会变得扑朔迷离……"

关亦豪说："背得很好。"

吴明龙很得意，关亦豪拿起硬币，轻轻地抛了抛，然后他掐着硬币的边缘，用力一转，硬币在桌子上一跳，变成一枚金色的弹珠嗡嗡直响，他说："明龙，你理论知识学了很多，可你怎么把握个人的需求呢？"

吴明龙哑口无言。

"砰"的一声，关亦豪用手掌一拍，房间里寂静无声，他渐渐松开手，"把握个人的需求，不复杂，就是在尽可能地了解一些真相后，果断制动。哪怕只有百分之六十的把握，都要掌握主动制动权，否则就会变得扑朔迷离，销售没有完美杀局，也没有完美的销售圣经。"

吴明龙点点头，"明白了。"

关亦豪说："好，张显，包括外部专家这事就拜托你了。"

吴明龙鼓起信心说："行。"

关亦豪又转身对宋汉清说，"汉清，无论出现哪种情况，我们都不能放松高永梁的公关节奏，而对他，就是靠售前的力量。从现在开始你也没有别的事了，就把方案做好吧。"

"好的。"宋汉清笃定点点头。

16.2

制动！制动！制动！吴明龙这两天就想着这一个词。

周三，饭局终于来了，这天飞哥与张显练球，结束后，飞哥对张显说有一师弟要见面，晚上一起吃个饭，一听是师弟，老张爽快答应。

吃饭的地方在一个还不错的粤菜餐厅，这个餐厅吴明龙比较满意，不太高端，这样不会给对方造成压力，也不太普通，不会丢份儿。很快他俩就到了，或许是刚运动的缘故，都一身休闲装扮。张显看上去老成持重，但也随和。吴明龙迎上去，张哥长张哥短的，叫得很甜。

当张显接过吴明龙的名片时，他看了一眼飞哥，此时飞哥正埋头点菜，吴明龙立即征求意见，"张哥，整点酒？"

张显摆摆手，"今天不行了，开车。"

"再来一个皮皮虾白灼，椒盐，好，去吧。"飞哥把菜单递给服务员，就拍了拍吴明龙的肩膀对张显说，"我师弟，也是计算机专业，很久没有见面了，以前玩得很好，人不错！现在是通擎浙江区销售经理，一方诸侯。"

吴明龙作为销售不能自驳面子，只好自嘲说："嗨，别抬我了，出门做事，都是靠大家关照。"

张显点点头，"挺好，挺好。"

三人天南海北一阵闲侃，此时菜肴慢慢上来。吴明龙感觉这样干聊化不开场面，就要了几瓶罐装饮料，端起杯子，恭敬地对张显说："张大哥，小弟以饮料代酒敬您一杯，以后还请您在工作中多多指教，多多关照。"

张显客气一番，放下杯子，顺口说道："你们公司主营什么啊？"

吴明龙放下筷子，如数家珍地侃侃道来，说完就扯到项目上，"最近呢，我们在做咱们华夏 BOMS 的项目，据说现在要招标，您知道这事吗？"

张显哦了一声，"我知道这事，很大的项目。"

"项目是大，竞争也很激烈啊。"吴明龙又给张显添了一杯饮料，"几夜都没合眼了。"

飞哥觉得要谈正事了，于是决定按预定的计划推动一下，该自己上场了，就对张显说，"我这师弟就是实诚，单枪匹马闯天下，我这两天在想，张哥这边是否有资源，帮我师弟一把？"

张显一边听一边点头，"是这样啊，我这里只联系招标公司，我有哪些资源你可以用呢？"

吴明龙放下筷子，"张哥，咱们这次找的是哪家招标公司啊？"

张显说："信业，你听说过吗？"

吴明龙说了句销售惯口，"哦，听说过，不是很熟！"

张显说："这个标将来由他们来操办，我只是负责华夏这边的业务对接。"

吴明龙看了一眼飞哥，说："张哥，专家也由你们这边来抽取吗？"

"应该由他们来抽取吧，现在还没有招标，具体我不是太清楚。"张显不显山不露水。

飞哥笃定地说："张哥，能不能这样，搞到专家名单，把联系方式给我师弟？或促成一下？"

张显自然不会驳了这个情面，"没问题啊，这样吧，确定名单以后我联系你，但我估计不会这么早。"

听到这个答复，飞哥比吴明龙还兴奋，"好！好！好！"

吴明龙也沉浸在一种美好当中，他轻拍一下大腿，这就是制动，当然了，他也没忘记一番感谢和表态。

11 月 25 日，杭州艳阳当空，这一天浙江信业公司正式发售标书。对于"朝通吉、东君立"六大集成商来说，今天是一个不寻常的日子，而对于吴明龙来说，今天却挨了骂。

为了迎接这个不寻常的一天，吴明龙出发前还特意洗澡净身，然后驱车前往信业公司买招标文件。这信业公司地图上看不远，跑起来转弯抹角地还费了半天劲，好不容易到了，又发现营业执照副本复印件竟然忘记带了，又来回折腾一次，再返回时人家下班了，一直等到下午两点才买到招标文件，返回宾馆把招标文件电子版发给关亦豪的时候已经是下午三点了，惹得关亦豪大发雷霆。

吴明龙放下电话，关亦豪的责骂言犹在耳。他摸了下滚烫的耳朵，其实豪哥再怎么骂也就那么回事，他最怕的是豪哥问外部专家的事，因为发标前的这几天，吴明龙仍然没有搞到外部专家名单。可能是豪哥骂得太投入了，竟然忘了这事，不过这事肯定躲不过的，到时候就不是骂这么简单了。

吴明龙看了下招标文件，离投标截止日期还有 20 天，时间说多不多，说少不少，但能用这 20 天做好一件事情，对通擎来说都算是一件莫大的功劳，这件事情就是搞定外部专家。他拿出电话调出张显的号码，酝酿片刻，拨了过去。

"喂，张哥！是我，明龙啊，说话方便吗？"吴明龙低沉亲密的声音几乎暴露了自己的目的。

张显轻咳一声，低沉地回答："哦，我知道了，你暂时不要着急打电话，我有消息回头联系你吧，啊？"

吴明龙嘿嘿笑了下，"好好，我刚拿到招标文件，所以就跟您打个电话，行，你先忙！"

吴明龙把电话一扔，顺势倒在上床上，呆呆地看着天花板。

晚上 7 点，隆冬的北京夜色渐浓，姜正山的办公室还亮着灯。

关亦豪和姜正山勾着腰，他俩围着茶几，时而窃窃私语，时而喃喃自言，最后关亦豪干脆蹲在地上，打开茶几上的台灯，聚光灯下，他脸色沉重，手指沿着视线在一本书上来回比划。姜正山挺直身躯，捶了捶腰杆，"别看了，厉镇明没有帮我们控标。"

关亦豪说："这有一条对我们有利，'近三年项目成功案例必须提供甲方验收凭证，所以朝腾没有 BOMS2.0 成功案例'，这一条我是反复叮嘱厉镇明的。"

"这不算什么，"姜正山说，"即便是这样，朝腾在业绩这个条目上的得分不会在我们之下。"

关亦豪无言以对。

"培训及售后服务，竟然是 5 分。"关亦豪接着颇为担忧地说，他想起上回厉镇明透露的消息，霍武找高永梁推荐过他们的 BOMS2.0 的培训，虽然被厉镇明拦了，但最终还是在这里体现了，估计高永梁审查过招标文件，重视这一块。

不远处饮水机咕咚一声长响。姜正山转过头去，是宋汉清在接水，就喊道，"过来一下看看？"

宋汉清拿着笔记本走了过来。

姜正山迫不及待地说："招标文件看完了吗？有我们的东西吗？"

"眼睛都看花了。"宋汉清揉了下眼睛说，"早期我们提供给厉镇明的建议是有的，后期的控标点没有。"

姜正山责备地看了一眼关亦豪。

"不过，有一点，我觉得还是比较关键，"宋汉清说，"我用电脑搜索了一下，这个招标文件有我们的思想，还记得我们上次演示的理念吗？就是'四位一体'。"

姜正山说："以客户为中心、以服务为导向、以数据为基石、以绩效为纲领。我记得台下交流的时候，高总对这个理念比较感兴趣，还探讨了一番。"

此时关亦豪也凑了过来。

"你看他们的建设理念与愿景。"宋汉清把电脑放在茶几上，用鼠标选定一段话：

通过 BOMS2.0 系统，多维度满足客户需求，以全面提升客户体验及服务质量为宗旨；打通接触渠道到后台数据全运营链，形成灵活快捷的服务体系；以数据为核心，建立流程化的运营体系；加强分析能力与决策能力，最终实现绩效全面提升。

宋汉清补充道："这几句话我查过，只出现在这次的招标文件里，上次的规范里没有出现。"

"嗯，看似高总的理念，"姜正山抓了下脑袋，"但是这次他好像用的是自己的词，意义跟咱们的理念有出入。"

"那当然了，"关亦豪说，"人家是领导，怎能随便被咱们牵着鼻子走。"

宋汉清说："其实，仔细去领会，你会发现高总这些理念和愿景比我们更实在一些，我现在要做的工作就是优化我们的理念跟他这个匹配。"

"理念可以跟他匹配，"关亦豪眼神依然迷茫，"但里面的细节功能点，更利于朝腾。"

宋汉清说："这个见仁见智了，你应该还记得吧，我们在方案阶段打的是防御战，朝腾好的东西我们也吸收了一些，现在决战时刻，我们就要打出自己的特色，后发制人。"

姜正山对售前的表现还是比较赞赏的，虽然因为各种原因没有控标，但展现了通擎的水平，他看了看手表，时间也不早了，就对宋汉清说，"来，谈正事，我想听听你这次投标的思路和想法。"

"胜兵先胜而后求战？"关亦豪说，他听过宋汉清跟他闲聊四川中邦的策略，不经意就想到了这个。

宋汉清说："这跟四川中邦不一样，这个标从各个层面看上去都要正规得多，业务场景、功能蓝图都相对固化，时机和格局都不同，技术方案占 70 分，商务及报价占 30 分，在这种综合评标框架下，我觉得思路就是'以优击劣，拿分为主'。"

姜正山打起了精神，"以优击劣？到现在为止，我们似乎还没有找到朝腾的实质性劣势呢，因为规范来自朝腾，何况朝腾什么都会宣称满足。"

宋汉清胸有成竹地说："前段时间，我一直在找朝腾潜在的隐性劣势，也一直没有找到，今天我仔细分析了招标文件中高总的理念和愿景，发现朝腾把控的规范还不能达到高总的理念和愿景，换句话说，以高总的理念和愿景为标杆，朝腾就有劣势，而我们就有优势，因为我们的'四位一体'毕竟跟高总的理念和愿景接近。当然，这些都是相对的。"

"无论相对绝对，"关亦豪说，"就具体说，我们有哪些优势能打击朝腾的劣势呢？"

宋汉清拿起招标文件，"首先，我们可以把我们的理念调整到跟高总的理念一致，形成新的'四位一体'理念，沿着新的理念展开优劣势的较量。其中涉及'流程'这一块，我们通擎的流程整合其实还高于规范书的要求，因为我们可以跨系统实现业务流程相互可见，这样能及时感知其他部门的业务状态，实现统一的部门间感知能力。这个有什么好处呢？好处就是我能及时洞察、甚至预览流程中的各个节点状况，使得调度更加灵活，更容易落实高总的'流程化的运营体系'理念，这就是我们的优势。相对来说朝腾如果仅仅是满足规范的话，应该会比较欠缺。"

关亦豪点点头。

宋汉清接着说："还是基于新'四位一体'的思想，在'客户服务质量'这一块，规范里对服务质量的界定比较死，而我们通擎可以扩展到统一的知识库。知识库的提升如果能让呼叫中心、客服、销售、售后等人员共同使用，服务的效果肯定提升。建立统一的知识库后，让客服及其他人员共享，并优化知识流转，提升服务质量，而且，更容易落实高总的'客户体验'及'服务体系'等理念。同样，朝腾如果仅仅是满足规范的话，应该会比较欠缺。"

姜正山回想上次开车送高永梁的那一幕，他点点头，"高总之所以提出这些建设愿景和理念，就是源自他强烈的个人政绩的诉求，只要我们的建设思路或我们的优势能契合他的愿景，也就容易符合他的诉求，我支持。"

说罢，姜正山又把上次开车送高总时谈到的关键内容做了分享。

宋汉清说："当然，我们这些功能点也没有完全做得很好，但可以把这些最新的设计思路报备给研发，改动的地方也不多，很简单。"

关亦豪也一直在寻找朝腾的弱点和劣势，觉得这个思路不错，操作也不是问题，更重要的是：高总个人需求与项目需求相对统一，这是最值得捍卫的需求，他仿佛看到一枚金色硬币在茶几上轻盈地飞转，他猛地一拍茶几，"好！"

宋汉清笃定地点点头。

关亦豪接着说："另外，你说的'拿分为主'怎么操作呢？"

宋汉清说："这就很琐碎了，只能贴合招标文件，反正就是该拿分的拿高分，尽量不丢分。"

最后，姜正山点点头，"大家发现没有，越分析对手，越觉得可怕，所以我得补充一下，这个投标不能全压在宋汉清这边。阿豪，你这边也得动起来，销售售前分头行动，朝这个目标迈进。所以思路应该叫做：分进合击，以优击劣，拿分为主。"

关亦豪说："怎么个'分进合击'？"

姜正山说："兵分两路，一是售前路线，售前的路径从需求到方案很清晰了，我很有信心；二是咱们这边销售路线，销售这边就是把倾向或不反对我们的内部专家高总、厉镇明、陈亮的力量争取并全部集结，同时尽可能争取外部专家。"

"先说内部专家吧，"关亦豪把最新情况作了分享，"现在内部专家只有4名了，估计李柄国或陈亮两人必须有一人要排除，我希望厉镇明起一定的作用。"

姜正山大手一挥，"如果有条件干掉李柄国，还用说？"

"对。"关亦豪点点头，"那高总这边呢，他到底是不是支持我们的？"

姜正山说："我凭直觉，高总还在观望。"

"可以再打个电话试试？"

姜正山眼神深邃，"我跟他有联系过，其实他也在等我们最后的投标方案，高总比较特殊，他还会看售前这条线。"

"我明白了。"关亦豪回顾对高总的策略，"化繁为简、直指人心、水到渠成"，现在只要售前还有能力打动他，就会水到渠成。

姜正山说："外部专家呢？"

关亦豪说："外部专家这边，我已经安排吴明龙在跟，他跟招标办的人吃了顿饭，现在还没有结果，后续我会扑上去。"

姜正山扫了一眼大家，"行吧，大家多努力。"

一缕阳光照在窗边的棕红色小圆桌上，这是一个两尺来宽的古朴精致圆桌，上面放着三部手机，三个白净的瓷茶杯，三个人围着桌子各自看着笔记本屏幕。

霍武滚动着鼠标，眼睛一刻也没有离开屏幕，"李夕，我仔细看了一下，整个招标条款比较干净，几乎没有动过手脚，说明你上次的方法管用。"

李夕笑了一下。

霍武心有不甘地说："不过，唯有一点，这次甲方要求的近三年类似项目要提供验收报告，我感觉是在屏蔽我黑龙江成功案例啊，这本来是我们的加分项。上次应该提醒张显把'验收报告'改成'合同签字页复印件'就好了。"

"估计改不了，改了反而增加被投诉的风险。"李夕盯着他的电脑，"这条看上去是程序性的，说明甲方招标程序严谨，也不排除通擎提醒过谁，不算控标，不过我们还可以打黑龙江案例牌，我们的实力还在嘛。"

"嗯。"霍武说，"还有一条，培训及售后服务一共有5分，这个好，这是我们的强项，这个分我们一定要拿满分。"

霍武觉得这个应该是上次跟高永梁提的培训建议打动了他，或引起了重视。

李夕说:"嗯,整个招标文件的需求和技术部分,也对我们有利,希望是我们加分的主要地方。总之天时、地利还是偏向我们朝腾的。"

接着自然就要讨论人和了,霍武并没有显得很兴奋,"虽然这些需求和技术规范,我们参与得多,但最近我突然有种感觉,好像这些东西又不重要了。"

李夕眼睛离开屏幕,"哦?"

"是这样的,人的立场太重要了。"霍武把笔记本合起,"曾刚说,这次招标评委专家7人,内部4人,外部3人,内部参与人不是一直5人吗?"

"谁会被排除?"李夕脑海里一阵翻滚,"李柄国、陈亮?"

"按最坏的结果,如果是李柄国被搞掉呢?"霍武说。

李夕正在思索。

一直没有机会插嘴的谢建兵脱口说道:"这样的话,我们手里只有曾刚,通擎手里有厉镇明,疑似拥有陈亮,那么,抛开外部专家不算,理论上,我们目标还是没变,继续搞定高总。我们搞定高总,我们有2个高端支持者,业主偏向我们;如果通擎搞定高总,通擎有3个支持者,业主偏向通擎。"

李夕笑了一下,"说得有些道理,如果把外部专家考虑进来呢?"

谢建兵掐起了手指。

李夕摇摇头,"这不能简单地看人数,还看博弈力量,还看各种机会的影响力,以后记住。"

"嗯,我跟你们在一起学到很多东西。"谢建兵笑了笑。

霍武说:"嗯,当务之急,就是搞定高总,争取外部专家。"

李夕点点头,"是的。"

"好,简单了,但愿最后把陈亮排除。"霍武并没有松口气,"下面就希望能提前知道专家名单。"

李夕接过话茬,"侯彪说,再给他五天时间,应该能搞到。"

霍武忧心忡忡地说:"咱们临时分一下工,我再接触一下高总;李夕你争取一下外部专家;小谢没事的话回北京搞标书,好吧。"

"好。"

这几天霍武跟李夕一直在杭州研究各种事项,研究来研究去,发现没有实质性的操作,一切都是幻象,幻象对霍武这种爱操作的人来说是不可容忍的。

这天早上九点,霍武吃过早饭就直接回宾馆房间,酝酿跟高永梁再次见个面,由头自然还是上回提到的培训,确定想法以后,他拨打高永梁的手机,响了三声,对方接通。

"高总，是我，霍武，在公司吗？"霍武语言中自然流露出热络。

"哦，你找我？"

"对的，打了您几次电话，上回跟您推荐的培训，不知道有什么进展了没有。"

高永梁说："我把这事交代给厉部长了，恐怕最近比较忙，没有办法安排。"

"哦，这样啊，那最近在公司吗？"霍武直抒胸臆，"我去拜访您。"

高永梁说："我这两天出差开会，估计这段时间都没空，你可以把你们的强项，培训、服务这些写进标书，是一样的。"

"那谢谢您的支持了。"

霍武点了根烟，长长地吸了几口，虽然高总对自己的态度是正向的，却没有一锤定音的肯定，对一个老销售来说，这种态度更具迷惑性，因为这会让你有攀爬的欲望，却又让你无处着力，正思索间，李夕敲门进来，"高总这边怎么样？"

"不太顺利，人不在杭州。"霍武把自己的感受说了一遍，最后自嘲地说，"我不知道是我运气不好呢，还是时机不对？"

"也可能是避嫌，我刚刚给厉镇明还打了一个电话呢。"李夕摇摇头，"都不愿意接，他人其实还可以。"

霍武仰头看着天花板，"或者可以这样说，内部专家的推动，没有太多机会了，就看外部专家了。"

李夕说："嗯，对了，等会侯彪要过来，估计是有外部专家消息了。"

霍武急忙说："叫他来我房间。"

李夕把房间号发给侯彪。

良久，终于响起了敲门声。

"谁啊？"李夕扭头。

"刘-德-华！"

侯彪笑呵呵地走进来，这厮今天换了一件黑皮夹克，像一头黑熊，往那一坐，房间里的重心立即改变，他欢实地笑了笑，眼睛朝每人闪了闪，"帅不？"

李夕烧好开水，泡好茶，侯彪接过，大大地喝了一口。

霍武递给他一支烟，"有消息了？"

侯彪接过烟，"当然，我拿到两个名单，一个是许老师，一个是白老师。许老师非常靠谱，白老师我还需要争取。"

霍武说："等会，等会，什么靠谱？什么争取？"

侯彪拍了一下霍武的肩膀，"靠谱，就是你懂的。争取，就是正在进行中。"

霍武深知在投标现场，如果专家不事先熟悉朝腾优势的话，他都不知道怎么帮朝腾，口头的应承没有太多用途。于是把自己的顾虑讲出来，最后告诉他，"兄弟，我不是抹你的功劳，不见面不行，多余的动作我也不做，你把联系方式给李夕吧。"

侯彪这才把许老师的联系方式告诉李夕。

霍武说："白老师呢？"

侯彪说："这个人是外地号码，他不会见面。"

霍武说："不见面怎么搞？"

侯彪说："这个人一定要看到投标文件才有结论。"

霍武不以为然地说："这跟没有一样嘛，投机犯！"

侯彪笑笑说："能接你电话就不错了，你还挑，你放心吧，这个人交给我。"

霍武说："第三个专家呢？"

侯彪叹了口气，"这人还没有最后确定来不来，马上会有消息了，我怕你们着急，这不就先过来了吗？"

霍武复杂地看了一眼李夕。

服务员揭开其中一个玻璃盖子，这是一大盘猪头肉，只见半边猪头烧得酥烂皮脱，油光放亮，一股浓郁醇香涌了上来，充满了整个包间。

包间古朴考究，温馨舒适，空间不大，但很有文化气息。

李夕挽起袖子，用公筷夹起一块最好的额头肉放入对面中年男子的碗中，"许老师，这猪肉是散养纯天然的，尝尝！"

对面的许老师四十六七光景，头发略发灰白，鼻梁上一副质地上好的眼镜，脸庞白净淳厚，看上去颇有学养，他满意地点点头，吃了一口，爽口弹牙、香味四溢，不禁叫好。

李夕说："这道菜有一个名字，叫'一根烧'，据说是取自《金瓶梅》的一个典故。说是西门庆家有一位仆人，非常会做菜，特别是烧猪头，而且烧猪头非常讲究，只能用一根柴烧，慢工细活，什么时候柴烧完了，什么时候好。"

许老师说："这么说，这道菜成本很高啊？"

"不算高！"李夕也给自己夹了一块，"这饭店后院有一个露天餐厅，每周五就同时烧十二份，很多熟客都提前预订，我有这里的贵宾卡，所以有幸订到了一份。"

许老师饶有兴致地说："好像附近有一家以金庸为主题的概念餐厅，每道菜都有典故，听说挺火。"

"我知道了，我去过，有几大系列，我只吃过俏黄蓉。"李夕说，"他们靠卖概念打出了品牌，但从美食的角度来说，他们的手艺并不算高。嗯，这么说吧，《射雕英雄传》把黄蓉的厨艺刻画得很传神，但有些菜肴却违背了厨艺的基本原理，比如炙牛肉条这道菜，一块肉条竟然有羊羔肉、猪肉、牛肉、獐肉等，四肉混搭，这不科学。"

"哦，为何不科学？"

"袁枚有一本《随园食单》，怎么说来着？"李夕放下筷子，"味重如牛羊，皆宜独食，不可刻意搭配。反过来，如果刻意搭配，需要更复杂的工艺，添加更多东西，这就不好了。"

"有道理。"许老师顿时对李夕刮目相看，"想不到你们做计算机的，懂的东西不少。"

李夕呵呵笑道："不瞒您说，我家老爷子往上三代都是厨师，我自幼耳熏目染，偏爱江南美食，尤其是朴实的菜肴，您再尝这道农家蒜炒里脊和这味钱江鲫鱼汤。"

许老师提筷夹了一片薄薄的里脊肉，还没有入口，香味亦然扑鼻，入口，顿感肉松而味厚，汁香而不郁，舌尖隐约有黄酒的醇辣。许老师又忍不住多夹了几块，最后还捉了两片青蒜放入口中，一时间，各种味道前赴后继，令人不由肠胃大动。

李夕乘机敬酒，然后，他决定把话题引向正题，"最近，跟侯总联系多吗？"

许老师自然知道这话含义，就说："前几天还聚在一起，嗯，你们公司实力是不错的，应该来说，是行业的翘楚了。"

"过奖了，许老师。"李夕笃定地说："我们呢，多了我也不讲，就讲两大独有优势，一是真正的 BOMS2.0 的理念，对新业务的支持在国内是绝对领先的，甚至影响到全国 BOMS 的建设思路。二，唯一经过实战，有真实应用的实施方法论。如果没有这两大优势，项目实施风险极大，而且就算成功，磨合需要很长时间。"

许老师说："很好，软件这东西，理念要好，要有前瞻性，同时也要能落地，实用。"

"对的呢。"李夕举起酒杯。

16.3

杭州要么不下雨，要么一下雨就是几天，关亦豪今天抵达杭州，雨仍在下。

"下雨，诸事不顺……"

说起外部专家的事，吴明龙是这么答复关亦豪的。吴明龙看上去有些憔悴，他坐在房间的椅子上，用遥控器把空调的温度调高了几度，然后开始汇报近况，吴明龙的首要任务就是通过张显拿到外部专家名单，进而争取他们的支持。他这段时间不可谓不用功，但就是没任何成效，每次联系张显，张显都是客客气气，但一谈到外部专家，就打马虎眼了，加上最近下雨，见面也不方便。

关亦豪脸色铁青，他蹲下身，打开箱子，里面是层层叠叠各色衣服，看样子他准备在杭州搞一场持久战，他把衣服一件一件地挂在衣柜上。当他把最后一件衣服挂上去的时候，吴明龙看到箱子底下是一个装着几张 A4 纸的塑封袋，他喉咙动了动，又继续讲……

关亦豪把塑封袋往抽屉里一扔，"别说了，招标文件都买了一个多礼拜，还没消息，张显是靠不住的，我找下厉镇明看看。"

关亦豪走后，吴明龙起身走过去，缓缓拉开抽屉，他用手指一压半透明的塑封袋，三个黑色大字隐现出来：军令状。

"内部专家名单，高总让我们等，具体定谁？什么时间定？不清楚。"

厉镇明见到关亦豪如是说。

关亦豪把包间门关上，"外部专家呢？"

厉镇明说："外部专家应该在投标前 2 天会知道，据说这批专家有 2 名来自高校，有 1 名来自政府机构。"

关亦豪给厉镇明倒满一杯茶，几粒枸杞和菊花在橙黄的茶水中飞舞，他说："厉部长，有没有可能提前拿到外部专家名单呢？"

厉镇明说："这个可能性很小，因为这次选型程序很清晰，外部专家的事情全部由信业公司和招标办协同处理，现在是敏感时期，怕影响不好。"

厉镇明这句话基本表明了态度，也暗示这里有一道防火墙。关亦豪不会不懂，他只是不想懂。这是战争，在没有取得最后胜利之前，他只能往前冲，一个真正的战士其实是没有选择的，"你们跟专家一般都会提前见面，至少要提前开一个评标沟通会，传达一下精神吧？"

厉镇明没有说话。关亦豪继续推动，"专家行程，至少要帮他们提前预订吧，这就知道名单了，甚至电话号码了啊。"

关亦豪质问的口吻甚至让他自己都感觉到失态，有那么一秒钟他想缓和一下气氛，但脑海里突然蹦出来一个念头：不进攻就是死。关亦豪只有继续黑着脸，甚至带着故意的成分，"您要不帮忙，我前期所有的工作就白费了，真的。"

他一激动，双手往桌子上一捶。

厉镇明看着茶杯，茶水激起圈圈涟漪，他的声音依然柔和，"我理解你，可这件事情绝对不是我们操办的，就算最后我们要见面也是开标前 2 天的事了。你 2

天之内能把专家怎样？所以一切都没有意义了。"

"我要是没有拿到专家名单，才是真正的一切都没有意义了。"关亦豪举起右手，拇指和食指形成一个两厘米宽的 U 型，"唉，你只要裂开这么小的一条缝，我就可以冲出去，真的。"

说到激动处，声音又提高几度。关亦豪扭头看了看门，生怕外面有人听到。

厉镇明还是摇头。

眼看这条路就要堵死了，上次控标的路也是堵死的，关亦豪不禁有些多疑。他曾经在姜总面前说过，对厉镇明的策略是"信息共享，里应外合，中流砥柱，杀敌先锋"，现在连个"里应外合"都不能实现，如何杀敌？厉镇明这个黄金人的价值如何体现？他的视线从门缝迅疾甩向厉镇明，手一敲桌子，"厉部长，我签了一份军令状，你知道吗？我要是丢了这个单，我们就是全军覆没，你知道吗！"

"全军覆没"四个字，把关亦豪自己吓了一跳，似乎一种早已存在的恐惧被放了出来，然后悄然从四面八方爬上他的心头。

关亦豪眼睛瞪圆。

"阿豪！我能做的，我肯定帮你做了！你为什么就不能对你的方案有点儿信心呢？"厉镇明突然身板一挺，语速比平时快了一倍，脸色辣红，"我跟你讲，招标以后，我到现在为止，只接你一个人的电话。为什么？公司最近的风声相当紧，如果我再继续为你这个事情去操作，跨度太大，你知道会是什么结果吗？从评委位置上离开的那个人可能就是我！我别的不敢说，如果我在评标场合，我敢名正言顺地挺你，就算再多人反对，我也挺你！"

老厉发飙了，这话说得铿锵有力，穿过关亦豪的耳膜，直击他脑海深处，他回忆起跟老厉聊他母亲得了肿瘤的那个夜晚，念及当时帮厉母治病的提议可能被否决的压力，自己也曾犹豫过，但最终还是下了"虽千万人吾往矣"的决心。

虽然那晚的动机与老厉现在完全不一样，但从态度上，关亦豪感觉到一种肝胆相照的赤诚，这种赤诚让他双眼发热，他给自己倒上一杯茶，"不好意思，我有些激动，来，厉部长！我敬你。"

包间异常安静。

厉镇明喝完放下茶杯，推心置腹地说，"今天见面，我虽然没有带给你好消息，但我可以告诉你，你大可不必太在意外部专家，因为公司高层上下一致表示这个标不能选型公式化，一定要符合我们的需求和利益。所以，你们不要担心，展现你们的实力，你们就一定能拿下这个单子，我觉得一个高总顶三个专家。"

厉镇明恢复了正常语调。

关亦豪点点头说，"厉部长，咱们不谈项目的事情了。"

"该谈还继续谈，我觉得你肯定非常关心高总对你们的态度。"说到这里厉镇明抬起头，似乎在记忆深处搜寻什么，"我最近问过他想法，他没说，但我可以给你讲一个例子：那次开完招标启动会，他找我要需求规范，他亲自花了半天时间检查，我看他桌上有一本装订好的 PPT 文件，应该是你们的，说明对你们很关注。"

关亦豪猛然想起招标文件上跟自己方案理念接近的那段文字。

厉镇明眼睛里透出一种少见的雄心，"你要继续打动高总！让他安心支持你！"

这一刻，关亦豪心中的恐惧慢慢散了许多，他双眼放亮，点点头。从现实的角度看，厉镇明毕竟还有在高永梁面前推荐通擎的能力，也还有争取陈亮为内部专家的话语权。

久雨初歇，阳光透过薄云洒进朝腾浙江办事处。

霍武推开窗户，朝外看了一眼，然后收拾行李。

李夕说："来得及，中午吃完饭再走。"

霍武拍了拍箱子上的灰尘，"卫长贵会来找我，我跟他解释不通，你帮我挡一下。"

李夕说："好的。"

霍武接着把后面的工作交代一下，话没说完，卫长贵就来了。

霍武打开会议室的门，三人坐下，卫长贵热络地说："我们的产品授权都收到了吧？"

"北京那边收到了。"霍武不想太多废话，就表明自己的想法，"长贵，咱们打开窗户说亮话，我们仔细评估，浙江华夏这边对综合管控和容灾看得比较重，是青睐 GEM 的，因为你们有些产品相对会有些弱，所以，我们这次平台的方案，只能以 GEM 为主要方案，XLOG 为备用方案。"

卫长贵尴尬一笑，"备用方案完全没希望。"

霍武说："这个不一定。"

卫长贵说："咱们早就说好了，一手联盟，一手造势，我还让李柄国支持你们呢。"

霍武说："是啊，我也一直在帮你啊。"

"这哪是帮我啊？"卫长贵脸色不好看，"你要真帮我，就主推我们。"

李夕缓缓说道，"卫总，这个事情是客观上走到这一步的，不以我们意志转移，请你谅解一下。"

"我谅解一下？"卫长贵看着李夕，"一手联盟，是他说的，为什么不要他谅解一下呢？"

不但解释不通，还杠上了，霍武压住火气。

李夕看了一眼霍武，决定透一下底，"卫总，最近甲方只有 4 个内部专家，所以李柄国和陈亮只能保留 1 个名额，客观上非常不乐观。"

"哦，我明白了。"卫长贵说，"所以你们早就做好打退堂鼓的准备了。这样吧，如果李柄国最后不是评委专家，我同意你这样操作，但如果李柄国是评委专家，你们推 XLOG 为主要方案。"

霍武心说，这小子听到这消息一点不吃惊，他肯定对内部专家的调整也有耳闻，看来也是投机的心态，就更加不屑了，"你这是威胁我呢！"

卫长贵肩膀一耸，"我没那意思，我也是打开天窗说亮话，如果李柄国是评委专家，你们不选择 XLOG，他绝对不支持你们。"

"开国际玩笑！"霍武站了起来，看着李夕，一阵冷笑，摇摇头，点上一支烟，突然指着卫长贵厉声道："你他妈的是第一次做销售？"

卫长贵脑袋一热，一下子没有找到切入点，语无伦次，"是谁，啊，说一手联盟？"

霍武满不在乎，"我说的。"

卫长贵这才找到重点，"可你是过河拆桥！"

霍武愤然说："老子什么过河拆桥，是你没有复盘的机会，我们不得已做的决定，你刚才那番话才是过河拆桥！"

李夕看着势头不对，赶紧打起了圆场。

卫长贵摆摆手，"他这态度，我没得谈了，要黄就一起黄。"

"你敢断我财路？老子不鸟你！"霍武轻蔑地一笑，转身拉起他的箱子就走，走到门口停下来，大声说："不管李柄国是上还是下，你小子要是起不好的作用，你想下后果！"

拉杆箱咔咔的滚轴声渐渐远去。

卫长贵一捶桌子，"靠，他妈的，这是什么人？"

李夕拍怕他的肩膀，"卫总，息怒，息怒，最近霍武比较性急，事情确实很麻烦，大家一定要相互帮助，才能走得更远。"

卫长贵愤然说："你们这种态度，怎么互相帮助？"

"我知道，其实啊，你来之前，霍武就要着急走了，他还叮嘱我，中午要我好好招待你，谁知道你这么急闯进来呢，吵架多不好啊。"李夕赔礼道，"这事情确实是我们理亏，您呢，就不要挑这个理儿了，开标以后，我们一起喝酒，我让霍武道个歉，好不好？"

卫长贵手一摆，"不要提霍武，你们集成商敢玩厂商的话，会出事儿的！"

李夕说："要说'玩'的话，正是 GEM 厂商玩得我们集成商一点脾气都没有啊，要不是他们，我们怎么会吵架呢。"

听到 GEM，卫长贵没话可说，转身往外走。李夕取下外套，拍了拍口袋，立马跟了上去。

第二天早上，关亦豪被一阵急促的电话铃声吵醒，是李庭打来的，正要接时，铃声戛然而止。李庭这小子肯定是打探预算压缩的事情，要不就是授权的事，其实对 GEM 来说都是一件事。不多时，收到李庭的短信：在哪儿？我去找你。

关亦豪把地址告诉他，1 个小时后，门铃响起，关亦豪打开门。

果然，李庭就是为授权和报价的事而来的，他一屁股坐在椅子上，跷起二郎腿，掏出手机，调出计算器，一阵加减乘除，嘴巴英文夹着中文，也不知道咕哝什么，总之，一副胜券在握的样子。

可自己还在不安定中晃荡啊，昨晚关亦豪跟厉镇明一番推心置腹的长谈，把他从恐惧中拉了回来，却进入一种荡秋千的状态。荡秋千并不比恐惧好受，因为这种状态让他无处着力，一切看外部条件，命运不能掌握在自己手中，这终究是一种赌。

"赌"是姜正山最忌讳的，上次控标不利，这次找外部专家不利，关亦豪都不知道下次如何跟老姜交代了。

李庭把手机放回口袋，叹了口气，一副饱汉不知饿汉子饥的样子，"这一搞，我们这单没有太多利润了。"

关亦豪给自己点上一支烟，没心情搭理他。

李庭说："你们最近如何，希望大吗？"

关亦豪一声苦笑，"悬着，外部专家一个都没有着落。"

李庭看着手机笑说："你们这种实力还需要外部专家？"

关亦豪淡然说道："多一份希望嘛，昨天听到消息，这批专家有 2 名来自高校，有 1 名来自政府机构。"

李庭说："他们都是喜欢 GEM 的，你就放心吧。"

关亦豪轻吐一口烟，"快到点了，中午一起吃个饭吧。"

李庭说："我请你。"

"走吧。"关亦豪打开柜子，取下一件崭新外套，"我马上要回北京了，下次见面就是开标以后了。"

第十七章 ｜ 怅寥廓，问苍茫大地

"谁主沉浮？决战的时刻到了。不安，兴奋，患得患失，其实这都是人之常情，我要把所有的不良情绪埋藏在心底，以胜利者的姿态打好手里的牌。老姜是这么说的，我也是这么做的。"

浙江项目回忆

通擎华东大区销售总监　关亦豪

17.1

12 月 13 日，上午 10 点半，北京首都机场。

"阿豪，不要想太多了，现在只能安安心心地把投标搞好。"

姜正山看他心神不定就如是说。

"姜总，我这几天睡眠不好。"关亦豪继续望着舷窗外，他没想到这种荡秋千的状态持续到现在，要不是姜正山坚持坐飞机，他很想买张火车票去杭州，至少那样能让他感觉踏实一点。

"听你讲了厉镇明的情况以后，最不安的是我，这是人之常情，但后来我一想，销售有两件事情几乎是办不到的：客户所有行动都依你，你搞定了所有的客户。明天就开标了，所以接受这些，然后以胜利者的姿态打好手里的牌。"

姜正山抖落了下报纸，就不再说话了。

舷窗外面能见度不高，又是一个雾霾天，一阵晃动，外面的景致开始加速往后移动。

一阵推背感袭来，飞机开始爬升，舷窗外是一片急速的白流。关亦豪闭上眼睛，试图什么都不去想，但脑海里还是不可救药地再现浙江项目的操作过程，一路披荆斩棘，各种激流险滩，一幕幕，一场场，是那么的清晰，有痛苦，有兴奋，有喜悦，有失落，这些都无法回避，最后，他干脆当自己是一个观众，也许这样才心安理得？

不知何时，眼前渐渐明晰，慢慢开始变红，周围变得安静。他睁开眼睛，舷窗外一片湛蓝，耀眼的阳光洒在灰白的机翼上，下面是一片广袤的大地，苍茫辽阔，绵延万里，这是怎样一种心旷神怡。

关亦豪长吸一口气，他突然明白，自己的不安，是多年销售养成的一种如履薄冰的职业敏感，一旦销售使不上手脚，这种对外的敏感无形中开始对内聚集，与悬而未决的结果构成一种不稳定的状态，这样就有了不安。

他看到小桌板上多了一个餐盒，打开，香气扑鼻而来，吃了几口，定了定神，然后开始狼吞虎咽。

他感觉衣领被谁扯了一下，回头一看，后排的宋汉清递给他一杯酸奶。

他撕去酸奶封皮，一股脑儿全灌了进去。

姜正山看了他一眼，"怎样？"

"嗯，还不错啊！"关亦豪抚摸着肚子，呵呵一笑。

"我是说，要以胜利者的姿态打好手里的牌。"姜正山说。

关亦豪点点头，他开始盘点手里还有哪些牌。首先是人力牌，厉镇明的目标利益满足，厉镇明支持度清晰，他肯定算一张；高永梁的目标利益这次完全聚焦，高永梁支持度暂时不清晰，评标就知道了；陈亮的目标利益满足，陈亮支持度明晰。差点忘了，陈亮还不一定是专家呢，明天都开标了，今天应该已经定下了，下飞机就直接给他打个电话确认一下，至少要明白咱手里是否有他这张牌。

剩下的就是方案牌了，项目建设总体需求是满足的，目标利益也是满足的，也只能希望这张方案牌能驱动外部专家支持我们了。

飞机落地，通擎投标团队姜正山、关亦豪、吴明龙、柳大序、宋汉清、鲁小强一行六人走下廊桥。

关亦豪走在前面，在一个僻静处，他停下来掏出手机，拿捏着语气，酝酿了一会，拨通了陈亮的号码。

"陈亮，明天开标了，你去吗？"他委婉地说，望着眼前一面白墙。

"我去啊，怎么了？"陈亮语言平淡，完全不知道这话隐藏着生死较量，也完全不知道这话对关亦豪有多重要。

"哦，太好了。"关亦豪几乎要跳起来，也就不藏着掖着了，语速一下子快了很多，"……谢谢支持，谢谢支持。"

有了陈亮，至少整个战略看上去像老姜的"分进合击"。关亦豪又多了一份希望，或者多了一份幸福感，他甚至有一种给厉镇明打电话表示感谢的冲动，但他很快就平静了，他知道压力还在后面，他快步追上已经走在前面的姜正山，举起两个手指，脸上一副胜利者的笑容。

姜正山笑了一下，阔步朝前走去。

12 月 14 日上午 9 点，西湖边上的 D 宾馆 2 楼大厅人头攒动，大家都在迎接一个激动人心的时刻：开标。这一刻等了很久，但来时还是感觉太快，总觉得哪个地方没有准备好似的，每人都是一副心事重重、严肃谨慎的样子。

在沉闷的等待中，关亦豪接到一个电话，是老板王弘圻的，他关心这个项目理所当然，不过王总问起项目，在细节上堪比姜总，又被折磨一通。

等关亦豪聊完电话，大厅外已是空无一人，肯定都进会场了。他急忙跑过去，推开门，只见一百多平米的会议室座无虚席，乙方代表个个西装革履，他们神色肃穆地看着前面一字排开的条桌，条桌后面也有一排人正襟危坐。他从左到右扫了一眼，讲台后面他只认识厉镇明一个人。下面有几个桌牌，分别是公证员、开标主持人、甲方代表、唱标员。明白了，厉镇明此时身份是甲方代表，其实这次甲方代表来了两人，另一个是招标办张显，只是他不认识而已。

此时，一阵哄笑爆发。

"这个数字完全自然计算，是巧合，也很吉利，大家不要嫉妒了。"某个角落嚷了一句，大伙又是一笑。

关亦豪抬头，左侧屏幕上赫然显示：君月科技，投标价 RMB88660000 元整。

已经到了唱标环节，还好，赶上趟了。

吴明龙站起来朝他招招手，关亦豪立即勾着腰，"劳驾借过。"大伙侧身让道，一个二郎腿挡住了自己，锃亮的皮鞋晃来晃去。

"劳驾！"关亦豪轻咳一声。

一个声音在窃窃私语，但还是闯入了关亦豪的耳朵。

"这次讲标、评标的过程都很短，我估计不会评得太细。"

关亦豪又轻咳一声，一直低头聊天的两人这才抬起头：一个是霍武，另一个是李夕，后者他不认识。霍武面无表情地看了他一眼，徐徐放下左脚，关亦豪侧身前走，后脚刚过，霍武顺势右脚一抬，又架起了二郎腿。

关亦豪坐在姜正山与宋汉清的中间，他扭头对宋汉清说，"这次讲标时间是多少？"

宋汉清说："我前几天打电话咨询了一下，时间太短，讲标答标一共 30 分钟，还不如议标呢，官僚气太重，我怕他们根本不听讲标。"

"不管怎样，你要讲出我们通擎的特色。"关亦豪感激地看了一眼台上的厉镇明，心思起伏，陈亮保住了内部专家的位置，这多少有厉镇明的功劳，后续他也会帮我们，这个黄金人诚不欺我也。

唱标还在继续，每报一串数字都让乙方一阵骚动，很快，大屏幕展现出每家公司的投标价格：

君月科技 投标价格：88,660,000.00 元。

吉正信元　投标价格：83,974,230.00 元。

通擎技术　投标价格：85,264,200.00 元。

东创汇信　投标价格：85,301,900.00 元。

朝腾信息　投标价格：85,119,490.00 元。

立嘉信　　投标价格：79,930,451.00 元。

这些数字犬牙交错，看来大家咬得比较紧，果然是死亡之组，尤其是通擎跟朝腾，只有十来万的差距，是要肉搏一场的节奏。姜正山、关亦豪两人凑在一块儿，窃窃私语，眉头都快拧在一起了。

厉镇明看了下表，跟主持人光头经理耳语一阵，光头经理清了一下喉咙，"……由于时间关系，现在，我们开始抽签。"

这个环节，大家反应太过积极，几乎是哄抢的姿态，关亦豪上前随便抓了一个，打开一看，第四名。

光头经理催促工作人员，立即把讲标名单显示在屏幕上：

吉正信元　时间 10:30-11:00。

君月科技　时间 11:20-11:50。

午餐休息　时间 12:00-14:00。

朝腾信息　时间 14:00-14:30。

通擎技术　时间 14:50-15:20。

立嘉信　　时间 15:40-16:10。

东创汇信　时间 16:30-17:00。

备注：讲标 20 分钟，答疑 10 分钟。

大家纷纷抱怨这次讲标安排太紧张。

厉镇明吹了下话筒，"啊，刚才有人议论这次讲标安排太紧张，我简单讲几句，其实我们对各大集成商基本上还是有些了解，你们只要讲出特色就可以了。另外一天之内结束讲标不过夜，而且封闭评标，会公平一些，所以大家要对自己有信心。"

光头经理看大家也没什么其他问题，就宣布开标会结束，工作人员开始清场。

午餐休息时间一过就是朝腾的讲标时间。

朝腾这次也来了 6 人，就连上次来演示的黑龙江项目经理也过来了，当然钱伟也来了，他今天特意系了一根红色领带，在人群中煞是醒目，他叫大家稍安毋躁，然后偏头看了看霍武和唐宁，他俩在会议室门口正在跟工作人员确认一些事情，不一会儿，他俩就回来了。霍武双手叉腰，"他妈的，说坐不下，才让进 4

人。"

钱伟说："那谁去？"

霍武说："您肯定得去，我一定去，唐宁去讲标，李夕也应该去，至少还得去一名黑龙江项目经理吧。"

李夕说："没关系，我不去也行。"

"你去，外部专家就靠你了，管他妈的，等下咱装着不知道，去 5 人！"霍武发怒了。

霍武这是真怒，他感觉最近脾气越来越坏，上次骂了卫长贵，他并不觉得，真正发作的是前天晚上八点，他获得一个不好的消息：李柄国没有选入内部专家，这让他怒不可遏，这个变故使得整个赢单的希望全部寄托在高永梁这个老大身上，而现在这个担子无形中就落在了唐宁的身上。

钱伟看了一眼唐宁，"唐宁加油！"

唐宁自信地说："一定。"

没多久，工作人员手持对讲机，"可以进场了，是吧？好的，朝腾公司，可以进场了。"

钱伟、霍武带队，5 名核心人员一起进场。会场里面，稳稳当当地坐着一排人，个个神色肃穆，每人前面有一张桌牌，不过桌牌做得很奇怪，除了主持人和公证员，其他专家的桌牌都是统一四个字：评标专家，同时也注意到两个事实：一、李柄国没来。二、不要显得跟专家很熟。

李夕此时的目光寻向外部专家，他只认识许老师，许老师眼镜片反着光，似乎在注视着屏幕。而旁边没见过的一老一少估计就是另外两名专家，至于其中哪位是传说中的白老师就不清楚了。

工作人员抬起一个纸箱子，打算从里往外拿标书。霍武和李夕心领神会，两人立即过来帮忙，顺带跟各个评委打个照面，缓和一下气氛，光头经理也一时忘记乙方上来 5 个人。

唐宁的电脑连上投影仪，一副整装待发的样子，他从工作人员手中接过话筒，这一刻他是场上的主人，大家各就各位，会场立即安静下来，光头经理示意开讲。

唐宁一敲键盘，屏幕上显示主题：

知行合一.浙江华夏移信 BOMS2.0 项目投标方案汇报

朝腾信息

霍武代表团队做了简单致谢以后，就把话筒交给了唐宁。

"非常感谢各位领导、专家来听我的汇报。今天开标，谈论最多的是标书，其实，我私下里考虑更多的不是'标书'二字，而是项目，也就说，如何把这个项目做好，而不仅把标书做好。那么如何做好项目呢？"唐宁拿起招标文件，环视一遍专家，"是不是满足招标文件里的需求就 OK 了？如果这样的话，那么每家公司都可以宣称满足。所以这肯定不够，我觉得还需要一个理念，就是'知行合一'，这个词不新鲜，但是要做到非常难，因为靠的是真知真行，朝腾是国内第一家BOMS2.0 的践行者，下面我打算给大家汇报这个项目的建设思路……"

提到"朝腾是国内第一家 BOMS2.0 的践行者"可以预知，后面可能会涉及黑龙江华夏案例的应用，事实上果然如此。之所以这样，还得从朝腾的讲标思路说起，在三天前，朝腾内部有过一次激烈的讨论，最后定下"讲标两张牌"的思路，一是打特色功能牌，二是打案例牌，前者满足客户需求，后者体现朝腾优势，特别是后者，可以高举高打，理由是时间短，展不开细节，与其全面出击，不如猛击对手薄弱环节于一点：通擎及其他对手无 BOMS2.0 案例就是瞎子摸象。当然，这样做还可以体现实力。

为了保证呈现效果，当时唐宁还试讲了一遍，他在 20 分钟内一气呵成，理性感性并存，两张牌打得相当好，于是一锤定音。

这次唐宁也同样不负使命，讲得很有水平，甲方都细心聆听，演讲也按时进入尾声，"……我相信我们不仅能把这个项目做好，而且能保证做到交钥匙工程，我的演讲完毕，谢谢大家。"

霍武特意留意了大家的眼神，除了一个外部专家忙着翻看投标方案以外，几乎所有的人情绪都很饱满，最饱满的算曾刚了，他看了一眼系统部署拓扑图，"这么多设备，得需要几个机柜啊？"语言看似随意，但暗中点了个赞。

"最好多几个，呵呵。"唐宁兴致来了，干脆借题发挥，"我们在黑龙江的项目，光存储柜就将近 8 个，呵呵。"

项目经理也现身说法，"我是那边的项目经理，那边一共部署了 14 个，您这边只多不少，还有主机和网络呢……"

"你们是怎么考虑业主的建设目标，以及如何达到？"这是高永梁的声音，他一边翻着投标方案一边提问。

"谢谢您的提问，"唐宁从容回答，"投标方案里写得很清楚，那就是建立……"

唐宁对招标文件的解读非常深刻，建设目标归纳得很好。至于如何达到，他更多的是站在知行合一的角度给予阐述，而此时高总更希望看到类似"四位一体"的多方位落地思想，不过唐宁的回答有根有据，他也点点头。

曾刚继续说："我们浙江华夏有很多突发奇想的套餐，用你们这个系统从套餐设计，到上市，到计费是如何实现的？如何管理？"

"这就涉及我们'生产运营一条龙'的理念了。"唐宁从容一一回答，这个问题几乎就是送分的，而且唐宁解答毫不吝啬时间，以至于主持人开始看表。

曾刚满意地点点头，一边做着笔记，而同样做笔记的还有许老师。

"我看到你们老在提黑龙江案例，我有一个问题是，"厉镇明抬头看着屏幕，"我们跟黑龙江业务模式有很大的不同，我想确认一下，你们这次投标是套用黑龙江模式吗？到底有没有为我们考虑过？"

厉镇明这个问题看似随意，但是回答不好会很严重。

唐宁此时正在状态，"案例只是强调我们的实践和落地情况，绝对不会套用，您放心。我们这个方案是为咱们浙江华夏量身打造的，全部基于贵司的需求。"

钱伟也慎重补充道："我们在应答书里全部是逐条应答的，非常理解咱们浙江华夏的需求。"

厉镇明没有继续表态，许老师接着这个话题问道："我对你们黑龙江的实施方法论很感兴趣，能在浙江用吗？"

唐宁认为这个不能照搬，否则厉部长又不高兴了，就说："我们会根据浙江的情况进行优化，一切以浙江情况为出发点，保证落地更稳。"

霍武觉得这个问题可以把朝腾的培训优势发挥出来，就抓住机会借题发挥，"我们可以给业主进行全方位培训，包括实施方法论。"说罢，他看了一眼高永梁，希望这个能警醒他，这个也是朝腾的强项。高永梁点点头。

但此时光头经理提示，时间已超，讲标结束。

会议室的大门打开，门外的谢建兵迎了上去，只见他们面无表情地走了出来，霍武警觉地看到已经在不远处等待进场的通擎团队，轻咳一声，谢建兵只得跟在唐宁后面，小声地问他，"里面怎么样？"

唐宁也是面无表情，小声回应，"还行，回去再说吧。"

这一切都被不远处的关亦豪看在眼里，他嚼着口香糖，目送朝腾团队直到他们全部消失，这才转过头看着自己的团队，姜正山正在训话。

"通擎的，可以进来了，只能进4个。"工作人员朝外喊了一声。

大家商议，决定安排姜正山、关亦豪、宋汉清、鲁小强进场，而把吴明龙、柳大序留在场外。

会场里面，专家依然严阵以待，厉镇明翻了翻投标方案，"嗯，这标书好厚哦。"

此时正在构想开场白的宋汉清听到这话，脑海里立即跳出一个词："厚积薄发"，何不用这个主题词来做公司介绍呢，这个词朗朗上口，而且便于记忆，如果围绕一个主题词展开，必然大大节约公司介绍的时间，何乐而不为。光头经理一看双方准备妥当，时间也到了，就随口说道，"开始吧。"

"各位领导及专家评委，大家好。刚才我听到有一位领导说，我们标书比较厚，您非常有眼光，谢谢。"宋汉清轻松笑道，"因为，这让我想到一个词，叫厚积薄发，其实我们通擎公司就是一部厚积薄发的历史。通擎成立 15 年，我们每一款产品或方案都有 10 年以上的沉淀和打磨。如果把通擎所有的资产剥离，里面最核心的就是我们的 BOMS 系统，而 BOMS 系统同样是运营商最核心的驱动力，这个也是我们通擎公司名称的由来：打造通信行业的引擎。有了这个引擎，我公司取得近百款软件产品著作，数十件技术专利，并走遍大江南北，在 30 个省市都留下了我们成功案例的足迹，如今再次来到美丽的杭州，我们很有信心再造辉煌，针对这次应标的 20 分钟阐述，那么公司介绍就讲这么多。下面，我把时间用在刀刃上，根据厚积薄发的理念，我就讲两件事情：一是技术方案，二是实施服务。"

宋汉清从容又快速地跨过了公司介绍 PPT，把更多的时间用于后续的方案和服务讲解，而这些内容可执行既定的演讲路径：依托浙江华夏关键核心需求，提出通擎体系化的 BOMS 特色及优势功能，收敛"四位一体"的价值主张。

宋汉清只要沿着演讲路径展开即可，只是讲解的时候，以优击劣，重点突出。

新的"四位一体"对应的正是高总在需求规范上提出的项目愿景：通过 BOMS2.0 系统，多维度满足客户需求，以全面提升客户体验及服务质量为宗旨；打通接触渠道到后台数据全运营链，形成灵活快捷的服务体系；以数据为核心，建立流程化的运营体系；提升整合能力与支撑能力，最终实现绩效全面提升。

在优势功能的讲解中，宋汉清依托"四位一体"重点介绍了基于统一知识库的服务质量提升和流程化的运营体系。这两大块可能是其他公司尤其是朝腾的不足。

后续的整体演讲非常顺利，评委也听得投入，唯独曾刚似乎并不关注宋汉清的讲解，他一直在翻看投标方案，偶尔陷入沉思。

宋汉清一讲完，曾刚就开腔了，"讲完了是吧，我刚才翻了一下你的计费模块，传统计费讲得比较多，新业务计费讲得比较少，其他地方都有类似的情况，你要知道 BOMS2.0 要求考虑新业务的支持，你们理念还是比较老。"

曾刚的杀人风格一贯是先褒后贬，这次有点反常，他迫不及待了。

投标方案里明明讲了很多新业务的支持，看来他既没仔细听，也没仔细看。宋汉清知道他是对手的阵营，不能与他纠缠太久，他迅速从电脑里搜寻到计费模块，"您好，第一个问题，关于计费模块，从第 203 页一直到 246 页全部讲计费，完全是遵从 BOMS2.0 的计费规范的，绝对支持新业务，这个您完全可以放心，时间关系我不太可能详细展开讲。第二个，关于 BOMS 理念，行业里关于 BOMS2.0 有成熟规范，我估计六大集成商没有一家还采用老的架构和理念了，而我们通擎肯定遵循相关标准，也是走在前头的，我们提出的是'四位一体'的理念，也符合贵司的建设愿景，您看我这张产品功能视图就是新架构和新理念。"

宋汉清快速翻到功能蓝图这张 PPT，"其实这张胶片投标方案里也有，我记得上回大家都去我司考察了 BOMS2.0，我这里刚好有上次全套演示截图 PPT，针对这个问题讲得很清楚，如果需要，我立即发给您。"

曾刚本就来者不善，岂肯轻易就范，"我知道，但演示跟实际还是有差距的，你们要有真正的案例就有说服力了，哪怕是正在实施的也行。"

曾刚一计不行又施一计，这次干脆就撕下面具了，不明人一听很在理，明白人一听就知道这是在帮朝腾，如果这样跟他去较真儿，就可能输了，而且上次就回答过曾刚类似的问题。宋汉清呵呵一笑，"谢谢，我知道，我先把演示的 PPT 发给您吧，这样您判断可能更容易一些。"

一个问题结束，一个问题又起，不过这次是厉镇明，他说："你要给资料的话，统一发 E-mail 给招标组。另外我对你们的性能优化设计比较感兴趣，你们是怎么设计的？因为我们这边数据量大，并发也大。"

这个问题是通擎的优势，宋汉清从容回答："这个正是我们的优势，一般传统的性能提升，都是聚焦于网络、服务器，以及 IO 通道，包括借助中间件的调优，但这些都不能全面解决问题，实际上，软件的设计和优化才是王道，我们通擎在软件开发上甚至专门为性能组织了一个课题，我给大家简单汇报一下……"

宋汉清打开备用 PPT，实际上宋汉清有主讲的 PPT，还有备用的 PPT，前者主要应付短时间的投标呈现；后者用于专题交流答疑，特别是针对具体细节或详细特性而准备的。他从原理和应用案例两个角度阐述得很好，当然了高总也比较关心这个问题，所以他也听得很仔细。

就在宋汉清稳住阵脚的时候，许老师问："你们如何保证项目进度？"

这个问题很宽泛，宽泛的问题意味着宽泛的答案，往往是不好回答的，宋汉清只能从项目管理和项目治理的角度去阐述。

但无论宋汉清怎么说，许老师总要找一些漏洞，好像不找漏洞就不能显现他专家身份一样。不过好在宋汉清久经沙场，一边说一边迎合许老师的补充，最后许老师也没什么问题了。不过许老师的持续发难，让几次想提问的高永梁都没有机会。

宋汉清看在眼里，抓住空当就对高总说："我看这位领导，您好像还有什么问题？"

高永梁哦了一声，"我看都讲得很清楚了，就问一个问题吧，你们能安排多少人做这个项目？"

姜正山记得高永梁曾经问过通擎移信的研发力量，于是就抢答这个问题，"我们这次可以安排近 200 人的团队做这个项目，如果按人月的话，要看具体情况，以及工程进度。"

高永梁并没有在这个问题上纠缠下去，而是点点头，然后看了一下其他人。

本来只有 10 分钟答疑时间，一下子拉长到 15 分钟。光头经理不得不宣布讲标结束。

会议室的大门喀啦一声推开，外面焦急等候的吴明龙和柳大序朝这边张望。只见四人匆匆走出，关亦豪走在最前面，看不见表情。他俩快速地跟上，一起走进电梯。

电梯里还有两个来历不明的外人，吴明龙不太方便开口问情况，他扫了下每人的表情，个个心事重重的样子。

17.2

下午五点，天色渐暗，关亦豪打量满屋子里的人，宋汉清在发邮件；鲁小强坐在床上无聊地翻看标书；柳大序在上网；吴明龙在鼓捣名片夹；姜正山在走来走去；而他自己，他低头看着脚下的一双皮鞋，隐约感觉双腿酸痛，这才发觉自己斜靠在窗台上快半个多小时了，他捶了捶腿，"怎么会这样？如果我们都刁难成这样，那其他公司岂不是更加难堪？"

房间寂静无声。

柳大序突然转过身来，"特意刁难，也说明我们实力不错，机会很大，我们要乐观。"

关亦豪没有搭理他，而是掏出手机，没有一个电话进来，到这个点了，全部讲标都应该结束。他知道，此刻以后到公布结果以前，既是最痛苦又是最兴奋的时候，要做的都已经做了，没有做的也不重要了，这个时候只能老老实实地等结果，一个决定生死的结果。

关亦豪拉开窗帘望着窗外，隆冬的夜色早已侵入了这个城市。姜正山走过来，"就看高总了。"

关亦豪默然点点头。

"吃饭，吃饭！"柳大序乐呵呵地合上电脑，大声嚷着。大家纷纷侧目，面面相觑，好像什么东西打破了宁静，而这又让大家变得小心谨慎。

"行！吃饭！"关亦豪一跺脚。

是夜，杭州比平时更加潮冷。

霍武和李夕走进宾馆电梯，李夕按下数字6。

霍武眉头不展，他还在想着投标的事，就说："陈亮，还有另外两个专家一句话不说，什么意思？"

李夕说："我也在想这个问题，或许他们保持静默是看老大们的风向？"

"也有这个可能，都是投机。"霍武说："你觉得这个标顺利吗？"

李夕说："武哥，顺利不顺利，已经不是重点了。如果高总已经定下我们，我们就可以庆祝了，如果高总还犹豫不决的话，就靠曾刚和许老师去影响。"

霍武抓了抓下巴，从今天下午许老师的态度上看，他显露出对朝腾的支持，但这个支持会到什么程度，霍武还是心存疑虑，"许老师一个外部专家会有多大份量呢？"

电梯停靠，两人走出。

"这就变成一个哲学问题了，各种博弈都有，总之油多不坏菜，希望侯彪能再努力一把，争取白老师也能够……"李夕一边说一边看两边的门牌号。

李夕站在618门口，按了下门铃，门打开，侯彪穿戴整齐，迎了出来。

霍武戏谑地说："房间号还挺吉利的嘛！"

侯彪得意地说："你们这标太紧急了，否则我应该请大师把这个号码开个光，哈哈。"

三人围着小圆桌坐下，泡了一壶茶，李夕无废话，把整个开标和讲标的过程一五一十地告诉侯彪。

侯彪憋着嘴，眼睛望着前方一动不动，这个姿态显得极其认真，听完后，他问："白老师没有任何问题？"

李夕笑说："我都不知道哪个是白老师。"

侯彪说："比较年轻，斯斯文文的。"

李夕看了一眼霍武，"哦，知道了，他似乎没问题。"

侯彪咕嘟喝了口茶，然后看了下表，"马上快10点了，我给他打个电话。"

霍武说："现在他们都是封闭评标，怎么打？"

侯彪呵呵一笑，"我知道是封闭评标，我有他房间座机号码，我打的时候，你俩千万不要说话。"

看来侯彪有些路子，他俩点点头。

侯彪看了下表，从包里拿出一个小本子翻了翻，走向床头柜，蹲下去，用纸巾擦了擦下电话，凝神片刻，然后不紧不慢地按下号码，直到对方铃声响起，用手一摆，意思是勿出声，这个很有仪式感的动作让霍武也变得虔诚起来。

是的，霍武没法不虔诚，再暴躁的人都会变得虔诚，不过他觉得"虔诚"这个词在当下有些微妙。

不多会儿，侯彪轻轻放下电话，站起来，气定神闲地说："没人接，等下再打。"

三人没有说话，在房间里走来走去，各自想着心事。过了一会，侯彪再次拿起了话筒，这次对方接通了。

"白老师，还没睡觉吧，我是老侯啊。"侯彪慢声细语，他沙哑的声音低得难以听清，霍武和李夕只能远远地看着，不过看他的样子，似乎聊得比较深了。

聊了五六分钟的样子，侯彪又挂了电话。

李夕问："怎么样？"

侯彪说："今天讲标，你们的情况还不错。明天开始评标，我让他重点看朝腾的标书，挖掘一下朝腾的优点，他说没问题，我们不要急。"

"是你说我们不要急？还是他说我们不要急？"霍武认为这话有本质的区别。

侯彪说："我说的，我现在是给他打个预防针，有些事情也明示了。明天我还会打一个电话，你们明天晚上等我消息。"

"好吧，拜托了，彪哥！"

12 月 15 日，评标日，这是漫长的一天。

从早上起床，到中午吃饭，一直到下午 3 点半，关亦豪今天能做的就是一个"等"字。今天中午吃饭的时候，关亦豪对姜正山说，等下去不是路啊。

姜正山回了句，如果投标结束了，你还在运作，你不觉得也有问题吗？反正怎么做都有问题，所以等也是一条路。

等吧！继续等。

下午 4 点，关亦豪点燃最后一根烟，打开电视，躺在床上打发时间。突然，他感觉有些异样，用遥控器把声音降低，这才听清楚是自己的手机在响，他赶紧从衣架上取下衣服，掏出手机，来电是一个杭州座机号码。

"是关经理吗？"那边说。

竟然是厉镇明的声音，关亦豪的心脏一下子堵住了嗓子眼，此时此刻，他找我会是什么事？会不会听错了，"您是？"

"关亦豪是吧？"

"哎，是的。"关亦豪立即跳过去把电视插头拔掉，声音也立即转成了密谋的腔调，"怎么样了呀？厉部长？"

厉镇明没有理他，直接说："有两个事情：第一个，能否承诺项目实施结束后，驻留部分研发团队 2 年时间。"

关亦豪立即明白怎么回事，当时就承诺了，"能能能！"

"第二个，能否发一份你们做过的 BOMS，经营分析，GEM squash 应用的实施项目经理及主要成员的履历，对应的案例验收证明文件给我们。"

关亦豪用笔记录下来，"BOMS1.0 的案例算吗？"

"只要是 BOMS 都算！赶紧，下午 6 点之前我们需要，验收证明文件要有业主公章，做成图片，发 E-mail 过来就可以。"

挂完电话的 2 分钟之内，关亦豪把大家全部召集到一起。

吴明龙问："为什么要找这些呢？"

关亦豪说："不管了，大家赶紧行动，跟北京联系，全部调动起来。"

吴明龙说："全部调动起来是什么意思？"

关亦豪愤怒地大吼："就是全部调动起来的意思！"

吴明龙立即退下，大伙一下子忙疯了，唯有姜正山异常冷静地思考着什么。

关亦豪说："怎么了？"

姜正山说："承诺项目实施结束后，驻留部分研发团队 2 年时间，难道有什么担心？"

关亦豪说："管他呢，我们只管同意，拿下项目再说。"

姜正山说："我记得上次我开车送高总的时候，他好像问过项目上线后，后续的服务是维护，还是定制开发？嗯，我知道了，他觉得后续可能还有一些开发任务，或许有某些没有想明白的构想，行，一定要把厉部长交代的事情做好。"

大家忙得鸡飞狗跳，北京总部更是忙得不亦乐乎，不到两个小时，北京这边的资料全部汇聚完毕。关亦豪发动大家再次检阅一遍，然后打成压缩包发了过去。

"终于完工！"关亦豪一声感慨，看了一眼一直在旁边沉默的姜正山，这才回过神来，"这是好事，还是坏事？"

姜正山眼神闪烁了一下，然后坚定地看着某个地方。

12 月 15 日晚上 9 点半，霍武瞅着桌上的电话，静静地抽着烟，冥思片刻，拿起电话。李夕说："我来打吧。"

霍武摆摆手，此时他已经拨通了侯彪的号，"白老师那边咋样了？"

侯彪声音依然沙哑，"没联系上白老师，许老师我联系上了，他说一切正常，放心吧。"

霍武轻声地应着。

侯彪说："咱们再等一下，等到明天晚上。"

霍武挂了电话，在房间里外转了一圈，对李夕说，"你明天过去跟侯彪吃个晚饭，陪着侯彪，主要盯一下白老师。"

李夕说："好，你过去吗？"

霍武摇摇头，眼神始终盯着一个地方，"我就不过去了，我等你好消息。"

12 月 16 日，又是漫长的一天，晚上 10 点，钱伟、唐宁、谢建兵来到了霍武的房间，钱伟说："李夕呢？"

霍武说："去侯彪那里了。"

房间里异常安静，每个人看上去都心事重重，谢建兵给大伙烧水泡茶，茶喝到一半，谢建兵突然说："大家觉得我们中标的概率多大？"

这个问题冷不丁地让大家面面相觑，大家安静地看着电视，电视频道转来转去都是弱智的宫廷剧，无聊得很，大家又各自回房睡觉。霍武定下了神，拿起床头电话给曾刚拨打过去。

"是我，曾哥，这么晚了给你打个电话，但愿没有打扰你，说话方便吗？"

"哦，没事，分数都出来了，明天统计讨论，现在还看不出结果，因为没法对比。等明天统计就知道结果了，别急。"曾刚声音低沉。

"那谢谢了。"霍武又简单问了下情况，也叮嘱了一些事项后就挂了电话，他躺在床上点了一根烟，也不知过了多久，睡梦中响起了敲门声，霍武赶紧开门，李夕匆匆地走了进来。

"怎么样了？"霍武揉了下眼睛，看了下表，已经是凌晨 1 点。

李夕一把坐下，脸色疲倦，"我们晚上给白老师打了几个电话，技术分和商务分都已经打完，但总分没统计出，感觉白老师有点和稀泥的感觉，又说已经支持我们了，又说几家公司都有优势。"

"提到通擎了吗？"

"提了，顾左右而言他，没有详说。不过，我们后来跟许老师也通了电话，他倒是讲了一个内情。"

"哦？怎么说。"霍武神情一下子专注了。

"他说评标组收到通擎的澄清和补充文件，高总让大家都看了一下，其他倾向性的话没有说……"

李夕话没有说完，霍武就站了起来，像是某个地方被触动了似的，他说："这就微妙了。"

李夕先是屏住了呼吸，思考片刻，接着鼻子一声缓缓地长哼。

12 月 17 日，杭州下了一天冷雨，通擎投标团队无处可觅，这几天，关亦豪感觉时空错位似的，每一天都特别漫长，但是过去以后，回想昨天就好像是一瞬间，同时觉得昨天什么事也没有做，他甚至问宋汉清，"唉，我们是几号给厉镇明发邮件的？"

"15 号啊。"

"哦，又过了两天，我要疯了。"关亦豪一拍脑袋，"明天就要公布消息了，今天晚上我挨不过了。"

姜正山给大伙打气，"没事，晚上我们去吃火锅。"

这个主意得到大家响应，6 个人搞了个包间。菜肴的美味度与席间的销售数量成正比，每个销售精挑细选，不一会儿各式美味陆续上齐，一盆硕大的鸳鸯火锅很快就沸腾了。

大家斯文地吃着涮羊肉，小口喝着啤酒，谨慎地吹着牛，天南地北，也还热闹。

席间，桌上的手机响起，是关亦豪的，他凑过去一看，可能是房间里热气的缘故，手机屏幕蒙上一层水雾，看不太清。他用手一擦，不小心把电话挂了，但就在一瞬间他还是看到"厉镇明"三个字。

"厉镇明。"关亦豪情不自禁地说了出来，大伙的心一下子就被拧紧了。

关亦豪用一种激动又不安的眼神看了一眼姜正山，转身出门。

大伙面面相觑，吴明龙扫了大家一眼，"这是好消息，还是坏消息？"

大家都没有回答，但可以肯定的是，大家各自都在思考这个问题。宋汉清扭头看了眼紧闭的房门，只要关亦豪一进来，这个秘密就马上要揭开，这会是一颗炸弹！

姜正山也在思考这个问题，不过，他脑海里集结了很多词，胜败、业绩、军令状、王弘圻、高永梁，这些内容交织在一起让他堵得慌，他放下筷子，看着碗里半个虾段，他一点也吃不下去了。

门"嘭"的一声推开，大伙猛回头，一个愣头青服务员端着一盘水果沙拉，匆匆来，匆匆走，又把门紧紧地关上。

"靠！吓我一跳！"吴明龙声音发抖，喝下最后一口啤酒。

大伙安静地坐着，此时空气好像凝固了似的，如果这个包间门要是再被推开，铁定是要炸锅了，要么同悲，要么同喜，几双眼睛齐刷刷地看着沸腾的火锅。宋汉清禁不住牙关紧咬，似乎在蓄满力量等待一次爆发，又像准备迎接一次重击，这会是什么样的消息呢？

包间里响起了缓慢而沉重的呼吸声。

"嘭！"

门打开了，大伙再次猛回头。

关亦豪双眼发红地走了进来，双手握拳，使劲挥了一挥，厉声说："通擎中标，明天正式公布消息，赢了！擦！"

"哇！"同时还听到椅子倒地声。

大伙几乎是跳了起来，包间里沸腾了。姜正山突然觉得自己肩膀上咔嚓一响，千斤重担卸了下来。他拍着桌子，也跳了起来，朝空中挥了一拳，大伙击掌相庆，又禁不住拥抱在一起。

关亦豪对姜正山耳语道："最后高总是支持咱们的。"

姜正山说："厉镇明说的？"

关亦豪说："我猜的。"

姜正山笑了笑，"赶紧把这个好消息给王总汇报一下，他这几天也是寝食难安。"

关亦豪说："必须，就怕告诉他，他更睡不着觉。"

姜正山说："他希望在元旦前一天召开年度销售会议，这个算是我们送给他的礼物吧。"

"好，我现在就给他打个电话。"关亦豪掏出电话，迎着大伙的笑容，拨通了王总的号码。

此时，更应该打电话的是宋汉清，他要把这个好消息告诉牧小芸，好久没有跟她联系了，同时也希望在公司年度销售会议上见到她。他悄然走出包间，来到回廊的另一端，窗外还下着雨，铃声传来，早已不是刘德华那首《今天》了。

"喂，你好像很久没有给我打电话了呢，今天怎么舍得打电话给我？"牧小芸声音极其安静，就好像在身边一样。

宋汉清笑了笑，"我以前疯狂打电话，你不理我嘛，我这个人你又不是不知道，你不理我，我电话打得没意思，没意思的事情我做不好。"

"哦，那现在就有意思了？"牧小芸刁蛮地说。

宋汉清说："嗯，我们最近把浙江华夏的单子拿下来了，明天公布结果。"

"您说这个跟我有关系吗？又不是我中标？没事挂了哈！"牧小芸语气冷淡。

"哎，你？"宋汉清一时语塞。

"哈哈！跟你开玩笑的，我恭喜你了。"牧小芸放过了他。

宋汉清转忧为喜，"其实，我还要告诉你一个消息，老板今年打算在元旦前搞销售年会，你一定要过来，我陪你到处转转。"

"真的？好啊！"牧小芸咯咯一笑，这才是她的真性情。

"当然！"宋汉清听到这个笑声，他突然感觉这个残酷的世界还有很多美好。

12 月 18 日中午 11 点半。

霍武独自一人安安静静地坐在桌前看着电脑上的新闻，QQ 闪了一闪，李夕发来一条链接，接着下面跳出一句话，"没错，是通擎中标了。"

他安静地盯着这条蓝色的链接，沉默片刻，敲击鼠标，点开，浏览器白茫茫一片，宾馆的网速很慢，他突然感觉握住鼠标的手指某个地方有点异样，辣辣的，一看，小指头不知何时有一块血痂，他很不情愿地想起了昨晚的那一幕。

昨天晚上 8 点，等来曾刚的电话，告诉他通擎中标，当时他肺都气炸了，拳头砸在桌子上，一支圆珠笔碎成五块……

此时他平静地盯着屏幕，白茫茫的浏览器突然瞬间刷新，中标通告赫然出现，就如昨晚那个消息一样，猝不及防。

他一眼就看到了"通擎技术"那几个字。他躺在椅子上，双眼望着天花板，外面响起了敲门声，霍武合起电脑，李夕进来了。

沉默片刻，李夕直言道："最后关头，高总可能偏向了通擎，大概就这个原因。"

良久，霍武才说："下午，我打算去拜访一趟高总。"

"找他？"李夕丈二和尚摸不着头脑，找高总做什么呢？有什么用？

霍武揉了揉眉头，"你也一起去吧，不要想复杂了，咱们去跟他聊一聊，顺带告个别。"

李夕点点头，他似乎明白了。

17.3

下午，忙碌了半天的高永梁回到办公室，为期半年的选型终于结束了，不过担子并没丝毫轻松，因为接下来就是走流程，商定合同，然后是项目实施启动等等一大堆事情。他把厉镇明叫了过来，两人把后续的事情逐条确认，制定了一个计划，刚忙完，桌上的电话响起。

高永梁接起，"喂？"

"高总，是我，霍武，呵呵。"

"哦！"高永梁没想到会是他的电话，颇为意外，迟疑了一下，但出于客气，爽朗地说，"你好！"

"是这样的，我马上要回北京了，回北京之前，想去拜访您，就是跟您告个别，非常感激您的支持，虽然我们这次表现还是有些欠缺，有些遗憾，但我觉得来日方长。就几分钟时间，您看？"霍武说得不紧不慢，语气颇有暖度。

"哦，好，好，好！"高永梁找不到拒绝的理由，也或许是霍武的不亢不卑让他不好拒绝，毕竟朝腾跟了半年，却没有中标，就立即说："你过来吧，我正好在办公室。"

高永梁把这番话说得甚为爽利，他放下电话，慢慢回过神来，"这个霍武，嗯！"

厉镇明警觉地说："怎么了？霍武要过来？"

高永梁点点头，"没事，其实，朝腾也是挺有实力的一家公司。要是他们方案能跟我们的理念更接近一些就好了，这其实很难调整，怕有很多不确定风险。"

"是的。"厉镇明眼角闪动，点点头，"那行，后面的事情，我这里都清楚了，高总，您忙，我先出去了。"

十来分钟后，霍武衣冠楚楚地走进了办公室，随同他一起来的，还有李夕，大家彼此握手寒暄。

三人坐下，霍武看上去精神抖擞，高永梁随意地说："你什么时候走？"

"呵，我明天走。"霍武看了眼李夕，又看了一眼高总，自嘲地说，"我这几天没有睡好觉，怎么也没有想到，这次竟然没有合作成功……"

高永梁打断说："其实你们的方案、技术，各个方面都不错……"

霍武不得不抢过话题，热络高昂地说："高总，您理解错了。我觉得我们这次真的是过于自信，虽然我们的方案确实是不错，可能就是恰恰没有理解到最核心的需求，或者沟通不够，所以造成了这个局面，即便我一腔热血想为华夏多做贡献，此时也只能无言以对了。我今天过来的意图呢，一是给您致谢，感谢您对我们的厚望和支持；二是给您致歉，辜负了您的期望；三是，"说到这里，他伸手示意旁边的李夕，李夕笃定地点点头。

霍武继续说："三是，我跟我这位同事，李夕，我们想当着您的面表明我们的工作态度，我们下次一定为咱们浙江华夏的信息化建设做出应有的贡献，让您用上一流系统和服务。好，今天就说这么多。"

霍武一番言词说得既诚恳，又有气度，高永梁不禁连连点头，"好，好，好，霍武，回头，我们有项目，我还会继续找你们。"

"难得高总对我们还这么信任，那我们后续一定更加努力，争取早日合作。"霍武立即站了起来，"行，我就不打扰您了，有机会去北京，欢迎您来我公司做客。"

"好嘞！"高永梁站了起来。

高永梁送到门口，三人再次握手话别。霍武和李夕利落地走出华夏大楼，霍武在楼外广场停下脚步，"你召集浙江区的朋友，晚上一起吃个饭。"

李夕有些顾虑地说："咱们刚丢单，这个？可以缓一缓？"

"丢都丢了，就没关系了，咱们只召集朋友。"霍武抬头看了一下夕阳，坚定地说，"李夕，我们看远一点，战争远没有结束，从现在开始我们一定要抓住任何一个项目机会，终有一天，我们要把通擎赶出浙江华夏。"

李夕回望了一眼高高耸立的华夏大楼，说："武哥，你这么说，那我很有信心。"

霍武点点头，"对了，卫长贵在杭州吗？"

李夕一笑，"他还在杭州呢，也是很郁闷。"

霍武说："把这小子叫上吧，我跟他喝杯酒。"

李夕说："好的。"

通擎的销售年会在盛辉大厦的顶层举行，来自全国各地的销售、售前、驻地客服代表齐聚一堂。上午是全体销售大会，讲的是继往开来，下午是中层干部小会，讲的是任务指标。上午高高兴兴，下午怨声载道，等开完下午的小会，大家已经是两眼昏花了。

宋汉清和温志成两人悻悻然地看着窗外，宋汉清笑说："关亦豪怎么还不出来？估计这家伙签了个大单，老姜在给他追加指标呢。"

"这是垃圾政策！"温志成的脸色如窗外的雾霾天一样，惆怅干灰、了无生机。公司的政策确实很无奈，你今年取得的成绩越大，你明年的指标也水涨船高。

宋汉清就挑了一个高兴的话题，"对了，四川那个小单最后怎么样了？"

"呃，签了。"温志成不喜不悲地说。

"好像你不太爽？"

温志成干咳一声，"我今年在四川只是挖了口小井，老姜却要我明年在那里建个水库，可能吗？直接跟你说吧，兄弟，咱们四川明年大项目还是没戏。"

"哦？为什么？"

"为什么？"温志成放眼窗外，鼻子一哼，"因为吕让不吃青蛙。"

宋汉清莫名其妙地看了温志成一眼。

此时，关亦豪过来了，步履有些沉重。

宋汉清说："老姜是不是在跟你定指标？"

"没有！"关亦豪说："我跟他聊浙江项目，我明天就去杭州。"

"明天？"

"我必须尽快把合同条款敲定！"关亦豪阴郁地说，"签单前我如履薄冰，签单后我还是如履薄冰，什么世道！"

"什么意思？"

关亦豪看着窗外喃喃自语，"厉镇明跟我透露，朝腾丢单后，霍武还私下拜访了高总，当然，他没有能力推翻我们，前几天，高总、周总同意我们签合同了，但一匹饿狼老在我附近叫唤，我们是睡不安稳的，哼，霍武这人不是一般的邪性。"

宋汉清看了下手机，温志成知道他还有事，就提议说："下楼吧，吃饭去。"

三人走进电梯，宋汉清看温志成闷闷不乐，突然想到他刚才的那句话，就问："你说'吕让不吃青蛙'，又是什么意思？我很好奇。"

"我当时也很好奇。"温志成突然耐人寻味地说，"你知道什么是销售之毒吗？"

宋汉清说："听你说过，一种与客户即将找到共同谋求点，可进一步打破某种沟通桎梏的心理感受；或一种濒临搞定客户的心理状态，大概这个意思。"

"那是我的销售之毒，吕让的销售之毒是另外一层境界。"温志成看着电梯数字开始下降，"我读大学的时候就知道吕让不吃青蛙，上次我跟吕让吃饭，故意恶心他，就点了个牛蛙，他还是不吃。走的时候我问他，你为什么不吃青蛙，他却跟我说了一个故事。他小时候在农村，不爱学习受人欺负，上小学时，路过一稻田，看到一个小水洼，这其实是农民伯伯脚后跟印，水洼在颤动，难道有鱼？于是走近一看，里面竟然是密密麻麻的蝌蚪，活蹦乱跳的，数了下有17只。下午放学的时候，吕让又去看那个小水洼，谁知道这一看，改变了他的一生。"

他到底看到了什么呢？宋汉清和关亦豪面面相觑。

温志成长吸了一口气，又继续说："他这才发现只有一只蝌蚪是活的，其余的早已全部死掉，是什么东西杀死了这些小蝌蚪呢？是因为快没水了吗？后来他在县图书馆找到了答案。原来蝌蚪只要感到有生存压力的时候，体内就会释放一种毒素，这种毒素不但放倒竞争者，连自己也不放过，最后只有耐毒性最强的那一只才能生存下来。"

说完这句话，电梯停靠，呼啦啦地涌入一堆人，他们仨一下子就被挤到边上，温志成揉了下鼻子，低沉地说："吕让就是耐毒性最强的那一个，四川中邦就是一个那样残酷的小水洼。"

几个公司市场部小女孩看了一眼温志成，其中一个说："哟，温总啥时候回来的？"

温志成坏笑地点点头，突然恶作剧地一跺脚，"嘿！"

女孩们吓得一声尖叫，大伙一边推搡，一边笑骂，电梯嗡嗡直响。

关亦豪扯了一下人群被夹紧的西服，深呼吸一口气。宋汉清抬起头，电梯的天花板上映着十几个黑压压的脑袋在晃动。

电梯到一层打开，三人随着人群涌了出去，外面的空气新鲜多了。温志成缓缓地说："所以吕让绝不仅仅是搞定牛总那么简单，他在逐步优化自己的方案，并把自己和方案与客户融为一体，而我们就不适应了，这就是他的销售之毒。"

关亦豪自信满满地说："不要妄自菲薄，其实这个理念，我们可以做得更好，因为我们有更好的团队。"

三人互相看了一眼，若有所思。

关亦豪大手一挥，"行了，走，吃饭，我请客。"

温志成一手搭在关亦豪肩膀上，神秘地说："你请我就行，汉清现在有的忙了。"

关亦豪没搞清状况，"是吗？"

"我去看《蝙蝠侠》，拜拜！"宋汉清挥了挥手，独自朝另外一个方向扬长而去，拐角处，牧小芸一身白色风衣。宋汉清走过去，伫立在她眼前。她笑颜如花，用手抚了一下头发，宋汉清看到她手腕上挂着一颗小兔子。

牧小芸说："这个就是你给我的那颗幸运石，我让人刻成我的生肖，嘻嘻。"

"真漂亮！"

"对了，"牧小芸说，"昭觉寺，你上次一个人去的？"

"你又不理我，我当然一个人去了。"宋汉清淡然说，"当时想不开嘛，想开下悟。"

牧小芸咯咯一笑，"悟到了什么？"

宋汉清笑而不语。

牧小芸戏谑地说："悟到了自己？天地？还是众生？"

宋汉清搂着她的腰，"走，我们还是去看电影吧。"

"好啊，我把曲子都下载了。"牧小芸打开手机音乐，把耳机塞入宋汉清的耳朵。

汉斯季默的《Why do we fall？》瞬间卷起狂澜，把宋汉清的灵魂从耳朵里揪了出来，他身不由己地随着音乐的律动上升。他看到自己和牧小芸手拉手走在高楼大厦的狭缝中，他看到大地开始坠落，看到北京城铅灰色钢筋丛林、万家灯火，看到大小马路纵横交错，聚变成条条细长的光路在雾霾中闪现，整个城市如同一个发光的蜘蛛网在大地上微微颤动，大地苍茫……

头等舱的李夕冷眼地望着舷窗外，耳机里的音乐中断，机内广播响起，"欢迎乘坐天合联盟东方航空……本次航班航行时间2小时10分……杭州地面温度，0摄氏度……"

他关上舷窗遮板，取下耳机，扭过头来。过道对面，霍武嚼着口香糖，刀削斧刻般的脸颊上，若隐若现的两条肌肉在鼓动，淡绿色灯光下，他眼露寒光，森然地看着前方。

后　记 ｜商战三问

书也看完了，我相信大家对这两场商战的记忆不会亚于我，其中的残酷与艰辛就不多讲了。

下面，我们探讨有关商战的三个朴素的问题，这样更实际，更有味道。

第一，到底什么是解决方案销售？解决方案销售就是卖方案吗？

不急，我们先来看一个简单的例子。

如果客户的需求是 a，满足 a 的最合适解决方案是 A 的话，客户最后真的会购买 A 吗？

如果不好回答，那么问一个比较好回答的，客户有没有可能购买 A+1？也或者 A-1？

我相信这个就很好回答了，那当然是：有可能。

在解决方案销售过程中，以上现象最司空见惯了，真正的解决方案销售过程远比这个复杂，就如同本书中的"浙江华夏 BOMS 项目"或"四川中邦的 CRM 项目"。

为什么这么复杂？因为这里涉及客户企业遇到的问题、客户的探索、客户的诉求、外部环境与内部变革、客户格局（结构、利益、权利等），甚至竞争对手的影响等，导致过程和结果扑朔迷离，如同进入一个丛林，而满足需求的方案只是其中的一棵树或几棵树而已。

所以方案销售不仅仅是涉及那几棵树，还要关乎整个丛林。

有了这个认知，解决方案销售定义就简单了：就是在销售生命周期中，如何穿越丛林到达彼岸的一组方法论。卖方案只是其中一个目标或活动而已。

而这套方法论里面，我们会用到很多传统的、革新的方法技能，包括顾问式销售方法等。所以从广义的角度来说，解决方案销售并没有完全与其他销售方法或体系区分开来，它们互相耦合、互相影响。而狭义的解决方案销售在 IT 行业已经实践化，或者最佳实践化了，也就是说，大家都已在用了。比如本书的场景，为什么看上去这么熟悉呢？就是因为大家都在用，只是如何用得更好、更体系的问题。

同时，你会发现客户不仅仅是买方案，所以解决方案销售就不仅仅是卖方案了。

另外，既然 A、A+1、A-1 都有可能购买，那就意味着销售还是很有机会的，可以这样说，销售丛林，广阔天地，大有作为。

第二，什么是售前（或售前顾问）呢？

也不急，大家还能回想起宋汉清做的事情吗？

看完宋汉清对这两个项目的支持，以及策略的运用，大家应该知道售前的工作与作用了。

如果非得要定义售前，就先定义售前服务。

售前服务就是在售前阶段（狭义的理解就是签订销售合同前的阶段），为支持该项目销售活动而提供的一系列服务及事务执行，包括咨询层面服务及事务执行（客户需求分析、问题及痛点诊断、业务场景分析及流程优化梳理、解决方案设计等），沟通层面服务及事务执行（探寻、演讲与呈现、应答、场控等）。

知道了售前服务，那么售前工程师或售前顾问的定义就简单了，就是有方法、有策略地完成售前服务的工程师及专业人士。

第三，知道解决方案销售和售前，那么他们如何协同作战呢？

销售丛林中，关于销售与售前的协同作战，我想到了 8 年前售前论坛（SYSVS）的一个原创笑话：

有一天，售前和销售一起去打猎。售前开着车，销售扛着枪在副驾驶座上坐着。到了一片森林，售前把车停稳了，对销售说你去吧，我等你的好消息。

销售下了车，走进森林寻找猎物。不一会儿，售前听到远处“砰”一声枪响。紧接着就看到销售拖着枪正往车这边跑来。他后边跟着一头受了伤的一瘸一拐的狗熊……情况万分紧急，售前连忙发动引擎，迎上去准备接上销售逃命。销售跑到了车门口，可狗熊也跟过来了！

说时迟那时快，就见销售打开车门，身子一躲闪，顺势一把将追上来的狗熊推进了车里，然后“咣”一声将车门推上。车里头售前和狗熊就打起来了……

车外销售此时不慌不忙地点上根烟，冲车里的售前说：“兄弟，你把它搞定，我再去找下一头去。”

8 年来这个笑话几乎风靡了整个行业内外，因为到了 8 年后的今天，我们很多公司还是这么干的。其实销售与售前的配合作战问题，是本书的一个主旨，这个话题三天三夜也说不完。

　　关亦豪与宋汉清、温志成与宋汉清的配合就提供了良好的范本，其核心思想就是在销售过程中，双方共同制造有利于销售目标达成的机会，并把这个机会有策略、有条件地共享给销售、售前、甚至客户，并伺机形成联盟，产生销售推进。如果没有清晰的认识，我觉得大家有必要再看一遍了。有了这些配合经验，我相信大家一定能走出一条路来。

　　最后希望《商战往事》这本书能解决各位销售和售前部分问题，也真心希望这本书能够带领大家走出丛林。

　　另外，SYSVS 的网站是 www.sysvs.net，会不定期更新一些文章，偶尔去看看也不是坏事。

附 录 | 故事人物与竞争格局

浙江华夏 BOMS 项目甲乙方关键人物与竞争格局图

乙方（通擎）阵营　　　　甲方阵营　　　　乙方（朝腾）阵营

四川中邦 CRM 项目甲乙方关键人物与竞争格局图

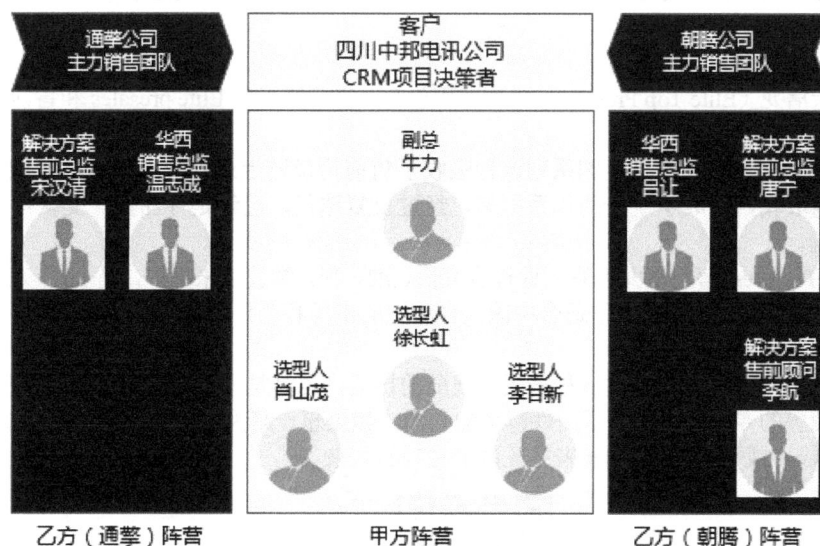

乙方（通擎）阵营　　　　甲方阵营　　　　乙方（朝腾）阵营

吴柏臣.大项目售前倚天屠龙系列云课堂盛大启程
"武林至尊，宝刀屠龙，倚天不出，谁与争锋"

售前倚天屠龙云课堂典故

2016年年底，《商战往事》已经四次印刷，读者也已超过2万，我跟几个读者朋友搞了个茶话会，讨论做一个项目销售高手需要什么条件。会后，我写了一篇文章："金庸才是真正的销售高手"，在《倚天屠龙记》的背景下漫谈金庸的销售能力。后来，大家问我我是否能基于中国的现状，搞一个解决方案销售培训。其实，我已准备很长一段时间了，不过还是先从我目前的主力业务：售前顾问的培训着手。售前顾问是解决方案销售的核心，这是一个磨刀的过程，因为毕竟我在这方面已经做了很长时间了。经过深思熟虑，我决定先把我的售前培训业务推向云端，一步步迈向解决方案销售。

回到家后，"磨刀"这个词在我脑海里盘旋了很久……

我记得在《金庸才是真正的销售高手》中说过这样一句话：售前其实是销售性价比最高的资源，也是销售的一柄刀，是杀敌的武器，用好了，能为销售带来极大的价值。另外，售前绝对不能脱离销售的语境和背景，这是一个江湖。所以我们除了要懂技术外，还要懂得人性和销售思路。这一点无论是《倚天屠龙记》的武侠江湖，还是《商战往事》的销售江湖，其道理都是相通的。所以我们需要一柄好刀，同时要懂得刀法。

我从2004年开始搞了一个售前论坛SYSVS，在工作的同时陆续分享售前方法和课程，2007年着手开发体系化的售前课程，一直遵循在体系里容纳方法技巧，实现点面结合，是真正的方法论。也是机缘巧合，《倚天屠龙记》里屠龙刀中藏有《武穆遗书》（兵书）；倚天剑中藏有《九阴真经》和《降龙十八掌掌法精义》。我也一直提倡："**术中藏道，道中有术，包容并兼，方成大器**"。而刚好，我手里有两类不同方向的课程：一类以体系运作为主，另一类以方法技能见长。经过深思熟虑，我把以体系运作为主的课程命名为售前倚天剑，以方法技能为主的课程命名为售前屠龙刀，并在打单过程中互相借鉴两件兵器的道与术，使之杀伤力均匀分布，不分伯仲。从2007年到2016年底刚好十年，**十年磨一剑**，是该走向一个新的里程了。

倚天屠龙系列课程简述

倚天屠龙（Elite Top Presales）系列课程包含：售前倚天剑 Elite presales 和售前屠龙刀 Top presales 两个系列课程。

Elite Presales 售前倚天剑系列课程吸收了售前价值链上最具实战的方法技能及工具，去粗取精，形成了统一的体系框架，经过反复迭代，已经是行业里广受认可的全体系化课程。

Top Presales 售前屠龙刀系列课程讲究快、准、狠，掌握起来也快，是10年来不停试错、迭代的精华。该课程非常适合中国这种险峻的市场和销售场景，是广大售前不可多得的打单神器。

两个系列课程都经历过各种严峻、残酷的挑战，也算是为致力于售前顾问方向和解决方案销售的专业人士提供了两件趁手的兵器，如果想一睹为快的各位书迷，可以访问 edu.sysvs.net 或 www.sysvs.net 来见证这个时刻的到来。

吴柏臣
2016年12月12日 于北京